[美] 约翰·本杰明·鲍威尔 —— 著   邢建榕　薛明扬　徐跃 —— 译

My Twenty Five Years in China

我在中国二十五年
《密勒氏评论报》主编鲍威尔回忆录

上海书店出版社
SHANGHAI BOOKSTORE PUBLISHING HOUSE

目 录

001　一个美国记者笔下的上海和近代中国/石源华

第一部分　开始与中国结缘

003　东方之行

009　密勒和《密勒氏评论报》

024　1917年的上海滩

036　孙中山和袁世凯

043　内战的阴影

050　蓝辛—石井"事件"

058　流亡上海的白俄

068　编辑做说客

078　山东与华盛顿

第二部分　扑朔迷离的20年代

091　前清秀才、基督将军、东北虎

099　临城劫车亲历记

130　华南的事务

137　20年代的党派斗争

144　"四一二"政变中的内幕故事

160　干涉的外交伎俩
169　采访"中苏之战"

第三部分　"九一八"枪声响起之后
183　第二次世界大战的"真正"爆发
196　苏联、中国与日本之间的微妙关系
205　海参崴之行
218　横越西伯利亚
231　1935年的莫斯科
243　取道日本回上海
251　1936年的菲律宾

第四部分　从"西安事变"到南京的陷落
263　西安事变
277　端纳的斡旋
284　西安事变的结局
299　日趋紧张的局势
312　1937年的美国军舰和日本炸弹

第五部分　太平洋战争爆发前后
331　我与《芝加哥论坛报》
337　越来越重的压迫
346　炸弹与刺刀
354　纳粹德国的魔影

368　历史断线了

377　日本人的"效率"

第六部分　战俘生涯及迈向新生之路

385　恐怖的大桥监狱

399　"危险思想"

411　美国援华谷物

417　交换名单

422　踏上归国航程

435　中国之未来

442　后记

445　再版后记

一个美国记者笔下的上海和近代中国

石源华

一、《密勒氏评论报》和鲍威尔

2010年上海书店出版社出版的鲍威尔著《我在中国二十五年》的译者后记指出:"在我们中国,乍提起美国记者 J. B. 鲍威尔,知道他的人也许还不多,但若提起《密勒氏评论报》及美国记者埃德加·斯诺,那知道的人就大有人在了。《密勒氏评论报》是解放前美国人在中国出版发行的一份有相当影响力的外文报纸,埃德加·斯诺当年访问延安时的身份就是《密勒氏评论报》的记者,其名作《西行漫记》(原名为:RED STAR OVER CHINA,即《红星照耀中国》),即是那次延安之行的最大成果。在此需要特别指出的是,J. B. 鲍威尔恰恰就是《密勒氏评论报》的主编,而埃德加·斯诺的延安之行及其《毛泽东访问记》自1936年11月14日起在该报连载,则都是获得 J. B. 鲍威尔允准的。这是一次有重大历史意义的举动,因为这是有关毛泽东身世、言论及照片的首次公开发表,当时在海内外曾产生了强大震撼。由此看来,J. B. 鲍威尔是一名对中国人民及中国民族解放运动有一定同情心的西方新闻人士,应该是没有什么疑问了。这或许也就是80年代中期中国人民对外友好协会特邀 J. B. 鲍威尔之子访华的重要原因。"①

《密勒氏评论报》始创于 1917 年 6 月 9 日,由《纽约先驱论坛报》驻远东记者、美国人密勒在上海创办,以报道、评论中国与远东时事、政治、经济为主,每周六发行。② 1918 年底,改由鲍威尔任主编。1922 年 11 月,鲍威尔收购该报产权,兼任发行人。1923 年 6 月,鲍威尔曾将该刊物改名为《中国每周评论》,但中文报名始终为《密勒氏评论报》。1941 年太平洋战争爆发后,该报为攻占上海租界的日军当局查封。1945 年 10 月 30 日,抗战胜利后在上海复刊,由鲍威尔之子小鲍威尔继任主编兼发行人。新中国成立后,该报继续发行,成为当时仍在中国大陆发行的唯一美商媒体。1950 年改为月刊,1953 年 7 月停刊。

《密勒氏评论报》(1917~1953)是外国人在近代上海发行时间较长的几家英文报纸之一,涉及上海和近代中国的政治、军事、经济、文化、对外关系、社会生活的方方面面。有研究者评论该报是"美国人在中国创办的资格最老的一份英文周报";是"著名记者埃德加·斯诺 1928 年来华供职的第一家媒体";是"公开发表毛泽东身世、言论及照片的首家媒体";是"报道 1927 年大革命失败后'红色中国'内幕的首家媒体";是"因'反日侵华'立场洋主编遭迫害的首家国外媒体",也是"新中国成立后在上海继续出版的英文报刊"等,③该报编辑风格独特,报道内容丰富,政治影响深远,是研究近代上海乃至中国的重要

---

① [美]鲍威尔著,邢建榕、薛明扬、徐跃译:《我在中国二十五年》,知识出版社 1994 年首版,2010 年上海书店出版社再版。本次为第 3 版。同时,本书还有刘志俊译的版本(译林出版社 2015 年版)。

② 《密勒氏评论报》创刊号,1917 年 6 月 9 日,第 1 页。

③ 王薇、张培:《1917~1941:〈密勒氏评论报〉"涉华报道"理念探究》,《历史教学》2012 年第 6 期。

历史资料，受到学术界重视。

1994年，由邢建榕、薛明扬、徐跃合译的鲍威尔对华回忆录在上海首版。2010年，上海书店出版社重版该书，同时着手全套《密勒氏评论报》搜集整理出版，经过3年努力，于2013年影印出版了《密勒氏评论报》（1917~1941），共98册，内容、版式保存了原报尺寸、原编页码和全部彩色插图。以此为契机，上海市哲学社会科学规划办公室成立了"上海近代外文文献丛书刊编辑委员会"，开始建设系统挖掘和整理相关文献资料之学术工程。2014年，上海书店出版社又影印出版了《密勒氏评论报》（1945~1953），共24册。至此该报122册影印出版全部完成。中国学界对于《密勒氏评论报》等近代外文文献的挖掘、整理和研究进入了新阶段。国家社科基金办公室将"外语文献中的上海（1843~1943）"列为国家级重大项目，推动了对于《密勒氏评论报》等外文资料的进一步挖掘和研究。其后，2015年5月，上海书店出版社又推出上海学者马学强、王海良主编的《〈密勒氏评论报〉总目与研究》，全书212万字，既是对于《密勒氏评论报》资料的进一步挖掘和整理，同时也是对于《密勒氏评论报》研究的一个阶段性检阅和总结，在学术史上具有重要意义，可成为阅读鲍威尔回忆录的重要背景参考文献。[①]

为助益学术界对《密勒氏评论报》等中国近现代史外文资料的更广泛的认知、利用和研究，同时也有助于广大读者从一个美国新闻记者的笔下进一步了解上海和近代中国的历史变迁和社会进步，上海书店出版社决定再版鲍威尔回忆录，并邀请我为再版本写个序言，为此，我重新

[①] 本书由马学强、王海良任主编，熊月之任编辑委员会顾问并撰写序言。全书分为3大部分：1. 全刊总目录、《中国名人录》；2. 研究篇；3. 译文选摘编。212万字。

检索了《密勒氏评论报》在上海发行的历史及作者鲍威尔的生平,试对鲍威尔回忆录的内容精华和叙述特点作些个人的解读。

本书作者鲍威尔,生于美国密苏里州,靠送早报和晚报赚钱完成了高中和商学院的学业,曾任伊利诺伊州《昆西自由报》记者。后入密苏里大学新闻学院学习。毕业后,任汉尼堡《邮递报》广告部经理兼发行部监督及市政组采编部主任4年,复担任密苏里大学新闻学院讲师,结识了不少来自中国、日本的留学生,并产生去东方工作的念想。1917年2月,应《密勒氏评论报》创办人密勒邀请,以新闻记者身份赴华。后长期担任《密勒氏评论报》记者、主编,兼发行人,时间长达25年。鲍威尔在中国生活和工作的25年,正是中国经历天翻地覆变化的年代,他经历了近代中国政坛的"参战"之争、护法战争、南北对峙、北洋统治、中共诞生、国民革命、国共分裂、西安事变、日本两度进攻上海等重大事件,以其独特的立场和方式,"将远东局势之发展,使本国明了,同时将西方的发展,使东方明了",推动了中西方交流,最终因他坚定的反对日本侵略的立场和卓越的反法西斯报道而为太平洋战争爆发后占领上海租界的日军忌恨和逮捕,遭受严刑拷打,导致双腿残疾。1942年,鲍威尔作为美日交换之战俘,得以返回美国。尽管他的健康情况日益恶化,仍坚持反对日本法西斯的坚定立场,曾发表公开电视演讲揭露日本侵华恶行,并走上远东战犯审判法庭,为控诉和审判日本法西斯战犯提供证词。1947年在美国逝世。

推助美国在中国"后来居上"

鲍威尔回忆录《我在中国二十五年》表明作者是一个既热爱美国又

同情中国的西方进步记者。维护美国和在华美人利益,力争美国在中国地位"后来居上",推助美国成为远东主导国家,并增进中美关系发展,是鲍威尔办报的重要政治理念和新闻采访活动的基本出发点,也是我们在阅读本书和明辨是非时需要关注的。

《密勒氏评论报》创办、鲍威尔来华之时,正值第一次世界大战临近结束、美国宣布加入战争的时期。在西方国家侵略中国的行列中,美国是一个迟到的国家。1784年,美国"中国皇后号"首航中国广州,开启了中美贸易关系的序幕。19世纪末,中日甲午战争后,列强将中国领土划分为各自的势力范围,展开了惊心动魄的争夺战。1898年,美国海约翰国务卿提出"门户开放"政策,"在中国对外关系的各个关键时候,美国一再重申门户开放政策,并根据不同的形势作出新的解释,使之成为美国对华关系的基本原则"。[1]美国以一种独特的方式参与列强争夺在华势力范围。美国为了确保自身利益,曾经与列强一起参加八国联军侵华战争,也是臭名昭著的《辛丑条约》的签字国。美国与先来者英国等列强国家,特别是与"一战"期间及战后企图独占中国权益的日本争夺在华利益,构成近代中国面临的远东国际战略的基本格局。

鲍威尔的回忆录记载了日本压迫中国接受吞并中国的"二十一条",中国将秘密条款向美英透露,迫使日本人有所让步的历史事实。同时,也记载了美国为日本诱骗签署秘密的"蓝辛石井协定",美国政府承认日本在中国和西太平洋的"特殊地位",承认南满一带为日本的势力范围。该秘密协定由美国总统威尔逊指示签订。同时,日本还与欧洲协约各国订立了将山东权益划归日本的秘密协定。直到俄国发生十月革命,

---

[1] 陶文钊:《中美关系史》第一卷,上海人民出版社2016年版,第16页。

苏维埃政府公布秘密国际协定，真相才大白于天下。以鲍威尔为代表的在华美国人出于维护美国国家利益的意愿，强烈不满当时美国政府的行为，认为"美国无疑不自觉地签订了一项违背其远东传统政策的协定"，为此"耿耿于怀，余怒未息"。第一次世界大战期间，日本企图独占中国的秘密外交给鲍威尔留下深刻的负面印象，形成鲍威尔以后认知远东局势、反对日本独占中国恶行的一个重要起点。以后在日本侵略中国的行程中，鲍威尔出于热爱美国和同情中国的立场，始终坚持反对日本侵略中国的原则立场，成为中国人民的朋友。

鲍威尔热爱美国和维护在华美国人利益的举动，突出表现在他受上海美国总商会主席、美国多拉尔航运公司远东区代表多拉尔委托，代表美国商人利益于1920年秋返回美国，一方面设法为《密勒氏评论报》拉广告，另一方面，游说美国国会通过一项贸易法案，宗旨是以联邦政府的力量和名义，保护美国企业在远东的经营活动。多拉尔表示，如果鲍威尔愿意去华盛顿活动，敦促国会通过这项议案，上海美国商会将担负他赴美的住宿费用。他相信只要"很少几个星期"，就能使国会认识到这项决议不仅极其重要，而且实属必要。鲍威尔欣然受命赴美，他的回忆录绘声绘色地记载了他此行如何充当说客，获得成功。他巧遇各种机会，曾直接拜访、游说刚刚当选的哈定总统，在美国政界、财界、媒体界广为活动，出席国会听证会发言作证，成功推动国会通过了《中国贸易法案》。该法案意在帮助那些较小的美国公司，特别是在远东刚刚从事商务活动的新公司，它们需要某些特权和安全，而这正是《中国贸易法案》所能给予的。显然，鲍威尔积极维护的正是在华美国人的经济利益，该法案有助于美国不再落后于其他国家在华商业利益。

鲍威尔此行还采访了在近代国际关系史上发生重大影响的华盛顿会

议。他以新闻记者身份出席各种大会，采访美国代表团长休斯及各国名人，他在回忆录中指出："日本侵占山东后，美国人深受刺激。因为日本人这一举动破坏了海约翰国务卿以来传统的'门户开放'。而且除了山东，日本还从德国人手里攫取了太平洋上马绍尔、加罗林和马里亚纳诸群岛。这些岛屿横在美国和菲律宾及亚洲大陆之间，为美国构筑了一道不可逾越的障碍"。他认为华盛顿会议对美国来说并不成功，他在书中批评美国政府的失误："更糟的是，美国在外交上继续承认中国最反动的军阀势力，以及军阀势力支持的北京政府，却忽视孙中山和国民党人创立的较进步的民族主义政府。""美英两国最大的错误，还在于坐视广东国民党政府听从俄国的指挥而不采取任何补救措施。"华盛顿会议后，鲍威尔本人对于远东局势以及中日关系、美日关系的基本看法更加定型，他认定反对日本侵略中国，同时也是美国的国家利益所在，成为《密勒氏评论报》的办报宗旨之一。

向西方世界推介上海和近代中国

《密勒氏评论报》的宗旨是加强中西方沟通，即让世界了解中国，让中国了解世界。该报的主要读者群包括两个方面：一面是外国人，包括寓居在中国的外国人，通过该报深入了解和认知中国，另一面是中国人，尤其是包括大学生在内的年轻人，通过该报了解和认知西方，同时也以该报体现的新理念和新思维认知近代中国社会变化和中国近代革命。鲍威尔终生奉行他的母校美国密苏里新闻学院创始人沃特·威廉所创导的新闻理论，实行"拿出证据，眼见为实"的办报理念，体现反对强权，反对压迫，崇尚平等的精神，他以此种新理念和新模式报道中国发生的重大事件和社会变化新闻，这些报道对于近代中国社会进步和反帝反封建运动曾起了某些积极的作用。

《密勒氏评论报》对于鲍威尔担任主编的25年间中国发生的重大历史性事件，包括各种革命运动、反帝斗争、政权更换、重要社团、重大事件等等，都作了富有特色的报道和评论。鲍威尔的回忆录对于他亲历亲为事件的记载，与该报的原载报道相辅相成，为观察和研究近代上海与中国社会留下了宝贵的文献资料。特别值得关注的回忆录精彩章节有："孙中山和袁世凯"、"内战的阴影"（南北对峙与冲突）、"山东与华盛顿"、"前清秀才、基督将军、东北虎"（北洋军阀吴佩孚、冯玉祥、张作霖）、"临城劫车亲历记"、"华南的事务"（孙中山护法军政府）、"20年代的党派斗争"（国共合作与分裂）、"四一二政变中的内幕故事"（上海工人三次武装起义及影响）、"干涉的外交伎俩"（列强干涉中国革命争端）、"采访中苏之战"、"九一八枪声响起以后"、"从西安事变到南京的陷落"等等。

鲍威尔回忆录的特点是作者常常亲自参与到近代上海和中国发生的内外重大事端之中，不仅是观察者、评论者，更直接成为事端的参加者、亲历者，有些回忆内容给世人留下了珍贵的历史资料，有些内容则可以当作生动的小说来阅读。如鲍威尔在回忆录中描述了1917年他与孙中山的会面和谈话，针对日本利用一次大战机会，不失时机地在中国东北和华北扩展势力范围，孙中山用责难的口吻对鲍威尔说："美国应该把日本从朝鲜赶走。"他解释说："美国与朝鲜签订过一项协定。在这项协定中，美国承诺保护朝鲜不受外国的侵犯。但在朝鲜受到日本进攻，并遭吞并的情况下，美国政府没有履行自己的诺言"，"倘若美国果断而勇敢地采取行动，日本就不能够在大陆获得最初的立足点。"孙中山认为，美国总统西奥多·罗斯福应对此负主要责任。鲍威尔在回忆录中写道："我时常思索孙中山所说美国应该'把日本从朝鲜赶出去'这句话。的确，那时的日本还很脆弱，假如坚决反击的话，或许就能改变历史的进程。"上述故事及鲍威尔的评论，对于总结近代远东国际关系史无疑具有重要价值。

鲍威尔的回忆录不仅主要是对于近代上海和中国上层政治和国际关系的记载和评论，而且也有对于底层人民生活和社会冲突事件的亲历观察和直接体验。如鲍威尔对于十月革命后"流亡上海的白俄"的描述，是了解和研究上海外侨史、社会史和城市发展史的重要资料。鲍威尔在他的回忆录中指出：十月革命后，流亡到上海的白俄估计在2.5万到5万，大多数是穷光蛋，无以为生。由于救济措施得宜，白俄在上海没有形成一个长期的难题。这使他们自己都深感惊讶，他们迅速在上海站住了脚。为数众多的俄国餐馆，遍布于大街小巷，特别是白俄集中的法租界，上海人破天荒尝到了俄国大菜的滋味，并且很快吃得风行起来。公共租界当局组织了一支俄国义勇队，作为万国商团的一部分，用来守护租界的安全。白俄在上海的各项事务中，发挥了愈来愈大的政治作用。鲍威尔回忆说：在我初到上海时，这里还没有一座俄国教堂，可是10年后，大量白俄蜂涌而入，上海竟有了10多家俄国东正教堂，有些还十分宏伟壮美。能够建造和供奉这么多教堂，证明了白俄对宗教的虔诚和笃信。我访问过的每一户白俄家庭，都挂着不止一帧圣像，常常是每间房里都挂，还有一个小香炉，点着不熄的油灯。每年的圣诞和复活节，在上海的外国人倾巢而出，涌到街上观赏白俄丰富多彩的礼拜式。

鲍威尔回忆录中更为精彩的篇章是，1923年5月6日，山东发生的"临城劫车案"，这是近代中国历史上发生的影响最大的绑架外国人事件，充分暴露了中国社会的阶级冲突以及中国与外国在华冲突，美、英、法、意4个国家卷入其中，日本虽无人遭绑架，也趁机在其中兴风作浪。鲍威尔成为被绑架的外国人质之一，历尽艰辛，后复成为谈判代表，奔走于土匪、政府代表、外国代表之间，与土匪谈判并达成协议，鲍威尔的回忆录分列"遭劫"、"罢走"、"神父"、"探密"、"座谈"、"谈判"、"获释"7节，生动叙述这个轰动一时的中外外交难题和中国社会难题之化解经纬，深刻揭露了中国统治者对外妥协和对内残忍的本质。类似鲜活的叙述充溢全书，大大增强了回忆录的深刻性、生动性和可读性。

《中国名人录》的特点和意义

《密勒氏评论报》最具特色的固定栏目是《中国名人录》，该报通过推介中国名人来扩大中国在世界的影响，同时扩大该报在世界各地与中国的影响和发行量。《密勒氏评论报》的"中国名人录"专栏始发于1918年4月20日，至1948年11月6日结束，共计刊出1 537人。[①]最早介绍的中国名人是"刘镜人—中华民国驻俄罗斯帝国公使"。此后，每周刊载1期，1期一般介绍1位人物，也有介绍2位、3位人物的。每位人物介绍，内容篇幅多为半版，同时配发个人照片。栏目开始名为"Who's Who in Peking"，分别介绍了刘镜人、陆征祥、夏诒霆、张煜全、于宝轩、王景春、蔡廷干、朱兆莘、叶景莘等9人，大部分为北洋

---

① 《〈密勒氏评论·中国名人录〉汇总》，马学强、王海良主编：《〈密勒氏评论报〉总目与研究》，第952~1001页。

政府的外交官。1918年6月22日，栏目改为"Who's Who in China"，首次推出的人物是Tyndall Wei（卫渤）。从此，该栏目一直固定使用至结束，最后一位刊载的人物是T. C. Tsao（赵曾钰）。①

何为中国名人？《密勒氏评论报》确定了自己的选择标准，并以当代人物有现世事功成就和一定政治影响者为选择对象。在该报刊出的1 500多位中国名人中，不仅有政府官员、军事将领、商贾世商、旧派学者、新式教授、外交使节，也有电影明星、戏剧演员，乃至社会上的著名三教九流人物。不仅有北洋军阀、国民党领袖和历届政府领导人，也有中共领导人和军事将领，甚至日本占领军操纵的伪北平临时政府、伪南京维新政府、伪蒙疆自治政府、伪南京国民政府的附逆官员。当代中国女性人物也是该报关注的重要对象，如学者陈衡哲、法官郑毓秀、律师梅华铨、教育家陈鸿璧、名媛宋霭龄、音乐家胡周淑安、画家李君秋、作家丁玲、飞行员杨瑾珣、生物学家吴贻芳、西藏翻译家刘曼卿、好莱坞影星黄柳霜等，这些具有良好新式教育背景的新女性均列为名人，经《密勒氏评论报》推向中国和世界。虽然列入专栏女性名人不足30人，占比例不大，但表明了近代中国女性地位的上升。《中国名人传》刊载的所有这些人物传记开创了当代人物传记编撰的新形式和新风格。

鲍威尔的回忆录发扬了《中国名人录》的叙述风格，回忆和记载了鲍威尔与很多中国名人的交往，报道和叙述诸多政治名人的业绩和政治观点。除前述孙中山和毛泽东典型人物外，读者可看到回忆录中鲍威尔

---

① 马学强、袁家刚:《〈密勒氏评论报〉与〈中国名人录〉》，马学强、王海良主编:《〈密勒氏评论报〉总目与研究》，第1005～1008页。

笔下的北洋统治时期的各式名人袁世凯、黎元洪、段祺瑞、张勋、吴佩孚、冯玉祥、张作霖、施肇基等,中国国民党统治时期的名人蒋介石、汪精卫、李宗仁、李济深、朱培德、何应钦、陈友仁、张学良、杨虎城、宋美龄、宋子文、马占山、孔祥熙、蒋鼎文、白崇禧、宋哲元等;中国共产党的名人朱德、周恩来、博古、叶剑英、贺龙等,以及以较大篇幅描述了上海闻人杜月笙及其对于上海滩的重大影响,并写上鲍威尔的评述。鲍威尔的回忆录对于近代中国名人的描述,有助于我们更好认知上海和近代中国的历史。

到了小鲍威尔时代,《密勒氏评论报》继承了老鲍威尔的传统,虽然《中国名人录》专栏已在1948年11月结束,但该报对于各式中国名人的相关文章却依然频频刊发。上海解放后,该报刊载了《新任上海市长》、《陈毅出任新任上海市长,接管顺利进行》两文描述陈毅市长,影响巨大。两文指出:"上海市的失守,让中国成为世界关注的焦点",世界各地的人们都带着极大的兴趣,看共产党"是否能够管理这座世界第四大的城市"?文章自问自答说:"他们很快就会看到答案","共产党已迅速接管了国民党在上海的政府机构及附属工业、财政机构,并保证其有序、有效地运转,这证明中国共产党有能力管理大型城市。"文章引用陈毅本人的话说:"这次变革是一次历史的巨变,无论在深度,还是广度上都史无前例。中国历史上有过多次革命,但都无非是从一种奴役状态过渡至另一种奴役状态",新中国这场史无前例的革命却是"一场人民的革命,纯粹为了人民。""上海由共产党来管理,也在中国与列强的关系上开启了一个新时代。上海的变革,从世界各国关系的角度看,也是一次历史巨变。"该文还特别介绍了陈毅的革命履历,从留法勤工俭学,在海外从事革命活动开始,归国后,参加国共合作,从事政治工作。后参加广州起义，上井冈山与毛泽东、朱德会合，任红四军政治部主任。红军长征时，他留在江西，掩护红军撤退，坚持反蒋战争。抗日战争期间，他出任新四军代理军长，坚持敌后抗日战争，直到中共"七大"当选中共中央委员。上海解放后，他出任首任上海市长和上海军事管制委员会主席，文章对陈毅作了个性化介绍，说"陈毅有着卓越的阅历，且饶有趣味的是，他还是一个棋迷、一个诗人。"① 这些出于美商媒体的文章，散发着赞赏、颂扬的气息，在当时发挥了特殊的作用，扩大了中国新政权在全世界的影响。

同情和支持中国抗战

鲍威尔在回忆录中指出："1931年'九一八'事变发生时，与世界上其他人相比，我们这些派驻中国的外国记者更少感到惊异。"鲍威尔的回忆录以"第二次世界大战的'真正'爆发"为标题，给"九一八事变"下了一个重要的论断，这个诊断具有特殊重要的意义。对于第二次世界大战的起点，西方历史学界一直坚持"西方中心论"，几乎所有的西方政治领导人和研究论著，或认为始于1939年9月的欧洲大战，或认为始于1941年12月的太平洋战争，都不认可日本对于中国的侵略是第二次世界大战的起点。鲍威尔则在1947年逝世前，在自己的回忆录里断定九一八事变是第二次世界大战的开端，不能不说是一个具有远见而且深刻的重要判断，对于今天研究第二次世界大战史仍具有重要意

---

① 《新任上海市长》，《密勒氏评论报》1949年6月4日；《陈毅出任新任上海市长，接管顺利进行》，《密勒氏评论报》1949年6月4日。

义。鲍威尔进一步指出：日本军队准备向长城以南的中国领土展开征服战的前5年，"西方列强除了作些劳而无功的讨价还价外，一直无所事事。但是，日本却联合了德国，野心勃勃地进行着征服远东、主宰世界的计划。"这个说法也是鲍威尔对于西方列强怂恿日本侵略中国，导致太平洋战争爆发的一个公正的论断。

"九一八"事变发生后，鲍威尔在中国东北前线进行战地采访，《密勒氏评论报》刊载了大量的社论、专访、图片等，报道和评述中日战局，揭露日本侵略中国的阴谋，谴责日军侵华暴行；宣传报道中国人民尤其是上海和华北前线军队的抗日爱国斗争；主张国共合作，共同抗日，并在此背景下，刊载斯诺到陕北苏区访问毛泽东的大幅照片，向世界详尽报道中国共产党的路线和方针政策及陕北苏区的情况；同时，批评美国政府的远东政策，督促其制止日本侵略中国。研究者指出："在1931年至1937年的6年间，《密勒氏评论报》在反对日本侵略、支持中国抗战方面堪称积极和努力。而且随着日本侵略的加深，其态度日益坚决和鲜明。"[1]鲍威尔的回忆录详细记载了他对中国东北、苏联海参崴、西伯利亚、莫斯科以及日本、菲律宾等地的访问采访，中心议题亦是正确分析远东国际关系以及对于和平的追求，进一步深入了解和研究日本的战略意图，维护美国在远东的战略利益。

1937年七七事变的爆发，标志着中国全面抗战的开始。《密勒氏评论报》进入了全力支持中国抗战的新阶段。鲍威尔反对日本侵略中国的立场更为明确和坚定。根据研究者统计，该报从1937年7月10日至

---

[1] 汪洪田：《〈密勒氏评论报〉与中国抗战》，张洪注主编：《中美文化关系的历史轨迹》，南开大学出版社2001版，第100~139页。

1941年12月6日发行的231期报纸,刊载了数千篇社论和专文,除个别篇外,都与中日战争有关。1938年5月20日起,该报增设"读者来信"专栏,揭露日本侵略,宣传中国抗战,呼吁国际社会援助中国,收到良好效果。该报在中国及海外拥有众多读者,有相当数量的知名记者和学者为该报撰稿或担任编辑,刊载文章广为国内外报刊转载。《新华日报》《解放日报》《群众周刊》《全民抗战三日刊》《大公报》等战时重要报刊大量转载该刊社论文章。《密勒氏评论报》对于中国抗战起了积极的作用,该报揭露侵略日本野心,谴责日军种种暴行;揭露汪伪汉奸傀儡的叛国罪行;鼓舞中国人民的抗战士气和中国军民的信心;促进国共合作团结抗战;督促国民党和蒋介石实施、坚持抗战;敦促国际社会特别是美国对中国抗战的了解、同情、支持和援助等。①

鲍威尔和《密勒氏评论报》长期以来坚定支持中国抗战、反对美国对日妥协的立场,受到日本侵略者的高度关注和强烈敌视。日本有关对外机关曾经企图收买鲍威尔为日本侵略服务,为鲍威尔严词拒绝。②鲍威尔逐步从一个同情中国抗日立场者,演变为反对日本法西斯的一位国际战士,被列入了日本军部的黑名单,遭遇种种政治迫害和生命威胁。日本操纵的汪伪特工对于鲍威尔和《密勒氏评论报》的迫害接踵而至。他们利用新闻检查、禁止邮寄、恐吓、驱逐、收买、暗杀等手段逼迫鲍威尔屈服。1939年6月16日前后,汪伪特工总部以"中国国民党铲共救

---

① 汪洪田:《〈密勒氏评论报〉与中国抗战》,张洪注主编:《中美文化关系的历史轨迹》,南开大学出版社2001版,第100~139页。

② 鲍威尔在回忆录中说:1936年鲍威尔访问苏联时,途经日本返回中国,日本"日美协会"主席在东京宴请鲍威尔和《亚洲杂志》总裁沃尔什,日方提议:"你需要资金吗?我们每年给你5万美金,然后替日本宣传宣传",日美协会隶属日本外务省管辖,赤裸裸地站在日本人的立场说话。此种丑行为鲍威尔当面拒绝。

国特工总指挥部"名义，发出恐吓信，对包括《密勒氏评论报》在内的反日报刊编者威胁说："如再发现有反汪拥共反和平之记载"，"决不再作任何警告与通知，即派员执行死刑"等，并在上海制造了一系列针对反日报人的血腥屠杀事件。①1940年7月，汪伪政府又在《中华日报》上公布对于6名外籍记者的"驱逐令"，鲍威尔名列首位。1941年10月，汪伪特工在鲍威尔下班路上向他投掷了一枚手榴弹，痛下杀手，所幸手榴弹未爆炸，幸免于难。②

太平洋战争爆发后，由驻上海租界日军方新闻发言人办公室出面，召集在上海的美国新闻记者和商人开会，再次威迫利诱，企图得到参会的"美国人对他们占领上海租界的赞同看法"，鲍威尔仍不为所动。日本法西斯的魔爪终于伸向鲍威尔。12月8日，日本宪兵在占领上海租界的当天查禁了《密勒氏评论报》。20日，日本宪兵逮捕鲍威尔，将其关入"大桥监狱"，指控鲍威尔从美国海军武官处取得大量活动经费，从事反日情报活动，鲍威尔拒不承认，遭到了日本宪兵非人的残酷迫害。鲍威尔的回忆录对于他的战俘生涯作了详细记载，成为日本法西斯战争罪状的重要组成部分。

对于中国未来的思考

鲍威尔的回忆录记载了他回到美国后艰难而痛苦的治疗过程。美国

---

① 黄美真、姜义华、石源华：《汪伪特工总部七十六号》，上海人民出版社1984年版，第54页。

② 汪洪田：《〈密勒氏评论报〉与中国抗战》，张洪注主编：《中美文化关系的历史轨迹》，南开大学出版社2001版，第100~139页。

哥伦比亚长老会医疗中心诊断鲍威尔患的是严重的双脚感染性坏疽死,"原因是营养不良,双脚赤裸,以及日本人长期强迫西方囚犯按日本习惯长时间盘坐在双脚上,致使我双腿与双脚的血流阻断。"

在漫长而痛苦的治伤过程中,鲍威尔收到来自美国各地的慰问和经济援助,对他遭受日本法西斯伤害深表同情,激发了他活下去、战胜伤痛、恢复健康的勇气,同时也推动他在病床上回忆和思考他在中国的经历,他陆续完成了回忆录,给后人留下了一笔重要的精神财富。在本书的结束部分,他认真思考了在中国的漫长岁月和奇特的经历,对中美关系的未来作了深入思考,留下这样的总结,值得我们阅读和思考:

"战争中发生的任何事情都没能改变我在珍珠港事件之前形成的信念,即美国与太平洋的利害关系不仅现在而且将来都是巨大的。美国动用了如此众多的人力和财力夺取的胜利必须使亚洲最偏僻角落的人民都能受益。我认为,人口众多的亚洲人在战前将一些欧洲国家视为亚洲支配力量,而现在他们将目光转向新世界的美洲。他们想更多地了解美国,并与她交朋友。我相信,在亚洲各地茶馆里、市场上和乡村里,那里的人们只要议论起他们国家的未来,就会想起并谈起美国。

我在中国生活了这么多年,发现不把我的未来同中国的未来联系起来是很困难的。在医院里的那些漫长的不眠之夜,我脑海中反复回想着我25年的经历,有许多我已经写进了这本书。我深信,这场战争结束后,中国在正确的领导和帮助下,将会加速前进,而且中国的未来将对全世界产生重要的意义。我希望我能像过去那样,为中国未来作出贡献。"

鲍威尔对于25年中国生活和工作的总结及对于未来的展望，充分表明他是一个热爱美国又同情中国人民的新闻记者。他对于未来中美关系和中国的建设发展表达了良好的愿望。然而，中美两国在战后70余年间却发生了天翻地覆的变化，中美关系将经历曲折复杂的变化历程，这是鲍威尔所无法预料的。

回忆录之外的故事

当第二次世界大战结束的时候，鲍威尔的伤病和健康情况已经不容许他再度重返中国去继续他钟爱一生的在华新闻事业。1945年10月30日，世界反法西斯战争刚一结束，鲍威尔在他生命的最后时刻，决定安排他的儿子小鲍威尔重返上海，继承了他的事业，在上海复刊《密勒氏评论报》，继续推行热爱美国且同情中国的事业，给我们留下了许多非常有价值的历史资料。

对于战后国共内战和中国社会的新陈代谢，《密勒氏评论报》作了客观的报道和评论，留下了研究第三次国内革命战争时期中国政治和社会的许多珍贵历史资料。如1948年8月19日，南京国民政府以"总统令"颁布财政经济紧急处分令，实现金圆券改革，这是国民党政权临终前经济崩溃的一次预演。《密勒氏评论报》对此事件自始至终予以关注，报道内容从读者来信、社论、专论、中外报纸观点摘编等栏目都有涉及，这些报道有《密勒氏评论报》自己的观点，也有刊文作者的观点，对了解金圆券改革后的各界舆论反应具有重要价值。从1945年10月至1949年5月上海解放，这一重要时期的历史，《密勒氏评论报》留下许多极富价值的资料，值得后人查阅、整理和研究。

更加值得关注的是，上海解放后，中国与西方交流渠道出现阻滞，在上海发行的西方媒体普遍对红色政权抱有敌意，英文报刊中凡是与国民党政权关系密切者都被新政权接管，美商《大美晚报》因报社劳资纠纷于1949年6月停刊，英商《字林西报》因涉嫌造谣破坏受到军管会警告，1951年3月31日停刊。只有《密勒氏评论报》在上海解放后，继续发行，直到1953年3月31日停刊，成为解放初期中国大陆发行的重要美商报刊，具有重要的研究价值。

小鲍威尔赞成中国共产党革命的方向，同情中国人民的解放事业，对新政权取得的新成就抱积极支持的态度。上海的研究者指出："解放初，在中外信息隔膜的状态下，《密勒氏评论报》成为一个非常重要的传播有关中国最新消息的途径，向海外读者讲述了'在这块古老土地上正在进行的新文明建设中所发生的有趣的和重要的事情。'有读者写信给小鲍威尔说：'通过《密勒氏评论报》，新中国给他们形成了一种形象：中国人民忙于修建水坝、夷平高山，总体上在重建自己的国家，他们没有时间放松和娱乐。'"该报发表的《论人民民主专政》《为什么共产党取得胜利》《中国政党》《PPCC上海代表团》等系列文章，向外国读者介绍了新中国的"新民主"和"联合政策"，以及新政权的组织机构、民主原则及其强有力的执政能力。该报还从各个方面记录了新政权处理国计民生问题的有效措施，包括粮食供应、经济建设、文化教育、艺术教育等。《密勒氏评论报》传递给世界的典型的案例是："共产党士兵的行为成为一道风景"："士兵均非常疲劳，坐靠在路边，继而睡在那里。第一天傍晚，下起了雨，大部分没有分到帐篷的士兵就浸湿在雨里，但他们拒绝人们送上的任何干衣服、食物、茶，甚至热水，因为他们不能从人民手里拿一针一线。"另一道风景则是"解放军进城，学生们显得最为欢欣鼓舞,他们扭着秧歌,唱着赞歌,召开大会,向人们解释解放的意义,教他们唱歌,这些都为已是红旗招展的街道增添了更多的节日气氛。"①《密勒氏评论报》还发表了《在天津自来水厂,工人成为工程师》《一名母亲讲述她的孩子在新中国所受的教育》等报道,从各个细微的角度向世界报道新中国发生的新变化。②熊月之对于《密勒氏评论报》在这一时期的作为也作了积极的评价。他指出:"该报在1949年5月上海解放以后,报道解放军进入上海如何秩序井然,冒雨露宿街头,秋毫无犯;报道上海市民在街上扭着秧歌,庆祝解放。在抗美援朝战争时期,批评美国政府侵朝暴行,揭露美军在战争中施用细菌战等罪行",称赞该报"以许多具体、生动的实例,介绍新中国朝气蓬勃的景象。"③

小鲍威尔以为,新中国成立后,美国会承认新中国政权,上海的中美贸易将恢复,上海将继续作为一个重要的港口存在,并且将有一个外国商人和其他人居住的社区,对于中美关系的未来表达了积极的展望。尽管《密勒氏评论报》根据其办报宗旨,也通过"读者来信"等形式对于新政权有所批评,但不取对抗态度,为此,该报一直能坚持正常发行。然而,中美关系并没有按照小鲍威尔的愿望发展下去。1950年6月,朝鲜战争发生,中美随即进入热战,美国国内的麦卡锡主义甚嚣尘

---

① 沈荟、程礼红:《"中国人民忙于重建自己的国家,他们没有时间放松和娱乐"——〈密勒氏评论报〉报道成立伊始的新中国》,马学强、王海良主编:《〈密勒氏评论报〉总目与研究》,第1109~1112页。
② 《在天津自来水厂,工人成为工程师》《一名母亲讲述她的孩子在新中国所受的教育》,《密勒氏评论报》(1953年6月)。
③ 熊月之;《序言》,马学强、王海良主编:《〈密勒氏评论报〉总目与研究》,第2页。

上，中美关系开始了长达20多年的对抗。《密勒氏评论报》由于中国政治局势的变化出现严重财务问题，由于国民党军队对于上海军事"封锁"和美国政府对新政权的敌视和制裁，该报的"海外分销""海外汇款"等渠道出现障碍，甚至中断，以海外发行为主要对象和经济来源的《密勒氏评论报》遭遇越来越多的经济困难和各种障碍。1953年7月，终于宣告停刊。

不仅如此，小鲍威尔返回美国后，还遭遇到了政治迫害。奉行麦卡锡主义的美国反共政府曾指控他"违反了战争法，煽动印刷虚假陈述，捏造美军在韩战中对中国军队使用细菌武器的报道"。甚至以共产党在朝鲜战争中曾"强迫美军战俘阅读《密勒氏评论报》的文章，破坏美国士兵对祖国的忠诚"为由对他进行指控，并追究小鲍威尔的政治罪责。案子拖了5年之久。1959年1月，才由旧金山联邦地方法院最终宣判指控无效结案。①

---

① 沈荟、程礼红：《"中国人民忙于重建自己的国家，他们没有时间放松和娱乐"——〈密勒氏评论报〉报道成立伊始的新中国》，马学强、王海良主编：《〈密勒氏评论报〉总目与研究》，第1114页。

第一部分

开始与中国结缘

东方之行

1917年2月初的一天，我搭乘的一艘小货船，缓缓地靠上了上海虹口码头。船一停稳，我拎着自己的手提箱登上了岸，雇佣的一个苦力，扛着我那只洋铁皮衣物箱跟在后面。天正下着雨，黄浦江边的街道显得非常狭窄。街道两旁，是连片的船用货栈和仓库，路面被雨浇得泥泞不堪，寸步难行。两辆黄包车从后面紧跟上来，招呼我上车。这种靠人力拉的车，足以容纳一个乘客和行李，但是，我仍决定步行去我要去的旅馆——礼查饭店（The Astor House Hotel）[①]。我这次东来，曾在日本稍事停留，第一次看见了黄包车，而且还在横滨坐过，但此时此刻，我仍对东方的一切感到陌生，不忍心坐在由人类拉着跑的车上。

我这次东方之行，是受美国密苏里大学一位毕业生，在远东地区负有盛名的记者托马斯·富兰克林·费尔法克斯·密勒[②]电邀，到上海帮助他创办报纸。大概是命中注定吧，我要在这地球上政局最动荡的地区呆上25年，来从事报业生涯。

密勒的电报，是从上海打给密苏里大学新闻学院院长W.威廉的，说他希望聘用一名新闻学院毕业生，协助他在上海创办一份报纸。威廉院长把电报给了我,而这是我生平所见的第一封越洋电报。

这段时间里,我正在为其他两个工作机会犹豫不决,定不下心来。这两个工作机会,一个是衣阿华州首府得梅因(Des Moines)的一家经贸杂志邀我作发行人,另一个是佐治亚州亚特兰大市的一个报社发行人,聘我作他的助理。可是,到东方去的念头着实具有诱惑力,在我与妻子和同事们认真商量之后,我推掉了以上两个差使,并着手结束大学里的工作。

我不是厄普顿·辛克莱[③]小说中的那位英雄,"降生在国际社会和外交阴谋的王国之中"。我出生在密苏里州东北部的一个农场里,就读于当地的乡村学堂,随后在那儿教书。后来靠着帮人发送报纸,一份日报,一份晚报,赚了一点钱,才去伊利诺斯州昆西城,读完高中和商学院。这样过了几年,我进入资深的《昆西自由报》(Quiney Whig)作实习记者,以便为我去密苏里大学读书赚学费。在密大,我就读的是该校新成立的新闻学院。四年后毕业,我回到了家乡,在汉尼巴尔《信使报》(Courier-Post)工作。

这里是马克·吐温[④]的童年居住地,闻名遐迩。我在《信使报》里先后做过发行部经理、广告部经理和报纸市政专栏编辑。四年后,我重回密苏里大学新闻学院担任讲师。

那时,我同其他美国年轻人一样,对遥远而陌生的东方的全部知识,只是从学校的地理和历史教科书中获得,不过几页文字而已,而且地图绘制得错误百出。即使在大学课堂里,我也记得仅在一两次课程中,教授讲到过"古代、中世纪和近代"中国史,并且语多不恭。

在密大新闻学院,我认识了几位中国和日本留学生。其中一位名叫黄兴(译音),他出生于广东,并在檀香山呆过。他跟我共同筹办了

"天下俱乐部",成员包括许多不同国籍的留学生;另一个是我教过的学生董显光⑤,他来自上海。黄和董后来均成为中国新闻界的著名人士,但两人的政治立场相去甚远。还有一个日本留学生,名字叫户田,虽然身材矮小,但在学生义勇军中表现出色。他来美国读书之前,已经在日本军队中当了三年大兵。

我即将去上海帮助办报这件事,激起了许多同学的巨大好奇心,甚至不无羡慕。实际上,我自己对那张报纸的情况,却一无所知。同时,人们向我提出了许多稀奇古怪的问题,弄得我心烦意乱,根本无法静下心来。一个朋友跑来问我,能否阅读"鸡爪印"似的中国字?说着,递上一张当地中国洗衣坊开的发票,要我念给他听;新闻学院的理发师,则问我是否要留一个"辫子式"发型。

随着到中国去的日期愈来愈近,我对于未来的办报工作也逐渐有所了解。我以前曾写过一篇关于小报的组织纲要,在一家报纸刊出后,受到小报馆的普遍采用。可是,这种文章对我的新工作有否用处?上海要办的报纸属于哪种类型?我要不要写社论,拉广告,推销报纸?或像通常的小报一样,每样事情都得自己干?就像我先前在《信使报》工作时,除了排字,几乎样样都做。另外,我不知道中国是否有印刷工人工会,中国报纸是否采用能铸造5 000个汉字的新型铸造活字机?有人告诉我,这是一期中国报纸的常用字数量。

为了获取尽可能多有关中国的知识,我翻遍大学图书馆,总算找到了两本书,一本是《中国人的性格》("Chinese characteristics"),另一本是《中国农村生活》("Villiage Life in China"),作者是美国传教士明恩溥(Dr. Arthur H. Smith)⑥,他在华传教50多年。他以言辞幽默著称,这在他的书中也随处可见。但在美国的中国留学生,并不喜欢他写

005

的书，认为他对中国人生活的描述过于猎奇，不切实际。我刚到上海时，曾听过明恩溥博士就北京政治状况发表的演讲，当时北京政府刚刚经历了一场危机，即反动势力阴谋复辟清王朝。演说后，明恩溥博士就动身回美国安度晚年。在他的这次演讲中，他结束时说道："中国正站在悬崖边上"，令在场的每个人，特别是新来的外国人心情沉重，久久不愿离去。这时，明恩溥博士风趣地眨眨眼睛，然后紧接着说："事实上，从我50多年前来中国时起，这个国家一直站在悬崖边上。"真是妙语连珠，大家的沉重心情，不禁为之释然。

1917年1月，我乘坐一艘日本远洋客轮"日本丸"，从旧金山出发前往中国。当时，我认为美国不会卷入第一次世界大战，大战已经历时三年了。客轮停靠日本长崎，即到达中国之前的最后一站时，情况仿佛有些不妙。长崎是最早与外国人交往的城市，历史悠久，我们上岸游览，逛街购物，忽然一位船员匆匆赶来，说船长奉上级之命，所有欲往上海的乘客，都须回到船上取下他们的行李，留在长崎自谋出路，客轮将改驶马尼拉。我和另外两三位同船的乘客，虽然是买了前往上海的票子，但这时突然发现身不由己，孤立无援，被人扔在长崎这个陌生的港口城市里。

没有办法，我们只得去长崎轮船公司打听，看看有没有其他客轮前往上海。但轮船公司说，在三个星期内，不会有客轮驶往上海。由于身上的钱所剩无几，我只好去碰碰货轮的运气。港口内正好有几艘货船在作业。于是雇了一条舢板，在港口内到处转悠，总算找到一位船长，肯带我去上海。他给我一个舱位，条件是把我的那张越洋船票给他，另付10美元，途中膳费自理。

几小时后货轮就要起锚,因此我匆匆取来行李,顺便买了一些途中的食物。船长只能说一点蹩脚英语,而且对美国人也毫无兴趣。

天气阴沉沉的,寒风刺骨,没有一丝阳光。但当船穿过九州西边海岬时,太阳冒了出来,晒在人身上暖洋洋的。这时,我开始闻到船上有一股呛人的臭味,而且随着天气变暖,这股臭味愈发厉害,令人作呕。我跑去问船长,为什么船上竟有这种臭味?他指了指甲板上和船舱里的货——全部用稻草捆绑着,看不清是什么——然后说:"臭腌鱼,只有中国人才吃的臭腌鱼!"几个星期后,我的衣服上仍有这股臭味,而在我的脑海中,似乎几年之后才算抹掉了它。

虽然如此,我能登上这艘船实属幸运。另一艘在俄国海参崴注册的"波特娃"号,一星期后自长崎载客开出,在中国海遇上台风,被刮到近上海南面的海岸边,经过艰苦的救援,才使船上的乘客脱险。

在我从旧金山踏上东去之路时,我还不知道那时经营横渡太平洋航线的客货轮,都是在日本注册的。后来经营太平洋航运极具影响的多拉尔(Robert Dollar)船长,曾被迫将他的货船改到加拿大注册,而美国唯一的客运公司——太平洋邮船公司,只好收缩到南美和巴拿马运河航线。在美国即将投入大战的紧急关头,仍迫使美国撤回不甚发达的太平洋航运的原因,是美国国会通过的《拉福莱特法案》(La Follette Act),它由威斯康星州自由派参议员拉福莱特⑦提出,旨在帮助美国海员。在这项法案中,有一款明确规定美国船主不得雇佣东方海员。由于美国船只付给美国海员较高的报酬,而英、日船主雇佣大量低薪的东方海员,因此,两者之间竞争的结果不言自明,美国无法继续经营太平洋航线,出路只有两条,要么从这一航线撤出,要么改在英国注册,因为英国允许雇佣中国水手。实际上,同其他任何国家的好水手一样,中国水手工作效率高，为人可靠。

第一次世界大战爆发后，绝大多数在英国注册的船只撤到了大西洋，结果是让日本人独揽了太平洋航运。直到战后，在联邦政府的支持下，以与商人签订奇怪的运送邮件协议的形式，由政府出资建造船只，美国商船才重回太平洋。因此，第一次世界大战期间，在一段相当长的时间内，一望无际的太平洋上，可以说除了几艘军舰外，没有任何其他美国船只。

注释：

① 礼查饭店（The Astor House Hotel），即今上海外白渡桥北堍的浦江饭店。始建于1860年，为上海开埠后第一代新式旅馆。
② 托马斯·富兰克林·费尔法克斯·密勒（Thomas Frank Lin Fairfax Millard，1868~1942），美国报人，1911年在上海创办《大陆报》（The China Press），任主笔，立论同情孙中山领导的革命运动。1917年创办《密勒氏评论报》（Millard's Review of the Far East）后被北洋政府聘为对外宣传顾问。1927年南京国民政府成立后密氏仍充顾问。
③ 厄普顿·辛克莱（upton Sinclair，1878~1968），美国作家，其作品较真实地反映了20世纪初期美国工人阶级的生活状况和社会黑暗，代表作有《屠场》等。
④ 马克·吐温（Mark Twain，1835~1910），美国作家，著名的长篇小说有《镀金时代》《汤姆·索耶历险记》《哈克贝利·芬历险记》等。作品思想深刻，文笔清新生动，以幽默讽刺见长。
⑤ 董显光（1887~1971），浙江宁波人。1909年留学美国，攻读新闻及法律。1913年回国后，历任《中国共和报》副主编、《北京日报》主笔、《密勒氏评论报》副编辑及参议院英文秘书、交通部参事。1929年，任英文《大陆报》总经理兼总编辑。抗日战争爆发后，任军委会第五部副部长，负责国际宣传。旋任国民党中宣部副部长，曾随蒋介石出席开罗会议。1945年当选为国民党中央执行委员。1949年去台湾。
⑥ 明恩溥（Arthur H.Smith，1845~1932），美国公理会教士，1872年来华传教，兼任上海《字林西报》通讯员。著有多种有关中国的著作。
⑦ 拉福莱特（Robert Marion La Follette，1855~1925），美国国会众议员、参议员，曾三度当选为威斯康星州州长。第一次世界大战期间，是一个和平主义者。

密勒和《密勒氏评论报》

礼查饭店是当年上海第一流的旅馆，其前身是早年来华的一位美国船长创办的一座供膳公寓，——他把自己的船留在了上海，其名字也来源于美国最著名的纽约礼查饭店。但是，这位船长不得不在名称上加添"旅馆"这个字眼，因为纽约礼查饭店的大名，还没有传到中国。除了名称以外，这两家饭店几乎没有任何共同之处，上海礼查饭店四面临街，由两幢三层和四层高的楼房组成，有长长的通道串连着。饭店的中央，是一个宽敞的厅院，晚上交响乐队常常在此演奏。晚上8点起，穿得衣冠楚楚的客人下来进餐，这时，你可以看到这个港口城市的大部分外国头面人物，一位上了年纪的老上海曾对我说："如果你愿意坐在饭店的大厅里，张开眼睛随便看看，那么，你几乎可以看到混迹于这个城市的所有骗子！"

我寻到礼查饭店后，打听下榻在此的密勒先生住几号房；一位仆役轻声地说，他就住在饭店里，并且马上就会来大厅坐坐，我刚想问他长得如何模样，那仆役就叫我看一位正从楼梯上走下来的人。只见那人身材单薄，体重125磅左右，但穿着异常考究，我不由突发奇想，他怎么能够在坐下来的时候，不弄皱他那套笔挺的西服呢！

我的老板密勒先生曾在《纽约先驱报》（New York Herald）工作数年，先写戏剧评论，后做国际政治记者，继承了已故的《纽约先驱报》主持人贝纳特（James Gordon Bennett）的许多怪癖。

自然，我急切地想知道，有关上海报纸的许许多多问题，但密勒似乎不急于告诉我；何况我们也无暇谈及，因为我们马上被正在吃午茶的许多英美人围住闲聊。所谓的"茶"，实际上是指鸡尾酒和威士忌苏打。

这种不受拘束的饮酒，不由使我心中痒痒的，因为我生长在美国中西部自动禁酒的土地上，而且我离开美国的时候，正接近于1920年开始的持续几年的"大实验"（"great experiment"）[1]。围谈的人愈来愈多，仆役又搬来一张大桌子，好放置更多的酒瓶和杯子，当新进来的人过来寒暄时，他们总是要求同已在场的再干一杯，这样一来，每个人都喝了一杯又一杯。仆役在每次上酒后，都把一张帐单递给要求干杯的人，付款的主人，则从来不瞧那帐单上的金额数目，一签了事。

在我坐等密勒先生的时候，看了一份上海出版的英文报纸，上面刊载了路透社的一则重要电讯，说美国已与德国断绝外交关系。这是1917年2月3日。但在我们的谈话桌上，却没有一个人说起美国参战之事，相反，大家的话题，都集中在"酒"字上，说美国可能采取酒类禁运措施，以及由于英国航运业衰落，限制了酒类运输，导致酒价不断上涨等等。但最后的结论是一致的：上海总是有酒喝的，至少在酒这个问题上，英国人要比美国人明智得多。

这时，一位头发灰白、中等身材的人进入大厅，大家的交谈戛然而止。有人把我介绍给他——美国驻沪总领事托马斯·萨蒙斯（Thomas Sammons）。他是一位可爱的官员，只是经常担心在上海会发生某些事情，而这些事情会使他卷入与美国国务院的冲突中去。

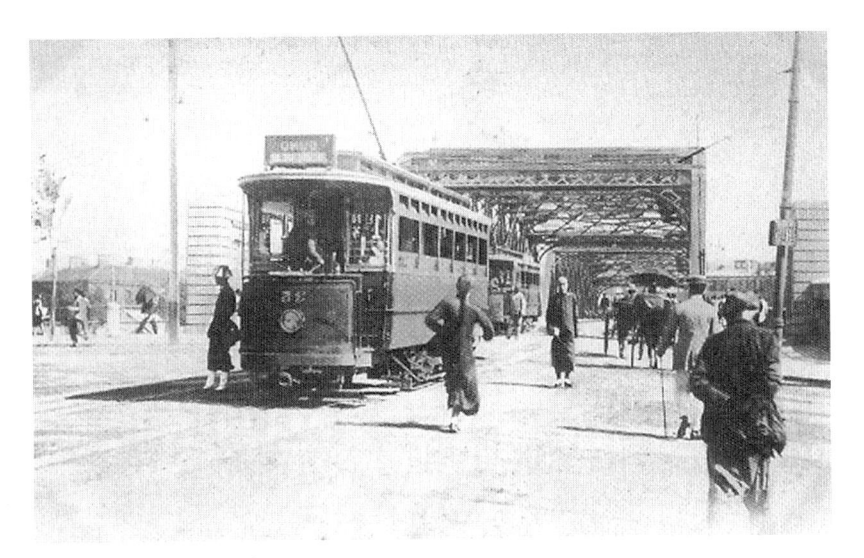

清末的外白渡桥，电车刚刚开行，礼查饭店位于旁边

20世纪初年的外滩鸟瞰

1910 年改造后的礼查饭店

外侨在礼查饭店门前合影

后来美国的参战，果然大大增添了这位总领事的责任和焦虑，因为上海公共租界性质特殊。中国尚保持中立，德国、奥地利的领事和侨民，并没有受到限制，照常从事自己的工作，但所有的英国人和大部分的美国人，却不再跟他们交往或做生意。

人群散去后，密勒先生建议我就在礼查饭店开个房间，并介绍我认识了饭店经理莫顿船长（Captain Harry Morton）。因为礼查饭店的各位经理，大部分做过船长，所以这家饭店的许多方面，都仿照着船上的式样，如饭店的走廊，油漆得颇似客轮上通向睡舱的通道。莫顿船长说，他会在"统舱"里给我安排一个房间，每月房租125元，包括膳食和午茶，折合美金约60元。

第二天，在密勒先生的套房里，我才有机会与他讨论即将着手的工作，同时，还了解了他在中国的经历，他对中国问题的一些看法。

1900年，密勒先生作为《纽约先驱报》驻外记者，来华采访报道义和团事件。在那时和后来的采访活动中，他结识了不少中国政治领袖，如袁世凯、唐绍仪[②]、伍廷芳[③]，上海第一家近代化银行的创办者Tong, F.C.（待查），国民党领袖孙中山先生。中国在那时还是帝国，但有大量的迹象表明，一场革命正在酝酿。1911年，密勒先生在中国创办了第一家美国报纸，即在上海出版的《大陆报》（China Press）[④]。在办报过程中，后来成为东京《日本广告人报》发行人的B.W.弗莱塞（B.W.Fleisher），曾做过密勒的助手；美国芝加哥的一个制造商查尔斯R.柯兰（Charles R.Crane），为《大陆报》购置了字模和机器设备，成为该报的大股东和社长。柯兰有意在外交界发展，1909年被美国塔夫脱总统指派为驻华公使，但未就职。第一次世界大战后，才重新接受了这项

013

任命。

上海的一些著名中国人士，包括唐绍仪和一些银行家，当初都许诺承购密勒先生新办报纸的股份。但当印刷机抵达上海时，不少人中途变卦，不肯入股，密勒先生经过一番明查暗访，发现是老牌的英国《字林西报》(North China Daily News)⑤捣的鬼。《字林西报》简称 N.C.D.N.，是除香港以外英国的海外第一大报，主持者当然不希望有美国报纸与之一争短长，特别是像《大陆报》这样类型的，拥有一些中国股东，鼓吹中美合作。上海的美国人为数不多，却在不断增加，大家普遍感到应该有一份美国报纸问世。

《字林西报》还有更进一步的理由，反对创办一份美国报纸。《大陆报》曾因经营得法，并辟有连环漫画和其他吸引读者的专栏，很快在销量上超越《字林西报》，但仅有发行收入，仍不敷维持报纸的生存，不久就遇到了严重的财政困难。最后，密勒不得已辞去《大陆报》总编一职，报纸的主要股份，卖给了在上海经营房产业和保险业的一家美国公司，但这家美国公司又将股份卖给了一家英国公司，从中赚取高额利润。

这就是办报的过程。但是，我来上海帮助密勒先生，要办的是一份新报纸，一份周报，密勒已定名为《密勒氏评论报》(Millards Reviaw of the Far East)。他已买了一些字模和白报纸，其他事情一概留待我去做。可以说，创设一份新的美国报纸的责任，全部落在我的身上。

我们在印刷厂附近租了几间房子，作为报社的办公室，随即投入工作。我们有太多的问题需要解答："我们是自己印刷还是委托印刷厂代印？""报纸会有多大的销量份数？""我们从哪里去拉广告？""中国人会看我们的报纸吗？"最后，我提出了一个最重要的问题："报纸究竟应该登载什么内容?"不想,竟立刻得到了一个出乎意料的回答,正直挺挺地躺在椅子上的密勒先生怒冲冲叫道:"他妈的!我们高兴登什么就登什么!"

当我挨家挨户在中国商人与外国人中宣传这份报纸,并向这些潜在的订户和广告客户宣布这个编辑方针时,我总是得到他们会心的大笑。后来我知道,正是密勒先生"他妈的!我们高兴登什么就登什么!"这句话,才起了如此作用,也正是为了这句话,他才不惜辞掉《大陆报》总编的职务。对于这一基本原则,他后来从未退缩过,而他的许多同事,为了尽快获取利润,往往随风转舵。

接下来就是忙碌的日子。办公室租好后,又与一家属于法国耶稣会的老式印刷厂签订协议,代印我们的报纸。这家印刷厂收到我们从美国进口的新字模后,十分高兴,但是我却不安地获悉,印刷厂里的中国排字工人,都不识得 ABCD。当我向印刷厂经理、美国人科恩先生(Mr Cowan)说起这个尴尬的情况时,他哈哈一笑说,排字工人不识他们要排的文字最好,否则的话,他们会有意改动原稿上的文字,搞得面目全非。这位科恩先生早年来华时,曾在一家新教教会印刷厂当领班。

可是我后来遗憾地发现,让不识英文字的中国工人去排英文字,也有另一种危险性。一次,一位记者写了一张便条,让杂工送至附近酒吧。便条上写着:"我要的啤酒呢?"可是不知怎么,这句话竟出现在第二天的报纸上,弄得许多读者莫名其妙,纷纷向我们提出质疑。又有一次,人们常去的江西路(红灯区)的"女业主"们[6],发出一些印刷精美的请柬,有选择地送给城里的单身汉们,邀请他们参加一个招待会,见见几位刚从旧金山来的新人。不料,有一份请柬落到了一位中国记者手中,他竟将它在报纸的社会栏内刊出,不由引起城里主妇们的极大不安。然而，这只是我这个新编辑所经历的一小部分。

我准备用不同型号的铅字，美化各个专栏的标题和正文，还有广告；同时，我调查了一下报纸读者的分布面，试图从中找出最有代表性的读者群。这是一项艰巨的工作。那时，在上海的英国人和美国人，总共加起来约有8 000~10 000人，商人和传教士大概各占一半。但我很快就发现，未来的读者并不限于美国人和英国人，还有其他几千名外国人——斯堪的纳维亚人、法国人、德国人、俄国人、葡萄牙人、荷兰人和大量的东方犹太人。这些犹太人大部分来自伊拉克，许多年前经过印度到达上海，有的已经成为巨富。这些外国人，大都能够阅读英文，也欢迎有一份美国报纸，刊载有关美国的新闻消息和时评。不仅如此，出乎我意料的是，最大的英文读者群却是年轻一代的中国知识分子，他们就读于中国学校或教会学校，有的已经毕业，这些年轻人对外部世界的事务，有着非常浓厚的兴趣，特别关注第一次世界大战的情况。像其他人一样，他们极想了解美国人对大战的态度，以及其他一些国际事务。这是我第一次开始认识到美国在世界事务中的重要性。所有这些年轻人，那时都正在学习英语，而且许多人把《密勒氏评论报》当作教科书。我们也经常收到来信，询问某些词语的意思，特别是那些我们有意强化了的美国式词语。

这些年轻能干的中国大学和中学毕业生，包括许多年轻的女性，都在外国人和中国人经营的贸易公司、工厂、银行、报社中工作，或在大学和学院，以及政府机构中工作。如果没有他们的帮助，很多旧式官僚和政府工作人员将会一事无成。

在所有来华的外国报人中，最早发现这么一大批研读英文的中国年轻人订户，大概我是当之无愧的第一人。在我的倡导下，许多学校组织了研习时事的俱乐部和班级，学员们订阅我们的报纸，多则几百份，少则十几份，既可用来了解时事，又可学习英文。我自己还在一所学院里开设新闻学课程。

此外，我又发现了另一个读者群，他们对于远东地区任何一家报纸来说，都是非常重要的订户。这批人生活在交通不便的内地，有传教士，有沿海地区进出口公司的土特产收购员，有外国烟草公司和石油公司派驻内陆小城的代理商；他们或许是英国人，美国人，斯堪的纳维亚人；一个驻扎在边境地区的海关官员，甚或是孤零零生活在海岛上的灯塔看守人。诸如此类，不一而足。他们对于阅读如饥似渴，连报纸上的广告页也决不放过。我永远记得一位英国人订户，他是一艘不定期货轮的船长，大概每隔6个月才到上海一次。每次抵达上海后，他总是来报社访谈，随后将已积存半年的一大捆报纸，带回船上阅读。他小心翼翼地理好报纸，堆放在舱房里，每天进早餐时，都叫仆役同时送上一份报纸，而且是从最早一期开始，逐期阅读，没有什么事情能够改变他这一习惯，即使在西线发生激烈战事的时候，也是如此。

这是多么有代表性的订户！虽然如此，从来没有一位报人更热衷地冀求在他的脑海里刻印这么一位典型订户——一个包含英国人、美国人、欧洲大陆人、中国知识分子、商人、传教士等等的组合体。于是，我决定办这样一种报纸，使任何人通过阅读，都能够获得本地的，中国的和远东地区的公正而完整的消息。在衡量各类新闻的重要性时，我总是在心里记着这么一个事实：上海是世界上最大的港口城市之一，固然有许多人热衷于商业、金融和经济新闻，但同样有许多人感兴趣于政治和宗教新闻。其时还在1917年，美国的《新闻周刊》（Newsweek）、《读者文摘》(Reader's Digest)、《时代周刊》(Time)等著名刊物还未问世呢！但那时，《文学文摘》(Literary Digest)、李普曼和克罗莱(Walter Lippmann and Herbert Croly)主办的《新共和》(New Republic)已经出版，后来又有维拉德(Oswald Garrison Villard)的《国家》(Nation)问世。当时，《新共和》杂志的版式设计漂亮，印刷装帧精美，在美国首屈一指，我们就以它为参考蓝本。当然，正文字体不尽一致，我们大多使用8点字体，来印刷新闻报道和有关政治、经济、财政的专栏。

当我们把征订单寄给那些可能的订户后，收回了1 000多份回执，且大部分附有支票。这似乎说明我们有了一个成功的开端。

我们定于1917年6月2日出版创刊号，紧张的筹备工作加快进行。就在创刊号出版前几天，我恰巧碰到美国在华法院的一位官员。那时，美国在华法院(United States Court for China)的主任法官是罗炳吉(Charles S.Lobingier)⑦，他是内布拉斯加州人。据那位官员私下相告，罗炳吉法官正在作一项重要决定，如果我们的创刊号能够延迟一个星期出版，或许会抢到一条好消息。我衡量再三，决定延期出版，这就是为什么《密勒氏评论报》定在6月9日，该月的第二个星期六，而不是原定6月2日，该月的第一个星期六出版的原因。

罗炳吉法官的决定果然重要，但因此却招致一些未预料到的反应。其中之一，便是以美国人法兰克.J.雷文(Frank J.Raven)为首的一群颇有势力的当地投资人，拼命反对这项决定。他们不仅憎恨罗炳吉法官，同时也憎恨我们的报纸，因为《密勒氏评论报》独家刊登了这项决定。美国在华法院的这项决定，不准雷文和他的同伙组建私营的"美丰银行"(American-Oriental Banking Corporation)，除了法院的规程外，罗炳吉法官还特别提到，极需阻止在华从事商业活动的美国人组建诸如此类

位于外滩的字林西报社大楼

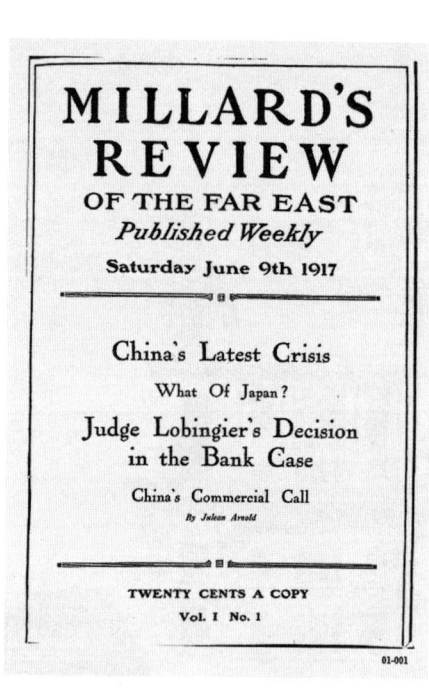

《密勒氏评论报》创刊号

年轻时候的鲍威尔

的"松散而不负责任的公司"。

早在美国占领菲律宾期间，上海已成为美国投机骗子和冒险家的乐园。他们大多在菲律宾呆过，但被美国驻菲律宾的第一任民政总督塔夫脱（William Howard Taft）⑧赶了出来，因为在英国的殖民地香港也站不住脚，许多人就跑来上海，终于找到了一处自由的天地。结果，上海变成了不法商人出售假珠宝、空头股票、专卖药和危险品等的大本营。有人开设了一家保险公司，原打算在马来亚的富裕华人中抛售股票，发一笔横财，谁知公司一成立，上海的中国商人踊跃投保，它竟成为一家生意兴隆，信誉卓著的保险公司。

雷文来自美国加利福尼亚州，在上海公共租界工务处（Pub-lic Works Department）工作期间，悉心收集有关新道路扩展的信息。辞职以后，他开设一家房地产公司，利用自己掌握的新辟马路和街道将延伸到何处的情报，在一次土地投机中大捞了一笔。从此以后，他又介入到其他形形色色的投机活动中，包括组织美丰银行、雷文信托公司（Raven Trust Company）、美国财务公司（American Finance Company），以及其他带有投机性质的企业和零售业。雷文一方面将有关企业的股份大量出卖给中国人和外国人，另一方面则加紧吸收传教士和上海外国人的存款。

虽然得不到有信誉的大商人和银行家支持，雷文却通过花哨的广告宣传，鼓吹他的"墙搭墙"（"Wallingford"）企业，并千方百计对当地事务施加影响，有时甚至能够操纵美国领事和公使的官方行动。但是，他的企业最终破产倒闭，负债累累，像传说中的纸牌房子一样，全部崩溃倒塌。一些教会因购买了雷文企业的大量股票，损失惨重；成千上万的人，在美丰银行、信托公司和财务公司有大量存款，不用说是连本带息全泡汤了,其中最倒霉的,恐怕是俄国人和其他非美国人,他们被雷文的广告宣传所迷惑,以为那些印有星条旗的文书上写有保证客户安全和高利率的字样,是值得信赖的,殊不知那全是骗人的障眼法。雷文的所作所为,使外国人在华享有的治外法权大受冲击,因为他就是利用这一特权,才建立起他的纸牌房子。

1935年,雷文的活动才算告一段落。上海的美国驻华法院,判处雷文和两三个同伙有期徒刑。给雷文判刑的法官,是来自新墨西哥州的希尔米克(Milton J. Helmick),特别检察官是来自伊利诺斯州的塞莱特(George Sellett)。塞莱特曾在美国教会创办的上海法学院担任教授,是他对雷文那些乱如缠丝、茫无头绪的不法活动,一一予以调查清楚的。

注释:

① 大实验("great experiment"),指当时在美国进行的一场内容广泛的社会运动,其中包括禁止在全美制造、运输和出售酒精饮料。凡是含酒精量超过0.5%的饮料,如啤酒和葡萄酒,都在禁止之列。
② 唐绍仪(1862~1938),字少川。广东香山(今中山市)人。早年赴美留学。1912年中华民国成立后,任首任内阁总理。旋加入中国同盟会。1917年参加护法运动,任军政府财政部长。1931年任反蒋的广州国民政府常务委员兼中山县县长。抗日战争爆发后,日本欲利用其出面组织伪政府,1938年9月在上海被国民党军统特务刺死。
③ 伍廷芳(1842~1922),广东新会人。曾赴英国留学,毕业后获大律师资格。1907~1909年,任清政府驻美国、墨西哥、秘鲁、古巴公使。1912年中华民国成立后,任南京临时政府司法总长。袁世凯夺取民国政权后,退居上海。1917年任广州护法军政府外交部长。
④《大陆报》(China Press),由美国报人密勒及弗莱塞在上海创办的英文报纸。1911年8月正式发行。30年代后改由中美合办,以促进国际合作,赞助中国国民政府的建设工作,造成更理想的上海国际社会和商业进步为宗旨。
⑤《字林西报》(N.C.D.N.),1864年,英侨在上海创办的大型英文日报。后在远东地区负有盛名。辟有本埠消息、中国内地消息、国际消息、经济新闻、船舶消息、体育游戏新闻、时人行踪等栏目。1941年太平洋战争爆发后停刊。1945年复刊,1951年

终刊。
⑥ 红灯区：指划定一定范围从事色情服务的区域；"女业主"则指经营妓院的老鸨或娼妓。
⑦ 罗炳吉（Charles S.Lobingier，1866~1956），美国人。1914~1924年任美国在华法院主任法官（旧译"大美国按察使衙门按察使"），后任上海法学院教授。
⑧ 塔夫脱（W.H.Taft，1857~1930），美国共和党人，1908年当选总统。1912年卸任后，任耶鲁大学教授。

1917年的上海滩

当我在1917年2月抵达上海时，根本想不到黄浦江两岸，绵延数里的码头和仓栈，曾经回响着美国水手们的码头号子声，他们在这里装船卸船，忙得不亦乐乎。这些美国船只，漂洋过海，航程漫漫，绕过美洲南端的合恩角，驶向美洲两岸，在温哥华岛和阿留申群岛装上皮货，然后横渡太平洋，可能经过夏威夷，最后来到亚洲海岸。

19世纪上半叶，广州、马尼拉和上海的对外贸易，以及中国沿海各口岸和长江各商埠的航运，曾被一家著名的美国公司——旗昌洋行（Russell and Company）所控制。旗昌轮船公司沿着上海外滩，或者说河岸街一线，建造了大量仓库和栈房，坚固得像堡垒一般，直至今日依然挺立在那里，隔着几条马路，便是法租界和中国人居住的南市。旗昌洋行创建于1818年，总部设在美国波士顿，总裁罗素（Samuel Russell）是康涅狄格州米德镇（Middletown）人。它在中国经营的业务，比任何美国公司都多，同时也获得了可观的利润，对当时刚与英国脱离政治和经济联系，尚处弱小的美利坚合众国来说，有着巨大的经济贡献。

19世纪中期后，旗昌洋行开始走下坡路。由于美国内战和中国太平天国起义，洋行出现严重的财政逆差，不得不出卖各种产权。1877年，旗昌洋行宣布破产倒闭，它在中国地区的船只和码头资产，统统为中国政府所接收，并以此组建了上海轮船招商局（Merchants Steam Navigution Company）。上海轮船招商局从那时起开始营业，到1937年中日战争爆发时，为了防止日本人的攫夺，招商局将其轮船和其他资产注册于美国亨特公司（William P.Hunt and Company），但至珍珠港事件发生后，这家美国公司的所有值钱玩意儿，还是统统落入日本人之手。

上海与其他东方港口城市相比，更多地受到早期美国的影响，它那种匪夷所思的国际化市政管理模式，也不能不归之于美国商人领事金能亨[①]。1852年，他不顾英国领事的愤怒抗议，将美国星条旗插进英租界，声称美国在上海拥有跟英国同等的权力。外国人之间的争斗，使中国人十分困窘，于是在英租界北面，苏州河以北地区，划出一块土地给美国人作租界。美国人接受了中国人的这份"礼物"，在那里兴建官署和住宅，这就是后来有名的虹口。但是，华盛顿方面却拒不承认美国领事的做法，认为这与美国政府尊重中国领土主权完整的政策大相径庭。上海的美国商人获悉政府的态度后，便设法将虹口合并进苏州河以南的英租界，于是形成了"公共租界"，后来还加上杨树浦（Yangtzepoo）。原先破棚烂房连片的苏州河以北地区，得以变成中国工业最发达的地区，因为它地处苏州河和黄浦江边，水上运输便利，而且更重要的，是这个地区拥有大量廉价、熟练、勤苦和驯良的中国劳工。英国人和后来的日本人，都在那里开设纱厂，美国人在上海创办的大部分近代工业企业，包括一个发电厂，也都集中在虹口地区。

在随后的10年间，中国人自己的工业建设，无论在数量或重要性上，都超过了在上海的外国人，它们主要集中在邻近虹口的闸北地区，著名的商务印书馆就坐落在此。商务印书馆是世界上最大和最完善的印刷企业之一,在对待它的数千名职工方面,也是东方最进步的工业企业。

1917年的上海,已跻身于世界上第一流的海港城市,但从现代都市发展的眼光看,却与一个美国乡村城镇差不多。上海在世界远洋货运港口中的地位,其码头装卸量居前六位,但是要知道,承运绝大部分货物的,并非是远洋货船,而是往来于中国沿海之间的大木船,它们可以从海参崴驶到新加坡。

1917年初,上海已有150多万人口,但却找不到一条好好铺过的马路。有一家隶属于市政当局的小发电厂;有一家私人投资者拥有的简陋的电话公司,那些瑞典制造的电话设备笨重落后,打电话时先要不停地转动曲柄,叫通接线生,然后接上你所需要的电话线。有一次,还为此发生过一桩国际纠纷。一位心境不佳的美国商人打电话时,由于不时地被其他线路打断,他一怒之下,就从墙上一把拉下电话机,扔到窗外大街上。电话公司的英国籍经理得知后,就拒绝为这个美国商人重新安装电话机。这位美国人跑到美国领事馆,对领事先生说,那位英国经理的做法实属歧视,有悖于"门户开放"政策和各国所拥有的权利行为。最后在双方朋友的斡旋下,美国人才重新装上电话机,事情总算没有闹到美国国务院和英国外交部插手的地步。

电话公司和发电厂后来被美国人收购,并予以现代化。但是当我初次拜访设在市政厅里的电力处,要求他们给我的办公室装上电灯时,猛然发现电力处的办公室里,吊着一只名叫"蓬卡"(Punkah)的印度大拉扇,因为这种风扇是由印度人最早发明的。它是一个大长方形的竹框框，框子上面粘着一层粗布，下端飘拂着流苏，用绳子吊在天花板上；另外一条绳子系住竹框边缘，穿过墙上的洞眼，一直拖到院子里，由一个中国仆役在那里前后拉动绳子，扇子就会不停地扇动，拉扇子的人，常常会拉着拉着就睡着了。无论是当地居民，或是电力处的工作人员，对电力处办公室靠印度大拉扇来降温，似乎都习以为常。有人告诉我，电扇有碍健康，会引起肺炎和胃病，因此即使在大热天，大家也都穿着"肚兜"，或系上宽大的羊毛腰带，以防冷风不小心吹进体内，导致肠胃不适。

描绘1917年的上海风情，如果不提及上海的救火队，那是不够完善的。救火队是一个"志愿"组织，队员除一小部分华人外，其余全是外国人，他们只尽义务而不取报酬。救火设备最初来自英国，差不多可以淘汰进博物馆当藏品了。

但是，救火队用新颖的方法，弥补了其现代化设备的匮乏。我离沪很长一段时间，刚刚回到上海的一个晚上，就被旅馆附近一个居民稠密区的火灾警报惊醒。于是，赶忙穿上衣服，跟当地居民和外国人一道，向火灾现场奔去，到了那里，令人惊讶地发现许多救火队员穿着晚礼服，拖着消防水管四处奔忙。他们的燕尾服后摆在微风中飘动，白衬衫前襟和领带上，沾满了黑烟灰。救火队员主要是英国年轻人，他们在救火时还穿着晚礼服，但本地华人队员却着装规范，头戴连拉美警察都羡慕的钢盔，我对此大为不解。

后来我才知道，火灾发生时，正是英国国庆节前夜，英国侨民正在上海总会出席招待晚宴和舞会。突发火灾，救火队员根本无暇换装，因此照旧穿着晚礼服，匆匆赶往火灾现场。当然，救火队员因此而遭受的损失，市政当局会负责赔偿，如服装的清洗、熨烫和织补等。在中央大厦前门上方，嵌着一块永久性的石碑，上面刻着救火队的口号，"我们为灭火而战！"

在上海的外国人中，救火队是众多笑柄之一。人们指责道，当失火的房子恰巧属于某位名不见经传的人物时，他们常常表现出偏见，据说灭火时磨磨蹭蹭，往往等到灭火完毕，房子早已变成废墟。此后几年，当若干家美国保险公司在上海设立后，由于老救火队是一个社会团体，其成员严格限制于"大班"（"taipans"）或英国大公司的年轻人，于是有人呼吁成立一支现代化的救火队，这还引起了一场激烈争论。可是，进步之势不可阻挡，尤其是因为灭火器材原始落后导致保险费高昂，因此这种进步更是势在必行。

上海为了防范内外敌人的攻击，组织了一个地方性的军事团体——万国商团（义勇队）[②]，它由代表各个国家的队组成，包括居住在租界里的中国人，有美国队、英国队、苏格兰队、日本队、中国队、葡萄牙队，还有斯堪的纳维亚和其他较小的欧洲小队。或许，上海义勇队是世界上第一支"国际"警察部队。由于英国人在上海外侨中占据多数，所以英国队，包括穿着苏格兰传统褶叠短裙的苏格兰队，成为义勇队中人数最多的一支。美国人共有三个队——步兵队、骑兵队和机枪队，还有一支由美国军官指挥的菲律宾队。所有这些队，总人数在1 200~1 500人左右，主要来自各大外国公司的雇员。在以后的数年中，上海遭受接二连三的骚动，几乎变成了卫戍之城，大量的外国军队驻扎于此，保护他们各自的侨民。但事实上，仅有1 500人的这支义勇队，已足以防卫租界的安全，这也说明当时长江下游地区，总的来说是相当平静的。像救火队一样，义勇队也是志愿组织，不取报酬，但在每年的节假喜庆之日，他们总是欢聚一堂，尽情吃喝一番。

美国、英国、日本、法国，有时还有西班牙、意大利和葡萄牙，都有驱逐舰停泊在长江出海处的黄浦江上。上海也正因为有了黄浦江，才成为一个港口城市。但是水兵们很少上岸驻扎，在平息所发生的特别事故后，总是撤回到船上。

我到达上海后，听到了许多有关上海外侨社会的有趣习俗。他们在这几十年间，一直生活在相对孤立的环境中，和外部世界联系很少，譬如窗帘和电风扇，他们看作是有害健康的。当时的上海还是溪渠纵横，一旦水位较低，水就变得像菜汤一般浓稠，大量蚊蝇赖此孳生繁殖。于是，睡觉时不得不挂上蚊帐，从天花板垂挂下来，罩住床铺。后来，由于普遍使用蚊香，蚊子的数量才得以减少，另一个驱蚊的办法，是叫仆人不时到房间里来，往家人或宾客的脚踝上洒些煤油，蚊子一闻到这种怪味，自然马上远走高飞了。一个有发明天赋的传教士，发明了一只长方形的薄布袋，让人把脚套进去，在膝盖处用绳子扎紧，以防蚊虫叮咬，后来这种防蚊袋十分流行，在上海英国人开的商店里，居然还有公开出售。我的一位美国朋友，一天晚上睡在我家，早晨醒来后，发现脚掌被蚊子咬得红肿不堪，几乎不能走路，一位仆人解释说："这位先生长得太高了，双脚紧紧撑住蚊袋，就被蚊子咬着了。"以后，由于许多河浜被填没，蚊子的威胁大为减少。再后来，市政当局普遍地向阴沟中喷洒一种油液，有效地杀灭了蚊蝇的孳生繁殖。可是，蚊子的威胁虽然大为减少，苍蝇仍然很多，它们嗡嗡地群集于弄堂和房子后面的垃圾堆上，吃得有滋有味。

外国人居住区的情形尚且如此，中国人居住区不用说就更糟了，特别是在人口密度较高的贫民区。伤寒、霍乱、痢疾以及其他细菌疾病，流行泛滥的程度，令人不寒而栗。但中国人竟没有被各种传染病消灭，医生们相信，一般中国人喜欢喝热茶和开水，是他们能够抵御传染病的主要原因。可是，在上海的中国人和外国人中间，因患内脏毛病而死亡的人数，多得令人吃惊。鉴于这种情况，有一个教会团体到各处去传授卫生知识，并特别强调苍蝇传染疾病的危害性。这些传教士准备了各种图文并茂的宣传品，说明苍蝇怎么样给人类带来疾病，他们将大幅彩色宣传画张贴在讲演场里，或者是城市各处的布告牌上，为了突出苍蝇的危害性，图上的苍蝇，都画得特别大，描绘它们是怎样在垃圾堆里爬行，然后又带着肮脏的脚，飞到人吃的食物上遨游一番，再将疾病传染给人类。可是有一天，一位传教士医师看见一群乡村妇女，围聚在一幅彩色宣传画前，一边指指点点，一边激动地大声谈着什么。他听见其中一位妇女说："怪不得美国人害怕苍蝇，原来美国的苍蝇长得这么大！我们的苍蝇小得多，所以也没有什么危险！"

今天，上海已是美国本土以外少数几个有美式摩天大楼、办公间和公寓大厦等高层建筑的大城市之一，但在30年以前，租界里最高的建筑不过是五六层楼，电梯更是少得可怜，总共只有一两座大楼才有，而且都在外滩。在外滩的建筑物和黄浦江之间，是一条宽阔的林荫大道，夏天的晚上，大部分外国人都来此散步，到了周末晚上，工部局乐队就在外滩公园举办音乐会，所有的外国人都去欣赏。

当时，租界里的所有公园，概不允许中国人入内。虽然如此，上海的外国人在独享公园的时候，并不能完全排除干扰，除了成群结队的蚊子外，还有栖息在公园树上的黑压压的乌鸦。它们发出沙哑的叫声，同交响乐团的演奏一比高低。这些乌鸦对于那些高贵的洋人，毫无尊敬之意，似乎总是选择衣饰华丽漂亮的淑女，或者穿着雪白衬衫的绅士拉屎，因此我常常怀疑它们是"排外主义者"。后来，工部局想出一个对

外滩公园音乐亭与准备欣赏乐队演奏的人

初到上海的鲍威尔写给家人的信,讲述见闻
(图片来源:The State Historical Society of Missouri)

上海公共租界的工部局大楼

上海公共租界工部局的中外巡捕

策,由他们提供奖金,让人捕杀乌鸦,以交纳乌鸦头为据。这样一来,一些中国儿童就大量地捕捉乌鸦,砍下它们的头,成批地卖给工部局,从中赚钱。可是好景不长,工部局发现乌鸦杀不胜杀,竟然有人在家里偷偷地大量饲养乌鸦,杀了以后来领奖金,于是下令取消奖金,停止收购乌鸦头。

著名的外滩公园,曾在中国人和外国人之间演变过一次严重的政治事件,起因是公园门口挂着的一块木牌。木牌上写着游人需要注意的游园规则,诸如禁止采摘花木,不得损毁公共财物,还有两条有些特殊,一条是禁止带狗入内,紧接着另一条是:"中国人,除前来作工的苦力外,不许入内。"当后来中国人和外国人之间的矛盾日趋激化时,学生运动的鼓动家便有效地利用了这条规则,说成是:"华人与狗不得入内。"

上海是由三个不同的政治区域组成:公共租界、法租界和中国城。公共租界又有三个重要部分——虹口、杨树浦和沪西,大部分外国人居住在沪西。法租界是一块狭长地带,位于公共租界和古老的中国城之间。当初公共租界成立管理机构时,法租界拒绝参加,而是建立了自己的管理体制。所谓沪西住宅区,在1937年日本人占领上海后,成为世界上最声名狼藉的赌窟和夜总会集中地。实际上在20年前,沪西还是一片空旷的乡村景色,点缀着几座孤零零的村庄。

住在上海公共租界里的外国人和中国人,所要交纳的唯一税捐,是根据租金定额课征的"地税",如这块土地租出去了,租地人就须交纳租金的10~15%作为税捐,这样算来,譬如租金是每月100元,税捐就是每月10元,或者说每年120元。至于那些未经改良的土地,则特许不征税。这种租房人必须支付大部分税捐的制度,最初是从英国传来的,尽管这种做法在英国有了变更,但在上海却一直保存下来,始终没有改变。这种税收制度,租房人的税捐负担远甚于土地所有人,后来也成为中国人和外国人之间一个严重的政治问题。

上海的街道,是用碎石和粘土混合铺起来的,修路工人先把碎石砸在地上,然后用稀泥填进石间缝隙。接着,马上用绳子把这块路面圈起来,以免路人践踏,等到泥土干透后,修路工人拉起石磙子,将路面压得光滑而平整。这样铺成的街道的确不坏,但是一旦下大雨,缝隙间的泥土免不了冲刷一空,那就只好重新再铺一次。当然不必担心,中国的劳动力十分低廉,泥土也多得是,而且那些承包商每修一次路,都会从中捞到不少好处。

当时的上海公共租界,还没有污水处理系统,连现代化的抽水马桶都没有,仅在外滩一两幢新式建筑物内,可以见到这种玩意儿。跟窗帘和电风扇一样,抽水马桶被认为是"有害健康"的。浴室里使用一种圆形大瓦缸,浴客只能直挺挺地坐在缸里洗澡。便桶却是一个方形木盒子,上端凿一个孔,里面放着陶瓷夜壶,每天早晨,家里的男仆就把夜壶拿出去,把里面的粪便卖给乡下农民作肥料,由此也可获得一笔不小的收入。公共租界当局见排泄物有利可图,于是也专门收集粪便,集中卖给中间商,再由中间商倒卖给上海郊区的农民。上海的外国人听说此事后,纷纷向市政当局提出抗议,认为在农作物上施以粪便,无疑损害了公众的身体健康。但工部局根本不加理睬,因为出售粪便一项,每年就可收入10万元,折合美金5万元。当地的农民使用一种长柄粪勺,将买来的粪便洒在农作物上,称之为"施肥"。这种做法,并不是中国所独有,在日本和一些欧洲国家也很普遍。中国农民用来储存粪便的一种大瓦缸，大约就是 600 年前马可·波罗[3]在他的中国游记中所描写的"亚洲恶臭弹"。

注释：

[1] 金能亨（Cunning Ham，1823~1889），美国商人，上海旗昌洋行成员。1852 年任驻沪副领事。1862 年首倡合并上海英美租界，是上海公共租界工部局第一届董事。
[2] 万国商团（The Volunteer Corps），上海公共租界自行组织的武装力量。创立于 1853 年，初由上海的英国侨民组成，以后续由日、美、葡、中、俄等国人参加，各编为队，如英国甲队、乙队、日本队、美国队、中华队、俄国队等，其中俄国队系雇佣性质。该团人数逐年增加，到 1927 年已有 2 000 多人。并以维持公共租界"秩序"为借口，多次镇压中国人民的反帝爱国运动。
[3] 马可·波罗（Marco polo，约 1254~1324），意大利旅行家。1271 年随其父、叔从地中海东岸出发前来中国，于 1275 年至上都，得到元世祖忽必烈信任，在元期为官 17 年。期间足迹遍及新疆、甘肃、内蒙古、山西、陕西、四川、云南、山东、江苏、浙江、福建等地，还曾出使缅甸和南洋。返回意大利后口述东方见闻，由他人笔录成书，是为《马可·波罗游记》，并被译成多国文字出版。

孙中山和袁世凯

我来到上海时,国民党的缔造者和领导人孙中山博士,正居住在上海法租界莫里哀路(Rue Molière)的一幢小楼里①,这里既是他和孙夫人(宋庆龄)的住所,也是他领导广泛政治活动的大本营。

今天,我们已听到有关在重庆的国民党实行独裁统治,以致危机四起的情况,但是回顾国民党早期斗争的历史,却表明这个在中国占主导地位的政党,可以享有世界上最伟大的政党之一的声誉。1892年,孙中山从香港西医书院毕业,前往邻近香港的葡萄牙殖民地澳门设西药房行医,他在那里创立一个秘密会社。国民党就是起源于这一秘密会社。后来,他受到葡萄牙当局驱逐,被迫离开澳门,回到广东。他计划在广东成立秘密会社的分会,但又遭到清政府的迫害,只得再次出走。他的许多同事被捕入狱,甚至惨遭杀害,但他逃到了香港,旋又亡命海外。

作为一个勇敢无畏、不屈不挠的青年人,孙中山继续在海外华侨中从事反清宣传活动。华侨为反清革命事业慷慨解囊。他利用募得的款项,培植反清势力,甚至在相当接近清廷的圈子里,都有他的同情者。1896年,他在英国伦敦被清政府驻英使馆绑架,囚禁于一秘密处所,并准备将他引渡回国。当时清政府为捕获他,悬赏白银高达25万两。孙中山偷偷写了一封求救信，给他的英国朋友康德黎博士（Dr. James Cantlie）。康德黎博士时任香港大学校长，当时正在伦敦，他十分同情这位真诚的年轻的革命家，于是在接到求救信后，立即向英国政府和伦敦新闻界透露清廷官员的高压举动。结果，在英国舆论界的压力下，他获得了自由。在此情况下，他不能回到中国，即使回到香港也不行，于是继续在海外从事反清活动。

1905年，孙中山在日本将各种反清势力，成功地集合为一个强大的革命团体，他取名为"同盟会"。但是这一次，他的革命纲领，不仅仅是推翻腐败的清朝政府，而且制定明确的计划来建设一个新中国。这些计划和原则，构成了今日国民党和"五权宪法"的理论基础，并奠定了20年后南京国民政府的基石。在1905年，他已经为建立民族、民权的中国而奋斗，并确定"建立民国，平均地权"的斗争纲领。

虽然孙中山和他的同志进行了广泛的革命宣传，并且产生了巨大的影响，但还有其他因素共同促进了清王朝的崩溃。这些因素是官员的腐败和无能，人民的悲惨状况，国内局势极度动荡，以及外国列强的侵略。当清政府意识到事情的严重性时，为时已晚了，况且此时义和团运动爆发，锋芒直指清廷。但是，慈禧太后巧妙地将其矛头转向外国人。

革命运动迅猛发展，遍及中国大地。孙中山奔波于世界各地，募集款项组织起义，虽然都遭到清政府的残酷镇压，但仍是此起彼伏，接连不断。1910年3月29日[②]，孙中山再次在广州发动起义，不幸又遭失败，损失极其惨重，他的72名战友遇难于广州黄花岗。这些烈士的名字，迄今仍在革命编年史上占有重要一页。这样，革命一直处于酝酿之中，局势更加动荡。

孙中山留下黄兴负责国内事务，他自己再赴美国寻求更多的资金。

他在旧金山时,曾有一个小型的粤籍商人代表团来访,他们愿意弃商从戎,回国参加革命。孙中山问起其中一个商人的收入。这个商人开了一家小洗衣坊。他说,他每星期能挣 18 美元。孙中山又问起他是否能靠 12 美元过活,商人作了肯定的回答。于是,孙中山对他说:"我们有大量的人手,但是非常缺钱。你还是留在这里,继续做生意,但请你每星期支援 6 美元给革命吧!"

1911 年 10 月,孙中山正在美国科罗拉多州首府丹佛(Denver)时,接到黄兴从国内发来的电报。电报说,驻扎在长江重镇武昌的清朝军队已经举义[3]。由于孙中山远在美国,中国国内局势混乱不堪,几位革命党领导人不幸牺牲,但这更加剧了起义向纵深发展。被策反的军队倒戈进攻湖广总督,迫使他逃进外国租界。

湖广总督企图劝诱外国领事当局出动停泊在长江上的炮舰镇压起义,但此时孙中山在国外的宣传活动起了作用。在应总督恳求而召开的各外国领事会议上,法国和俄国领事表示同情革命党人。

孙中山在接到关于国内形势的报告后,前往华盛顿与美国政府官员交换意见。接着,他乘船横渡大西洋,到达英国伦敦,敦促英国政府执行下列三点对华政策:(一)英国银行不再贷款给清政府;(二)取消不准孙中山在香港、新加坡、槟榔屿和其他英国远东殖民地居住的命令;(三)英国应与美国合作,防止日本干涉中国革命。

1912 年 1 月 5 日,孙中山回到中国。在上海,他集合了他的追随者继续向南京进发。到达南京后,他宣誓就任民国临时政府大总统。

在清王朝面临崩溃前夕,清廷向一个前途无量的军事政治家袁世凯求援。他帮助筹建了清朝新军。1908 年,光绪皇帝和慈禧太后相继死后,未成年的宣统皇帝即位,袁世凯被解除职务。但是作为一个杰出的军事家,在辛亥革命爆发后,他又被朝廷召回。可是,他已不再忠于清帝国,在成功地显示了实力,夺回被革命党占领的汉口后,转而与革命党人谈判。1912年2月12日,清帝退位,这更使袁世凯相信,清王朝大势已去。孙中山与袁世凯继续进行谈判,几天以后,孙中山向握有重兵的袁世凯让步,辞去临时大总统一职,让给了袁世凯。

1912年3月,南京临时政府通过一项临时约法,规定总统受制于国会的约束。实际上,国民党议员占据了国会的主要议席。然后,孙中山和他的同事辞归上海,袁世凯则将首都迁回北京。当时北京的气氛,大不利于民主形式的政府,而对袁世凯则十分适合。

1913年,孙中山领导"二次革命"反袁。当时,袁未得国会同意,与英、法、德、俄等国银行团谈判借款。革命党人认为,袁借款的目的,只是用于增强自己的军事实力,他本人也因此将进一步听命于列强。当"二次革命"在南方发动后,由于双方军事实力已起变化,袁世凯已经大大增强了他的个人力量,因此,起义遭到袁军的无情镇压,孙中山被迫逃亡日本。随同孙中山一起前往日本的宋耀如,是一位热衷于翻印基督教会经典和中国古典文献的人,同行的宋耀如女儿宋庆龄,后来一直担任孙中山的私人机要秘书。1915年在日本时,孙中山与原配妻子离婚后,与庆龄结婚。从而造就了著名的孙宋联盟。后来,还有孔家。

1913年11月,袁世凯剥夺国会中国民党议员的席位,二个月后,又宣布解散国民党和国会。此后,袁受不断增长的个人野心激励,企图复辟帝制,自称皇帝。当时的中国,虽然没有充分的准备,接受孙中山的民主共和,但也不可能再回到帝制时代。袁世凯还未正式"登极",就不得不取消关于恢复帝制的公民投票,宣布取消帝制。1916年6月6日,他忧愤成疾,病死北京。

袁世凯死后，黎元洪继任总统职位。他从共和政体开始，一直担任副总统，对袁的复辟帝制持反对态度。不久重开国会，段祺瑞出任内阁总理，因为他受到军队的支持。

孙中山偕妻子宋庆龄回到上海后，我曾去拜访过他。在孙宅门口，我遇见一位极富传奇色彩的人物，中文名字叫马坤④。他经过加拿大、芝加哥和纽约来到远东，担任孙中山的私人保镖。马坤总是坐在前厅的一条长凳上，裤袋里插着大号左轮手枪，由于分量过重，整条裤子松松垮垮的下垂着，显得很滑稽的样子。他有一个"将军"的诨号，后来又由广东政府正式授衔，在当地英文报纸上，这位双关的"将军"是经常被提及的风云人物。但是，马坤无疑是一个称职的保镖。据说，他在各种危险场合中，曾经多次救护孙中山免遭不测。

我和马坤见面后，他引我进入旁边一个房间，从窗口可以俯视下面的花园。孙中山就在这里接见我。

那年，孙中山51岁。他前额微秃，留着灰白的小胡子，穿一袭传统的中式长袍。我进去的时候，他正站在窗前凝视着外面的花园，一动不动，仿佛正在思考问题。这一切给我留下极为深刻的印象。

我们互相寒暄后，孙中山问起我来中国的情况。他对我有关火奴鲁鲁（檀香山）的描述很感兴趣，因为他曾在那里读过书，作过政治避难。当我讲到在长崎的经历时，话题就转移到日本问题上，我们热烈讨论起日本的各种动态。当时，日本乘第一次世界大战之际，打垮了青岛的一小队德国守军，控制了青岛，又利用英国和美国全力从事于大战，无暇他顾的时候，不失时机地在中国东北和华北扩展势力范围。

孙中山以一种责难的口吻对我说："美国应该把日本从朝鲜赶走。"

他望着我脸上的迷惑神情，声调略显低沉地解释说，美国与朝鲜签订过一项协定。在这项协定中，美国承诺保护朝鲜不受外国的侵犯。但在朝鲜受到日本进攻，并遭吞并的情况下，美国政府没有履行自己的诺言。他说："倘若美国果断而勇敢地采取行动，日本就不能够在大陆获得最初的立足点。"

日本最初把朝鲜描绘为大陆刺向它心脏的矛头，但在占领这个半岛以后，又说成是通向大陆的方便之桥，孙中山如是说。孙中山并且认为，美国总统西奥多·罗斯福应对此负主要责任，因为他热衷于日俄之间的和平，甚至不惜牺牲朝鲜来完成这一使命。

当我确切知道，除了围绕朝鲜事件的有关话题，其他不会再谈什么时，我没有进一步讨论下去。但是后来，我却时常思索孙中山所说美国应该"把日本从朝鲜赶出去"这句话。的确，那时的日本还很脆弱，假如坚决反击的话，或许就能改变历史的进程。

后来，我与孙中山再次见面，讨论中国参加第一次世界大战问题。他对中国参战持强烈反对态度，他的一位朋友黎元洪总统也反对。孙中山坚持中国对德宣战没有任何意义，仅仅是参加一场与中国没有直接利害关系的争斗，倘若中国参战，只会使国内局势更陷于纷争之中。他意味深长地说："中国人很难区分不同国籍的外国人。如果教导头脑简单、奉命行事的人去杀日耳曼人，或许会在这个国家引发一场对所有外国人的大屠杀。"

注释：

① 今上海香山路7号，现已辟为孙中山故居。

② 此日期有误。黄花岗起义，按旧历称"辛亥广州三·二九之役"，但按公历纪年法，应为1911年4月27日。
③ 即1911年10月10日爆发的武昌起义。
④ 马坤（Maurice Cohen），英籍加拿大人。1911年2月，他在加拿大结识了孙中山先生，因其擅枪法，充任孙的临时护卫。1922年6月，马坤从加拿大来到中国，担任孙中山的副官兼侍从护卫，深得孙中山信赖。1956年，曾应邀来北京出席孙中山诞辰90周年纪念大会。

内战的阴影

1917年6月9日,《密勒氏评论报》创刊号正式出版。这时候,北京的局势已急剧地演化到了危急关头。北京政府中有两个界线分明的政治集团,一个是军事性的"督军"集团,另一个是自由派国民党集团。督军团由各省的所谓督军,以及各地特别是华北诸省的大小军阀所组成,也有少数军官,只是在清末民初袁世凯的部队中混过一段时间。一般说来,他们是极端无知和自私自利的人,他们的权势完全建筑在他们所统率的部队上,或者号称统率的部队上。自由派在国会中拥有较大势力,但是缺乏军事实力,根本无法获得政府的控制权。总统黎元洪就是一个自由派分子,因为同样的道理,手中没有兵权,所以毫无实权可言。从民国成立,袁世凯窃得大总统一职后,这个问题一直是国民党领导人面临的主要障碍。

北京的政治斗争,后来又变成三足鼎立,包括总统黎元洪,军事集团督军们支持的总理段祺瑞,以及国会自身。《密勒氏评论报》在一篇社论中,对这种政治态势评述说,北京的国会与政府各部门之间的政争,基本上说来,同其他国家的类似政争没有什么区别,因为它总是伴随着民主政治制度而来。这种政争通常包括权力的争论,行使权力的程序，权力和特权等等，即使在当今最发达的民主国家，这些问题都还没有办法加以解决。但在中国，由于政府尚未能够享有完全的主权，问题就显得更为复杂。再者，中国仅有一项临时约法起作用，而且有人还在争论它的合法性。因此，一些较为开化的中国官员，经常在遇到困难时，就去他们在北京的外国朋友处听取高见，但是，他们所得到的劝告，往往掺杂着那些劝告者及其同僚们的一己私利。

当时，为朝野人士密切关注的主要问题，就是中国是否参加第一次世界大战。段祺瑞总理赞成参战，但国会中自由派或国民党人竭力反对，双方相持不下，事情闹成僵局。为了解决这个难题，黎元洪总统遂于5月23日，免去段祺瑞的总理职务。段立即跑到天津，策动督军团解散国会，驱逐黎元洪。所以，段的离开北京，并没有能使这场政争有所缓和。1917年6月13日，也就是《密勒氏评论报》创刊号问世的第四天，黎元洪接受张勋的"调停"，解散国会。段祺瑞被免职后，黎元洪总统就转而依靠张勋了。

早在1917年初春，督军团在北京召集了一次会议。由于大家互不信任，每位督军身后都紧跟着一个身强力壮的保镖，以防不测。张勋也是与会者之一。说到张勋将军，有一则笑话说，某次他召集十来位军官开会，会议开得很顺利，会后照例由他设宴款待各位。正当酒酣耳热之际，突然停电，房间里漆黑一片，而且，死一般的寂静。一会儿，电灯复明，大家看到一个非常难堪的场面：每个人手里都攥着手枪，互相对峙着。

张勋到北京参加军事会议时，带着一支颇具实力的部队。到达古都北京后，他下令部队分散驻防于城市各重要据点，显然，这一行动事先没有与他人协商过，但因各部队制服式样大同小异，这一次部队调动并没有引起大家的特别注意。

这时的日本人，仍对中国虎视眈眈，企图迫使中国接受他们在1915年提出的"二十一条"第五号①。德国人也在中国积极活动，保护他们的经济利益和租界，想方设法又不动声色地阻挠中国对德宣战。

1917年春天，北京的景象就是如此。美国对中国可能发生的内战前景，表现得异常关注。为了消除这种可能事件，美国务院照会中国，对内战危险表示遗憾，指出中国政治因素的稳定，在当前特别情形下，对世界来说尤显重要。美国认为，维持中国的和平与稳定，比对德宣战更为重要。但是，英国和法国却施加压力，要求中国对德宣战。美国希望中国保持内部稳定的友好劝告，激起了各国强烈反响，尤其引起日本的极大不满，他们说这等同于干涉中国内政，在没有与日本事先协商之前，决不可以那样草率从事。

中国人收到美国的照会后，并没有显露任何愤慨之情。美国还刚刚插足远东市场，几位银行家和工程师到了北京，准备商讨修筑铁路和运河事宜。日本人知道后，表示除非他们也能参与其中，否则不会赞同这些项目。

德国人为了使中国置身于第一次世界大战之外，不惜一切手段，甚至从事秘密活动。1917年6月中旬，德国秘密活动的第一个迹象被揭露，美国当局在北京逮捕了一位著名美国传教士李佳白②并把他驱逐到马尼拉，指控他为德国作宣传活动，阻挠中国对德宣战。李佳白在北京主持一份中文报纸，它后来成为德国对华政策的一个喉舌。可是，李佳白到了马尼拉后逍遥自在，并写了一本书，责问威尔逊总统③和美国政府，说美国试图威逼中国对德宣战，究竟是基于自己的一己私利或生存智慧，还是符合道德准则？

张勋继续在北京各重要地段秘密增调兵力。一些中文报纸报道说，张勋还不惜花费时间与精力，与已被废黜的清王朝成员频繁接触。但是除了国会问题外，远东各报仍旧关注美国对华照会所提的看法，希望中国和平解决国内事务。

于是，张勋准备试一试他的力量。7月1日上午，他把"儿皇帝"、共和政府的阶下囚溥仪从紫禁城中的住处请出来，以一本正经的古代大礼拥戴他重新登基，坐上龙椅。复辟是由张勋一手策划、导演的，他的部队早已秘密控制了这座城市。几个月后，有人披露内幕说，德国人也参与了复辟活动。当然，德国人的目的，只是想给共和政府一点难堪，因为在协约国的压力下，中国对德宣战势所难免。德国为了复辟的成功，很可能付给这个狡猾的督军一大笔钱，因为他没有任何固定的收入来源。

但是张勋很快就发现，在中国复辟是一回事，维持住复辟又是一回事。反对张勋的各方政敌，纷纷嘲笑他的复辟活动。不过张勋此举，对那些不同派别的人士，起到了警醒作用，那些人整天只知为个人争权夺利，吵个不停。这次，没有什么证据表明日本人支持复辟活动。

清王朝的末代皇帝溥仪，从1909年到1912年，在北京做了三年皇帝，年号"宣统"。1911年，孙中山在南京建立共和政府，但允许清王朝的余孽，包括溥仪在内，作为共和政府的宾客，继续居留在北京紫禁城内。这种安排，后来导致了张勋复辟，事实证明那是一个严重的错误。

宣统皇帝复辟事件，在北京的外国人圈子中，引起了普遍的关注。但令人惊奇的是，这件事在中国政治领袖中间，仿佛没有什么大的反响。中国的政治领袖们认识到,张勋虽然有德国人的财政支持,但他缺乏的不仅是钱,而是实施复辟使命所需要的智慧。结果,段祺瑞在军人的支持下,兴兵讨伐张勋,使刚被扶植上台两个星期的小皇帝又匆匆下台。张勋逃到北京外交使团那里寻求庇护,起先在荷兰公使馆,后又躲入德国公使馆内。

复辟归于失败,但复辟后的中国政治局势,反而比以前更糟了。这是始料未及的。当时《密勒氏评论报》曾有如下一段评论:

"君主政体已经消失——这的确是一件好事——但是除了共和的名称外,还需要一个政治巫师制造出君主政体的代替物。为了合乎宪法和法律的要求,我们认为,中国政府的唯一基础,应是1912年孙中山先生在南京制订的临时约法。根据临时约法,黎元洪是总统,冯国璋是副总统。还要有一个国会,但它最近在北京被解散了。大部分国会议员,现在到了上海和其他地方,而不是在公认的政府所在地。另外,还有一个内阁,它必须是经总统任命,并经国会批准的。现在一切还只是一个框架,究竟谁来代表中国政府呢?"

1917年8月14日,北京政府终于逢迎协约国的需要,宣布向同盟国开战。但是,中国参战的方法,不是派遣军队,而是派遣数千名劳工去西线战场,为军事行动提供极其重要的后勤服务。劳工们铺筑道路,建造码头,修复铁路,甚至为协约国士兵挖掘战壕。另外,中国还提供了许多种主要原料,以支持美国和英国的战争努力。

中国政府发现向德奥宣战,存在着一个问题,即要着手取消德奥两国在华治外法权,收回它们在天津的租界。所以,对德奥宣战的结果,加上苏俄后来自动放弃它在中国的特权地位,都证明宣战是极其重要的，因为这使中国在争取取消不平等条约的斗争中，获得了一个有利地位，并赢得其他国家，包括战争盟友美国和英国的尊敬。

1917年7月中旬，《北京日报》（Peking Daily News）在一则简短新闻中，说孙中山先生"一直在研究北京的国会僵局，拟迁往南方，组织一个联合滇桂粤各派政治力量的临时政府。"

这条简短但意义不凡的报道，于7月28日又进一步得到证实。《密勒氏评论报》发表社论说，孙博士已明确决定前往广东，其目的在于建立一个新的共和政府，由他自己出任总统。社论还说，包括许多前国会自由派议员在内，已经开始麇集广东。孙博士赴广东时，由两位助手伍廷芳和唐绍仪陪同，他们是中国最早赴美留学的同窗，这时已成为党内著名的两驾马车。伍廷芳后来曾任中国驻美公使，唐绍仪则是旧北京政府驻朝鲜的全权外交代表。

中国海军舰队向为福建籍人士所控制，这时也追随孙中山驶抵广东。随后，海军将领出席了在广东举行的国会非常会议。会后，决定成立中华民国军政府，选举孙中山为"大元帅"，并再次电召其他国会议员南下广东，支持孙中山先生的事业。

但是，北京政府试图拘押那些国民党议员，阻挠他们南下护法，这给尚在北京的议员南下带来许多困难。时任北京国会参议院代议长的王正廷，就是扮作一介学生模样，悄悄溜出北京，先到上海隐匿在一位美国牧师朋友家里，然后再赴广东。

孙中山在广东组织护法军政府，等于向控制北京政府的北方军事集团，发出了一份最后通牒。但是，由于北京政权在外交上受到列强承认，自有它的有利条件。所以当时中国的政治情形，实在是错综复杂，断非笔墨所能形容。它标志着兔起鹘落的军阀们争夺势力范围的内战的肇端,而且,这一时期竟长达10年,几乎没有哪一个民族,曾像他们在那一时期一样,蒙受着如此巨大的压迫和驱使。这就是有名的"军阀时代"。

注释:

① "二十一条"第五号:第一次世界大战爆发后,日本出兵强占山东,并进一步扩大对中国的侵略。1915年1月,日本驻华公使日置益,当面向袁世凯提出旨在灭亡中国的"二十一条"要求,共分五号。其中第五号公然要求中国政府聘用日本人为政治、军事、财政顾问;中国警政由中日合办;中国所需军械半数以上应向日本采买等等。袁世凯为了换取日本对其复辟帝制的支持,派外交总长陆徵祥、次长曹汝霖和日置益秘密谈判。5月9日,袁世凯除对第五号条款表示"容日后协商"外,无耻地承认日本的"二十一条"。

② 李佳白(Gilbert Reid,1857~1927),美国传教士,1882年受美国北长老会派遣来华。后因发表反对北京政府向德国宣战的文章,招致美国及协约诸国公使和侨民的不满,经美国公使芮恩施(Paul Samuel Reinsch)要求,被中国当局驱逐出境。1921年再度来华,1927年病死上海。

③ 威尔逊总统(Thomas Woodrow Wilson,1856~1924),美国民主党人,曾任新泽西州州长。1912年,以"新自由"口号当选总统。任内实行累进所得税法、铁路工人八小时工作制等。1914年4月,代表美国对德宣战,后倡议成立国际联盟,并提出结束第一次世界大战的"十四点纲领"。

蓝辛—石井"事件"

当我初次去中国北方旅行，抵达古都北京时，日本人正再度逼迫中国接受"二十一条"的第五号。当时美国驻北京公使是芮恩施博士[①]，曾担任过威斯康星大学政治学教授，有着德国血统。虽然如此，他无疑是一位爱国的美国人，而且比北京美国社会中很多诽谤他的人，对美国更为忠诚。那些人常常暗示他的德国背景，认为他企图劝阻中国不向日本和德国的压力屈服，不知居心安在？

在北京，我下榻于一家古色古香的旅馆。一天晚上，有人敲我的门，拉开门一看，来访者是我在密苏里大学时的学生董显光。他学成归国后，一直在北京办报，担任英文报纸《北京日报》的编辑。这时我注意到，董显光神色激动，于是马上请他进来，并问他有何急事。董坐下后，对我讲述了自第一次世界大战爆发后，日本人的侵华活动。

1914年，日本乘机从德国人手里攫取青岛，随后又扩展势力，控制山东全省。翌年，日本向袁世凯总统提出臭名昭著的"二十一条"，并且下了最后通牒，威胁说中国政府若不接受，日本将以武力征服全中国。日本驻华公使加藤伯爵（Count Kato）[②]向袁世凯表示，由于"二十一条"绝对只与中日两国有关，所以双方应严守秘密，无论在什么情况下,都不得泄露给其他国家,特别是美国和英国。加藤还用手杖猛戳桌子,声色俱厉地吼道:万一事情泄露出去,日本军队将被迫出面干涉,说不定袁大总统都得成为阶下囚!

但是不管日本人怎样威胁,"二十一条"的内容还是大白于天下,举世哗然。美国和英国政府分别向日本提出强烈抗议。在此情况下,日本一方面竭力否认此事,一方面也不得不悄悄撤销"二十一条"中最蛮横无理的第五号。该款要求中国承认日本在华北和满洲享有霸权。当初,日本人本想在"使中国参加第一次世界大战"的烟幕下,完成它对中国的这项秘密条款。

董显光说,在1915年和1916年,日本先后两次提出"二十一条",似乎是从原有的立场上有所让步,但中国人都清楚,日本只不过是在等待时机。毫无疑问,一旦时机成熟,日本将会再次逼迫中国接受:"二十一条"第五号。现在,日本认为是动手的时候了,就是说,要在美国还没有强大到足以干涉中国事务之前,先把中国牢牢地捏在自己的手心里。

董显光叙述着日本人的侵略行径,显得愈来愈激动,特别是他说到就在这一天下午,日本驻华公使加藤在拜访中国外交部长陆徵祥时,又声色俱厉地表示,中国若不立即接受"二十一条"第五号,日本将采取军事行动。而且,加藤一边怒冲冲地拍着桌子,一边警告陆徵祥说,此事不得宣扬出去,否则——

但加藤刚离开中国外交部,一位外交部秘书就打电话给董显光。董显光正在编辑部,秘书把刚才发生的事情,一五一十全部讲给他听,并要他立刻设法通知美英记者,以便把此内幕传播到海外。因此,我马上打印了一份简报,同时与董显光约好,第二天早晨在美国公使馆会面。

第二天一大早，我和董显光如约来到美国公使馆，将这一切情形告诉美国公使芮恩施博士。他同我们的看法一致，认为中国保护自己的最好办法，就是将事情公开化，不然，日本人会三番五次提出无理要求，而对外则一概拒不承认。芮恩施博士回忆起一段往事，那是1915年，当他把"二十一条"的全文报告给美国务院时，由于日本驻美大使根据东京外交部的训令，竭力予以否认，致使国务院申斥他误报消息。芮恩施博士还告诉我们，当时美联社驻北京记者，也同样遭到其总部的申斥，说他发回去的是"无稽之谈"。但是，这位记者的结局还不坏，当他立即打电报回去要求辞职时，设在纽约的美联社总部开始认真对待此事，把日本向中国提出"二十一条"的新闻，迅速发给美国各报，披露了内容真相。

从美国公使馆回来后，我立刻把这则新闻消息发回上海《密勒氏评论报》，同时请报社再抄一份，送给我在上海的朋友卡尔·克劳[③]，他是上海刚刚成立的美国公共宣传委员会负责人。克劳接到我的抄件后，将此消息马上发回华盛顿。很快，驻上海、北京的各大报社和通讯社，纷纷行动起来，采访日本向中国提出最后通牒的事情。这次已不同于1915年，美国务院所收到的官方报告，其真实性得到北京和上海多家新闻机构发回去的消息所证实。我应芝加哥一家报社的约请，写了一篇详尽的报道。由于董显光提供的素材，我的这篇报道自然远胜于其他同行。

第二天事情又有新的进展，日本人在天津、沈阳、济南三地举行军事演习。名城济南为山东省首府，第一次世界大战时，日本人借机击败驻守在青岛的一小支德国军队，从而控制了山东全省。当天下午，北京的记者们集体拜访了日本驻华公使加藤，询问他有关此事的真相。不料加藤竟说这件事毫无根据，完全是中国人的捏造。

最后，因受"二十一条"事件的影响，中国资深外交家陆徵祥博士，不得不悲剧性地结束他的外交生涯。人们指责陆徵祥过于软弱，不够果断，因而他辞去外交部长职务。几个月后，陆徵祥离开中国前往比利时，进入一所天主教修道院，在那里呆了许多年。美国驻华公使芮恩施博士，对中国学生运动或多或少给予了支持。而中国学生运动，又是中国国民革命运动的重要组成部分。中国学生运动的发轫，始于北京大学学生在首都街上募捐，致电出席巴黎和会的中国代表团，敦促他们向四大国提出抗议，反对日本侵略。其他学校的男女学生也相继上街游行，并很快波及外地，导致全国性反对日本侵略的盛大示威运动。

作为一位声誉卓著的政治学者，芮恩施在向中国人解释美国参加第一次世界大战的目的时，获得了很大成功。正是这一点，使他在年轻一代的中国知识分子、留学生和教会学校的毕业生中，具有不凡的影响力。当时，这些学生正激荡着一种民族主义的情愫。芮恩施通过他们，进而对公众舆论以及中国政府对于第一次世界大战的政策，起了极大的影响作用。可以说，中国政府置强大的德国人压力和宣传于不顾，加入协约国一方参战，很大程度上要归功于他的努力。同样，中国人毅然顶住来自日本的更大压力，也应归功于他的努力。人们认为，如果中国屈服于日本的恐吓，接受其政治和军事控制，那么，日本将更加趾高气扬，敢于同美国公然对抗，甚至脱离协约国，转而支持德国也未可知。

但是，芮恩施博士对中国人所允诺的外交支持，虽然得到过美国国务院和美国总统的认可，但从未得以真正实施。这不仅对中美两国关系产生严重影响，而且对这位美国公使的外交生涯，也是一个极大的不幸，他的工作变得加倍的困难，因为美国政府不肯履行它在大战期间公开允诺的外交政策，特别是威尔逊总统（President Wilson）宣布过的"十四点"④。中国人认为，"十四点"特别有助于他们争取国家主权的独立和完整。

芮恩施博士受到的第一个严重打击，发生在1917年11月。据来自华盛顿的新闻报道说，美国国务卿蓝辛（Robert Lansing）与日本特使石井（Baron Ishii）签署了一项协定⑤。该协定承认日本在满洲和山东的"特殊地位"。报道指出，这一举动意味着美国放弃了传统的对华"门户开放"政策⑥，听任日本对中国进行肆意宰割。但是，芮恩施却对此一无所知，事先从未听说美日两国正就此协定进行谈判，因此，当中国人要求解释"蓝辛—石井协定"的意义和目的时，他只有瞠目结舌，无言以对。不仅如此，日本人还自行其是地把"蓝辛—石井协定"的日文本交给中国报纸发表。中国报纸上登载的有关该协定的其他消息，也是从日本新闻稿中翻译过来的，它给人的印象，就是美国已经放弃了它对中国的传统政策，不再维护中国的领土完整和主权独立，放任日本攫取中国。

蓝辛辞去国务卿一职后，在其回忆录中透露了签订"蓝辛—石井协定"的幕后故事。这个内幕的曝光，使人对大战期间协约国的外交手段，特别是美国在战前所采取的外交行动，感到极大的震惊。

原来，英国、法国、比利时、俄国和意大利五国，都与日本有过秘密约定，同意日本对中国的山东省和先前德国人占领的太平洋岛屿，拥有永久的控制权，其目的就是拉拢日本人，不要与协约国为敌。但协约国的外交家们对此事采取了保密措施，连美国总统威尔逊都蒙在鼓里，他们认为，如果这项秘约外传，必会引起美国公众舆论的反对，从而妨碍美国参战。不过，英国大使格雷勋爵（Lord Grey）后来称，他曾经告诉过威尔逊总统有关秘约之事。假如他真的说过，威尔逊总统大概是没有意识到这一事情的实际含义。但是，尽管日本人在永久占据山东和太平洋岛屿这些问题上，抓住了协约国的"把柄"，他们仍旧感到忧心忡忡，因为在即将召开的战后和会上，这种秘约势必公开，美国可能给予抨击。

据国务卿蓝辛的回忆录透露，1917年11月，日本的"亲善大使"石井男爵抵达华盛顿。石井向他提出建议说，美国应承认日本在中国和西太平洋的"特殊地位"。蓝辛对此深为惊讶。他说，他当即拒绝了这个建议，认为这有悖于美国一贯的外交政策。石井一计未售，又生一计，他撇开蓝辛，径直跑到纽约，同一些实力雄厚的财经巨头见面，寻求他们的支持。这些巨头资助美国在大战期间的军事活动，因此有能力对政府施加影响，石井成功地使他们相信，美国最好承认日本在中国和西太平洋的特殊地位，不然的话，就可能在亚洲发生可怕的事情。说到这里，这位精明的日本外交家停住话头，不再往下说，只是一本正经地摇头叹息。我想，如果石井男爵不是在纽约，而是身处北京的话，则可能要大拍桌子了。

当天晚上，威尔逊总统的白宫专线，就接到来自纽约的机密电话。第二天，威尔逊总统指示蓝辛与石井签订承认日本在中国和西太平洋"特殊地位"的秘密协定。蓝辛说，他要是照此办理，实有负良知，但是不照总统的指示行事，也不可能。因此，他只有设法削弱该协定的效力，办法是在协定内容中插进一个限定词，即协定只有在中日两国领土的接壤部分才有效，于是在素来模棱两可的外交词语中，又增加了一个新名词。

蓝辛认为，协定的效力实际上局限于南满一带，因为那里与日本的殖民地朝鲜接壤。可是，这位国务卿并不知道，日本早已同欧洲协约国订立了秘密协定，当他与石井签订协定时，那些秘密协定恐怕就装在石井随身携带的公文包内。如果把这些秘密协定合并起来看，美国无疑不自觉地签订了一项违背其远东传统政策的协定。

1917年俄国爆发革命，推翻沙皇统治后，苏维埃政府公布了这些秘密协定的内容，这在中美两国长期以来的友好关系史上，笼罩上了一道阴影。在美国国内，由此引起的反响也很大，国会参议院拒绝批准《凡尔赛和约》和国际联盟的盟约。

中美两国关系由此日趋复杂，芮恩施博士的对华策略遭到美国政府的冷淡。1919年芮恩施博士辞去美国驻华公使一职，不久被中国政府聘为法律顾问。担任顾问期间，他仍旧试图弥补中美两国间的裂痕，鼓励美国商人和银行家来华投资。但是，他所受的创伤毕竟太大，以及他到河南去访问吴佩孚时中暑得病，他再也不能够恢复心灵的平衡，在被护送去上海治疗后，回天乏术，于1924年1月死在上海一家医院里。

蓝辛—石井事件的最后一章，以美国参议院在华盛顿军备会议后，一致投票否决"蓝辛—石井协定"而告结束。当石井来华盛顿与蓝辛国务卿秘密谈判时，他们还曾邀请这位日本"亲善大使"到参议院演讲，题目是日本的民主制度，回想及此，他们无不耿耿于怀，余怒未息。

注释：

① 芮恩施（Paul Samuel Reinsch，1869~1924），美国外交官、学者。1901~1913年任威斯康星大学政治学教授。1913年出任美国驻华公使。1919年辞职后被北洋政府聘为法律顾问。1920~1922年又两次来华。著有《远东的政治和知识潮流》《一个美国外交官在中国》等。

② 时任日本驻华公使应为日置益（Hioki，1914~1916）。1915 年初，他代表日本政府向袁世凯提出"二十一条"要求。加藤（高明）系日本外相。此处作者恐有误。
③ 卡尔·克劳（Carl Crow，1883~1945），美国新闻记者。1911~1916 年任上海英文《大陆报》广告部主任。1917 年美国参加第一次世界大战后，他负责远东的宣传。战后创办并编辑《大美晚报》(Shanghai Evening Post and Mercury)，同时兼任上海克劳广告公司经理。
④ "十四点"：1918 年 1 月，美国总统威尔逊为结束第一次世界大战，在向国会致词中提出了他称之为"世界和平纲领"的"十四点"，并企图以之抵消苏俄公布《和平法令》所产生的影响。其中第五点为调整对殖民地的要求；第十四点，建议建立国际联盟。
⑤ 蓝辛—石井协定（Lansing-Ishii Pact），1917 年 11 月，美国国务卿蓝辛与日本全权代表石井在华盛顿签署，又称《关于中国问题的议定书》。第一次世界大战爆发后，美日两国在华利益发生冲突，该协定即为双方协调矛盾、不惜牺牲中国利益的结果。主要内容是：美国承认日本在中国有特殊利益，"于日本所属接壤地方尤为其然"；两国声明在中国维持"门户开放"和"机会均等"原则。
⑥ 即美国国务卿海约翰于 1899 年、1900 年提出的美国对华政策，其中心内容是在保持中国领土完整和行政统一的前提下，保护列强在华权益及保证与中国一切地方公平贸易；同时，美国以承认列强在华势力范围为前提，要求美国同样在这些势力范围享有通商自由、平等税率和一切特权。此即"门户开放"政策，其实质是为美国势力进入中国创造堂而皇之的理由。

流亡上海的白俄

1917年秋，我决定把妻子和小女儿接来上海。我发了一封电报给妻子，并请她带我的妹妹玛格丽特（Margaret）同来。那时，我妹妹尚在密苏里大学新闻学院读书。

当时，我下榻在上海礼查饭店后楼的"统舱"，拥有一间客厅和一个小套间。这里颇类似于一家美国乡村俱乐部，各个房间里都住满了美国年青人，他们有的在领事馆工作，有的在商务参赞处做事，还有的在上海的公司洋行任职，干得都很带劲。

上海当时的卫生设备相当差，没有现代化的抽水马桶，一个高度和直径都在4英尺左右的大瓦缸就是澡盆，我们管它叫"苏州浴缸"，顾名思义，那是距上海约50英里的苏州出产的。每天早晨，佣人似乎要倒进无数桶的水，才能灌满那个苏州浴缸。

一位美国领事馆的办事员，跟我同住礼查饭店的"统舱"。他关照我，出门时要把房门锁好，一再说："千万锁好你的房间，把钥匙交仆役保管。不然，很可能有人来拜访你。"不久，我就明白他说的是什么意思。

一天深夜，我从外面回到饭店，推开房门，发现一位穿着日本和服的年轻姑娘,正睡在我床上。我立刻叫来仆役,问他为何允许姑娘睡进我的房间?这时,那姑娘已醒了过来,用蹩脚的洋泾浜英语问我:"您是史密斯先生?"她说她是史密斯先生召来的。我说,我不是史密斯先生。仆役引她下楼而去。第二天早上,我把此事讲给饭店经理莫顿听,他向我保证,这种事情以后不会再发生了。但是,我的朋友们对这件艳闻大为开心,好几天都叫我"史密斯先生"。

正值年末岁首的仲冬时节,我的家眷到了上海。当时我还不知道,由于美国人大量到来,要想在上海找一处有先进卫生设备的公寓,实在是一件非常困难的事情。虽然可以租到老式的英国式住宅,但里面没有卫生设备。为难之际,一位朋友告诉我,为了迎候大量涌来的美国人,有建筑商兴造了称为"模范村"的新住宅区。后来我才明白,所谓模范村,只是用廉价建筑材料建造起来的几幢房屋,供外来的美国人租用,建筑商自己标榜它是地地道道的"美国式"。

尽管这些房屋是新造的,可还得小心翼翼伺候它,不然的话,这不太结实的房子,常常使你出足洋相。

有一次我妻子在打电话。要知道,那时的电话机又重又笨,挂在隔邻的那堵墙壁上。她正打着电话,突然哗啦一声,电话机连带着墙壁砖泥,一下子砸倒在地上,墙上露出一个大洞。偏巧隔壁太太也在用电话,于是两位太太隔着这个墙洞,互相寒暄起来。还有的时候,我们正津津有味地进餐,脆弱不堪的地板会突然塌陷一块,令人哭笑不得。类似这种事情,简直司空见惯。

生活环境艰苦,但日子过得还挺愉快,左邻右舍全是年轻的美国夫妇,他们也是第一次来中国。这些美国主妇在家乡的时候,总是自己料理家务,照管孩子,用不着别人的帮忙,可现在突然发现,他们的身边到处是佣人。

在我家里，就有两位女佣，一个厨师，一个男仆和一个苦力。他们都住在我们房子后面某个地方，但我们从来没有去过。

一次乡下发生风潮，那个男仆有 65 个乡下亲戚逃来上海，他就带领他们住进我的汽车间，直到事情平息后才回去。后来我听说，他的 65 位亲戚，每个都给过他好处，以感谢他的患难相助。中国人遇到这种危机时，总是应付裕如，而且实际可行。又有一次，英租界发生骚动，很多中国人就把家眷送到乡下亲戚处，我问办公室一位工友，是否送妻子去乡下了？他用硬梆梆的英语回答道："没有送妻子去乡下——假如送妻子去乡下，就要花钱。可是我没有钱。"

这里的食物供应很充分，大多数美国主妇喜欢去虹口菜市场买东西。它是由工部局管理的一家菜场。美国主妇吃过中国蔬菜后，发现要比美国菜好吃得多，而且菜场干净卫生，各式蔬菜应有尽有。有人告诉我，虹口菜市场很像纽约的福登市场（Fulton Market），只是供应品种稍有不同。

说起来，去虹口菜市场买东西，几乎算是一桩社交活动。因为太太小姐们每天都要去那里，免不了相互招呼几句，并且比较谁买的东西价廉物美。食物的价格，的确便宜到了极点，质量却很好。只是买来的蔬菜和水果，最好放在药水里浸过再吃，否则很容易生病。

我刚到上海时，上海的美国人只有几百名。随着大量美国公司洋行的创办，美国人也愈来愈多，于是，美国侨民的社会活动日渐活跃起来，我当然是一个积极分子。

那一年冬天，我们成立了两家美国总会，一家是在市区的"美国商人总会"，另一家是在郊区的"美国乡村总会"。美国人最有野心的一项计划，是设立了一所美国学校，校址在法租界内。美国学校很快在上海家喻户晓，不同国籍的父母纷纷携子女来报名，希望子女接受美国教育，一时间人满为患。在这里，美国儿童与其他国家的孩子一同读书，包括相当数量的中国儿童，以及少数混血儿。非美国籍的家长，为能送孩子进美国学校读书而自豪，因为孩子可以得到美式教育，并且是与美国孩子在一块儿读书。

美国侨民还开办了一所教堂。这所教堂，没有门户和宗派之见，对任何人开放。它像美国学校一样，很快在外侨社会中出了名。教堂牧师来自美国，经过严格挑选，任职年限为三年。教徒也并不限于美国人。

教堂开办不久，就有一对日本夫妇前来，他们自称是基督徒，要求做这所教堂里的教友。那个日本男子说，他曾经在美国呆过，会讲英语，那位太太也出生在美国。他们夫妇看上去非常诚实。他们一加入教堂，就积极参与教堂各项活动，大家见他们如此热心，也深感敬佩。

日子过得飞快，平安无事，直到中日间爆发了一次危机，才使这对日本夫妇的真相大白。那次，一群美国人去日本领事馆交涉事情，很惊讶地看见这位先生身穿日本军服，坐在那里办公。经过调查，才发现他是日本情报军官，以前显然是奉命打入教堂，了解美国侨民的宗教和社会活动。到了下个星期天，这位日本特工的熟面孔，还有他的太太，就再也不敢在教堂露面了。从此大家知道，日军特工人员不惜使用各种手段，刺探美国人的宗教活动。

当我初到上海时，还发现一个奇怪现象，德国侨民在这个城市里仍旧到处溜达，享有充分自由和安全，尽管事实上德国已经同英、法开仗。要知道，第一次世界大战早已爆发，而英、法两国在上海租界里是占有支配地位的。

上海有三家主要的总会，其中英国上海总会（British Shanghai Club）和德国总会（German Club）都在外滩，相隔仅三条街。另一家法国总会（French Club），坐落在法租界，在外侨社会中最有影响，距英、德两总会也不过几条街。最为有趣的，莫过于在中午时分，看英国商人和德国商人，各自到外滩的总会进餐，他们即使在路上碰面，也是互不理睬。在总会进餐时，他们的主要话题当然是战争。两个总会的墙壁上，都挂着一幅大战形势图，但是双方箭头指向，正好相反，好像都是己方有利。

1917年3月中国向德国宣战后，这种情况才有所改观。德国在华享有的治外法权，当然宣告取消，德国侨民必须受制于中国法律。法国人立刻鼓励英租界驱逐德国人，遣送德侨回老家，并向中国人施加压力，要求北京政府下令驱逐所有在华的德、奥侨民。

可是，在中国办什么事都是慢腾腾的，驱逐德国侨民自然也不例外。很多德国人利用这个机会，把他们的一家一当搬出租界，在华人区租屋而居，得到当地中国官员的庇护，因为这些地方官员，根本不理会北京政府的命令。事实上，上海的公众情绪，特别是中国人，根本不想驱逐德国人。因此，德国侨民一直没有被赶走，直到大战停止后，又过了相当长的一段时间。

当德国人最终被遣返归国时，他们深感痛心，在上海德国人办的报刊上，以及德国国内的报刊上，许多文章都表达了这种心情。还有几本专著，其中一部是小说，描述了这种据说不符合人道的驱逐，曾在德国风行一时。毫无疑问，德国人在这件事上蒙受的痛苦，与它后来在第二次世界大战期间，作为日本的同盟国，在上海发泄其纳粹行为有关。

中国政府勉勉强强向德国宣战后,很快发现了不少好处,取消德国在华治外法权,中国就能没收德国在华资产,包括银行、企业和作为德侨社交活动中心的一些不动产。德国总会被中国政府接受后,转交给中国银行使用;也在外滩的德国银行,则交给中国交通银行。德国人一处位于法租界的地皮,是他们买下准备建造一家乡村俱乐部的,现在却被法国人乘机攫为己有,后来归法国总会所有。另外,南京路上一家德国大药房,通过德罗威公司关系,摇身一变成为美国商号,房顶上升起了美国国旗,但商号里的德籍人员毫无变动,照常工作,德国药品也照常出售。这一切,都是一位精明的美国律师一手操纵的。

不过,在上海外国人社会中最富色彩的篇章,还轮不到德国人,而是我们以前的一个盟友。1918年和1919年之交的一天,有人前来报告:在吴淞口外发现一支神秘的舰队。

我听到这个消息后,立即雇了一艘中国汽艇,驶往吴淞口实地察看。这的确是一支神秘的舰队,各式各样的船舰有三四十艘,大部分漆成灰黑色。"舰队"从小型战舰到港口拖船,几乎应有尽有,甚至还有两艘大型强力破冰船。

我指示汽艇靠上一艘大战舰。舰上的一个军官注意到我的举动,他走到舰尾,用俄语跟我说话,可我一句也听不懂。我只得用手势示意,我想上他的船。

一会儿,他叫来一个水手,帮助我上了跳板,然后顺着梯子爬上军舰的甲板。顺便说一句,那时吴淞口外正是风急浪高,波涛汹涌。

上了军舰,想不到发现了比"舰队"还要奇异的景观。甲板上堆满了各种各样的家庭用品，从锅碗瓢盆到婴儿睡床，一应俱全。说来好笑，我看见一位俄国妇女，正把刚洗好的婴儿尿布晾挂在一管五英寸的大炮筒上；甲板上还有一辆几乎崭新的美国汽车，或许是一支倒霉的美国西伯利亚探险队的遗物。

等了好长时间，舰长领来一个稍懂英语的人。那人告诉我，这支"舰队"由史塔克海军上将（Admiral Stark）指挥。在第一次世界大战期间，史塔克海军上将曾指挥俄国远东舰队作战。

我正想提几个问题，舰长打断了话头，告诉我舰上急需食物，从海参崴（Vladivostok）带出的补给品，现在已经消耗殆尽。他说，他们是在布尔什维克占据海参崴前夕逃离那个港口的，舰上的妇女儿童大部分是海军官兵的家眷，其他人也是俄国平民。史塔克海军上将想把平民送上岸，但遭上海市当局拒绝。后来，这些人在半夜三更时悄然离船上岸，乘着夜色茫茫溜入上海市区。

舰队在吴淞口外滞留了几天，上海的慈善团体纷纷给予接济。在获得足够的补给品后，史塔克海军上将继续率队南下，最后驶抵目的地马尼拉。

在马尼拉，大部分俄国流亡者安顿下来，成了当地的平民百姓。舰队宣告解散，船只变卖出售。苏维埃政府曾试图收回这些船舰，但是迟了一步，船舰已经卖掉，而且当时美国还没有承认苏联，莫斯科只得作罢，自认倒霉。据说，布尔什维克特别想收回的，乃是两艘破冰船，因为海参崴一到秋末和冬天，港口便被坚冰封没，非得用破冰船开道，轮船才得以进出。

随史塔克海军上将逃到上海的白俄，是后来白俄大量流亡来华的先行者。从西伯利亚和俄国其他地方，远至莫斯科和列宁格勒，都有大规模的逃亡活动，并且一直持续了好几年。上海是一个开放的城市，到上海来的外国人，无须护照和签证。那些俄国流亡者从遥远的北方，乘坐每一列火车，每一艘轮船，川流不息地进入上海，根本无法限制。他们一文不名，囊空如洗，当然也有少数富人，因为这些流亡者包括了各个阶层的人，既有吉普赛乞丐，也有沙俄贵族。一些富有的俄国人，设法带出了大量值钱的珠宝，他们来到上海后，住进最好的旅馆，吃喝玩乐，一掷千金，随意挥霍着他们的珠宝，直到吃尽用光为止。上海的一些当铺里，一时充斥着俄国珠宝玩物，人们只要花费原值的很少一部分，就能收购到许多罕见的东西。有些珠宝是俄国的著名特产，如乌拉尔山著名宝矿中极其珍贵的宝石；当然也有稍差一些的。

流亡到上海的白俄究竟有多少，从来没有一个确切的数字，但估计在2.5万到5万名之间，大多数人是穷光蛋，无以为生，上海的慈善机构慷慨接济，开设了多家施粥所，才使他们能够生存下去。白俄中有许多旧军人，主要的是原先在沙皇军队中服役的哥萨克人，他们现在仍旧忠于沙皇。这些哥萨克人，先是逃到蒙古，然后逃到中国东北，而且大多带有家眷。逃亡的白俄，绝大多数来自于俄国各地的小城镇和乡村，也许你偶尔碰见一个穷光蛋，说不定原先倒是大地主、大商人。但是，不管是穷是富，是受过教育或文盲，有一点是共同的，即他们都憎恨布尔什维克。他们认为，是布尔什维克逼迫他们背井离乡，逃亡国外，依靠外国人过日子。

在白俄大量涌来之前，上海仅有五六户俄国人，主要是经营茶叶公司的经纪人，或者是跟俄国亚洲银行有关的人员。俄国亚洲银行在远东的主要分行就设在上海，在外滩有一座富丽堂皇的大厦。

由于救济措施得宜，白俄在上海并没有形成一个长期的难题，这使他们自己都深感惊讶。他们迅速在上海站住了脚。以前的哥萨克军人,充任了中国商人的保镖;这些有钱的大商人,一直过着提心吊胆的生活,害怕被人暗算或敲诈。还有的哥萨克人,则成了遍布全市的银行和商务公司的夜间守门人。后来,公共租界当局组织了一支俄国义勇队,作为万国商团的一部分,用来守护租界的安全。

上百的白俄妇女,在别人的帮助下,开设起时装店、女帽店和美容院。另外,还有一些白俄,其中许多是犹太血统,办起了多家杂货店,出售从针线到婴儿车等各色用品。为数众多的俄国餐馆,遍布于大街小巷,特别是白俄集中的法租界,上海人破天荒尝到了俄国大菜的滋味,并且很快吃得风行起来。在外国白领阶级和做各色工作的中国人之间,白俄占据了一个重要而恰当的位置。

上海可以说是一个男人的城市,外国人十有八九也是单身汉,因此,各式各样的友谊关系不可避免地发展起来,造就了无数的国际婚姻。这些国际婚姻,连驻扎在上海的美国海军陆战队官兵都有份。有一次我问陆战队的随营牧师,这些婚姻是否美满?他回答道:"和其他的婚姻一样。"我想,他的回答多少带有一些嘲讽。

俄语跟着在上海流行,教授俄语的白俄,也都捞了一票,当时一般银行小职员,很难付得起请一个俄语教员的学费。后来,白俄在上海的各项事务中,发挥了愈来愈大的政治作用。

在我初到上海时,这里还没有一座俄国教堂,可是10年之后,大量白俄蜂拥而入,上海竟有了10多家俄国东正教堂[①],有些还十分宏伟壮美。能够建造和供奉这么多的教堂,证明了白俄对宗教的虔诚和笃信。我访问过的每一户白俄家庭,都挂着不止一帧圣像,常常是每间房里都挂;还有一个小香炉,点着一盏不熄的油灯。每年的圣诞节和复活节，在上海的外国人倾巢而出，涌到街上观赏白俄丰富多彩的礼拜式。

注释：

① 东正教，即正教，系 1054 年基督教东西两派正式分裂后，东部教派所采用的名称。

编辑做说客

《密勒氏评论报》在上海站住脚跟后,我决定在1920年秋回美国一次,设法为报纸拉些广告。

临出发前几天,美国多拉尔航运公司远东区代表J.哈罗德·多拉尔(J.Harold Dollar),邀请我到美国总会共进午餐,为我饯行。多拉尔时任上海美国商会主席。我感到十分惊讶,不知道这些杰出的美国人葫芦里卖的什么药。

午餐会快要结束时,著名的木材商卡尔·塞茨(Carl Seitz)站起来说了几句客套话,然后话锋一转,对我说:"J.B.①,我们希望你到华盛顿去一趟,设法让国会通过一项中国贸易法案,以联邦政府的力量和名义,保护美国企业在远东的经营活动。"他接着说明,如果我愿意去华盛顿活动,敦促国会通过这项议案,上海美国商会将担负我的住宿费用。他相信,只要"很少几个星期",就能使国会认识到这项议案不仅极其重要,而且实属必需。

我同意接受这个使命。我从未到过华盛顿,很想看看在我们国家的首都,究竟是什么东西驱使着美国之轮滚滚向前?

我从美国的西海岸旅行至纽约时,在芝加哥稍事停留,拜访了大名鼎鼎的麦考密克上校（Colonel Robert R.Mc Cormick）。我为《芝加哥论坛报》(Chicago Tribune) 写过两三篇比较重大的中国问题报道，因此，上校要我回国时务必去看望他。当我与上校见面后，我提到了贸易法案一事。我告诉他，我们在远东的经济利益亟盼国会通过这一法案，所以，上海美国商会委派我赴华盛顿一行，看看能否为这件事出力。上校听罢，立刻有了主意，说："你马上搭今天午夜的火车，明天早晨6点钟到达俄亥俄州的马里恩（Marion）。我会打电报给正在那儿的本报记者菲尔·金斯利（Phil Kinsley），让他去接你，并介绍你去见新当选的哈定总统。"②

这简直是天赐良机，大大超乎我最乐观的预计之外，让我有机会拜访新当选的美国总统，当面请求他支持中国贸易法案，争取在国会顺利通过。

第二天早晨6点半，我到达马里恩车站。找到金斯利后，我便向他说明来意，他立刻说："我们走吧，要赶在那些傻瓜开始前逮住哈定总统。"

我问他"傻瓜"是什么意思，他解释说，那是一群想入非非者，热衷于制订战后欧洲和世界和平计划。一会儿，他带我来到哈定总统的会客厅。时间还早得很，会客厅里空荡荡的，一个人都没有。我坐在那里，目光透过不太干净的窗子，眺望外面的景色，视线所及，可以看到马里恩车站那间有名的小木屋。正当我无所事事的时候，一个大胖子走了进来，面孔有些熟悉，但一时记不起来在哪里见过他。这时，工作人员出来喊我的名字，说哈定总统在里面等着见我。我刚要进去，这位后到的大胖子一把拉住我，说他要赶火车回纽约，所以他要先进去见总统。又说，他要跟总统讨论的，是有关世界和平的重要事情。然后，他

069

把我撇在一边，进了总统办公室。整整一个小时后，他才谈完走了。轮到我进去时，哈定总统一边向我递烟，一边微笑着说："刚才那位是尼古拉斯·巴特勒先生。"③

我递上我的名片，哈定总统看了看说："我想你是从中国回来的?"

我告诉他事情的来龙去脉。他以出乎我意料的兴趣，听完我的话，然后说，他一直对中国感到好奇，他有一个姨妈曾在那里传教。后来我才知道，他的姨妈不是在中国，而是在印度传教。不过美国人谈起传教的事，分不清中国和印度，不是一件稀奇的事，甚至还有人把印度和非洲混为一谈哩!

我把一本有关中国贸易法案的小册子呈送给哈定总统，这是我在上海动身前赶写的。接着，我向他说明美国商务在远东日益增加的重要性，新法案对美国贸易发展的影响，以及恢复美国商业信誉的作用。要知道，由于一些冒险家和无赖们的胡作非为，美国在远东的商业信誉受到极大的损害。

哈定说："在我到华盛顿就任前，我不能为你做任何事。如果你能来白宫见我的话，我一定尽力帮助你，使你们的法案在国会通过。"

作为总统，哈定先生实践了这一诺言。后来，我们成为非常熟稔的朋友。不过，我很快发现，要想在国会通过一项法案，除非它关系到美国的国民利益，否则很难在短短几个星期内办到，起码需要几个月，甚至几年时间，可以说是一个令人伤心的过程。但无论何时何地，当我陷于困境时，只要写一封信给哈定总统，就会得到他的帮助。

由于我对说客之道一窍不通，毫无这方面的经验，于是就向新闻界朋友讨教，怎样才能使国会通过一个议案?但每当我提出这个问题时，总会引来一片笑声,特别是在记者俱乐部里。有些老记者对我说,华盛顿说客如云,都想使国会通过某一议案,他们像我一样,希望在几个星期内达到目的,游说似乎成了他们唯一的力量源泉。

但我立刻发现"外行"自有好处,可以不蹈职业说客的老路。我风风火火地去拜访国会议员和其他能够提供帮助的人。

最后,我找到一位来自圣路易斯的国会议员列奥尼德斯·C.戴尔(Leonidas C.Dyer),他同意向国会提交我的议案。戴尔是位共和党人,那时正想找机会出出风头,好让他的大名上上报纸。当时由于战争的缘故,美国物品供应短缺,我的议案事关对外贸易,就成为一个比较突出的题目。而且,这样的议案,也很符合他出头露面的愿望。戴尔议员隶属于众院司法委员会,我向他建议说,议案若由别的委员会,可能的话,由众院外交委员会提出来,是否会更好一些?他反对那样做。我马上明白,国会各委员会议员之间相互嫉妒。

在密苏里大学新闻学院读书时,我选修过几门有关政府问题的课程,只是课堂里学到的知识,要实际运用于把一件议案提交国会通过这种事情上,简直一丁点儿都不派用场。

戴尔议员说,我们要做的第一件事,就是在国会举行一次"听证"。在听证会上,由证人说明所提议案的价值。我们的听证会定在一星期之后,随着我就忙于应付证词。同时,我请求纽约的几家进出口公司派出一些外贸代表来华盛顿。在举行听证会这一天,我还请来了商务部长赫伯特·胡佛(Herbert Hoover)[④],这使大家感到有些意外。胡佛曾在中国做过采矿工程师。

看来一切进行得十分顺利。但是参加听证会的两位参议员,看见胡佛进来时,立即满脸愠怒,退席而去。有人告诉我,这两位参议员与胡

071

佛部长一贯不和。一位参议员对我说，胡佛对我们这个议案的支持，或许反而是弊多利少。听证会结束后，我们把这次听证记录刊印在"国会公报"特刊上，并分印一些寄送给美国各地的商会，希望能引起他们对这件议案的关注。

我与戴尔议员商量后，决定利用全国商界对日益增长的远东地区贸易的兴趣，把这件议案定名为《中国贸易法案》（"The China Trade Act"）。

事实就是如此，要使国会通过一件议案，经办人非得跑断腿不可，因为必须去拜访很多很多的人。有一次，我差点加入国务院和商务部之间的一场小内战。开始的时候，我的议案引不起国务院和商务部的兴趣（胡佛部长个人例外），但在美国各地商会反响热烈，兴趣盎然之后，他们也开始竖起耳朵。一旦国会能够通过这一议案，他们势必争相插手，来主管这一议案的实施。由于这件议案事关贸易，我认为当然应该由商务部管理，但国务院的一位法务官却不同意我的见解。于是在一次听证会上，我与国务院的官员唇枪舌剑，争执不下。

国会通过一项议案的主要困难，在于很难在同一会期中，在国会参众两院同时获得通过。议案或者能在众议院获得通过，或者能在参议院获得通过，但往往在最后提交议案给国会通过之前，这届国会大会就已闭幕了。我们的议案已经提交参议院通过，并作好一切准备提交给众议院通过，但吉利特议长（Speaker Gillett，马萨诸塞州当选议员）对我们说，他们有更重要的事情要做，没有时间来讨论我们的宝贝议案。

我决定另辟蹊径。我立刻前往波士顿会见一位银行家，他在远东呆过，对促进对华贸易很感兴趣。他在银行家俱乐部设午宴招待我，还邀请了驻波士顿各大公司的外贸代表。当我正在说明议案的意义时，忽然有人推门进来，主持会议的威德先生一看，忙叫道："啊，市长！请进，市长，我给您介绍一位从中国来的朋友。"

彼得市长（Mayor "Andy" Peters）过来坐在我旁边，对我说："你不是中国人嘛，你在中国做什么？"我又把此行的目的，向他说明一番。但是彼得市长看上去心不在焉，好像另有所思。我说话的时候，手里玩弄着一枚中国银元，那是我随身带着的物品。这时，市长突然瞧见了银元，不由变得兴奋起来，因为这是他第一次看见中国银元。他转身对我说：

"我愿意用任何东西交换两枚中国银元，怎么样？"

我说："市长不必客气，我正好有两枚中国银元，全在这里。"

他说："我想把这两枚银元带回家去，分送给我的两个儿子。他们都喜欢收集银币。能够得到中国银元，真不知道他们会有多么高兴！"接着又说："好，现在你说，你要什么东西？"

我不得不将此行的目的，特别是中国贸易法案的重要意义，再次说明一番。我告诉他，中国贸易法案如获通过，对美国在华商业活动的便利和权益，都十分有益。彼得市长听后，立刻叫人拿来了电报纸，给国会中所有马萨诸塞州议员们发了电报，要求他们全力支持这一议案。

几天以后，我回到了华盛顿，随后与戴尔议员同去拜访众议院吉利特议长。晤谈之下，吉利特态度友好，赞同把我们的议案列入议程，说："我发现波士顿对此议案很感兴趣。"我不禁想说："是的，那是两枚中国银元换来的。"但是终于没有说出口。

众议院通过我们的议案后，再经国会讨论，该议案就成为美国第一个有关公司企业的联邦法案。在最后一次会议上，这一法案指定由商务部主管。后来我碰到国务院那位法务官时，彼此之间当然是视同路人了。

中国贸易法案对于美国较小的工商企业极有帮助，而且意外地符合胡佛先生关于在战后积极拓展美国在华商务的计划。商务部先前在华仅有一名代表长驻北京，此人名叫朱利恩·阿诺德（Julean Arnold）。中国贸易法案通过以后，商务部增派了很多各方面的专家到中国，彻底调查中国的经济状况。美国对华贸易的迅速扩大，以及我们在中国市场上赢得的领导地位，均是在这一阶段打下了坚实基础。

我不知道在对华贸易过程中，究竟有多少百万美元的资本，在中国贸易法案的特许下，投入到中国市场，但数量巨大自是不言而喻。在中国贸易法案实施前，国会要干涉像特罗威公司（"Delaware Company"）这样著名的企业是不可能的。现在各公司在亚洲享有更大的特权，但都受到该法案的约束。

应该特别一提中国贸易法案提供的一项优惠条件，即该法案有关赋税的条款，对美国企业和英国企业一视同仁，提供了平等的优惠。这些英国企业是在英国殖民地香港注册的。

我与参议员拉福莱特有过一次有趣而重要的晤面。当我正在国会议员中积极活动，谋求使中国贸易法案获得通过时，有一天，我惊讶地看见报纸上一则消息：参议员拉福莱特对提交该案表示强烈反对。他声称，该法案只不过是有助于像标准石油公司和美国钢铁公司这样的大企业来开发中国的一项计划。我马上意识到，某些利益受到损害的团体，向拉福莱特提供了错误的信息。事实上，在中国贸易法案中，我们从不感兴趣于像标准石油公司这样的企业，因为他们已经在美国法律下登录。当然，我们也无意于进行改换。相反，中国贸易法案的原意,倒是帮助那些较小的公司,特别是那些在远东刚刚从事商务活动的新公司,它们需要某些特权和安全,而这正是中国贸易法案所能给予的。已经在远东确立其地位的大公司,不会对我们的法案感到有多大兴趣,因为它们早已获得了一定的特权。但是这种解释,并不能使拉福莱特满意。而且,他已经找到了打击大公司的新手段。

我与朋友们商量此事时,有人建议我不妨直接找他谈谈,但立即有人反对,说:"不要去拜访他,他会利用你的话来坑你。你不能相信他。"

当我还是一个少年时,我曾在我居住的肖托夸城(Chautauqua)听过拉福莱特的多次讲演,有些讲演的矛头就直指大公司。我不同意说他是另一类政治家。我决定去看他。幸运的是,我从上海动身时,正好带着有关香港企业法的副本。这些企业法规定英国公司可以在香港的法律之下登录,这一点就能使英国公司逃避沉重的战争赋税,而在英国登录的企业就要困难得多。这正是英国企业与美国企业在远东的竞争中占有优势的地方,我们必须予以解决。于是,我随身带了香港企业法的副本,前去拜访拉福莱特参议员。

在这位杰出的威斯康星州参议员看到这些小册子后,他显得十分迷惘。我想,我大概不应该把它们带回美国。拉福莱特这才第一次知道,香港是英国殖民地。在此之前,他自始至终留有如此印象,香港是一个独立的岛国。他不了解这样一个事实,英国已经在香港建立了一个政府,拥有立法机关;所有拥有财产的公民,不管其性别、肤色、种族如何,均享有表决权。

拉福莱特听完我的介绍,简直目瞪口呆。他邀请我有机会再去看他。后来,我们又在约定的时间,再去参议院拜访他。不用说,我们的议案就算通过了。后来我常常想,我们的海员不妨也去拜访一下拉福莱特,或许会得益匪浅。他那时正在构思最初的海运法。因为他来自一个内陆州,从国际竞争的角度看,他对航运或海事问题一无所知。他对海员工会领导人告诉他的一切,都深信不疑。实际上,那些工会领导人似乎没有认识到这一点,假如美国船只竞争不过英国或日本船只,那么美国海员就得卷铺盖回老家去。

一天,华盛顿旅馆的服务生给我送来一张名片,上面写着"玛丽·伊丽莎白·伍德"("Mary Elizabeth Wood")的名字。那时,我正住在这家旅馆里,为谋求议案的通过而四处奔走。我下楼见到了伍德太太,她约有60岁,一身黑色服饰,上着衬衫,裙子曳地,又高又硬的衬领直抵耳根。她对我说,她早年赴华传教,迄今已有40年,这次听说国会将对返回中国庚子赔款数百万美元一事进行表决,如果国会真的有此打算,她很想从中分得一小部分款项,用以发展中国现代图书馆事业。她想知道怎么去做。这时,我看见桌子上有一份"国会公报",稍一思索,心里有了主意。我翻开这本书的目录,指着众参两院议员录,对她说:"如果你带上这本书,去拜访名录上有的议员,向他们解释你的看法,或许会获得成功。"

她并不是说说而已,整个秋天和冬天,我常常在大厅里看见伍德太太熟悉的身影,她按图索骥地打电话给各种各样的人。

几个月后,当众议院通过归还庚子赔款的议案时,一打以上的议员们站起来大呼:"那么玛丽·伊丽莎白·伍德太太的图书馆呢?"

当然,她如愿以偿得到了图书馆。

注释：

① J.B.，即作者名字（John Benjamin Powell）的简称。
② 哈定（Warren Gamiliel Harding，1865~1923），美国共和党人、参议员，1920年当选总统。任内主持召开华盛顿会议。1923年8月在从阿拉斯加旅行演讲归途中，暴卒于旧金山。
③ 尼古拉斯·巴特勒（Nicholas Murray Butler，1862~1947），美国著名教育家，哥伦比亚大学哲学和教育学教授。1931年曾获诺贝尔和平奖。
④ 赫伯特·胡佛（Herbert Hoover，1874~1964），美国共和党人。1895年斯坦福大学毕业，后为采矿工程师，曾在澳大利亚、中国和非洲等地从事采矿工作。1921~1928年任美国政府商务部长。1928年当选美国总统。

山东与华盛顿

1921年底,我还滞留在华盛顿未归。这时报载哈定总统决定举行一次讨论限制海军军备和远东问题的国际会议,因此我要继续留下来采访会议。

几天以后,我偶然遇见密苏里州的科克伦(William J.H.Cochran),他在威尔逊总统任内担任过民主党全国事务委员会公共事务主任。我问他对哈定总统的决定有何看法?对于欲打破砂锅问到底的华盛顿记者们来说,他的回答是一种典型的流行观点。

科克伦说:"共和党有义务帮助中国。因为哈定总统的当选,主要就是靠山东问题,其他都是无足轻重的。"我请他解释一下,他说:"在总统竞选中,共和党得票最多的便是山东问题。哈定常常在竞选演说中提及'劫去山东'这个字眼。"的确,只要翻翻登载各候选人竞选演说词的《时代》周刊,就可证明此话不谬。哈定的其他共和党候选伙伴,也都不断提到山东问题和"侵占中国",用以诋毁《凡尔赛和约》和国际联盟。

在这次总统大选中,一般美国公众也都听说很多有关协约国与日本签订秘约,同意日本在巴黎和会中所提各项要求的传闻。但对美国人来说，更严重的是协约国竟然同意日本人占有太平洋上马绍尔（Marshall）、加罗林（Caroline）和马里亚纳诸群岛（Marianas Islands）。美国的海军官兵无不明白此事的危险性，但他们却无法使公众充分了解日本的严重威胁，因为在第一次世界大战中，日本已经在太平洋上获得了优势的战略地位。

那么，什么是山东问题呢？

约在1898年，大清帝国已处于崩溃边缘。德国的威廉大帝（Kaiser Wilhelm）藉口两个德国神父在山东境内被杀[①]，赶在英国和其他国家之前，攫取了中国东海岸最好的港口胶州湾，并且占据了当时还显荒凉的青岛。为了胜过英国人和俄国人，威廉大帝派出最优秀的德国市政专家到青岛，把它建设成为一个清洁和中国沿海最漂亮的城市，干净整洁的街道，很有吸引力的商店和住宅，富有德国情调。德国人还获得建筑胶济铁路的特权，把青岛同250英里以外的山东首府济南连接起来。这就是第一次世界大战前，德国侵略中国的大致情形。

自然，日本不甘心德国在中国沿海的扩展超过自己，就像他们不喜欢俄国在大连，英国在青岛以北的威海卫建立自己的势力范围一样。因此，当第一次世界大战爆发后，日本人就毫不犹豫地攻打青岛。守卫青岛的是一支小小的德国要塞部队，但构筑了许多坚固的炮台，配备有旋转式大炮。日本人凭藉舰队从港口内进攻胶州湾，企图一举攻占炮台，但没有成功。于是他们改变战术，在陆上发动军事进攻，占领青岛后，从背后进攻胶州湾。在此情况下，德军无险可守，最后的防线被攻破，不得不宣布投降。据说日本人从这些德军俘虏身上学到了制造啤酒的技术，建立了日本自己的啤酒业。

有一次，我问中国驻美公使施肇基博士（Dr.Sao-Ke Alfred Sze），为什么中国人那么痛恨日本人占据山东,而对德国人似乎谈不上强烈反对?他回答说:"德国人是建设的,日本人是破坏的。"德国人循规蹈矩,遵守协议,日本人就大不一样,把侵略势力扩展到山东全省。另外,他们输入毒品,在天津日租界大量制造吗啡和海洛英,用以毒害中国人。吗啡和海洛英,尽管是用化学方法从鸦片中提取的,可是其毒性超过了中国人熟悉的鸦片。

日本侵占山东后,美国人深受刺激,因为日本人这一举动,破坏了美国自海约翰(John Hay)国务卿以来传统的"门户开放"政策。而且除了山东,日本还从德国人手里攫取了太平洋上马绍尔、加罗林和马里亚纳诸群岛。这些岛屿横在美国和菲律宾及亚洲大陆之间,为美国构筑了一道不可逾越的屏障,虽然日本人一再声称不会在岛屿上布防,但事情是明摆着的。

尽管科克伦对我说,共和党人有义务为解决远东问题做些事情,"因为他们的当选,很大程度上就归功于山东问题。"但他承认在这个因素的背后,还因为新内阁的一些成员支持美国传统的远东政策,特别是对华门户开放政策。他对我说:"你在中国呆过,对门户开放政策持何看法?"

我解释道,在1898年和1900年间,中国遭受了列强的肆意蹂躏。俄国利用义和团事件侵占满洲;英国在长江流域确立自己的势力范围,在威海卫建立海军基地;德国攫取胶州湾,在青岛建立海军基地;法国拥有印度支那,在南中国海沿岸的广州拥有特权。

显然,美国人在这块亚洲大陆已无插足之地。有鉴于此,美国国务卿海约翰提出了"门户开放"原则。海约翰曾经担任驻英大使,有人怀疑在这项政策的背后,可能还有英国人的影子。事情的确如此,英国的商人认识到跟一个统一的中国做生意,比起跟某个地方做生意更加值得。

英国也不可能征服一个有4亿人民的国家,他们担心引起其他欧洲国家的反响。英国海军上将贝思福勋爵[2]率团访华后,劝告列强不要肢解中华帝国。他返国时途经华盛顿,曾与美国人协商过此事。

从提出"门户开放"政策后,海约翰又进一步提出了一系列附则,表明美国不承认其他国家的"势力范围"政策。从此,"门户开放"作为美国的一项外交政策,取代了以前的门罗主义[3]。

直到第一次世界大战前,人们注意到美国关于继续保持欧洲在中国进行自由竞争的劝告,但自己却毫不犹豫地卷入到亚洲政治中去,这一点似乎并未遭到美国公众的反对。

现在,让我们回到华盛顿会议这个题目上来。

哈定总统决定召开华盛顿会议后,美国务院经过反复考虑,决定邀请中国派遣一个代表团出席会议。这是中国第一次作为"自由、独立的国家"参加国际会议,北京政府兴奋异常,派出了一个300人的大型代表团。驻美公使施肇基博士面对如此众多的同胞,感到手足无措,深感安排食宿的困难。

美国务院的邀请发至北京政府,使广东的国民党政权深感不满,它们针锋相对地派出另一个代表团赴会,试图在会议上为孙中山博士寻求支持。

日本人原先对华盛顿会议并无热情。他们参加会议的心情,就像一个捣蛋学生被叫到老师书桌前,准备接受惩戒一样。他们知道会议的原意,是不满其侵略中国过于放肆,所以对会议抱有戒心。但是,考虑到它的潜在盟友德国已经无力竞争，俄国又在后门口搞什么共产主义革命，在这样的情况下，日本人认为参加华盛顿会议比不参加有益得多。于是，在其他国家接受会议邀请两个星期后，日本才正式表示接受邀请。同时有报道说，日本在决定赴会之前，与英国进行过磋商，英国保证会议不对日本予以"严重处置"。英国的保证虽然很有分量，但事实上会议的主要议题之一，便是要求废止英日同盟[④]。

尽管美国在战时就一直强烈反对英日同盟，但却是加拿大自治领的反对，才迫使英国认真考虑解除它与日本之间的协定。像美国一样，加拿大认为，如果美日爆发战争，那么英日同盟有关交战条款，就迫使英国履行危险的义务。由于这两个国家的地理环境不同，加拿大与日本在移民问题上有过纷争。1908年，美国和日本在加利福尼亚发生移民纠葛时，当时在加拿大也一样发生了。在1921年美日矛盾趋向尖锐时，加拿大自治领深受"北美"观念的影响，起而反对英国的"帝国"观念。结果，加拿大民族运动高涨，要求废止英日同盟。

加拿大总理阿瑟·米恩（Arthur Meighen），反对关于太平洋事务的战后四强会议。四强会议原定由美、英、中、日四国出席。在伦敦召开的英联邦会议上，米恩的努力遭到强烈反对，劳合·乔治[⑤]、寇松[⑥]、贝尔福[⑦]和李[⑧]都害怕反对日本的措施，会对印度和英国其他殖民地，以及英国在东亚和太平洋的经济利益产生不利影响。在激烈的争论中，澳大利亚、新西兰和印度都站在英国一边，而南非则采取中庸之道，主张修订英日同盟。但米恩坚持原来的立场。最后，英联邦会议同意接受他的观点。正是这次英联邦会议的讨论，加上英国愿意理解美国关于海军军备限制问题，才为华盛顿会议召开铺平了道路。

出席华盛顿会议的法国和意大利，不仅在中国拥有势力范围，而且有相当强大的海军军备；与会的其他欧洲国家荷兰、比利时和葡萄牙，也在中国享有特权，或在太平洋地区拥有殖民领地。

华盛顿会议在许多方面具有非同一般的意义：这是美国第一次试图依靠一次国际会议，来解决太平洋诸国间长期存在的战争威胁，作出和平的安排。出席会议的国家本着完全自愿的原则，没有按照战胜国或战败国代表团的模式组成，如巴黎和会时那样的情形。英国代表团由英联邦国家组成，包括加拿大、澳大利亚和印度。

在会议开幕式上，当美国代表团团长查尔斯·E.休斯⑨宣布，美国准备停止其海军建设计划时，欧洲和日本代表团不禁大吃一惊。不仅如此，更使他们惊讶的，是美国准备立即停止已经在建造的一些战舰。美国的建议与职业性的外交实践完全背道而驰，各代表团无不面面相觑，莫名其妙。但这个建议对英国人来说，几乎很难说三道四，因为美国始终关注着英国海军部的动向，并由此提出这一建议。

最后，华盛顿会议决定废止英日同盟，日本被迫同意美英日三国海军吨位数，分别限制在 5：5：3 的比例。日本获得的补偿，是美国不在 180°经度线以西增加或继续构筑海军基地和其他军事设施。美国海军专家曾尽他们最大努力，企图防止降低美国海军在西太平洋上的战略地位，防止缩减美国海军建设计划，但他们的努力归于失败。

会议产生的所有协定、决议和建议，都或多或少环绕着中心文件，即与中国有关的《九国公约》⑩，它涉及了会议讨论的最主要问题，如限制海军军备和在太平洋地区削减海军基地。《九国公约》后来以"中国自由宪章"闻名，因为它结束了日本和欧洲梦寐以求的"势力范围"原则。这一原则，在四分之一以上的岁月中，一直构成了对中国的严重威胁和宰割。除了《九国公约》，华盛顿会议还通过其他一系列决议，绝大部分是与统一的中国的未来发展有关。日本被迫从山东撤军，把德国在青岛的特权，包括其控制的港口和通向山东省境内的铁路，全部归还给中国。会议通过一项决议，派遣一个代表团去中国，调查废除治外法权的事宜。治外法权阻碍了近代中国法制的发展，侵害了中国的主权。会议建议采取必要措施帮助中国实现流通领域和财政体制的现代化。各列强还同意从中国撤出邮政机构，召开一次会议修订中国的关税，以期走向关税自治的道路。俄国人在远东也有收益，日本被迫从西伯利亚撤出军队。自第一次世界大战以来，这些军队一直驻扎在那里。

在华盛顿会议期间，我一直以新闻记者的身份，出席各种各样的全体大会。我坐在新闻记者席上，从那里可以看到会议的进展情况。会议中，发生了几件不在议程范围内的有趣的事。

当席间有人高叫法国代表团团长阿里斯蒂德·布赖恩德（Aristide Briand）的大名时，就发生了一件趣事。当时，美国前国务卿 W.J.布赖恩（William Jennings Bryan），一位杰出的和平主义者，就坐在面对着记者的贵宾席前排，他正为会议裁减军备一事沾沾自喜，深信这一成果，乃是他为世界和平而努力的直接结果。所以当有人高呼布赖恩德的名字时，布赖恩以为是在欢呼他哩，兴高采烈地站了起来，旁边的一位朋友见势不妙，想抓住他的燕尾服，将他按回座位上，可惜慢了一步。

法国人对会议没有表示出多大的热情，虽然同意将广州湾归还给中国，但仁慈之中多少带有一点勉强。事实证明，他们从未切实履行有关的承诺。

另一件有趣的事，也与法国人有关。在第一次全体大会上，各代表团按国名英文字母的顺序，列坐于一张长方形大桌子旁，如美国、英国、中国……会议开幕后，各国首席代表以此序列，均以英语发言，但轮到法国时，法国首席代表坚持要讲法语。实际上，这是第一个不以法语为指定官方语言的重要国际会议。结果，法国人坚持在发言中使用法语，严重延误了大会议程，因为要把布赖恩德的法语发言，转译成英文。第二天，华盛顿的一位专栏作家，在报上发表评论说，法国人是这次"会议上唯一的外国人"。巴尔的摩的一家报纸，还配发了一幅漫画。画面上，法兰西人正在戴上老式的德军钢盔。法国代表认为华盛顿新闻界持有反法态度，遂向美国务院正式提出强烈抗议。

美国务卿 C.E.休斯是活跃于大会中的一位杰出人物，但是，与其说他是一位政治家，不如说他是一位笃信宗教的十字军参加者更为妥贴。在会议上，休斯曾经两次敲打桌子，以加强他的发言。第一次是关于裁减海军配备，第二次是他提醒日本要遵守撤军西伯利亚的承诺。他指责日本在大战末期干预西伯利亚是违背了与美英达成的谅解。当时各国同意派遣一个师的部队，维持通向贝加尔湖东部铁路的治安，美国人派了 7 000 名部队，但日本人派了 70 000 名部队，占领了库页岛以南全部沿岸地区。由于美国已经从西伯利亚撤兵，休斯国务卿直截了当地要求日本也照此办理。日本的回答模棱两可，说他们已经制订了撤兵计划。这就有了问题。美国转而邀请苏联派代表团出席会议。休斯国务卿的这一行动，对俄国人极为有利，因为他们还缺乏足够的军事力量，来迫使日本人撤出军队。

日本人在会议期间聘请了顾问，其法律顾问是著名的卡德维拉特公司的威克沙姆（Wickersham）和塔夫脱（Taft）。这个塔夫脱，是塔夫脱总统的兄弟，至于威克沙姆先生，曾担任过美国司法部长。

中国代表团团长施肇基博士,则是另一个有趣故事的主角。这件趣事在会议期间广泛流传。日本在压力之下,宣布打算从山东撤兵后,休斯国务卿要求中日两国共同协商一次,以便安排日本撤军的细节。休斯说:"我已是一个垂垂老者,我想在生前就能看到山东问题获得解决。"并委派美英两国观察员,列席山东问题的谈判,督促双方切实履行有关条款。英国代表是担任过驻华公使的中国通朱尔典[11],美国观察员是马克谟[12],曾担任过驻北京公使馆头等参赞,后为国务院远东司司长。某次会议中,中日两国代表讨论到在山东的德国财产处置问题,不知为什么,日本人一定要求获得青岛市经营的一家洗衣坊的产权。这家洗衣坊原先是德国人开设的。双方为了这家洗衣坊的产权问题,争论几个小时,仍是不得要领。最后,施肇基博士忽然轻声对美国代表马克谟说:"这家洗衣坊,就归日本人所有吧——中国早就享有世界洗衣人的'声誉',现在,我们很高兴日本人也来分享光荣。"

为什么说华盛顿会议是失败的?不久前,一位有些玩世不恭的新闻界朋友说:"会议注定要失败,因为共和党政府缺乏诚意——他们从未打算把会议的有关协议付诸实施,他们只感兴趣一件事,那就是减少税收。他们以放弃美国舰队来达到目的,所谓采纳5:5:3比例的海军军备,仅仅是一种狡猾的手段,因为没有任何打算要把买卖做到底。无论是柯立芝[13]还是胡佛政府,都没有建造哪怕是一条新战舰。柯立芝过于吝啬,不肯花一分钱;胡佛这个贵格教徒,从道理上来说,就是与海军唱反调的。至于哈定总统,除了共和党大亨们的事情以外,从不考虑其他问题。那些大亨们只想赚钱、减税。我们的舰队得到了惩罚。"

但是这种冷嘲热讽的话,显然没有道出问题的症结。另一位朋友阐述道:"华盛顿会议的失败,我们都有责任。我们是一个幻想易于破灭的民族,伴随着战争而来的失望和幻想破灭,如此强烈地感染着我们,以致容忍了和平主义者和国际主义者,让代表外国利益的宣传家来支配我们国家的政策。日本人正是抓住这一有利时机,实施他们的意图。据估计,光日本人扔在美国的宣传费用,大概每年不下于1 000万美元。"

一位心高气傲的中国在野人士,也对我抱怨华盛顿会议带给中国的尴尬处境。他说:"会议给了我们一个自由宪章,却没有提供给我们争取新的独立的具体措施。譬如说治外法权——好几个月过去了,美国才姗姗组织一个代表团来华调查会议所承诺的关于中国治外法权问题,连该代表团首席代表、芝加哥人赛拉斯·H.斯特朗(Silas H.Strawn),也指责国务院的拖拉作风。更糟的是,美国在外交上继续承认中国最反动的军阀势力,以及军阀势力所支持的北京政府,却忽视孙中山和国民党人创立的比较进步的民族主义政府。最后,美英两国最大的错误,还在于坐视广东国民党政府听从俄国人的指挥,而不采取任何补救措施。"

注释:

① 即"巨野教案"又称"曹州教案"。1897年,德国传教士在山东曹州(治今菏泽)附近各县怂恿并支持教徒胡作非为,结果激起公愤。11月,巨野县农民愤然杀死在县内传教的两名德国人。接着,附近几县也纷纷响应。德国特以此为借口,悍然派军舰侵占胶州湾。接着,又强迫清政府与之签订不平等的《胶澳租界条约》,基本确立山东为德国殖民者的势力范围。
② 贝思福勋爵(Lord C.W.Beresford,1846~1919),英国海军上将,1898年应英国商会协会的请求来华访问。1899年归国后撰写《中国的分裂》一书,称中国即将被列强瓜分,曾轰动一时。
③ 门罗主义:1823年12月,美国总统门罗在致国会咨文中提出的美国对外政策的原则,史称"门罗主义"。主要内容是:宣布任何欧洲强国都不得干涉南、北美洲的事

务,否则就是对美国不友好的表现,提出"美洲是美洲人的美洲。"其目的是在拉丁美洲建立霸权。

④ 英日同盟:1902年,英日两国为联合对付俄国在远东的扩张而结成的同盟。同盟条约规定缔约国的一方在遭到第三国进攻时,另一方应提供军事援助;条约还保障英国在中国、日本在中国及朝鲜的非法利益,特别承认日本对朝鲜的"保护权"。华盛顿会议期间,在美国的压力下,英日同盟于1921年12月宣告终止。

⑤ 劳合·乔治(David Lloyd George,1863~1945),英国首相,自由党领袖。

⑥ 寇松(George Nathaniel Curzon,1859~1925),英国外交大臣,保守党领袖之一。

⑦ 贝尔福(Arthur James Balfour,1848~1930),英国出席华盛顿会议的首席代表。

⑧ 李(Arthur Hamilton Lee),英国海军大臣,保守党议员。

⑨ 查尔斯·E.休斯(Charles Evans Hughes,1862~1948),美国共和党人。1921~1925年任国务卿,主持了华盛顿海军裁军会议。

⑩《九国公约》:全称是《九国关于中国事件应适用各原则及政策之条约》。由美国在华盛顿会议上提出并获得通过,它打破了第一次大战后日本独占中国的优势,形成了各国共同支配中国的局面。

⑪ 朱尔典(John Jordan,1852~1925),英国外交官。1876年来华,先后担任牛庄、上海、广州、厦门等地领事馆翻译、副领事等职。1896~1906年,一度任驻朝鲜总领事、代办。1906年升任驻华公使,1911年成为北京公使团领袖公使。任职期间,鼓动中国对德宣战,扶植直系军阀控制北京政府。1920年夏退休回英国。

⑫ 马克谟(John Van Antwerp Mac Murray,1881~1960),美国外交官。1913~1917年任驻华公使馆头等参赞。1917~1919年转任驻日大使馆参事,后回国任国务院远东司司长。1925年再次来华担任驻华公使,1929年回国。

⑬ 柯立芝(John Calvin Coolidge,1872~1933),美国共和党人,马萨诸塞州参议员,后任议长、州长。1920年当选副总统。1923年哈定总统在任内暴卒,遂继任总统,次年当选连任(1923~1929)。

第二部分

扑朔迷离的 20 年代

前清秀才、基督将军、东北虎

1922年2月6日，华盛顿会议落下帷幕。中国贸易法案获得国会参众两院通过，交由审议委员会评议，在此情况下，我决定尽快返回上海，并对在华盛顿取得的进展甚感满意，因为我成功地完成了一件被认为几乎不可能的事，说服国会颁布一项关于公司企业的联邦法案，以帮助在亚洲从事外贸业务的美国公司。

另外，华盛顿会议对美国在远东的政策，奠定了一个新的发展基础。我认为主要的一点，就是提高了美国在中国的地位。美国通过和平的手段，劝使其他国家赞同美国对华政策的基调，特别是门户开放政策，以及保证中国政治和领土主权的完整。

但是，当我在1922年5月4日，乘坐"S.S."轮抵达上海时，中国的局势却并不令人鼓舞，受日本支持的东北军阀张作霖和华北军事首领吴佩孚之间的战争，刚刚拉开序幕。由于华盛顿会议唤起了美国人对中国的兴趣，第一次直奉战争的消息，居然上了美国报纸的头版。

为了看看华北的情形究竟如何，我计划赴北京旅行。沿途所见，战争对各地商业的影响似乎不大，铁路运输也十分正常，能表明这场战争正在进行的唯一标志，只是我们的火车经常沿途停靠，让特别军列先行通过。从车窗望出去，农夫仍旧像平常一样，在田野上耕作。我发现，当时控制着华北省份的一些军阀和政客，表面上装作效忠北京政府，实际上只顾增强自己的实力。吴佩孚的总部设在河南洛阳，在基督将军冯玉祥的帮助下，终于击败了张作霖。据说，广东的孙中山博士，曾与张作霖订立同盟，共同对付吴佩孚。但吴佩孚未等孙的支援部队开到，已将张作霖打回东北老家，使孙张同盟于无形中失败。

从1922年到1928年蒋委员长建立南京政府之前，是中国的军阀混战时期。在这一混乱阶段，吴佩孚将军比其他任何人更有可能统一中国，在许多方面，他都是一个能干而有个性的人物。吴总是让访问他的外国人大吃一惊，因为他的面貌，很不同于一般的华北人氏，有一嘴短短的红胡子，长脸高额，鼻相很好。比起别的军阀来，他受的教育要好得多，是得过功名的前清秀才。

吴佩孚的另一个特点是很能喝酒，不管本国的老酒、高粱，还是进口的白兰地，他都来者不拒，酒量似海。有一次，部下们为吴举行寿辰宴会时，基督将军冯玉祥忽然送来了一件礼物。这件礼物又高又大，需要两个人才能把它抬进宴会厅，勤务兵随即打开一看，发现里面包着一只特大瓷瓶；于是，勤务兵把这只大瓷瓶的塞头拔掉，端上吴佩孚就座的桌子。吴佩孚站起来，随手从瓶中舀了一大勺，一边举起来说为送礼的冯将军干杯，一边就势呷了一大口。突然，他停顿了一下，然后一口吐将出来——原来瓷瓶里盛装的是水，不是酒。由于吴佩孚素以豪饮著称，故基督将军的礼物所暗示的这种意思，在军人的礼品中也并未失去。

我最后一次访问吴佩孚将军，是在1926~1927年冬天，这大概也是他最后一次接见外国记者。他时任"讨贼联军"总司令，总部设在汉口。尽管他的头衔大得吓人,其实际地位已岌岌可危,事实上,他是北军抵抗从广东开来的国民革命军的最后一道防线。吴把他的总部设在一座古典式的中国庭院里,我就在那里见到了他,并共进早餐。他似乎比先前喝酒更多,显得精神沮丧,情绪低落。由于部队受到先北伐军出发的受俄国训练的宣传队影响,士气尽失,河南一战已是溃不成军。共产党人也竭尽全力为击败吴佩孚而工作,甚至不惜搞策反活动,以图不战而屈人之兵。等到激烈的武昌战役后,孤注一掷的吴佩孚彻底失败,全线溃退。

我们一边吃着早餐,一边谈着话。他手里还拿着一本已翻得破旧的线装书,乘隙瞄上一眼。我感到好奇,问他这是一本什么书?他笑着说:"《吴越春秋》"(Military Campaigns of the Kingdom Wu),然后补充说:"那个时候没有机关枪,也没有飞机。"

吴佩孚在战败后退出政坛,一直拒绝担任文职,而且从不为个人谋取私利,尽管在过去相当长时间里,他曾是中国最有实力的军人。他一再强调,他只是个军人,不懂政治——这也许能够说明他失败的原因,因为中国的战争,政治因素往往比军事因素更起作用。

至于在1922年大力支持吴将军的冯玉祥将军,则是另一位不同一般的人物。他的部队前进时高喊:"向前,基督的士兵",后来成为红军八路军的一部分。像现在的红军总司令一样,冯玉祥在苏联受过特别训练,士兵们使用的是俄式步枪,不过其中有一部分产自美国。在第一次世界大战爆发后,美国政府曾卖给或送给沙皇政府一部分武器。

前苏俄的一位时事评论家、托洛斯基的信徒卡尔·拉狄克(Karl Radek),因持不同政见,在斯大林肃反运动中锒铛入狱。为了消磨狱中的时光,他多次向人讲述冯玉祥的轶事,因为他主持过一个革命战略讲习班,冯玉祥就在他的班里听过课。他说,冯玉祥出生在中国北方农村,每次上课,他都正襟危坐,对讨论的题目一般不感兴趣。可是有一次,冯玉祥突然竖起耳朵,开始提问题,原来这堂课上讨论的题目,是关于军队财政和占领区财政问题。这个题目与中国的将军们有很大关系,因为大部分中国的将军,就是依靠自己的各式手段来积聚财富。

冯玉祥在军队中是一步步爬上去的,并在艰苦的军营生活中学到了战争的艺术。后来他深受美国传教士的影响,受洗成为基督教徒。当他任河南督军时,他曾经命令一个师的官兵,全部在黄河中受洗为基督教徒。1924年,他驻防于北京时,与当时北京女青年会(the Peking Y.W.C.A.)的一位女干事结婚①。在政治上,冯是一个靠不住的盟友,1924年直奉战争打得火热时,他乘机占领首都北京,使总统曹锟成为阶下之囚,宣统皇帝也被赶出了紫禁城②。1911年辛亥革命后,这位末代皇帝一直把紫禁城当作"小朝廷"的所在地。

有一次,我和其他记者一道去拜访冯玉祥将军。《纽约时报》(New York Times)的一位记者自我介绍一番后,说:"冯将军,你长得真高大!"身高6英尺,肩阔腰圆的冯玉祥答道:"是的。你要是砍下我的头,顶在你头上,那么我俩就一样高了。"这位记者听了这话后,吓得几天睡不着觉。

当冯玉祥统率西北军驻防在张家口时,曾延聘了一些美国传教士和大学教授,向他讲授国际政治问题。当然,讲课者不得不在他的营地呆上几天。冯玉祥问他的一位朋友,他请来的这些外国人想吃点什么?这位朋友没有弄明白问话的意思,随口答道:"冰淇淋。"于是,这些外国人除了天天享受冰淇淋外,其他几乎什么也没有吃了。

冯玉祥从俄国归来后,跟北伐军联合对付北方军阀,但是后来他反对蒋委员长，加入其他反叛部队，其中包括汪精卫曾在北京建立所谓"联合政府"。失败后，他退隐林下，但在1931年日本侵略东北后，他重新加入国民政府。

1923年春，我访问过张作霖元帅，至今印象深刻。当时华盛顿会议已经结束，美国国会代表团到亚洲进行穿梭访问，我陪同他们在中国旅行，就在那一次见到了张作霖元帅。

这位东北军事独裁者，在中国人心目中，只是一位出名的"红胡子"。这个名词的起源，可以上溯几个世纪，是中国人对早年从西伯利亚入侵强盗的称呼。后来，凡是活跃在东北的那些无法无天的中外土匪，就统统被称为"红胡子"。外国人另外送给张作霖一个绰号"东北虎"，形容他的大胆妄为和豪放不羁。我一直听见他的这两个绰号，断定他是一位凶狠的、满脸络腮胡子，屁股后插着两支快枪的土匪头子，所以去访问他的时候，心里已经有所准备。因此，当我坐在会客厅里，看见一位矮小、温和、没有胡子的人走进来，有人介绍说这就是张作霖将军时，我不由大吃一惊，完全出乎我的意料。

他领我到了隔壁一间屋子，请我坐在他对面的沙发上，这时，我还是领略到了"东北虎"的名不虚传。就在我坐的沙发背后，有两头高大威猛的东北虎，它们离我很近，虎须拂着我的后脑，令人胆战心惊。原来，这是两头老虎标本，它们面对面站着，虎视眈眈，张牙舞爪，距我的后脑不到6英寸。

我向张将军提问中国国内政治问题。他保证说，他的一切措施都是为了和平；他的兴趣只在于统一中国，当然，如果需要的话，也不惜使用武力；他否认他的决策与日本人有关。

交谈中，我几次提及外界有关他与日本人有染的说法。他告诉我，在1905年日俄战争中，他的确帮助过日本人，那时他作为一位游击队头领，专门袭击俄国人的交通线，而且干得比任何人都更出色，因为他从小就生活在这片白山黑水间。

对张作霖父母的情况，人们知之甚少。一般的说法，他的父亲也是一位红胡子。因此，我笑着问他年轻时在哪里读书？他眨了眨眼睛，通过翻译回答说："绿林学校。"张作霖将军不失为一位具有幽默感的人。

1922年张作霖被吴佩孚打败后，仍在东北维持着特殊地位，不服从北京政府的管辖，虽然海关、电讯和其他一些机构，可以在他的领地上行使职能。

1926年底，张作霖重回北京，这一次他是来帮助北方各省督军抵抗蒋委员长和北伐军。当时，蒋介石和北伐军已进抵长江流域，建立了南京国民政府。

但是外界盛传张作霖这一举动，是受到日本方面的压力，目的是阻止蒋介石和北伐军控制华北。可是，张作霖断然否认背后有日本的支持，一再声称他并不受制于日本人。在这之前，我在北京再度访问他时，他也反复强调以上的说法。我记得这位东北军阀曾与广东的孙中山博士结成过同盟。

蒋介石的国民军前进到山东时，张作霖为了保存实力，突然把他的部队从北京撤回沈阳。当他的专车路经皇姑屯车站处，忽然发生爆炸，专车被炸得粉碎，张作霖和他的许多随行人员被炸死[3]。皇姑屯车站处于日军控制的南满铁路段上，这一爆炸事件，显然是东北日军所为，其目的是惩罚张作霖擅自撤兵，不肯抵抗国民军。

皇姑屯事件在东京引起严重危机，日本首相为此辞职。在首相的一份官方声明中说,他是"因为他国的一个事件"被迫辞职。

张作霖死后,由他的公子张学良接任主政,立即宣布拥护蒋介石和国民政府。东北各地的主要建筑物上,到处悬挂着青天白日满地红的国旗。

尽管东北长期处在日本军阀的铁蹄下,张作霖常常不得不奉命行事,但盖棺论定,他无愧为一个爱国的中国人。张作霖把自己的大半财产用于兴办教育。他年轻时没有受过良好的教育,但他在东北亚地区,跟俄国人和日本人玩弄国际政治这副牌时,却是一个精明的牌手,应付裕如,得心应手,始终保持了东北领土的完整。

从我采访华盛顿会议,回到上海后的这一年间,《密勒氏评论报》社内发生了重要的变化。报纸创刊前后,密勒先生负责经管了一段时间,但他现在已正式决定退出报社。我根本没有想到,密勒先生在1917年回纽约后,会在美国一个月又一个月,一年又一年的待下去,不再来上海主持报纸。直到1922年,他返华担任北京政府的顾问。我收购了他在报社的股权,这样我不仅在编辑上,而且在财政上也成为老板了。但是,随着密勒先生的退出,报社的经费来源发生了困难,原先资助《密勒氏评论报》的柯兰先生,这时不肯再掏腰包给我。我只有依靠自己的力量维持下去,幸亏以前与不少中国商号订立过广告合同,要不然真是难以为继。

这样一来,我很想更换报纸的名字,原来报名全称是《密勒氏远东评论报》(Millard's Review of the Far East),总觉得它过于局限,强调个人。我们试着为报纸起了各种新名,起初一个定为《远东评论周报》(The Weekly Review of the Far East),至1923年6月,又改为《中国评论周报》(The China Weekly Review)。

  在为报纸考虑新名称的时候，我发现了一个有趣的现象，人称"名字就是一切"，在中国特别适用，一旦叫出名了，就再也不能更改。而且，岂止是名字不能更改，就是字体书法都不能更改。所以开设在中国的外国公司，对于公司名称和商标，无不全力加以保护，因为他们知道，名称稍有变化，顾客的购买欲就会打折扣，后果不堪设想，特别是中文书写的名称。虽然英文名称也会有这种情形，但比起中文名称来，简直是小巫见大巫。中国人不管看什么东西，习惯上都先看中文字，即使有的人英文非常好，也是如此。最后，我们决定原封不动地继承创刊时所用的《密勒氏远东评论报》这一名称的中文简称《密勒氏评论报》，而且连字体也不更换。

注释：

① 这名女干事即冯玉祥夫人李德全。李德全（1906~1972），北京通县人。1923年毕业于华北女子文理学院，后相继任贝满女子中学教员、北平基督教女青年会干事、总干事。1924年与冯玉祥结婚。以后，李德全主要从事儿童教育及妇女解放运动。中华人民共和国成立后，她先后任卫生部部长、中国红十字会会长、全国政协副主席等职。

② 史称"北京政变"。1924年10月23日，开始倾向革命的冯玉祥回师北京，包围总统府，软禁贿选总统曹锟，另组内阁，冯军亦改称国民军，冯任总司令。以溥仪为首的前清帝室，即在这次事件中逐出故宫。

③ 史称"皇姑屯事件"。1928年6月4日晨，张作霖专车行至沈阳西北皇姑屯车站处，突遭日军预先埋设的炸药爆炸。负伤后的张作霖救回大帅府不久即告身亡。为防日军图谋不轨，后延至6月21日才发丧。

临城劫车亲历记

（一）遭　　劫

1923年5月5日晚，我从南京坐火车去北京，同行的有几位新闻界朋友。我们计划采访刚完成的一项拓荒工程。这项拓荒工程的目的，是为了赈济黄河两岸的灾民，由美国红十字会承担工程拨款。我们所坐的这列"蓝钢皮"火车，内设一、二、三等车厢，是当时中国最好的火车，也是整个远东仅有的一列全钢火车，几个月前才由中国交通部从美国购来。头等车厢内，全是一间一间的软卧，来自不同国度的旅客，有的是在作环球旅行，有的是在中国做生意。

这些头等车厢的乘客，大约来自六七个国家，有美国人、英国人、法国人、意大利人、墨西哥人，以及一个罗马尼亚人和很多中国人。其中不少是妇女和儿童，包括约翰·D.Jr.洛克菲勒[①]的妻妹露西·奥尔德里奇（Lucy Aldrich）小姐。她是已故的罗德岛参议员纳尔逊·奥尔德里奇的女儿。陪同奥小姐旅行的是麦克法登小姐和一位法国女佣舍恩伯格小姐。另外，还有两位美国陆军军官艾伦少校（Major Allen）、平格少校（Major Pinger），他们的妻子和儿女，以及几位法国人和美国商人。来自墨西哥瓜达拉加拉城（Guadalajara）的威利亚夫妇（Mr. and Mrs. Ancera Verea），是一对新婚夫妻，此次到东方来作蜜月旅行。威利亚先生是墨西哥著名实业家。另一位旅客是非常富有的意大利律师穆索（G.D.Musso），他曾在上海公共租界里做事，成为巨富，只是没有人知道他到底怎样发的财。他担任上海鸦片烟公会代理律师多年，是墨索里尼的最早支持者之一，并是罗马一家大报的大股东。他的漂亮的女秘书佩瑞丽小姐（Pirelli）跟他一道旅行。我后来听说，本来还有一些日本乘客坐火车去北京，可不知为何，火车到达徐州站时，他们便半途下车，乘着夜色神秘离去。

跟我同住一间卧铺的是法国人柏茹比（Berube），他在中国海关关务署工作，这一次去北京，是他在法国参加欧战后，重返中国工作。我先前与他并不熟悉，但我们一谈起最近的欧战和远东地区复杂的政治局势，便有了说不完的共同话题，一直谈到深夜两点钟。

时值北方的早春，一轮明月高悬天空，极目远眺，可以清楚地看见远方光秃秃的山东山脉。临睡前，我们打开窗户，让温煦的春风吹袭进来，这真是一种美妙的享受。我望着窗外的景色，对柏茹比说，火车现正开经江苏、安徽和山东三省交界处，这里是有名的"土匪窝"。很早以前，此地就是杀人放火的土匪群聚处，他们原先大多是军阀手下的大兵，后来成为散兵游勇，无以为生，就干起了土匪的勾当，如抢劫、绑架和杀人。不过，极少数土匪头子可能是罗宾汉[②]式的人物。

列车进入山东省界内，车速渐渐慢了下来。突然，列车紧急刹车，正在前行的列车一下子停住，令好端端坐着的乘客猝不及防，许多人猛地跌出老远。事出仓促，还未反应过来是怎一回事，又听见火车外面响起一片叫喊声，并夹杂着刺耳的枪声。我探出窗外，想看看究竟发生了什么事情，可是，我刚把头伸出去，一颗子弹就从头顶上"嗖"地飞过去，差一点要了我的命。于是，赶忙把头缩回车厢里。就在刚探头的一刹那，我看见一帮武装土匪一边呐喊，一边开枪，朝火车冲来。一到车厢跟前，他们纷纷翻窗进入火车，占领了车厢。然后，他们驱赶乘客下车，开始抢劫行李和财物。这时，那个罗马尼亚人拒绝下车，反而抓起一把茶壶朝土匪掷过去，土匪举枪便打，一枪将他打死！没有人再作反抗，我随身携带了一支0.25口径自动手枪，放在旅行袋里，那是上次在华盛顿买的，那位法国人也有一支左轮手枪，但我们明白，比起车上土匪们的装备，这两支手枪根本不顶用，于是乖乖地交了出去。在我们房间里的土匪接过枪，显得十分高兴，破例允许我们穿上衣服和鞋子，至于其他乘客，不论男女，都只穿着贴身内衣被赶下火车，统统站在路基旁列队，听候发落。

一些土匪端着枪对着我们，其余的则在车上继续洗劫，从旅客的行李到邮车中的邮包，无一幸免，甚至连床垫、毛毯都要。我看见一个土匪的口袋里塞满了电灯泡。洗劫完毕，一位年轻的土匪头子下令队伍开拔，后来我才知道他就是鼎鼎大名的匪首孙美瑶。

我们排成单行，沿着一条干枯的峡谷向山里进发，每个人的两旁，都紧跟着两个土匪，一边一个的监视着。火车上的乘客约有200名，但眼下的土匪却有1000多人。

我和法国人柏茹比握了握手，互相保证不管结局如何，都要尽可能待在一起，互相帮助，直到度过这场危机为止。当我们正穿行在崎岖的峡谷小道上时，忽然听见有女子的哭声，寻声赶去，原来是那位法国女佣舍恩伯格小姐。她脚步趔趄，步履艰难，用手捂着肋骨，好像受了伤。我们扶着她走,她用英语夹杂着法语说,她是奥尔德里奇小姐的佣人,现在她的内衣里藏着她主人的钱包,钱包里并不是钱,而是昂贵的珠宝,为了不让土匪瞧出破绽,因而假装受伤的样子,用手捂着那只钱包。因此,她问我们下一步该怎么办?她害怕天亮以后,土匪会发现她的秘密。但是我和柏茹比都不愿意承担保护奥尔德里奇小姐珠宝的责任,我劝说女佣不如把钱包扔了,以后说不定有个诚实的农夫会发现它。可她决意保护这些珠宝,即使因此丧命也在所不惜。后来,土匪们在经过的田里捉来几匹驴子,我们请求土匪让出一匹,给舍恩伯格小姐和一位美国军官的小儿子乘坐。土匪们答应了。

天亮后,这个古老的山谷中出现了一个奇异的景观。被俘的乘客们,每人由两名土匪挟持着向前走,约有半里长的队伍逶迤通向山腰。后面,跟随着几乎与前面一样长的土匪队伍,他们个个满头大汗,扛着从火车上抢来的战利品,包括各种行李甚至卧铺床垫,深一脚浅一脚走着。太阳爬上山来,天气开始转暖。当山势愈来愈陡峭时,这些土匪便把抢来的床垫扔在地上,舒舒服服地坐在或睡在上面休息。

每个土匪都抢到一些小玩意儿,像牙刷、牙膏、剃须刀、剃须膏、照相机、胶卷、钢笔、钥匙圈、爽身粉和女用化妆品等等。一名土匪找到一件女人的胸罩,不管三七二十一就把它围在腰际,利用胸罩上的凹处来装他抢来的小玩意儿。通向山顶的峡谷小径崎岖不平,乱石满地,旅客们因为没有来得及穿鞋,现在只好光着脚赶路,个个疼痛难忍,行走速度明显慢了下来。我和柏茹比穿着鞋,走得较快,很快赶到了队伍前头。风很大,我看见奥尔德里奇小姐骑着一匹没有鞍子的驴,好像很吃力的样子,一方面提防着不要从驴背上摔下来,一方面用手紧按着真丝睡袍，不让风把它吹撩开来。我不知道怎样才能帮助她。恰巧，我发现一个土匪戴着从火车上抢来的一顶女式宽边草帽，于是上前问他能否借来一用，并顺手指了指骑在驴背上的奥尔德里奇小姐，他明白我的意思后，笑着把草帽递给我。我请奥尔德里奇小姐把草帽戴在头上，可是一会儿，她就把草帽扔了，因为她骑在驴背上，根本不可能戴牢草帽。她更需要的是紧身一些的衣服，而不是什么草帽！

　　队伍慢慢地向山中进发。突然，后面响起了一阵清脆的枪声，子弹擦着头皮呼啸而过，打在山岩上，又弹了回来。队伍不禁加快了步伐。原来，铁路当局从附近县城调来一些武装，从后面追杀上来，土匪们立即开枪还击。我们这些俘虏则躲在岩石后面，生怕那些飞来飞去的子弹不长眼睛。实际上，两边都是虚张声势，乱打一通，根本伤不着人。

　　大概在上午10点，我们的队伍终于爬上山顶。山顶上，土匪们构筑了一座简陋的堡垒，有墙垛和枪眼。我们走得精疲力尽，又饥又渴，一到目的地，身子便如同沙子似的瘫倒在空地上。休息过后，我们就从土匪抢来的行李物品中，各自寻找所需的衣物鞋帽和生活用品，喊声不绝，诸如："嗨，把我的裤子给我！"简直成了交易市场，这倒惹得土匪们乐不可支。有几位绅士将睡袍撕开，给女士们出血的脚底板或扭伤的脚脖子包扎一番。

　　不过，最奇特紧张的场景，还数法国女佣与她的主人会面，她满怀喜悦地将珠宝归还给女主人。奥尔德里奇小姐谨慎地打量四周的情况，观察了地形，趁着土匪注意别处的当口，忙不迭地把钱包藏在一块大石板下。后来她又从一个土匪头目处借来铅笔，把藏钱包的地方，偷偷地画了一张方位图，然后把图纸折成一小片，塞在自己的鞋尖里。在绑架案结束后，济南府的工作人员专程来到此处，按图索骥找到钱包，完璧归赵。

在我们忙着照料自己的伤痛,并尽量使女士们得到较好的照顾时,土匪头目们正忙着开会。会议一个接一个,给人的强烈印象,是这一次劫车事件虽然考虑周详,一举得逞,但他们对于下一步的行动,却不知道怎样进行下去。他们不时派人下山探听情况,回来后商量讨论,所以会议不断。一天傍晚,我们断了食物和水,又饥又渴地坐在那里,期盼着能吃上一点东西。实际上,在前一天吃过晚饭后,我们就再也没有吃过东西。天渐渐黑下来,门口忽然传来嘈杂的声音,有人拎着篮子和瓦罐进来。篮子里盛满了新鲜鸡蛋,土匪发给每人一个。土匪表演了鸡蛋的吃法,即在蛋的两端凿个小洞,然后用嘴一吸就成了,一滴都不会浪费。瓦罐里装的是水,大家不由的开怀畅饮。

这天下午曾经枪声大作,铁路那边射来的子弹呼啸着打在山岩上。下午5点钟左右,来了一位土匪头目,要我们给地方部队的指挥官写信,警告他们立即停火,否则就枪毙所有的外国俘虏。我们答应了,但提了一个条件,要求释放被俘的妇女和儿童。由于我在这里是唯一的新闻记者,又是外国人,乘客们一致推荐我写这封信。其实,当时在火车上的记者不止我一人,还有英文《大陆报》记者拉里·莱伯斯(Larry Lehrbas),他在土匪劫车时躲在座位下面,并乘着混乱逃脱了。后来,他成为美联社的名记者。离开美联社后,又到麦克阿瑟将军总部担任上校参谋。

信写好后,土匪头目起初准备让一名外国人质带下山去,但他后来改变了主意,派手下的一个喽啰送往官府。这个小喽啰把一块白布,系在一根竹竿上,然后扛着它小心翼翼地走出大门,对着下面使劲摇了几摇,等到对方看见后,才摸下山去。不久,枪声停止了。

天黑了，土匪们开始收拾行装准备转移，并要我们跟着一块走。这时，一位女乘客犹犹豫豫地走过来对我说，她想和我私下谈谈。她带我走到一边，指指一个藏身在两个女乘客后面的女人，请我到土匪那儿说情，为她找一件衣服。这时我才看清，这位女子非常年轻，不到18岁，身穿一件薄薄的汗衫，下面一条紧身黑色绸缎短裤，连膝盖都没遮住。这位姑娘，就是意大利律师穆索的私人秘书佩瑞丽小姐。直到这时候，我们才发现穆索没有在这里，可能他太肥胖了，体重超过300磅，根本就上不了山顶。现在，他的秘书缺少挡寒蔽体的衣服，这真是一个难题，幸好在一个土匪抢来的物品中，找到了一件薄薄的丝质女袍。佩瑞丽小姐穿上衣服后，用没有人听得懂的意大利语向大家表示感谢，自然，人们明白她说的是什么意思。

夜里，天空突然变得乌云密布，雷鸣电闪，犹如大炮在山峡间轰响，回声传得很远。接着，山中大雨倾盆而下，压得人透不过气来。土匪头目下令出发，没有人敢表示异议，队伍就在大雨中前进。在不停的闪电中，我们沿着那条陡峭的山间小径，步履踉跄地从山的另一面走下来，到达下面的一处山谷，因为山水奔腾而下，谷底的一条河流，已经涨得溢出界堤，变成汪洋泽国。我们就在大水和泥泞中，跌跌撞撞地走了几个小时，最后来到一座村庄外面。黑暗中，仍能看见村中的房子，听见一阵阵狗吠声。土匪带我们走进一处房子，看上去还算结实，地上铺着一排高粱秆子，显得干燥而清洁。在中国北方，高粱是农民的主食（也用来作饲料），犹如南方人吃的稻米，他们把高粱磨成粉，掺上盐和水，在锅中烘烤成大饼，然后包进肉末、蔬菜和辣椒，卷起来就可以吃了，与墨西哥馅饼很相似。但在那天夜里，我们没有吃到这种高粱饼，而是发给每人一碗热茶解渴。衣服淋得湿透，可以绞出水来，但是人们走得精疲力尽,无暇再作事情。于是,纷纷倒头睡下,等到一觉醒来,已是第二天下午。

我们醒得很突然,房间里一片吵嚷之声,好像又要上路的样子。这时,门口起了一阵骚动,那位意大利律师穆索出现了,但他是躺在一个简陋的担架上,由土匪们抬着走过来。原来,他在爬山时失足跌下山脚,脊椎骨受了伤。

当我们集合完毕,突然发现没有一个女俘虏,人都不知到哪里去了。向一个小土匪打听,他只是一耸肩膀,答了两字:"美瑶。"那意思是说:"我不知道,你们去问孙美瑶吧!"正在这时,我们惊讶地听见有女人的声音,大家定睛一看,原来是墨西哥实业家威利亚先生的新婚妻子,她女扮男装,衣饰考究,混迹于男人们中间。据威利亚太太说,前天晚上,看守女俘虏的土匪们要带走她们,但她死活不肯离开丈夫,在土匪抢来的行李中翻寻到一套男人的衣服换穿上,乍一看就像个男人了。土匪见状,只好允许她与丈夫待在一起。但愿土匪们能够履行自己的诺言,把女俘虏统统释放回去,几天以后,这一猜想得到证实,她们均已平安脱险。这样,还只剩下我们二十几个人质。

(二)"罢　走"

接下来的10天,土匪总是带领我们在夜间赶路。虽然山间小径坎坷不平,十分难行,但为了甩掉追在屁股后面的官军,我们还得巧施小计,忽快忽慢,忽左忽右,曾两次越过铁路线。这令我们迷惑不解,后来才知道,土匪们正率领我们转移到一个不易被人发现的地方去,那里另有一条铁路支线,通向一个大煤矿。离那里最近的一个火车站名叫枣庄，但我们当时没有看见，直到获释后才去过。

最初几天走得较快，大概走了不下100英里的路程。在我们经过的田地里，常常可以发现在那儿吃草的驴子，因此大家就想以驴代步。但土匪们摇头不同意。一天，大家走得实在太疲劳了，我乘机对俘虏们说，不能再这样走下去，除非给我们骑驴子。土匪得知是我在鼓励"罢走"，就有一个家伙拔出手枪吓唬我。我心里明白，人质就是他们的摇钱树，死货色是卖不出价的，于是朝着土匪一阵冷笑，故作勇敢地拉开衬衫，叫他开枪。这个土匪果然收起枪，放进口袋里，但他冷不防拎起一根棍子，一下子打在我的肩膀上，后来好几天都疼得难受。不过这也值得，因为土匪感到我们的确需要骑驴，于是捉来几匹驴子和小马给我们。俘虏们兴高采烈，骑着驴子上路，可是一会儿工夫，就觉得瘦驴的尖脊背顶得屁股发麻，还不如走路爽快，于是又跳下驴背步行。

土匪们一直抬着意大利律师穆索，照料他的伤势。在劫车的第一天晚上，土匪挟持着我们在干河谷中急行，穆索的光脚板经不住乱石的磨砺，布满了水泡。有一天，我看见一个土匪的行囊中有一把剃须刀，便借来给穆索挑脚上的水泡，因此，土匪们还以为我通晓医术哩！后来我们待在土匪窝的几天里，土匪川流不息地来找我看病，恰好美国红十字会开始送来药品，使我能够勉强胜任这份工作。有次，我的一个病人的背部长了奇形怪状的疮，我用碘酒给他擦洗。充任翻译的一位医学院学生走过来，仔细检查了这个病人的疮口，断言他患了麻风病。此话一出，围观的人群吓得一哄而散，我也有点后怕，这个学生马上安慰我说，这个麻风病人的病情，还没有严重到传染的程度。

我们在长途奔走中，很难吃到食物，这是我们的一个主要问题。当我们向土匪诉苦时，他们往往拍着自己的肚皮，说："我也饿着肚子啊!"一天,土匪们弄来一些新鲜的肉给我们,说是"小牛肉"。于是我们派了两个人,架起锅来烧煮一整天,到了晚上才算酥烂,可以从骨头上撕下肉来吃。肉汤的味道特别鲜美,每人都用大碗舀了吃。后来有人告诉我们。那天吃的"小牛肉"实际上是山东狗肉,这种山东狗,是一种特别凶顽的癞皮狗。还有位信教的朋友对我说,山东农民有一种迷信,认为吃过山东狗肉的人,脾气会变坏,就像那种癞皮狗的"狗脾气",而且7年之内不会消失。

又有一次,土匪给我们吃常见的山东包子,但馅心的味道似乎不对。我剔出一点馅,问一个土匪这是什么东西。他没有答话,而是走到路边,掀掉一块大石头,一把抓住一只活蹦乱跳的小虫,小心翼翼地递给我看。天哪!那是一只蝎子!土匪说,山东农民常吃蝎子,他们把蝎子的螯刺拔掉,然后放在盐水里煮。煮过后,蝎子的壳会蜕落,剩下一小块白肉,颇像鲜美可口的虾仁。听他这么一说,想起我以前被蝎子扎过,就再也不敢吃那些包子,还是以后到真正有肉的地方去吃吧。

队伍快要到达目的地了。我们翻过一道高高的石岭,来到一处山谷间,这条山谷,长约30英里,宽约15英里,愈往上走愈窄,在其尽头变成一条羊肠小径,两旁峭壁陡立。抬头仰望,是一座圆锥形硬糖块似的山,高达五六千英尺,山顶上有一块平地,从半山腰开始,山势渐渐倾斜,但是接近山顶的地方,全是坚硬的岩石,地形也很陡峭,要攀登到山顶的话,实在非常困难。山脚下,有一个小小的村子,从山上石隙间流出的山水,汇聚成一条山溪,就从村子中间流过。

我们在这条狭窄的小径上走了几百英尺,有几段路是在坚硬的石头上开凿出的台阶。最后,一行人走到一处水草丰茂的幽谷。这里有一座破败的古寺，我们在寺后发现了几个洞穴。很明显，这些洞穴是靠人工挖进山里，用于存储粮食或其他抢来的物品，但我们看见的这些洞穴，都是空荡荡的。无疑，土匪把它们看作是易守难攻的堡垒，进攻这里的唯一通道，就是那条狭窄的山谷。要知道，从高山的四周狙击这条低矮的山谷，那是一件很容易的事情。我们后来在附近漫游时，曾经发现一块古代的石碑，上面刻着僧人撰写的碑文。一位学生俘虏把碑文内容翻译给我听，原来是说几百年来，土匪们一直盘踞于此，骚扰着这里的寺僧，以致他们无法好好修行，无奈之下，只好放弃这座寺庙，远走他乡。

当土匪押着我们穿过一些村庄时，村中的乡民会全部涌出来，观看这些出足"洋相"的外国人质，因为这是史无前例的。有一回经过一个村庄时，我看见一个漂亮的中国女孩，穿着华丽，浑身珠光宝气，好像是珠宝店橱窗中陈列的模特儿。当她向我们挥手时，我认出她也是这列被劫的火车里的一个乘客，那天夜里土匪劫车时，她歇斯底里地尖叫起来，甚至压过了土匪的枪声和呐喊声。可是，她怎么又出现在这里呢？

在土匪窝里住了几天后，土匪允许我们有适度的自由。于是，我带了一个学生翻译，摸到那个村庄里，想去访问那个神秘的中国姑娘——她大约只有16岁。当然，土匪头目派了两个卫兵跟着我。访问后，我们知道这位姑娘原是个唱戏的伶人，上海镇守使何丰林将军把她送给北方一位著名的将军。但是，她再也到不了目的地，有一个土匪头子对她一见钟情，收为自己的"压寨夫人"。她似乎也很乐意做"压寨夫人"，一有机会，就拿土匪头子送给她的许多珠宝向人炫耀，我在访问她时，竟看见我的一只毕业纪念戒指，套在她的手指上，但也只能徒唤奈何了。

（三）神　父

我们去的土匪窝叫抱犊崮，它与连绵的山东山脉有些分离，距枣庄车站和煤矿约有40英里，天好的时候，从枣庄可以清晰地望见抱犊崮。

两个星期以来，我们一直不停地跑来跑去，根本无法得知这场绑架案在外部世界引起了的巨大反响。我们获得的第一条消息，虽然是以不同寻常的方式传来，却是大受欢迎的。那是一份在上海出版的英文《大陆报》，包着一只燻得极好的野猪腿。这种野猪在山东郊野到处可见。当然，这只野猪腿比那份报纸更受欢迎。

在这张大陆报的空白处，写着一行小字，说明这只包裹是美国传教士卡罗尔·耶基斯（Carroll H.Yerkes）所赠。耶基斯在山东峄县开办了一所学校，属于长老会峄县教区，离抱犊崮还很远。耶基斯后来告诉我们，他是从一个下级军官处了解到我们被关押在抱犊崮。这个军官是受山东省长的委派，率领一队士兵来峄县保护教会财产和人员安全，免遭土匪的袭击。耶基斯立即把这一情况通知美国领事馆，并设法说服一个中国人，把这只火腿送到我们的手上。几天以后，这个送信人又带着一只包裹来到抱犊崮，里面除了一只火腿外，还有几听咖啡和一些书。我把书分给每人一本，那是《新约全书》(New Testament)。

几天后，来自上海的汽车商利昂·弗里德曼放下正在仔细阅读的《圣经》，叹道："在这种环境里，一个犹太人会做些什么？当我们饥饿时，一位传教士送来了一只火腿；当我们想要读书时，他又送来了《圣经》！"

不久，我们这里有了第一个外来客人，他就是年长的德国天主教传教士伦弗神父（the Rev.Father Lenfers）。19世纪末，德意志帝国派遣了一部分传教士来华，其中一些遭土匪杀害，伦弗神父是几个幸存者之一。杀害这些传教士的土匪，或许还是绑架我们的土匪的老前辈哩。德国的威廉大帝以传教士被杀为借口，攫取了胶州湾，建筑了胶济铁路，但这一切对在华传教士的工作并无多大帮助，仅仅只有很少一些传教士继续留下来，他们穿中国衣服，讲中国话，几乎忘记了他们自己的母语。我们这些被俘的乘客，外国人与中国人，犹太人与非犹太人，天主教与基督教，都张开双臂欢迎伦弗神父的到来，因为他不仅带来外部世界的消息和土匪实力的准确情报，而且，带来了他自己酿制的几瓶好酒。

根据伦弗神父提供的信息，以及我从耶基斯牧师的包裹报纸上看，以美国和英国为首的各列强，已经对北京政府施加巨大压力，要求北京政府立即采取行动，救出外国人质。但日本人袖手旁观，对向中国政府施加压力的各种建议，好像都很冷淡。据东京有关人士说，他们之所以不闻不问，是注意到这样一个事实，即被俘的乘客中没有日本人。在列强与北京政府、山东省府的交涉毫无起色、拖宕不决时，有人建议美、英、法、意四国海军，在距土匪劫车处最近的青岛和浦口举行示威。日本政府发言人为此发表谈话说，请列强回顾一下"在华盛顿会议上，各国强迫日本从山东撤出的不适宜态度"，并且认为，如果日本军队仍旧留在山东"维持秩序"的话，土匪劫车事件也许根本不会发生。

我个人最感兴趣的事，是我从《大陆报》上获悉，我所写的两篇报道，一篇关于火车被劫，一篇关于人质被扣留，先后传到了外面，除刊登于《密勒氏评论报》外，还拍发到世界各地的报刊社。这两篇报道，都是我在长途跋涉时，偷偷地写在一些废纸上的，然后把它们折起来，

111

在背面写下美国驻济南领事的姓名和领事馆的地址。有一天,当土匪不注意的时候,我把稿件交给我们经过村镇的一位村民。这些稿件居然真的送到了美国领事手中,从此开始了我的"匪窟内幕"系列报道。这件事如此不可思议,因此很多人都不相信,包括我的一些朋友,说我的报道纯属捏造,直到后来我从匪窟脱险,才证实文章的一些细节皆有根据,所写不谬也。

当时美国驻华公使是雅各布·古尔德·舒尔曼博士[3],曾任康奈尔大学校长。在第一次世界大战结束后的20余年间,他或许是美国驻华外交官中最有学问、最能干的一个。他在接到有关绑架事件的报告后,马上照会北京政府,告知这一事件的严重性,要求其采取各种可能的步骤,以保证人质的安全,并争取早日获释。舒尔曼博士接着亲赴保定,直接与曹锟将军交涉。之后,他又向天津、南京和上海的中国官府一再提出警告。

但是从俘虏的安全和人道这一方面看,更具实际意义的还是舒尔曼博士安排了美国红十字会派遣人员,携带食品和衣物奔赴枣庄,准备探望被俘的乘客。另外,他跟英国、法国和意大利的驻华使节协商后,派出各自的代表到达山东,与山东地方当局建立直接的联系,如果可能的话,甚至与土匪首领直接交涉,便于早日商谈俘虏释放问题。美国公使的代表是驻南京领事约翰·K.戴维斯(John K.Davis);美国红十字会代表是有名的新闻记者卡尔·克劳,他曾任上海《大陆报》广告部主任。

另外一个参与这场不易对付的谈判的美国人是孙明甫[4]。此君生于中国,父母都是传教士,故而熟谙中文,交游广泛,比起当时在华的所有其他外国人,在这方面都更胜一筹。在南京的中国外交交涉使温世珍,奉派协助孙明甫工作,他俩冒着生命危险,越过层层封锁,终于进入土匪盘踞的地区。经过与土匪的初步谈判，土匪允许外界送食物给外国人质。

（四）探　　密

一天，我们看见远处有一队挑着东西的苦力越过山谷，向我们所在的土匪营地走来。大约几个小时后，苦力的先头人员到达了寺庙大院的门口，他们个个汗流浃背，挑着一些大箱子，每只箱子上都贴着红十字标记。我们迫不及待地打开箱子，里面装满了食物——面包、牛肉罐头、蔬菜和水果罐头，还有来自加利福尼亚的葡萄干。

这支队伍带来一封信。信上说，美国红十字会与土匪们进行了谈判，达成一项协议：外界可以通过土匪防区，送食物给被扣的人质，但红十字会须同时送给土匪们一些粮食。这支美国红十字会探险队的队长就是卡尔·克劳，他要我们检查一下带来的食物数量，看看土匪们是否遵守协议，结果，食物一点没少，虽然苦力们带着这些食物，在土匪盘踞的山区行走了40英里。

当天晚上，我们举行了一次毕生难忘的晚宴，被俘的美国陆军军官平格少校领头祈祷，每个人都讲了话。欢乐的声音，也从隔壁院子里传过来，土匪们与中国俘虏也在那里聚餐，这是三个星期以来吃上的第一顿真正的饭食。接下来，大家又连忙写信，以便第二天早上由来人带回去寄发，告慰亲人和朋友。

很快又到了另一队人马，他们带来由驻防天津的美国第十五步兵团赠送的折叠式帐篷和蚊帐。于是，我们作为土匪的"贵宾"，在住宿处颇具野外露宿的风味——除了那些衣衫褴褛的"主人"在场的时候。送来的食物，极大地改善了我们与土匪的关系，最低限度是密切了与看守者的关系。我们后来知道，土匪们成功得到食物的消息不胫而走，传遍了山区，前来投奔的开小差士兵日益增多，土匪的人数从最初的1 000人增加到3 000多人。那些派来剿匪的政府军人数，约在8 000名左右，但他们根本无用武之地。土匪们放风说，如果官府压迫过甚，他们就不顾一切先杀死人质。

这帮土匪中，有一个叫刘宝宝的小头目，就是这样一个丧心病狂的家伙。他以前在青岛时就与德国人有过纠葛。他一再威胁说要杀死一二个外国人质，以便在谈判桌上捞到更多的好处。这些情况，都由几位充当翻译的学生偷偷告诉我们，他们表面上与土匪打得火热，暗地里却向我们通风报信。

一天，德国天主教伦弗神父来到山上，他把我悄悄叫到一边，给我讲了一件毛骨悚然的事情。他说，铁路附近一个小镇中的一位绅士告诉他，这帮土匪组织了一个特别行动小组，专门负责绑架儿童，把他们关在山顶的小木屋里，然后叫孩子的家长拿钱来赎。这座小木屋，就在我们被拘的寺庙上头，四周悬崖峭壁，攀援十分困难。此事是真是假，伦弗神父建议我们不妨调查一下。

第二天一早，我向土匪提出去附近走走，让他派卫兵跟随我和伦弗神父同行，因为没有卫兵的"保护"，任何人都不准离开古寺。

这位天主教神父非常了解中国士兵和土匪的嗜好，让我把他送来的白兰地酒，满满地灌进军用水壶中。我当然照办不误。我们出发后，向山顶爬了约一个小时，才到达那座陡崖的底部。向上看，陡崖几乎笔直指向山顶，高度约有500英尺。

我们爬得汗流浃背,气喘吁吁,于是不顾太阳的强烈照射,在一块大石板上坐下休息。我向伦弗神父递个眼色,随即把装有自酿白兰地的水壶递给两个卫兵。这两个可爱的卫兵接过水壶,打开壶盖,"咕咚咕咚"喝将起来,就像喝牛奶一样。几分钟后,两个家伙就醉倒在石板上,鼾声大作。我和神父一看这情形,立即沿着陡崖底部的一条狭窄山径走去,搜寻登顶之途。没多久,我们的搜寻就有了收获,在陡崖的表面有一处大裂缝,如同从一个巨大蛋糕上削下来的薄薄一片,只有抱犊崮的山顶部分与此地非常相似。我们在大裂缝的边缘处,找到了登顶的途径——一道在花岗岩上开凿出来的简陋石梯。石梯每隔约50英尺,就有一个小小的可供休息的平台;再往上行,又是陡峭的阶梯。如此一直通向山顶。

身后的两个卫兵依旧歪倒在石板上,张大着嘴,鼾声如雷。于是,我们不顾一切向上攀登,一探山顶的奥秘。我在前带路,上了年纪的神父跟在后面,相隔着几级阶梯。

神父为了让行动利索一些,把衣服塞进裤子里面,扎上皮带,一副精神抖擞的样子。但当我们爬了100英尺,来到第二座平台时,神父突然用手捂住胸口,一屁股坐在地上。他累得实在爬不动了。

我知道时间宝贵,不能耽搁,于是请他回到原来的地方看住那两个卫兵,让我独自一人上去。说完便急急赶路。最后,我终于爬到了山顶。像我们最初看见的那个山头一样,这里也有一座堡垒,只是在建筑上更花了些工夫。山顶造有几间木屋,上覆茅草,再用石头压着。在坚硬的山石上,挖凿了一些坑洞,储存着雨水、粮食和燃料之类,如此看来,土匪们几乎可以无限期据守。我不由想起那块古老的石碑碑文,——这里是土匪们盘踞了600年之久的堡垒!

我站在山顶上东张西望，发现山顶面积约有三四英亩，看上去十分平坦。突然，从一间屋子里传出人声，我急忙冲过去，撩开稻草编织的门帘，朝屋里打量。伦弗神父听到的故事并非谣传，而是确有其事，屋子里关着许多孩子，小的不到 8 岁，大的也只有 15 岁左右。他们一看见我，立即奔拢过来。但他们的目光之中仍是恐惧万分，眼睛瞟着屋子另一端的一扇门。果然，从门外走进一个挎着步枪的土匪，他一看见我，马上把枪从肩膀上取下，瞄准我作发射状，手无寸铁的我，只能报之以微笑，并尽量做出一些表示友好的姿势；向他敬上一包香烟。他大概理解了我的好意，犹豫一下后，笑着收下香烟。我迅速点了点孩子的人数，一共 23 个，他们的衣服破破烂烂，可是看得出原来的质地很好，说明都是家境富裕的孩子。

我默默地把这些情形记在心中，随即打算下山。这个看守的土匪，丝毫没有加以阻拦，于是我急忙从原路赶下山去，回到刚才休息的地方。只见神父坐在石头上休息，那两个"保护"我们的卫兵还未醒来。我把刚才见到的情形告诉神父，随后叫醒卫兵，一道回到我们的营地。尽管我回去后对此事守口如瓶，不向人道及，但在暗地里却偷偷写了一篇详尽的报道，让伦弗神父带回去，寄给我们的《密勒氏评论报》发表。文章发表后，立即在中国引起震动，山上的孩子，因此而在劫车案解决时全部获得释放，他们被带到峄县县城，由耶基斯牧师所在的教会负责暂时照料，后来又移交给地方当局，由地方当局设法通知他们的父母亲来领还。可是，一些孩子的父母却一下寻找不到。显然，他们是从很远的地方被土匪掳来的，才会造成这种情况。无人认领的孩子，遂被委托给一家教会孤儿院收养。后来，有人告诉我们，土匪绑架来的这些孩子，如果他们的父母不能筹到足够的钱款来赎还，那么，这些孩子就一直由土匪收养，等他们长大成人后，也就成为土匪的一员了。

这种大规模土匪绑架案的公开，对多年来流行在华北地区的军阀政治和无政府状态起了破坏作用，并为最终推翻各省督军统治，建立更有秩序的政府铺平了道路。

（五）座　　谈

山上的时间过得很慢。我们对于驻扎在火车站附近的营救部队迄今仍无动静，已经到了难以忍受的程度。我们不明白为什么四个强有力的政府竟然斗不过一帮山东土匪？不过，我们在土匪营地里也只能虚张声势，一点儿不敢造次，因为我们十分清楚，我们所以迟迟不能获释，是由于我们的朋友和中国政府的官员，害怕行动不慎反而会加害于我们。

几天后，又有一批食物送到，其中一个葡萄干包裹上写着我的名字。我打开这个包裹，发现有一张薄薄的便条，仔细地折好放在角落里。这张便条的作者是美国驻北京公使馆武官，他奉命来枣庄调查这次绑架案，并促成谈判尽早获得成功，释放所有的人质。武官的便条说，中国地方当局与土匪的谈判已陷入僵局，因为土匪的条件过于苛刻，特别是土匪要求政府让出山东省长的职位，由他们派人担任，并接管山东省境内的主要铁路运输线。

鉴于俘虏们迟迟不能获释，火气愈来愈大，这位美国军官提出了一项大胆的营救计划，并建议我与其他被俘的乘客商量一下。他写在便条上的营救方案是这样的：驻扎在煤矿的营救人员将挑选约50名美国士兵和海军陆战队员组成突击队，秘密开进离我们最近的火车站。这些突击队员将从北京和天津分散来此，并且不着军装，以免泄露机密。在突击队行动之前，给我们送食物的苦力会夹带进一批枪支弹药，送给我们用于自卫。这些枪支都分散藏在葡萄干箱子里。在预定行动的那一天，所有准备工作务必完成妥当，当然，事先会告知行动的日子。行动开始后，俘虏们先逃进古庙背后峭壁间的一个山洞里，封死洞口，抵抗土匪的进攻，以待营救人员穿越40英里的土匪山区防线，解救我们脱险。

等到晚上，看守我们的土匪走了。我悄悄召集俘虏们开会，告诉他们这一方案。我先表态说，我赞成这个营救方案，两位美国军官艾伦少校和平格少校马上表示支持，另两位英国人和墨西哥人威利亚夫妇也认为可行。但大部分人反对这一方案，特别是意大利律师穆索，他的伤势很重，几乎无法走路。有些俘虏说，如果土匪起而抵抗，这一支小规模的美国突击队能否突破土匪防线，还是一个大大的问号。而且，这项行动一旦失败，俘虏们将遭到什么样的命运，这一点是大家可想而知的。

我永远不会忘怀，当我把美国武官的大胆营救计划说出来后，我们这群人脸上所显露出来的表情。共同经历了极端危险和磨难，使被俘的人质互相之间产生了一种心心相印的友情。这种友情，足以打破种族、宗教和国籍的藩篱。这天晚上，在抱犊崮的山冈上，在这座小小的古庙里，在一抹微暗的烛光中，当我们围坐在一起，讨论这项对每个人都生死攸关的方案时，这个情形再也明显不过了。更出人意料的是那些中国学生，他们从劫车案开始就与我们在一起，充当我们的翻译，提供了许多帮助，他们这时表示如果真的实施这项营救方案，他们将全力以赴，一道行动。我把讨论的情形和反应记录下来，写成一份报告托人偷偷带出去，交给营救人员。此后，我们没有再听到有关这一计划的事。

但是，那天晚上的讨论却产生了一个想法，而且，这个想法竟使我们因而获释。有人建议说，我们不妨请土匪头子来谈一谈，看看他们到底想要什么。于是依计而行，第二天早晨，我们组织了一个班子，到土匪总部所在的村庄拜访土匪头子，邀请他们晚上来庙中座谈。到了晚上，果然来了六名土匪头目；头号匪首孙美瑶没有亲自来，但派了一名他的代表。

俘虏们事先开过会，推选了会谈人员，我被委任为秘书，得到一本作记录用的新笔记本，看样子，这本笔记本是某位乘客的通信簿，但被土匪从火车上抢了来。当我在本子上不断作着记录时，我的身价仿佛倍增，那些土匪"主人"对我格外客气。

来的这六名土匪头目，都带着自己的警卫人员。我们邀请他们进入房间，给每人倒了一杯事先准备好的茶。开始座谈后，我们对土匪头目说，俘虏们很了解他们的处境，愿意帮助他们解决这一事件，因为这样我们自己也能早日回家，我们解释道："在我们不知道你们的要求时，我们是无能为力的。"土匪头目们脸上严峻的表情，和俘虏们长满胡须的脸上同样严峻的表情，在庙房里微弱的摇曳的烛光下交相辉映，构成了另一幅我难以忘怀的景象。

"你们究竟需要什么？"我一边在笔记本上奋笔疾书，一边询问第一个土匪头子。那人稍为犹豫后开始发言，我根据学生的翻译，一一记录下来。完了后，我问第二个土匪头子同样的问题。如此这般，几乎把我的笔记本写得满满的为止。我后来把这本笔记本保存了许多年，因为这些材料构成了华北地区特别是山东省长期政治混乱的一个侧面，其价值是不言而喻的。

在我记下最后一个土匪头目的最后一个要求时，有人建议俘虏和土匪双方各派一位代表，前往驻扎着营救人员和省府官员的火车站，跟他们进行直接谈判。土匪头子们表示同意,约定第二天一早,他们会派出一名代表和马匹来这里,与我们选出的代表一同下山谈判。

会议直到深夜才散,每人都有如释重负之感,相信这次座谈多少可以产生一些效果,促成人质早日获得自由。屈指算来,这已是我们被绑架的第四个星期。经过俘虏们的推选,我有幸做了人质代表,陪土匪代表去火车站与官方谈判。上床以后,我担心睡过了头,所以想着心事,几乎一夜没有合眼。其他人也是如此,天刚蒙蒙亮,大家都已起床。

下山谈判的消息,几乎传遍了整个土匪营地,寺院的空场上,一大早就站满了不少俘虏和看守俘虏的土匪,等着那个带马匹的土匪代表到来。然而,当他按时来到寺院时,我一看这两匹"马",实际上竟是两匹山东骡子,这种骡子的背脊犹如剃须刀一般锋锐,比起先前领教过的山东驴子还要吓人。

出发前举行仪式,那个头号匪首命令所有的俘虏排成一行,又吩咐土匪组成仪仗队,从寺庙门口一直排到土匪营地大门口。他走到我的面前,交给我一封已封好口的信,信封上用中文写着收信人的地址。收信人是山东省长的首席代表"帮办"⑤。然后,他拔出手枪,朝每个外国俘虏的胸膛上比划一下,作出一副开枪的样子。他的意思是警告我,倘若我不能完成任务,或者耍起花招,致使他的谈判代表被官府扣押,那么这些外国人质性命难保,一个甚至全体人质都有可能被枪杀。

这一切结束后,我骑上一匹骡子,准备赶这40英里的路。大概为了调剂一下紧张沉闷的气氛,那个匪首这时热烈地鼓起掌来,大声说着话,喽啰们也跟着鼓掌和欢呼起来。我和另一位土匪代表骑着骡子,就在这一片喧闹声中,一溜烟冲下山去。

我们到达山脚下的村子时,村里所有人都走出来欢送我们,在我们骑骡经过时，受到了他们热烈的欢呼。我们来到村子外面后，忽然听到后边有人跟踪追来，我回头望去，见是一个15岁左右的中国少年，穿着漂亮的衣服，骑着一匹小马从后面急速追上来。他一边策马飞奔，一边示意要跟我们同去。那个土匪代表向他笑了笑，表示同意他的要求。这样，我们三个人踏上了决定命运的旅程。

（六）谈　　判

我们骑骡赶路一整天，除了在一个小山村休息几分钟，喝一杯茶外，一点没有耽搁。最后，我们到达匪区边缘的外面，在向最后一个土匪岗哨道声再见后，便进入了"无人区"。所谓"无人区"，是指敌对双方前哨之间一里左右宽的一片狭长地区。在这里，任何事情都可能发生，但我们平安无事，顺利找到了政府军的岗哨。一个军官查看了我们的信件后，命令放行，让我们继续朝前赶路。这时，天渐渐黑下来，而我们距目的地还有一大段路，当我们愈来愈接近目的地时，我忽然注意到两位土匪同伴开始躲到我的后面，但我坚持要他们走到前头去。前面一处有围墙的大场院，就是煤矿场部和发电厂所在地，工程师和职员宿舍，以及火车站和调车场也在里面。围墙砌得非常厚实，而且每隔一段距离就有一座岗楼，每座岗楼上架着机枪，有哨兵站岗。场院大门，是一扇极为沉重的大铁门，两旁各耸立着一座岗楼。矿场警戒森严的景象，反映了这一带的混乱情况。

离大门还很远，一个哨兵突然向我们喝问口令。同时，道路前方被灯光照耀得如同白昼。我发现在一座岗楼上，安装有功率强劲的探照灯，光亮就是从那里发射出来的。但是我那两位可爱的伙伴，却不像我这样镇定,一惊之下,他们掉转坐骑夺路而逃,一下子窜入道旁的田地里。可我想到山上俘虏们的处境,如果让这两个家伙溜了,连我自己都得重新回去受罪。于是不顾一切紧追在后,岗楼上的探照灯牢牢地瞄着那两个土匪代表,这倒帮了我很大的忙。我一边追赶他们,一边用半生不熟的几句中国话大骂,最后终于截住他们,连拖带拉领他们往回跑。

我们进入场院后,那扇沉重的钢皮大门在我们身后紧紧关上。这时,我才长长地嘘出一口气,感到精疲力尽,差点从骡背上栽下来。从这一刻起,我感到我们获得自由的最大障碍已经被跨越。

一个士兵带我们上了一节火车车厢。美国领事约翰·K.戴维斯,以及英国、法国和意大利领事都在那儿,他们在车厢里有临时办公室和卧室。他们对我们的到来十分激动,特别是看见我带来了两名土匪代表,更有强烈的好奇心。孙明甫和卡尔·克劳首先跑过来欢迎我。欢迎我的人中,还有一位密苏里大学新闻学院的同窗罗易.贝纳特(Roy Bennett),他是我的好朋友,本来是途经上海赴马尼拉《新闻报》工作,但刚到上海,就听说我被绑架了。贝纳特决意在上海呆一段时间,接替我在《密勒氏评论报》的空缺。他打电报给马尼拉《新闻报》的老板卡森·泰勒,请允许他这么做,直到劫车案解决后再去。

"珍珠港事件"爆发后,日本人在菲律宾逮捕了拒绝与他们合作的贝纳特,将他囚禁于马尼拉老西班牙监狱,长达三年时间。当时,我回想起贝纳特曾经给予我的友情,我多么想以同样的方式回报他,而事实上却无法办到,真令我愧疚万分。此是后话。

对于我突然和奇异的出现,我向美国和英国领事先生作了详尽的解释,使他们明白事情的来龙去脉。我向他们介绍了土匪的两位谈判代表。现在他们是我的客人了。大家决定立刻带土匪代表去见山东省长的代表帮办，他的办事处在另外一节车厢里。戴维斯陪着我们一同去，见到帮办后，他正式地为我们作了介绍。帮办以一个政府高级官员的身份，很有排场地会见土匪代表，随后他们进行深谈。我见状退出，溜回车厢里朋友们中间。嘿，总算吃到了一个多月来第一顿真正的饭菜。我们一边吃饭，一边兴高采烈的谈话，不觉天之将晓。上床睡觉之前，有人带我到矿场经理家洗了个澡，这也是一个多月来的第一次。洗澡完毕，我里里外外都换上了贝纳特从上海带来的一套干净衣服。

当我回到官府安排的车厢卧室时，惊讶地发现那个匪首的儿子旺（Wang）正在等我。他在这儿吃了一顿丰盛的晚饭，晚饭后，还吃了很多糖果糕点，看上去肚子就要胀破似的。不知为什么，他死活不肯睡在为他准备的床上，坚持要跟我在一起，哪怕睡在我卧室外面走道的地板上也好。

第二天一早，我们开了一个会，参加的人不多，只有戴维斯先生、帮办、孙明甫和我。帮办首先说，他准备与土匪头子直接谈判，地点选择在敌我缓冲区域的一个村子里，双方应派出相等数额的谈判代表和警卫人员。他推荐孙明甫和我也参加谈判，作为双方恪守信誉的见证人。随后，他将写有这些建议的一封信函托土匪代表带回去，并给我一份副本。

我赶回矿场经理家里，去换回我的那套旧衣服，准备上路。我意外地发现贝纳特也在那里，大概要陪我一块回去，谁知细问之下，他竟要代替我前往匪窟，并坚持要我同意。他说，他已与我的家人谈过此事，他们都同意他作为我的替身，顶替我前往匪窟。后来，我费尽口舌，才使贝纳特相信，即使我的家属对我被绑票极端焦虑，我也不得不回到山上去；倘若我不回去，土匪会把这个情况看作我们不守信用。贝纳特见我决意回到山上去，只好接受这个事实，但他相信我再也不会活着回来了。在我和两个土匪代表骑上骡子，通过煤场的大铁门返回山里去的时候，他忍不住哭了。

我们不停地赶路，只在一个村庄里作短暂休息，喝一杯茶，吃几口随身带着的三明治。当一行三人穿过无人区，来到土匪的防区后，那个年少的土匪与我并辔而行。这时，他嘻嘻一笑，撩开身上的衣服，让我看一把装在皮套里的威力很大的手枪，赫然别在他的内衣里面。这一秘密使我大吃一惊，不知道是怎么一回事，难道这把枪是他的父亲给他，以备万一我出卖他们时就杀我？或在官府里面有他父亲的密友，这把枪就是送给他父亲的礼物？这件事让我迷惑了好几天，可说是百思不得其解。

我们回到抱犊崮匪窟大本营的时候，已经是半夜三更。但是，俘虏们听到我回来的消息，都纷纷起床听我讲谈判情形。我把经过讲了一遍后，大家深受鼓舞，相信这一行动能使我们提早获释。第二天，土匪头目们来到我们的住宿地，向我祝贺此行所获得的成功。他们说他们已同意与官府举行会谈的建议，一俟准备就绪，他们会派我带着他们的答复再赴枣庄。可我一想到又要赶40里的路，就不禁抚摸那被剃须刀般尖锐的骡背磨伤的臀部。谢天谢地（从我的臀部考虑），土匪们在商量了两天以后，才把他们的答复拟好给我，派我再到枣庄去。

这一次一切顺利。但从枣庄车站返回匪窟途中，所见所闻，却值得永久回忆。孙明甫作为官方的调解人，陪伴我一同回到土匪营地。另外，还有好几辆装得沉甸甸的大车，上面装着的东西，看上去像是军用物品。因为装载过多，每辆大车用五六匹骡马拖拉。后来我知道大车里装载着给土匪头子的大量银元，以及给土匪们穿的几千套新军装。这些土匪，现在已被收编为山东省政府军的一部分，这是土匪们在与我们座谈时就提出来过的一项主要条件，由我记在那本小小的笔记本上。只是不知道土匪们还有多少别的要求，在北京中央政府和列强的双重压力下，由山东省长被迫接受，以换取俘虏们的早日脱险。

（七）获　　释

在官府和土匪们正式举行"和会"以后，我们才获悉土匪们的要求的全部内容及含义。大概再也没有比这更奇异和戏剧性的"和会"了。俘虏们坐在山上的小庙里，从这里可以遥遥望见双方举行谈判的小村庄，但他们的命运却完全取决于双方代表争来吵去的谈判结果。我和孙明甫经常看见双方代表走出正在举行"和会"的那座简陋平房，去后面的某个地方举行秘密的"会外"会谈，但我们猜不出这一举动是"罢谈"还是别的什么，真令我们坐立不安，等到他们重回屋子里，才长长地嘘一口气。会谈中，每一个土匪头子都提出要一大笔现银，有几位的开价竟高达100万元。但土匪们认为这不是什么赎金，而是对手下喽啰们补发的粮饷，因为这些匪兵先前都在山东的正规部队中服役。另外，他们要求政府收编其手下人，列入政府军编制，并提供他们新的军装。他们还要求获得数万担粮食。

但所有要求中最重要的一条，明显的带有政治色彩，甚至在背后可能有外国人的阴谋，那就是由他们建立一块占有几百平方英里，包括山东、江苏和安徽三省各一部分土地的所谓"中立区"，并由外国人提供国际保证。土匪们划定的这一地区，将陇海铁路和津浦铁路交界枢纽的徐州也包括在内，地理位置十分重要。土匪们说，他们的兵力已增加到一个师，改编后应驻扎在"中立区"内。同时，他们要求有在"中立区"内课征赋税、开采煤矿和发展交通的权益。我认为，土匪们的这些要求，一定是外面的人帮助他们设计的，决非山中匪寇的能力所能达到。

撇开土匪们自保的因素不谈，在这些特殊要求的后面，其真正动机究竟是什么，始终是一个难以解开的谜团。有人认为，这是日本人为在华盛顿会议后被迫交还山东省给中国一事，对欧美列强的一种报复行为。还有人认为，土匪系受南方政治势力的指使，以此种方式来削弱北京政府的威信。几个月后，美国驻华公使舒尔曼告诉我说，他始终没有搞清这次事件的底蕴，但对北京政府忽然同意赔偿火车上的旅客遭到的损失，特别是被俘外国人在囚禁期间遭到的损失，感到非常的惊讶。

在过去有一个时期，一个列强或几个列强，很可能以这种劫车事件为借口，乘机控制中国的某些领土。23年前，德国为了三名在华传教士的被杀，攫取了山东沿海城市青岛；俄国占据了渤海湾中的大连和旅顺；英国在山东半岛北端的威海卫建立了海军基地。但是德俄两国后来被迫退出，其他与太平洋利益有关的国家，为了协调彼此之间及他们与中国之间的关系，在华盛顿会议上采取了一种新的措施，并付诸实施。各列强包括日本一致同意，放弃他们在中国的势力范围和租借地，保证不干涉中国内政。这次劫车事件就是一个例子。可以相信，土匪们自己是想不出外国租借地这样的主意，他们肯定受到了别人的教唆。很有可能，这是为了考验列强维护《九国公约》的诚意。

土匪和官府双方的谈判，在排除了土匪们荒谬的条件后，终于回到实实在在的问题上，并在同是中国人的精神感召下，互相作出让步。土匪们释放外国人质的条件最后减少到二点：一，政府是否愿意把全部土匪收编为正规军？二，政府是否愿意预支给土匪头子一笔足够的钱，作为这支"新军"官兵六个月的薪饷？在列强压力下的北京政府，愿意接受这二项条件，但表示钱的数量和改编为正规军的土匪人数，要降低到适当的比例。政府后来究竟付了多少钱，收编了多少土匪，始终没有公布过，但双方对这二个问题争论了很长时间，也很激烈。和谈有一个戏剧性的结尾：年轻的匪首孙美瑶在举手宣誓忠于政府后，首先在协议上签字，其他土匪头子也依次照办。接着，政府方面的官员签字和盖印，并要我和孙明甫两人也在协议上签字作证，保证双方信守不渝。

劫车案就这样解决了，但六个月后的一天，孙明甫打电话给我，以极为愤慨的口气说，他刚刚得到消息，山东省长违反了双方订立的协议。他设计诱骗土匪交出枪械，然后命令用机关枪扫射这些解除武装的人，打死600余人，其中包括匪首孙美瑶。尽管大部分外国人赞同山东省长的这一行动，但更精通当时中国"连锁"政治的孙明甫，却认定山东省长此举会引发不良后果，如果以后外国人再遭土匪或反叛军人绑架的话。这一预见不幸而言中，后来不少外国人，主要是传教士，被土匪绑架后，往往因为没有及时送去赎金而丧命。传教士一旦遭绑，教会不愿按照土匪的吩咐送上赎金，他们害怕给土匪赎金后，只会更加鼓舞土匪们的绑架活动。因此，传教士成为山东省长这一行动的主要牺牲品。

山上的外国俘虏们，看着山下村庄里正在进行的谈判，无不寝食不安，眼巴巴地等待着最后的判决。一天很快就要过去，什么消息也没有。可正当俘虏们垂头丧气的时候，一位信使赶到，他带来一纸命令：

释放俘虏。"感谢上帝!"大家情不自禁叫出声来。但是且慢,还要耽搁一下,土匪们这时坚持要为每位人质准备一乘轿子,让我们好像外国贵宾似的下山去。因此直到夜色降临,我们才得以起程,等赶到矿场营救大本营时,天色已放白。第二天醒来时,我们正躺在隆隆行驶的火车上,原来官府为我们开通了直达上海的专列。第三天,火车驶抵上海站。上海的所有外国侨民,在劫车事件发生后,一致要求严惩绑匪,现在见我们平安归来,都蜂拥前来车站迎接,连通向车站的马路都为之堵塞。整整20年以后,爆发了"珍珠港事件"。日本军队侵占上海公共租界,曾经在临城劫车案中被俘的一个美国人和一个英国人,这时又遭到日本人的逮捕,被关进臭名昭著的上海提篮桥监狱,而且是在同一间牢房。当这两位山东土匪的前俘虏,此时此刻重逢于斯,不禁紧紧拥抱在一起,异口同声地大叫:"我喜欢中国土匪,不喜欢日本流氓!"

我,就是那个美国人。

注释:

① Jr.洛克菲勒(John Davison Rockefeller, 1874~1960),美国"石油大王"、老洛克菲勒的独生子。早年随父经商,但从1910年起,他主要从事社会公益活动,与父亲一道创办了洛克菲勒基金会,建立了洛克菲勒中心大厦等。第二次世界大战期间,他建立了联合服务组织,支持反法西斯战争。战后,他捐赠了联合国总部的用地,并为林肯艺术表演中心、现代艺术博物馆及重修威廉斯堡捐献巨款。
② 罗宾汉(Robin Hood):英国民间传说中的绿林好汉,约生活于12世纪,以机智勇敢、武艺出众、不畏权贵、劫富济贫著称。
③ 雅各布·古尔德·舒尔曼(Jacob Gould Schurman, 1854~1942),美国外交官,学者出身。1892~1920年任康奈尔大学校长,1921~1925年任驻华公使,后转任驻德大使。
④ 孙明甫(Roy Anderson, 1885~1925),美国商人,美国监理会教士孙乐文之子,生于苏州。第一次世界大战期间,任北京美孚煤油公司经理。"临城劫车案"发生后,

他受江苏督军齐燮元委派,由南京赶赴山东临城,与匪首孙美瑶接洽释放被绑架外国人之事。
⑤ 帮办:全称是"帮办山东军务",系职务名。当时任此职者为郑士琦。"临城劫车案"发生后,他全权代表山东省长处理此案。

华南的事务

在 20 年代前期，我对华南的形势发展特别感兴趣。孙中山博士在克服了南方诸省反动军阀设置的各种障碍后，1921 年 4 月 27 日，由新成立的国会投票选举，成功地当选为符合法律和宪法的总统。5 月 5 日，他正式宣誓就职。

孙中山的新政府，首先与苏维埃签订了第一个外交协定。实际上，中国与苏维埃的接触早在 1919 年就开始了，当时苏联宣布放弃在华治外法权，包括放弃在满洲的中东铁路。但北京政府怀疑苏俄人这种出乎意外的宽宏大量，没有响应莫斯科的邀请举行谈判。因为接受邀请，就意味着北京政府承认苏维埃新政权。

1922 年，莫斯科派遣全权代表 M.越飞[①]来上海，与孙中山在汇中饭店[②]进行会谈。我与出生在特立尼达的中国人陈友仁采访了这次谈判，陈还是孙中山先生的秘书和新闻代表。会谈后，越飞和孙中山发表联合宣言[③]，保证两国相互支持，并对苏俄提供给南方新政府贷款，派遣苏俄顾问等事宜，作出初步安排。中国同意派一个代表团去莫斯科，接受布尔什维克革命战略的训练。

中苏协定包括一个有意思的条款，即苏俄同意帮助中国建立国家石油垄断，这使中国可能不再需要依赖于英美石油托拉斯企业，诸如美孚石油公司（Standard Oil Company）、德士古石油公司（Texas Company）和英荷壳牌石油公司（Royal Dutch Shell）的子公司——亚细亚石油公司（Asiatic Petroleum）。中国在上海和其他地方建造了大量储油装置，以便安置苏俄石油的进口。但后来的事实表明，莫斯科的真正目的，是向跟欧洲及近东有贸易往来的英美石油企业施加压力。在俄国与美孚石油公司做了一笔赚钱买卖之后，他们就对中国的计划表示冷淡，最后不了了之，从远东撤回人员。俄国在上海黄浦江畔帮助承建的庞大石油装置，也落入外国石油公司手中。

1922年，孙中山与苏俄订立协议后，紧接着第二年北京政府也承认了苏维埃政府。参加北京谈判的两位中国代表是王正廷和顾维钧，他们那时已是声誉卓著的外交家。苏俄代表是亚美尼亚人L.M.加拉罕④。谈判于1923年开始进行，王正廷草签了一项初步协议，但反对呼声强烈，王正廷被迫去职。这项在外交上正式承认苏俄的协定，是由顾维钧签署。1924年3月，他出任北京政府代理国务总理。

但是，北京政府和南方广州政府的对苏协议，有着显著的不同。北京政府的协议有一个明确的义务加于苏俄，即不在中国传播共产主义教义；在广州的形势恰恰证明相反，宣传共产主义是苏俄的主要目标。

在广州政府的顾问中，有许多人相当激进，其中最突出的是两个苏俄人：米哈依尔·鲍罗廷⑤和加伦将军⑥。最初与孙中山谈判的越飞，没有继续留在中国，回莫斯科去了。在中国革命冒险的后面，有着在莫斯科产生重要影响的托洛茨基的影子，他大力倡导世界革命。中国被看作是初级实验最肥沃的土地。虽然这在中国普遍知道，但还不是人人知道，尤其是在美国。因此，美国和英国不少自称是左派的人，或者相信共产主义的人,也纷纷聚集到中国,在中国的历史进程中,发挥了甚至比俄国人更大的影响。

首先,只有鲍罗廷和加拉罕两个俄国人能讲英语,这是俄国人和中国人之间的通用语言。鲍罗廷出生在俄国,但长期生活在美国,或许还是一个美国公民。他的妻子是美国人,两个儿子在上海的美国学校读书,注册时用的名字叫格鲁恩伯格。他们出生在芝加哥。鲍罗廷年轻时移民到美国,就读于瓦尔帕莱索大学(Valparaiso University),毕业后在芝加哥教书,几年后开设了一所俄语学校。1917年俄国革命爆发后归国,并与托洛茨基关系密切。后来,托洛茨基任命他为国民党首席政治顾问前往中国。在广州国民政府中,鲍罗廷发挥的作用远比其他外国人为大。他经常会晤孙中山和其他国民党领导人,指挥成群结队的中国学生进行宣传活动,其中某些人曾在莫斯科接受过卡尔·拉狄克的训练,或在中国接受从苏联受训归来的中共教官的训练。

这个新型的社会主义政府,只要有孙中山掌舵,就会有效而协调地运转,虽然存在着汪精卫和胡汉民的争权夺利和阴谋诡计,但总是被孙中山或蒋介石所挫败。

蒋介石的所作所为,注定要强有力地影响到中国的未来和整个远东的命运。他出生在中国中部沿海省份浙江,父亲蒋肃庵,是奉化溪口镇的一个酒商[⑦],大约离上海150英里。蒋介石八岁那年,他的父亲死了,家境开始衰微,但他的母亲仍凑足一笔钱,让儿子随他人去保定军官学校读书。年轻的蒋介石由此崭露头角,1907年,清政府送他赴日本东京士官学校进一步深造。尽管中国学生不能享有日本同学那样的便利,但蒋介石不仅在军事,而且在日语、历史和时务诸方面,都取得了优良成绩。

可是，对蒋介石来说，他在东京与孙中山先生的结识，比这一切更具有重大意义。那时，孙中山先生正在东京作政治避难。当蒋介石赴东京读书时，他还是一个18岁的青年，因而他不光接受明治维新后有关日本的知识，而且接受自己国家的革命思想。日本能够打败大俄帝国，中国却一直成为俄国和其他欧洲国家，以及日本的牺牲品，他对此极为感慨。

蒋介石在日本呆了四年，归国参加了1911年辛亥革命。他征募一个团的兵力，支援孙中山和长江下游地区的领导人陈其美，在上海与清军战斗。两年后，他帮助孙中山反抗袁世凯。孙被迫退归南京后，他也放弃了军事生涯，在上海租界里当交易所掮客。由于证券交易的兴旺，他赚取了一大笔钱款，其中大部分资助给孙中山作为军费。1923年，蒋介石应邀担任新建黄埔军校校长。黄埔军校由孙中山先生组建，俄国人协办，其目的是为刚刚征募来的革命军队训练军官。

在蒋介石指挥军校学生平定广州商团叛乱后，他第一次赢得了军事上的声誉。蒋介石作为广东政府军队总司令，与在广东的反孙中山武装力量进行战斗。这些反叛武装大都由陈炯明将军[⑧]指挥，他虽然是一个职业国民党员，却坚决反对孙中山先生。后来，陈炯明策划了一起反孙政变，迫使广东政府领导人流亡香港，蒋介石临危不惧，策动与广东政府友好的福建革命军队向广东挺进。1925年1月15日，陈炯明失败后逃至惠州，这里距广州几英里，是一座防守坚固的城市。

随着作为一个军事指挥家声誉鹊起，蒋介石成为军队的主要领导人，两年中消灭了包括广东、江西、河南南部和贵州地区所有反对广东政府的军事武装。

革命之父孙中山为中国重建事业鞠躬尽瘁40年，但却没有看到一

133

个统一和现代化的中国。他积劳成疾，在广州的一次集会上突然晕倒，送往北京后住入由洛克菲勒资金赞助的一家医院，接受治疗。他患了致命的肝癌，1925年3月12日病逝于北京，其遗体由卫兵守护，暂存于北京西山碧云寺。后来迁葬于新都南京紫金山麓中山陵，这是特别为他建造的陵墓。

在选用何种棺材，以及葬礼形式和陵墓设计诸方面，以苏联顾问和孙中山先生亲属为一方，以国民党领导人为另一方，展开了一场激烈争论。苏联顾问强烈主张使用水晶棺材，这样遗体可以展出，供人永久瞻仰，就像红场的列宁墓一样。他们甚至从莫斯科运来了一具水晶棺材。但是检查下来，发现技术尚未过关。最后，遗体放入一具从美国进口的铜棺之中。传统的中国式葬礼在南京举行，为此建筑了一条新的道路，取名"中山路"，从长江边一直延伸到紫金山麓那座规模宏大的陵墓前。陵墓设计出自一位受过高等教育的中国建筑师之手，但从本质上看，似乎与附近的古明孝陵没有什么不同。

孙中山逝世前，他的继承人已经为争权开始激烈斗争。首先是在汪精卫和胡汉民两派之间，后来发展到国民党右翼与激进的社会主义者左派、共产党之间，局势变得更为严重和复杂。孙中山的遗书嘱咐中国应与苏联加强合作，据说是在他弥留之际，由汪精卫执笔草成。有人认为，遗书是汪精卫和鲍罗廷刻意伪造的，尽管上面有孙中山的签名。虽然如此，这份文件仍高于国民党一切法律之上。每天早上，在这个国家所有的学校中，都要背诵它；在主要政府部门的每周会议上，也都要朗诵一遍。

遗嘱全文如下：

余致力国民革命，凡四十年，其目的在求中国之自由平等。积四十年之经验，深知欲达到此目的，必须唤起民众，及联合世界上以平等待我之民族，共同奋斗。现在革命尚未成功。凡我同志，务须依照余所著《建国方略》《建国大纲》《三民主义》及《第一次全国代表大会宣言》，继续努力，以求贯彻。最近主张开国民会议及废除不平等条约，尤须于最短期间，促其实现。是所至嘱！

孙中山的三民主义，就是（1）民族主义；（2）民权主义；（3）民生主义。关于第一条，孙中山认为民族是通过自然力量发展的，而国家是通过军事力量发展的。世界事务中的西方强权，并非来源于优越的政治哲学，而是来源于物质文明的进步；第二条，他提出了实施民主的概念；第三条，他指的是国家内部的工业化组织和人民生活水平的提高。

注释：

① 越飞（M.Joffe，1883~1927），1922年8月，越飞以苏俄外交部副部长、全权代表身份来华，与北京政府洽商外交承认及其他问题，未果。旋在共产国际代表马林及张继安排下转赴上海，与孙中山会晤，并于次年1月26日发表著名的《孙文—越飞宣言》。返苏后继续从事外交活动。1927年11月，在苏联国内镇压托派时，因与托洛茨基关系密切而自尽。
② 汇中饭店（The Palace Hotel），即今和平饭店南楼，于1906年建成。
③ 即《孙文—越飞宣言》。主要内容是：认为当前中国最急之问题，是争取"民国的统一之成功，与完全国家的独立之获得"；"关于此项大事业，……中国当得俄国国民最挚热之同情，且可以俄国援助为依赖。"宣言也提及了中苏关系、中东铁路以及外蒙古独立问题。宣言的发表，表明了孙中山联俄政策的确立。
④ 加拉罕（L.M.Karakhan，1889~1937），苏联外交官，1918年任副外交人民委员。1923年奉派为苏联驻华代表。次年5月31日与北京政府签订《中苏解决悬案大纲协定》，同日两国政府宣布恢复正常外交关系。后为苏联首任驻华大使。1926年回国。
⑤ 鲍罗廷（Michael Borodin，1884~1951），俄国人，1923年9月来华，任共产国际代

表及孙中山先生的政治顾问。参加国民党第一次全国代表大会,对促进国共合作、改组国民党有重要贡献。1924年5月,帮助孙中山创建黄埔军校。1925年7月,广东国民政府成立后,任国民政府高等顾问。1927年蒋介石、汪精卫相继背叛革命后回国,从事外文出版工作。1949年,因受美国记者安娜·路易斯·斯特朗"间谍案"株连被捕入狱,1951年死于西伯利亚某劳改营中。

⑥ 加伦(General Galens, 1892~1938),苏联军人。1923年奉派来华,任广东政府首席军事顾问、黄埔军校军事总顾问。1925年7月因病回国。次年5月再赴中国,参与指挥北伐战争。1927年8月返回苏联。1935年被授予苏联元帅称号。1938年11月在苏共肃反运动中以"反革命罪"被秘密处决。后苏联政府为其恢复名誉。

⑦ 此处说法有误,蒋介石的父亲蒋肃庵是盐商。

⑧ 陈炯明(1875~1933),广东军阀。广东海丰人,秀才出身。1911年参加辛亥革命,后任广东都督。1913年国民党讨袁失败时下台。1922年背叛孙中山。1925年,其所部被广东革命军彻底打败。1933年在香港病故。

20 年代的党派斗争

1924 年 1 月 20 日，中国国民党第一次全国代表大会在广州召开，同意接纳共产党人加入国民党。但 1926 年初，国民党和共产党之间发生了一次严重事件[①]，是以后一系列冲突的滥觞。

当时，黄埔军校的四位年轻军官李宗仁、李济深、朱培德和何应钦，组织了一次反共运动。在接下来的北伐中，他们都成为出类拔萃的人物。黄埔军校校长蒋介石没有卷入这场国共冲突，他在 1924 年的苏联之行，使人认为他倾向于共产党。但他在苏联活动的情况表明，他对苏维埃的诱惑十分冷淡。在四位年轻军官的压力下，蒋介石于 1926 年 3 月 24 日发表声明称，他将遵循孙中山三民主义的教导，断绝与共产党之间的一切联系。

蒋介石不愿与共产党联盟有两个因素。第一，他出生在比较工业化但又保守的浙江省，以及他与该省金融界的密切联系。这些浙江人控制了上海的经济命脉。第二，重要幕僚张静江的劝告。他是一个有着神秘色彩的人物，在晚清的对法贸易中，经营大宗丝绸和古玩，由此发了大财（许多美国百万富翁就是通过法国购进珍贵的中国艺术品）。这位古玩商人拥护革命事业，为孙中山提供大量资金，虽然参加了南京临时政府成立大会的预备会议，但不愿担任官职。两年后，他再次帮助孙中山起兵反对袁世凯的专制统治，失败后同其他许多人一道，被袁世凯通缉。他逃到巴黎，开办了一家古玩和艺术品商行，获利丰厚。另外开设了有豆制品供应的中国饭店。袁世凯死后，他回到上海，从事证券交易和金条买卖，更加暴富起来。这时他结识了蒋介石，并在经济上资助他。1925年他到广州，成为广州国民政府的成员。在随后的北伐中，他陪伴蒋介石向长江流域挺进。国共决裂后，他参加南京政府。他晚年身体欠佳，旅行时需要坐轮椅，但这并不妨碍他的反共决心。

国民党右翼领袖胡汉民也反对共产党。但是另一位受到已故孙中山支持的竞争者汪精卫，却与共产党结盟，与广州政府的一些俄国和美国顾问一道前往汉口。

1926年夏，蒋介石指挥的国民军开始北伐。由于国民党内激进分子的鼓动，迅速向北挺进的国民革命运动，严重骚扰了外国人特别是定居于中国内地的传教士。教会学校、教堂和住宅遭到劫掠，成千的传教士逃往上海。

但是在汉口、南京和上海，革命的发展更具戏剧性。在那里，人们对国共两党之间残酷的权力之争，感到憎恨和愤慨。蒋介石指控共产党派遣秘密使者，先于他的部队之前进入城市，以便攫取控制权。这一点为汉口和上海的形势发展所证明。在这两个城市，共产党的最初活动就是直接控制学生和劳工组织。

中国国民革命运动中的学生，倾向于同情激进派或者共产党这一方面。但他们故意地忽视了汉口的某种进展，它能够告诉人们，中共和外国顾问在完成野心勃勃的计划方面一段意味深长的失败故事，即他们企图控制国民运动，在中国建立共产主义政府。他们为自己的失败，大肆谴责"外国资本主义—帝国主义的干涉"，"新军阀"、"大财阀、大地主的影响"。这些因素虽然起过作用，但还有其他的和更加重要的原因。

汉口红色政权失败的诸多原因中，不可忽视的是政权的领导人鼓吹阶级斗争，并且去满足社会上激进的学生和劳工群体的要求，但当时这个社会农业占主导地位，而且，至少从理论上来说，除了通过科举便能进入的那个旧知识分子集团之外，从未有过什么阶级。在主要是依靠蒋介石的军事战略，北伐军攻占武汉后，最激进的中国领袖和他们的外国顾问组织了一场名副其实的"罗马狂欢"，以庆祝战胜资本主义和帝国主义，并以苏联模式审判了两名"战俘"。这两名战俘是在武昌被俘的北军将领。成千上万在矿场、工厂和加工场的雇佣工人，纷纷停止工作，在激进分子领导下，不分白天黑夜地上街演讲、宣传和游行示威。马路上，到处是昂首挺进的学生和工人游行队伍，他们举着写有标语的旗帜："打倒资本主义和帝国主义！""支援世界革命！""全世界无产者，联合起来！"诸如此类，不一而足。一直受到赤色宣传的湖南，这时有上千名青年农民涌入汉口，加入到庆祝的游行队伍中。

武汉地区的工业被迫倒闭：为本地区产品出口服务的印刷包装业；制造业，包括棉纺织厂；榨油厂，上千家当地小厂，规模巨大的汉冶萍矿和铁厂（受日本人控制），英美投资的卷烟厂，连接东西南北的长江航运业。不过，一直以搞宣传和游行示威来庆祝革命的数千名工人，突然发现他们没有了买米的钱。

由于政府迎合了激进因素，鼓励罢工，学生和劳工群体自然转而寻求它的帮助。政府这才发现陷入了自己设置的恶性循环之中，不得不采取自杀式的方式，大量发行纸币，以便为嗷嗷待哺的大众购买粮食。食物的价格，特别是稻米，跳到了一个高得吓人的指数。

为了保护政府自身不至于受到挨饿的人报复，宣传家们试图转移革命情绪，把矛头指向外国人。他们组织更多的游行，举着写有标语的旗帜，高呼打倒外国帝国主义，英租界时代已经结束的口号。没有任何进攻日租界的意图，日兵用机关枪守护租界。英租界只有一队海军陆战队，以及万国商团和警察，难以应付在租界旁边汹涌澎湃的示威人群。由于担心出现大骚乱，英国总领事、爱尔兰人欧玛利②命令英侨全部撤至停泊在港口的英船上，撤退工作做得很好，未发生什么意外。比起他的同胞来，总领事在政治上当然要精明得多，他立刻与激进的武汉国民政府外交部长陈友仁谈判，结果签署了轰动一时的"陈—欧协定"，英国政府同意将汉口租界归还给中国。伦敦外交部称，此一举动是"根据英国久已考虑的意旨，将租界归还给中国。"

当中国人突然发现英租界已经收回，他们的激动也就很快平息下来，示威者回到了自己的家里。

另一个促使汉口局势平静下来的因素，是他们接到了南京方面的消息。停泊在下关江面的美国军舰，向游行人群和中国军队开炮，③说这些人向美国侨民和美国领事官员及其家属进攻。陈友仁意识到事件的严重性和复杂性，立刻打电报给美国务院，不承认对南京暴行负有责任，但对由激进分子造成的外国人损失，愿意承担赔偿。

陈友仁与欧玛利签订的协定，把汉口英租界归还给中国，以及激进的武汉政府给美国务院的电报，都标志着陈友仁传奇生涯的一个顶点。在这10年间，他一直是中国政坛上的风云人物。他出生在英属西印度群岛的特立尼达，父亲是中国人，母亲是特立尼达人，后去英国攻读法律，为权威的伦敦内殿法学协会（Inner Temple）成员。但是他的中国血统似乎很起作用，与数千名世界各地的中国人一起，归国参加了孙中山领导的革命。由于他受过良好的英国教育，精通英语（但不通中文），归国后进入报社工作，所写的社论经常引用英语文学中的警句妙言，有时竟会激起在远东的英国侨民白热化反应。他在上海和北京办报，思想左倾，有次遭到北京政府的逮捕，并声称要枪毙他，这时他想起他有英国国籍，于是向英国公使求救。英国驻华公使朱尔典（Sir John Jordan）是位上了年纪、心地善良的人，而且颇负盛名，他要求中国政府释放陈友仁。陈获释后逃进上海公共租界，不久前往广东参加孙中山政府，随即参加北伐，成为激进派的一员，并担任武汉国民政府外交部长。

同英国撤离汉口有关，有一桩令人深思的事情，它预示着英国在远东外交的发展趋势。英国人从租界撤出，登上停泊在港口的船只，但却忽略了那些英属印度侨民，其中大部分是锡克族人。在白种英国人安全上船后，有人才想起锡克人还在城里，他们绝大部分做巡捕，或受雇于中外商务机构，担任看门人，也有人靠放高利贷致富。一位领事官员急忙上岸去锡克人处，叫那些被遗忘的人赶快上船，但他们的心已经凉透了。原来当这位官员准备回去时，他在半道上驻足观看一支队伍游行庆祝收回租界。在这支队伍的末尾，有一队人高举着旗帜，上面写着打倒帝国主义。天哪！这竟是那些被遗忘的锡克人，他们已经站到了中国人和共产主义革命一边。

这队小小的英属印度人加入中国革命的行动，无疑是某些事情的前兆：当后来英印军队在香港、马尼拉和缅甸时，印度国大党对英国与日本之战，或者不予支援，或者采取不合作态度。

收回汉口英租界，极大地提高了国民党激进派的地位，但这并不能换来钱财，使那些一直被要求上街游行，打倒帝国主义和资本主义的失业工人填饱肚皮。在国民党激进派内，逆境导致了叛逆，已经有叛徒之称的汪精卫，开始对激进分子和俄国人表示冷淡。

激进派的政治发言人毛泽东，把汉口红色政权的失败归咎于另一位中共领袖陈独秀的软弱或背叛，因为他反对解决农民土地问题。在埃德加·斯诺《西行漫记》("Red Star Over China")一书中，毛泽东认为俄国顾问鲍罗廷和激进的印度人罗易（共产国际成员）[④]，应与陈独秀一道对大革命失败负责。根据毛的说法，鲍罗廷这位来自莫斯科的共产国际代表，只是一个"顾问"而已，但他成了党的太上皇，而陈独秀却丧失了真正的领袖地位。但是罗易揭露了鲍罗廷的这种活动。据说这引起了汪精卫的背叛，导致国共之间的分裂，并使蒋介石和南京方面得以轻而易举地击败激进派。

另一个未曾料到的情况，是激进的武汉政府的崩溃，在莫斯科引起极大震动。斯大林和他的同伴认为，这场花费了苏联大量资金和精力的中国冒险事业的失败，也意味着托洛茨基和鼓吹世界革命的完结。鲍罗廷含冤受屈，经过千辛万苦才回到莫斯科。后来，他担任了英文版《莫斯科每日新闻》("Moscow Daily News")的总编辑。

孙中山先生的公子孙科参加过武汉政府，但在后来退出。他也赞同毛的声明，指责"俄国人的独裁态度"。从美国哥伦比亚大学经济系毕业的陈公博，回国后担任汪精卫的秘书，他后来写了一系列文章，分析汉口红色政权失败的原因。他的看法是必须提倡国家资本主义和国家工业所有制，来作为克服困难的手段，对付外国列强对华侵略。

1944年，汪精卫死于日本东京，陈公博作为汪精卫的政治伙伴，出任了日本扶植的南京傀儡政权的首领。陈公博是自愿参加南京傀儡政府的唯一美国留学生。另据笔者所知，从美国大学毕业归来的中国留学生，几乎没有一个参加中国共产党，相反，都是中国国民党党员。

注释：

① 即1926年3月20日发生的"中山舰事件"。当时，蒋介石借口中山舰舰长、共产党人李之龙有"变乱"之嫌，予以逮捕，并擅自宣布广州戒严，收缴工人纠察队的枪支，派兵包围苏联顾问团，命令共产党员退出黄埔军校和国民革命军第一军，迈出了他分共反共的重要一步。
② 欧玛利（O'Malley），英国外交官。1925~1927年任驻华公使馆头等参赞。1927年春，他代表英国与武汉国民政府外交部长陈友仁在汉口签订《收回汉口英租界之协定》和《收回九江英租界之协定》。
③ 1927年3月24日，由中共党员参加领导的北伐军第二、六军攻占南京。北军溃退时，南京城内发生抢劫。英美等国借口"保护"侨民和领事馆，当晚令其军舰炮击南京，打死打伤2 000多名中国军民，并造成重大财产损失。惨案发生后，英美等国继续向中国增兵，并反而向中国提出惩凶、道歉、赔偿等无理要求。蒋介石为求得列强的谅解和支持，竟把责任转嫁给所谓"过激分子"，迈出了背叛革命的重要一步。史称"南京事件"。
④ 罗易（Manabendra Nath Roy，1887~1954），印度人。印度共产党领袖、共产国际执行委员、中亚局负责人。1926年11月任共产国际驻中国代表团首席代表。1927年蒋介石背叛革命后返回苏联。1929年，罗易与共产国际决裂，次年回印度。著有《我在中国的经历》、《罗易回忆录》等。

"四一二"政变中的内幕故事

很久以前,在国民革命军还没有到达长江流域时,我就知道国共两党的关系正日趋恶化,其中一个重要信息,来源于两本机密性的小册子。在这两本小册子中,记载了蒋介石将军向国民党高级官员的训示。蒋总司令说,共产党正积极密谋篡夺国民党及国民政府的领导权。虽然如此,我却没有料到,在国民革命军占领汉口、南京和上海后,局势竟会发生如此悲剧性的进展。

美国和其他国家的传教士,如其传教地在北伐军前进的路线上,那就要领教激进分子的一番滋味。每一艘抵达上海的轮船,每一列开到上海的火车,都载来上千名逃难的传教士,还有其他男女老少。他们大部分人都是仓皇出逃。不受纪律约束的士兵将他们的家产抢掠一空,教堂和教会学校更是他们攻击的目标,全部遭到亵渎和破坏,传教士遭攻击的理由有二,一是帝国主义的代表,二是传播邪教。

我曾参加一次传教士领袖主持的新闻发布会。在会上,一个又一个传教士站起来,报告北伐军中的激进分子在他的传教区所犯下的暴行。我问一位发言者,怎样解释那些受共产党影响的学生和士兵,他们在听取一番鼓动性的宣传后,就会攻击长期传教成绩斐然的传教士?他回答说:"要建设难,破坏倒是容易的。"接着他又说,共产党把矛头直指传教士的广泛的反帝国主义和反宗教宣传,同民族主义和政治改革问题挂起钩来,致使许多与传教士关系密切,或信仰基督教的中国人,不敢前去帮助他们的外国朋友。谁帮助了外国人,谁就是"帝国主义的走狗"。

外国人知道中共的背后,存在着俄国人的影响,但很少有人知道发生在中国的斗争,不过是在列宁逝世以后,斯大林和托洛茨基在俄国国内所作的生死斗争的一部分。这场斗争关系到共产主义运动的基本目标。

列宁说过:"中国已经行动起来了——我们的责任就是要让它永远保持沸腾!"——但是企图使中国共产主义化的却是托洛茨基这一派的主张,他们鼓吹世界革命。随着赤化德国、奥地利、匈牙利和英国失败之后,第三国际的领袖转而企图向中国和亚洲发展。在这些行动的背后,还隐藏着苏联共产党的一个欲望,即通过瓦解美英和其他欧洲国家控制的远东殖民地,与列强竞争,争取得分。

俄国人说,如果他们在中国获胜,那就意味着世界上又有了一个共产党国家,是第三国际的一大胜利。因为第三国际在欧洲惨遭失败后,声望日下,若能在中国获得成功,便可挽回面子。而且可以预料,在中国的成功,也将是对斯大林的一大打击。斯大林坚决反对托洛茨基同志的世界革命计划,他主张先集中力量于本国,镇压或封锁那些反共的人,不让他们大量逃到中国去。

来自世界各地的共产党都汇聚到中国,帮助推动革命,附带着享用第三国际从俄国农夫和全世界工人阶级那里收集来的可观资金。那些宣传家和政治权术家,在他们的祖国行动时,只是步行和坐公共汽车,但来到中国后很快发现,崭新的美国汽车是他们在华活动不可缺少的工具，美国在上海的汽车代理商因此大赚了一票。美国共产党领袖厄尔·白劳德[①]曾到上海一行，他对这种大肆挥霍的风气予以劝阻，在一次欢迎他的盛大宴会上，除了黑面包和白开水之外，他什么也没吃。他说，这都是俄国农民为了支援中国革命，忍饥挨饿积攒起来的钱，一分一厘来之不易。但是白劳德到达上海太迟了，一些俄国顾问专制、独裁的做法，已经招致许多国民党人的不满，双方关系日渐疏远。

我曾就共产主义在中国的情形请教过白劳德。他愤慨地指责那些政治代理人，"他们坐着轿车，到处兜风，出席宴会，而俄国和中国的农夫、工人却正在饿肚子！"

苏联共产党在华经历的失败和托洛茨基派的最后倒台之间，有着密切关系，这一点在托洛茨基的回忆录里曾有所论及，他指责中共"加入资产阶级性质的国民党，不成立自己的苏维埃，热衷土地革命，放弃组织工人。"他声称，斯大林支持的国共合作，保护了蒋介石免遭攻击。

很自然的，南京和汉口的形势发展，引起上海中外人士的深切关注。上海是中国最大、最欧化的城市，也是世界上最大的港口城市之一；工业高度集中，超过东亚大陆任何地区；城市人口约有300万，其中外国人约有7.5~8万人，他们来自不同国家，有着不同肤色；对于来华传教的大多数基督教和天主教教会来说，上海是他们的远东总部所在地；美国资本投资上海最多，超过除菲律宾以外的亚洲其他地区；英国的投资甚至超过美国，投资额仅次于香港。

这时，有关汉口紧张情形的消息，经过一些记者大惊小怪的渲染之后，纷纷在上海的外国报纸上发表，特别是资深的英国《字林西报》，更是推波助澜，在上海英法租界的居民中，引起一阵阵恐慌。一位驻京的英国名记者辛博森（Putnam Weale），从汉口旅行归来后，写了一组报道，总标题是：《扬子江上的赤色波浪》（"Red Wave on the Yangtse"）。

我参加了一家很大的英国代理商公司举行的记者招待会。主持者称上海的外国商会和其他机构已决定募集一笔可观的资金，用于广泛的反共宣传；并要求各新闻单位合作，建议各报发表一些有关共产党活动的特别报道。当主持者问及众人对于他们的反共计划有何看法时，我站起来说，如果把整个国民革命运动看作是"共党活动"，那将可能损害这场宣传计划原定的目标，激怒所有的中国人，并将促使国民革命运动落入共产党的控制。我认为，中国的国民革命运动，在俄国共产党到来以前已经开始，而且他们的目标是不一致的，其合作不会长久，但如果列强对国民革命运动采取断然反对的态度，倒有可能造成物极必反的结果。

同时，我还表达了这样一种观点，无论是美国或英国政府，都不会同意任何反对国民革命运动的计划，也不会同意将国民革命运动与共产主义混为一谈的说法。因此，我拒绝与此项计划合作。说罢，离席而去。《字林西报》，这份英国在华的第一大报，以往在评介中国政治问题时，一向遵循稳重求实的政策，虽然有时不免傲慢。但是这一次，报社置传统的做法于不顾，在报纸上大肆抨击整个国民革命运动，甚至不惜重金，聘请了两位美国记者专门采写关于共党问题的专栏文章，内容荒诞，到了歇斯底里的程度。如一篇引起读者好笑的文章，题目是《怎样在电影院和其他公共场所辨认共党分子?》。后来，这种狂热逐渐消失，《字林西报》社董事长解雇了这两名美国记者，另聘了一位总编辑，使报纸内容适应于正在迅速变化的中国政治形势。

在这种自欺欺人的宣传下，上海的外国租界立即进入战争状态，雇佣了数千名苦力，日夜不停地挖掘战壕，设置路障，修筑碉堡。很快，这种恐慌情况又传到各有关国家的首都，加上领事官员和各种代表团耸人听闻的报告，好像天就要塌下来一般。于是在短短的几个星期内，约有4万名外国士兵开到上海，包括美军陆战队和步兵、英国兵、日本兵、意大利海军陆战队，还有法国的安南雇佣兵。

美国部队司令官斯梅德利·巴特勒将军（General Smedley Butler），曾参加平定1900年中国义和团运动。他是一个贵格派教徒。他到上海后，不时向新闻界表示赞成和平解决，反对军事干涉，招致其他国家部队司令官的极大不满。

就在这种不祥的气氛中，有一次，我在记者招待会上向巴特勒将军问道，为了平定中国国民革命运动，如果发动一次通常的军事进攻，究竟需要出动多少兵力？他毫不犹豫地回答说："没有50万大军，不要梦想对中国发动军事进攻！而且，还要不断补充兵力，在进攻的第一年中，就可能增兵到100多万人！"数年后，他的预言被中日战争所证实，日本人出兵200多万，血战数年，丝毫不能征服中国。

另一次，巴特勒将军私下对我说，华盛顿给他的命令，是"不要向中国军队开火"。他说，他唯一的任务是保护美国侨民，防止暴民的骚扰。巴特勒将军回美以后，曾在公开演讲中说，他指挥的部队驻防中国期间，没有向任何人开过一枪。后来，他从部队退役回家，在其晚年仍主张美国和其他国家军队应从中国撤出。

另一位反对武装干涉的美国军官，是美国亚洲水域舰队司令马克·布里斯托尔海军上将（Admiral Mark L.Bristol）。第一次世界大战后，他担任了美国驻土耳其行政长官，深知同盟国的干涉主义，对于一个国家不会起什么作用。

英国驻华部队司令官是戈特爵士（Lord Gort），当他发现英国政府无意对华发动一次大规模的军事进攻时，便怀着痒痒的心情返回英国。这样，在上海公共租界的档案库中，又多了一份束之高阁的秘密计划。根据这份计划的设想，英国派兵进攻长江流域，在上海和汉口之间，沿长江大约600英里的距离中，建立南北两岸各宽50英里的"保护区"。据说，这份计划出自上海一个彻头彻尾的死硬帝国主义分子之手，他认为外国军队只要显示武力，中国就会吓得半死，最终屈服。

接替戈特爵士的新任英军指挥官抵达上海后，举行了一次记者招待会。他命人在墙上挂起一幅新地图，他说："我想让你们注意地图上表示国民军位置的图钉颜色，以前我们用的是红色，现在是黄色的。"他还说，英国政府已经认识到中国国民革命运动，是一种真正的革命努力，目的是在中国创建一个新的未来，而不是驱逐英美出中国的"扬子江上的赤色波浪"，就像上海死硬帝国主义分子先前所作的歇斯底里宣传，和耸人听闻的报道所描述的那样。

一向保守的上海中国工商金融界，这时大都支持国民革命运动，他们希望国民革命军能够结束10多年来中国政治的动荡局面，为这个灾难深重的国家和贫穷的人民带来安定和幸福。同时，他们也认为，在国民党左派和共产党的干扰下，要想获得长久的安宁和重建是不可能的。为了考察红色政权地区的实际状况，上海地区的银行家和企业家们组织了许多代表团前往汉口、江西和湖南等地调查，不幸的是，这些代表团到达当地后，均被扣押审讯，揪到乡下游行示众，并在他们的衣服后背上写上"帝国主义走狗"字样。当这些代表狼狈逃回上海时，汉口和其他红色地区的恐怖统治，已深深地印在他们的脑海中。于是，他们立即采取措施，防止在上海地区发生这样的事情。

国民党右翼与左翼激进分子及共产党之间发生的上海之战，从未有人讲过完整的始末，因为镇压激进分子的人，显然不愿旧事重提，而被镇压的人不能死而复生，再讲什么故事。事实上，共产党武装并训练了成千上万的上海工人，对此市政当局知道得清清楚楚，自然采取了防范措施。当共产党攫取了上海中国地界的一些战略要地后，当局就采取行动予以镇压。

当时蒋介石驻节南昌总部，没有参加指挥镇压上海的共产党分子。国民党保守派四大领中的三位，即李济深、李宗仁和何应钦，这时也远在上海之外几百英里的地方。另一位国民军指挥官张群，与蒋总司令关系密切，从广东出发由西路进攻南京。当张群的部队进入南京后，进行了大肆劫掠，包括外国领事馆、教堂、民宅和中外人士的其他财产。他们的行动极有计划，针对外国人的暴行时有发生。但证据表明，南京事件是由左翼激进分子干的，目的是打击蒋介石的政治声望。

阻挡国民军前进的是能干的孙传芳将军②，他控制着沿海省份福建、浙江和江苏，总部设在杭州，约距上海西南100英里。

在危机即将来临之前，我随同一些记者去杭州拜访孙传芳将军，询问他抵抗北伐军，保卫大上海的有关计划。上海及长江三角洲的面积，三边的长度分别是100、200和250英里，上海在其东端，南京在北面，杭州在南面。长江三角洲是中国最富庶的地方，土地肥沃，盛产棉花、蚕丝、小麦和稻米；有一些繁盛的工业城市，主要的如无锡，是一个棉花、蚕丝和面粉制造业中心。

在北军将领中，孙传芳是比较突出的人物，即使作为一个行政长官，他的名声也不坏。他考察了自己的部队后，认为其装备之先进，在国内军队中无与伦比，因此有能力保卫大上海。美国纽约一家报纸的记者，为此采写了一篇报道，说上海"固若金汤，难以攻破"，绝不可能被国民军攻占。但是他不知道，装备良好的孙军士兵，早已被共产党的宣传所迷惑，士气十分低落。

英法租界由外国人管理，派遣外国士兵把守，凡是租界与中国地界接壤的地方，都采取了严密的隔离措施，筑有防御工事，如倒钩的铁丝路障。住在租界内的居民，几乎不受外界影响，不清楚外面究竟发生了什么事。在国民革命军到达上海的许多天前，上海人口稠密的浦东、闸北和南市，一直有不停的枪声。这几个区域也是大部分本地工业的集中地。

在此情况下，谣言四起，而且不少都得到证实。一天，我们得到消息说，法租界当局不打算抵抗国民军，允许他们徒手通过法租界。由于英法租界毗邻，相隔仅一条街，这个消息自然使英租界恐慌不已。一到晚上，英租界当局就派出大队劳工，在英法租界交界处筑起新的路障。我曾去采访法国驻沪总领事，询问这件事情的经过，但他耸了耸肩，一句话也没说。我想，他知道许多内幕，只是不愿说而已。这件事后来得到证实，法国人早已同国民军建立了联系。当美国记者获悉有两位国民军军官已经前往法租界时，立即赶往采访，守卫法租界的警察见记者跟踪前来，只好打开栅栏放我们进去。这两位国民军军官，一位是李宗仁，另一位是何应钦，他们向记者表示，决无任何进攻外国人的意图，而且将采取行动，在上海的中国地界恢复秩序。他们还通报说，上海北军总司令孙传芳已经逃走，部队亦被缴械。

国民党和加入国民党的共产党这两方面,都清楚地认识到上海是中国的一把"钥匙",任何要统治中国的政治集团,都必须首先争取控制上海。由于国民党内激进派的宣传,使盘踞在长江下游和上海地区的北军士气低落,丧魂落魄,以致国民军尚未进攻上海,还在100英里以外的时候,他们就逃之夭夭,放弃了上海。因此,在北军已经撤走,国民军尚未到达之间,上海出现了一个无政府的混乱阶段,但北军也带走了重要的交通工具火车和轮船,国民军不得不步行前进,速度较慢。

于是,共产党乘机进行部署,毫无疑问,学生和工人大都赞同共产党及他们的社会改革纲领。共产党采用汉口的做法,如游行、集会、演讲和散发宣传品等,力图控制上海。一时之间,许多建筑的外墙上,贴满了谴责帝国主义的各式传单。任何一个帮助外国人的华人,都要被斥骂为帝国主义的"走狗",外国公司在当地的华商代理,即所谓的"买办",原先是各行业公会和商会的头面人物,这时也被揪出来作为特别诋毁的对象,公开加以污辱。充斥街头的传单中,污蔑性的语句随处可见。显然,上海正在步南京和汉口的后尘。特别令人不安的是,共产党发放了上千条枪给上海各厂的工人,准备举行起义。

乱世出英雄,上海出现了一位先前并不怎么有名的人物。此人名叫杜月笙,颇具美国建国初期绿林人物和政治掮客双重特性。在如今的中国名人辞典中,杜月笙是一位"银行家、慈善家和社会福利工作者"。杜的幼年生活,人们知道得很少。他出生于上海郊区一个海滨渔村,世代务农(这个村庄,后重新取名叫"杜家宅",有居民数百,主要是船夫、渔民和农民——1934年,它突然变得十分出名,杜月笙为庆祝50诞辰,在家乡兴建了杜家祠堂,并举行落成典礼,致贺的人群长达二英里，花费高达100多万元，全国各地不少头面人物纷纷到场，或送来贺额、寿联、礼物）。杜月笙年轻时，在法租界摆水果摊，但他很快发现了违法买卖鸦片的场所，并且加入了他们的行列，一同参与敲诈勒索，搞绑架或从事当时上海滩流行的其他非法勾当。这些黑道人物，跟美国禁酒时期专门酿制、贩卖私酒的不法分子差不多，但杜月笙却以中国传统的方式，逐步攫取黑社会的领导权。在很短的时间内，他从法租界及附近南市区瘪三堆中，脱颖而出，一跃成为鸦片贸易、赌场和其他娱乐业的把头大亨。在他崛起的过程中，他解决了一个从来没有解决过的政治难题，即合并了两家秘密政治组织——青帮和洪帮。青洪帮的活动，可以上溯至清朝，其初衷是反清复明，至民国成立后演变为黑社会组织。这两大帮派相互仇视，时常爆发枪战，就像早年在美华人社会中各个"堂"之间的械斗一样。但是杜月笙最终统一了这两大敌对帮派，完成了一件几乎不可能的任务，他自己也就成为新生的青洪帮首领。根据中国人的看法，这个青洪帮的作用，也许同美国那些控制城市的政治团体相类似。

杜月笙有两个得力干将，一个控制娱乐业，另一个控制商界，他们先前就在敌对的洪帮和青帮中工作。

当时法租界的政治形势，对杜月笙的崭露头角起了很大作用。有人将法租界比喻为"法国小美人"，但它并不直接受巴黎的管辖，而是通过法国在印度支那的殖民地首都河内来指挥，因此，在法国殖民地流行的种种无能和腐败风气，同样存在于上海法租界。派往上海的法国官员，特别是警察头目到任以后，便不顾一切地从法租界黑社会的不法活动中捞取好处，聚敛了大量财富。后来当河内法国当局向日本人投降时，这种舞弊行为方才暴露出来。

杜月笙和他的同伙，正是利用法租界的这种混乱情形，才在法租界里站稳脚跟，夺取了真正的控制权。杜月笙在法租界的寓所，犹如一家兵工厂；他就在家中发号施令，统治他的王国。但他乐善好施，名声不坏，担任多家银行和公私企业的董事长或总裁，头衔之多，上海滩上无出其右。他拥有几百名武装保镖，他的命令没有人敢违背。

孙传芳部队北逃以后，上海的局势益加紧张。杜月笙向上海的外国人社会保证说，在国民革命军到来之前，他将负责维持上海的法律和秩序。正是在这个时候，上海发生了连续不断的枪战，共党分子虽然已作好夺取上海的准备，但却遭到了还击。

上海的中国地界内血流成河，但被击毙的尸体究竟有多少，谁也无法精确统计。《密勒氏评论报》记者埃德加·斯诺估计，约有5 000多名共党分子被杀。斯诺的报道说，共产党领导人周恩来组织了60万工人实行总罢工，这些罢工工人，由5万名受过训练的纠察人员指挥。罢工使上海工业完全瘫痪。上海警察局、兵工厂和卫戍总部，一度被5万名武装的罢工工人所占领，其中2 000人还受过特别训练。后来，他们宣告成立"市民政府"。

但是共产党的起义很快被镇压，罢工工人根本无法与杜月笙的经验丰富的枪手对抗。当国民革命军李宗仁、白崇禧和何应钦部开到上海时，他们发现一切已成过去，如雨过天晴，杜月笙顺利地将上海移交给他们。周恩来曾被逮捕，其他未被抓获和处决的共党领导人，纷纷逃往汉口。不久，蒋介石到达上海，控制住局势，发布清党命令，驱逐所有国民党内的共产党员，赶走苏联顾问。这个消息传到广东后，立刻招致连锁反应，许多左翼激进分子和几个俄国顾问被杀，幸好美国驻广州总领事豪斯顿（Houston）慈悲为怀，网开一面，其他不少俄国顾问得以进入领事馆避难，没有白白送掉性命。

共产党人组织的"广州公社"失败以后，又打算在广东北部沿海的汕头建立政权，但在蒋介石的攻击下失败了。因此，这些处处遭到失败的共产党部队，就在华中、华南一带四处奔走，东西转移，加上从汉口逃出来的一些人，后来在江西和福建交界处的崇山峻岭中，建立起"苏维埃政府"。但是几个月后，又被蒋介石部队驱赶到西北，在陕西的延安建立了共产党政府。迄今这个红色政权仍然存在。

国民党内激进分子所演的最后一幕戏，就发生在南京。那是国民党军队内的一些激进分子为制造事端，攻击了南京的外国侨民，一些美国和英国人被杀或受伤。停泊在南京附近长江中的美国炮艇，不得不向正在攻击美国领事馆官员、侨民甚至妇女的暴动士兵开炮，掩护美国人安全撤至舰艇上。那些暴动分子则四散逃命。很快，蒋介石部队成功地恢复秩序，阴谋离间国民党与外国关系的激进分子，非但起义计划失败，而且纷纷被捕，其中一些人被处决。

"南京事件"过后的第二天晚上，美国领事馆举行了一次记者招待会，我与当时正在上海的美国哈佛大学国际法教授赫德森（Manley O. Hudson）一同前往参加。在记者招待会上，我们被介绍与一位经历过"南京事件"的美国传教士相识。他告诉我们，在"南京事件"中，南京大学名誉校长威廉斯博士（Dr. Williams）被打死，一所教会的美国女秘书，因为拒不交出保险箱钥匙被杀，英国领事遭到枪击受伤，等等。

但是这些事情，早已在报纸上有过报道。只是当报告人极度激动地叙述有几位外国妇女，被狂暴的士兵强奸的经历时，才激起了记者们的追究兴趣。传教士所说的事情，立即由领事馆职员打印出材料，分发给各位记者参考。就在记者招待会快要结束时，赫德森教授建议我问一下报告人，他个人是否掌握了强奸案的第一手材料？这位传教士更加激动的回答说，他没有第一手的材料，但那是他信得过的人告诉他的。于是，大家热烈争论起事情的真伪。赫德森教授解释说，第一次世界大战后，他曾参加一个调查委员会，调查战争期间军人犯罪行为，其中涉及强奸案的并不多，只有极少几件宣告成立。

结果，大部分记者在报道这些强奸案时，都说明这只是道听途说，确否尚待查证。虽然如此，这些所谓的强奸案仍然传播开来，一些报纸甚至添油加醋予以登载，那些主张外国军事干涉的反动分子，当然最为起劲地活动了一番。

几个星期后，我收到一封来自南京的信。写信人是一位美国女医生，南京事件发生时，她正在南京。她在信上说，她当时就对强奸案作过特别调查，能够确认的仅有一件，而且属于"未遂"。她说，当时有三个士兵进入一幢美国人住宅，发现屋内只有一位美国妇女，于是把她拖到楼上，可是不知怎么的，他们好像突然害怕了，竟不等施暴就慌忙逃走了。这也是我在华25年的记者生涯中，所仅知的一件"强奸案"。

这时的杜月笙，已被人视为上海的解放者。不久，法国政府对法租界多年形成的贪污腐败、盗匪横行的不良风气非常恼怒，派遣一位海军上将统率一支舰队抵达上海，对法租界现状进行整顿。自此以后，杜月笙成为一位受人尊敬的商人、慈善家，并受到政府的褒扬。但他仍然控制着青洪帮和那支小小的便衣武装，其权势赫赫不可动摇。

1932年初，日本人为了压制自九一八事变后蓬勃兴起的反日活动，在上海挑起事端，杜月笙的小股武装在日本人控制的上海虹口地区进行反击。这些便衣武装人员，有的躲在大楼上面的隐蔽部位，有的爬到大楼顶上,向日本军队和日本浪人开枪,力求在日本人中间制造惊慌。他们的目的就是保卫上海,并因而使日本人的侵略付出昂贵的代价,以致后来日本人非常乐于接受调停,答允撤回他们的海军。1937年,日本发动全面对华战争后,杜月笙和他的部众参加了保卫大上海的战斗,在弹尽粮绝之后,随同国民党部队撤往中国西部地区。

在镇压上海共产党起义好几个月后,上海公共租界的美国人总董,市民们称为"上海市长老爷"的费信惇③,给我讲了上海如何从共产党和俄国人手中"拯救"出来的内幕故事。据我所知,这个内幕故事从来没有正式披露过,直到日本人占领上海,费信惇不幸死了之后。

费信惇说,杜月笙介入上海国共之战,法租界当局起了主要作用,当然,杜月笙"发迹"于斯,法租界向他求助也是很自然的。而且在北军撤走以后,英法租界周围的中国地区,实际上处于无政府状态,局面相当混乱。费信惇说:

"一天,法租界巡捕房总巡打电话给我,要求与我就目前形势作一次恳谈。我答应了,按照他告诉的地址前往,结果发现那里并不是法国人的办公所,而是一处高墙大院的中国人住宅,大门口警卫森严。我到达后,立即被引进会客室落座。我不禁注意到经过的一个大厅两旁,摆满了步枪和冲锋枪。一会儿,我听见有人说话,随后走进法国总巡和两位中国人。这两位中国人,一位就是杜月笙,另一位是翻译。我们见面后,立刻商讨有关事宜,法总巡解释说,他已经与杜月笙讨论了如何保护上海英法租界不受共党分子骚扰的问题,因为在孙传芳和他的部队撤走以后，上海的中国政府实际上已经不复存在，局势相当混乱。接着，杜月笙也像谈生意似的说，他愿意同共党分子一战，但有两项条件，首先，法租界当局至少要支援他5 000支枪，以及充足的弹药；其次，他回过身来对我说，他要求公共租界允许他的部队通过，尽管这是破例的行动。杜月笙说，这是迫不得已的事情，因为把部队和弹药从中国地界运到另一个目的地，无法不经过公共租界。"

费信惇对杜月笙说，他同意将此意见提交工部局（The Municipal Council）④讨论，力争通过。接着，费信惇继续对我说：

"我意识到，我们是把希望孤注一掷地押在杜月笙的声望上。但当时形势确实很紧急，共党分子阴谋夺取英法租界的企图，肯定要导致广泛的骚乱和流血，毫无疑问，这要关系到数千名美国人、英国人和其他外国人，以及居住在租界里中国人的性命安全。因为共党分子如果占据租界后，势必要跟国民军对抗，这样一来，租界里的外国人就变成了三明治，遭受国共两军的夹攻。这将是租界建立100年来最为严重的事件，并引发极端复杂的国际问题。杜月笙花了三个星期时间，来消灭共党分子的暴乱。这时候，各国派往上海的军队已经抵达，负责防守租界地区；而且蒋介石将军也到了上海，控制了上海的中国地界。蒋介石一到上海，立即宣称国民军无意侵犯外国人，不会发生以前南京事件那样的事，并说，南京事件的暴乱分子将受到严惩。"

当时，在美国，曾有人写了一些声泪俱下的文章，控诉中国的"法西斯主义者和帝国主义者"，在上海、广东和其他地方大肆屠杀中国工人和学生。

注释：

① 厄尔·白劳德（Earl Browder，1891~1973），美国共产党创始人之一。1926年来中国汉口，任泛太平洋工会书记处书记。1930年回国，不久任美共行政书记，后任总书记。1944年出版其所著《德黑兰》一书，鼓吹世界已进入资本主义同社会主义合作的时代。不久，被免去总书记职务。1946年，以福斯特为首的美国共产党人将其开除出党。另著有《同俄国战争还是和平?》、《马克思与美国》等。
② 孙传芳（1885~1935），山东历城人。字馨远。日本陆军士官学校毕业。1924年江浙战争中，任闽浙联军总司令，获胜后任闽浙巡阅使兼浙江军务督理。1925年11月，任浙闽苏皖赣五省联军总司令，是直系最有实力的军阀。1926年被北伐军击败后，投靠奉系军阀张作霖。1931年"九·一八"事变后，蛰居天津英租界"念佛韬晦"。1935年11月被仇人刺杀。
③ 费信惇（Stirling Fessenden，1875~1943），美国人。1915年来华，在上海执律师业务。1920年被选为公共租界工部局总董，1940年辞职。太平洋战争爆发后，日军占领公共租界，费信惇惨遭迫害，于1943年病死上海。
④ 工部局（Municipal Council），上海公共租界的最高行政权力机关，成立于1854年。

干涉的外交伎俩

在1927年上海的紧张形势中，还有一些很有意思的方面，随着近来美国务院与上海美国领事馆之间来往函电的披露，历史的黑幕中又透进了新的光亮，事情逐渐明朗了。

在上海美国总领事克拉伦斯·E.高斯[①]与美国务卿法兰克·B.凯洛格[②]之间的往来函电中，有两件特别牵涉到《密勒氏评论报》。那时，北伐军正从广州向长江流域挺进。

高斯先生（他在1944年驻中国大使任内退休）发了一封电报给美国务院，查询《密勒氏评论报》记者J.J.安德伍德（J.J. Underwood）发自华盛顿的一则报道是否属实。安德伍德的报道说，美国柯立芝政府无意与其他国家在"统一指挥"的名义下，出兵干涉中国内政。因为上海的帝国主义死硬分子，曾再三要求列强出兵中国。在《密勒氏评论报》和上海其他报纸相继刊出这则报道后，上海一度出现骚动。后来的发展势态表明，这则报道正确客观地描述了美国对中国国民革命运动所采取的政策。现将全文照录如下：

"华盛顿，（1927）3月30日电——白宫发言人今天在此间说,总统相信中国局势将逐步好转。另据可靠人士称,美国无意参加任何为惩罚南京事件的犯罪人员而组织的联合行动。虽然上海的形势亟需各方合作,美国政府仍然认为,目前中国的局势尚未到联合干涉的程度,而且,美国政府认为增兵中国也无必要。现在在中国和正在开往的部队,已经足够需要。国务院一再强调说,在中国的任何美军部队,仅担负防卫性的任务,而绝不是干涉中国内政。在提到南京事件时,国务院的官员称,还不能断定国民革命军应否对此负责。"

《密勒氏评论报》刊出这条消息时,上海的其他报纸均未收到直接来自美国的相同电讯。当时,上海各报的国外电讯,全部依赖英国路透社供稿,但路透社有关美国的消息,则要兜上一个大圈子,才能辗转到达上海。先从美国发回伦敦,再从伦敦发至加尔各答,再转新加坡和香港,最后到达中国。因此,在上海的外国人虽然竭力主张出兵中国,但却没有直接了解到美国官方的意见或公众的舆论。

在国民革命军北伐之际,整个上海似乎一直处于惴惴不安之中,商会、市政当局、外国领事以及北京外国公使团,都发了疯似的四处游说,到处求援,请求列强派遣更多的兵力保护这座城市。在此之前,上海已经修筑了无数防御工事,如战壕、碉堡和铁丝网路障,并且开展形形色色攻击国民革命运动的宣传,斥之为"受莫斯科控制和指挥","扬子江上的赤色波浪。"无奈事与愿违,这种宣传更使上海外国人的神经紧张到了极点,但法租界对于迅速北上的国民军,却毫无恐慌的表示,或许是由于他们与散布在各处的天主教传教士有着密切关系,或许如我前面所述，他们在很早以前就与国民党领导人建立了联系。虽然如此，法租界当局仍在与中国地界接壤处，修筑了防御工事。

美国、英国、法国、意大利和日本，这时已经各自响应其驻华人员和侨民的出兵呼吁，但是，正像《密勒氏评论报》发自华盛顿的报道所说的，美国政府，至少是柯立芝总统本人，决无意在所谓的"统一指挥"下，出兵干涉中国事务，虽然上海的外国死硬分子已经叫嚷了多少年。

据说，曾有一份秘密计划，在长江流域扑灭国民革命运动，务必不使它扩展到华北。但谁都找不到一个看过这份伟大战略计划的人。不过，上海大多数外国人宁可信其有，并且相信列强会将此计划付诸实施。在各个外国人总会，以及外国人下榻的饭店旅社，他们谈论最集中的话题，就是断言曾经宣布过要废除不平等条约的国民党新贵们，并不能有所得逞，相反将遭到沉重打击；至于中国的部队，更是一群衣衫褴褛的乌合之众，只要一听见外国军队的枪炮声，便会吓得作鸟兽散。

在租界里发迹的大商人和外国侨民，不用说控制着上海的港口和大部分报纸，他们在自欺欺人的宣传鼓动下，深信等待已久的好日子就要到来。那时，在扬子江口设立一个大"自由市"的计划，决不再是一纸空文，而是一件实实在在的事情。

因此，《密勒氏评论报》发自华盛顿的那则报道，说美国不会干涉中国内政，不赞成组织联军，不准备在长江流域建立中立区，已经派往上海的部队仅仅担负一种警察的任务等，就使得上海的外国人产生了一种无与伦比的愤怒和失望感，几乎到了群体性的神经错乱的地步。至于发表这则报道的《密勒氏评论报》，竟被那些人看作是专送坏消息的使者，他们扬言："《密勒氏评论报》的报道肯定是不可靠的；很显然，政府不会在此危急关头抛下我们不管，这则报道是共产党唆使记者写的；如果美国政府采取这种卑怯胆小的政策，那简直就是犯罪。"

这种愤怒的情绪，很快发展到狂热的程度。长久以来，对于中国国民运动，《密勒氏评论报》一再强调，外国人应当采取让步和承认的态度，不然的话，他们将丧失在中国的一切，报纸的这种编辑方针，自然引起顽固派的大肆攻击，作为总编辑的我，更是首当其冲，认为我破坏了他们的美妙计划。

在这种情况下，美国驻沪总领事高斯致电国务院，查询究竟。电文如下：

> "《密勒氏评论报》的华盛顿电讯，已使此间的美国人大为困窘。不管他们过去的意见如何，现在均认为列强们就南京事件采取强硬行动实属必要，以便消除控制国民革命运动的一些激进因素。但是这则电讯，却出乎意外的鼓舞了那些激进分子，他们在迅速夺取权力。我相信《密勒氏评论报》的消息并非十分可靠，如可能的话，请授权我予以驳斥。此间局势没有什么新的变化，激进分子和不法之徒已经羽翼丰满，只有有限兵力的蒋介石将军似乎无能为力。"

国务院很快复电高斯总领事。这份复电，实在应该送到肯定是稀奇古怪的外交博物馆保存，如果世界上有这样一个博物馆的话。因为它以典型的外交辞令，转弯抹角地证实了《密勒氏评论报》所载电讯的正确性，但在电文的最后，却断定《密勒氏评论报》的报道"毫无可信之处"，因此，如果高斯先生认为驳斥是明智的话，他就可以那样做。复电全文如下：

"华盛顿（1927）3月31日——很显然，你转引之新闻报道，源于3月29日的白宫记者招待会。总统在这次记者招待会上，回答了不少提问。他说，关于派遣美军赴中国一事，他在另一场合已经表示过看法，即没有必要增加兵力。他补充说，就在他宣布这一意见前后，收到了美国海军上将威廉斯的电报，请求增派1 500名海军陆战队员去中国。自然，这些部队由海军部负责。总统说，他希望这些部队已经足够，或者根本就用不着，中国是那么遥远，集合一支部队派往那里，需要花费相当的时间。我们应当预料到会发生各种不测事件，相信威廉斯海军上将要求增兵的理由是正当的。但直到总统发布第一次声明后，海军上将还没有想到要派遣更多的兵力去中国。在一段相当长的时间里，有三艘巡洋舰一直停泊在檀香山，随时等候他的调遣。几天以前，这三艘巡洋舰才奉命出发。我们部队的任务，只是保护侨民的生命财产不受侵犯，而不是一支远征军。实际上，他们只是尽其所能保护我们侨民的一支警察部队，不允许与任何人开战。在中国，并没有发生袭击我们侨民的有组织的军事行动，虽然免不了有散兵游勇的骚扰。我们可以断定，这些人的行动，决非是听从了任何企图组织政府的人指挥，完全是一帮歹徒而已。由于随时会发生诸如此类的事情，才使我们考虑增兵，但是他们在中国的使命并没有改变。我们的部队当然由美国军官指挥，据我所知，迄今为止也从不打算搞'统一指挥'。当然，如果确有必要，我们乐于与其他国家合作。我不了解美国侨民在中国当地的实际情况，他们是否集中居住，而与其他国家的侨民隔离。照理，法租界与公共租界或其他国家的租界不可能截然分开，所以我们应该共同行动，阻止暴徒横冲直撞，保护侨民的生命财产安全。以上所述，是提供给你个人参考的机密信息。你将知道《密勒氏评论报》的报道毫无可信之处。如果你认为予以驳斥是明智的话，你有权那样做。——凯洛格。"

这封复电的内容，很快在上海传播开来。两天以后，上海的美国商会通过一份措词强硬的决议，要求列强出兵干涉。美国商会的决议说，美国国内人民"很容易陷于别人的宣传，以至于泪眼迷惘地同情任何事情，而不管谁是谁非。他们已被共党分子就中国局势所作的宣传所蒙骗。"

上海美国商会通过这项决议不久，商会董事会又召开了一次特别会议，抨击《密勒氏评论报》的编辑方针，正式要求报纸总编辑辞职。虽然从1917年上海美国商会成立时起，我就是该会的一名会员，但这次却没有通知我出席。我只是偶然从别处得到会议消息，才匆匆赶往会场，幸好他们尚未投票表决通过决议。就在这天早晨，《密勒氏评论报》驻华盛顿记者安德伍德先生再次发来电报，进一步证实柯立芝总统、凯洛格国务卿均反对武装干涉中国，因此，当我赴美国商会特别会议时，怀里就揣着这份电报。我环顾会场，发现赴会的美国商会会员人数不多。我立刻有一个感觉，这是一个受人操纵的"御用"会议，我的猜测很快被证实，出席会议的人，一个又一个站起来发言，纷纷指责《密勒氏评论报》的编辑方针，是同上海美国商人和所有在华外国人的总体利益大相径庭。

在投票表决前，我要求发言。我说，我非常了解中国危机的严重性，但深信列强对中国的武装干涉，只会起到始料不及的作用，壮大激进分子和他们的苏维埃支持者的力量，推翻蒋介石将军领导的稳健的国民党。我进一步阐述说，我在《密勒氏评论报》社论中所表示的观点，完全是与美国传统的对华政策，特别是与现任柯立芝政府的对华政策相一致。于是，我掏出早上收到的华盛顿来电，大声朗读了一遍，以证实前述消息的可靠性，说明华盛顿方面反对武装干涉，出兵的目的仅是尽力保护美国侨民的生命和财产安全。

在我说完回到座位后，一位在上海执业的美国律师霍尔科姆（Chauncy P. Holcomb）站起来发言。他是特拉华州人，曾任美国驻华法院的地区检察官。他以激烈的措词，斥责美国政府采取"卑怯胆小"的政策，并称《密勒氏评论报》对"美国政府抛弃所有在华美国侨民和其他外国人的政策"，负有不可推卸的责任。但在投票表决时，有人对会议程序提出异议。按美国商会章程规定，开除任何商会会员，都须事先书面通知，并允许被除名者在一定时间内提出申诉。可是，出席会议的人并不理会这个合法的意见，以多数票通过了这项决议。对此我立即表示，《密勒氏评论报》的编辑方针决不改变，并拒绝接受美国商会要我辞职的决议，除非另外召开一次符合章程规定的会员大会，专门讨论要我辞职的问题。然而，以后始终没有举行过这样的会议。

英美各报派驻上海采访的记者们，把美国商会的这一决议和其他有关新闻，拍发电讯至各自的报社。之后，我收到大量的函电，令人应接不暇。这些函电不仅支持我的立场，并鼓励我不要屈服，继续反对列强武装干涉中国。其中大多数函电来自各个教会。

几天后，我的猜测再次被证实。有一个上海外国商人组织——"雷文集团"（Raven Group），操纵了美国商会的行动。这个集团曾深深卷入上海租界以外一大批土地的投机买卖活动。他们认为，列强武装干涉中国会给他们带来极大的好处。后来透露的内幕说，这个集团中已经有人拟订了一项计划，即在长江口附近设立一个"自由市"，不受中国政府的管辖，而且，这项计划已经送到日内瓦的国际联盟总部。这真是一份苦心孤诣的计划，竟准备从中国的领土上，切蛋糕似的切下一块殖民地来，而且，这块殖民地包括上海市在内。

在中国的美国教会，绝大部分都坚决反对上海美国商会的立场，抨击美国商会执行"炮艇政策"。这种政策，既违背中国人利益，也有损于美国人的根本利益。曾在南京事件中遭受生命和财产损害的几家教会，这时也拒绝接受赔偿。

但是，上海美国商会坚持其反对美国政府的不干涉政策，大有不达目的不罢休的势头，甚至不惜重金聘用一位声名狼藉的日本宣传员，派驻华盛顿充任代表。这位日本宣传员名叫乔治·布朗森·雷（George Bronson Rea），原是长期受日本人津贴的《远东评论》（"Far Eastern Review"）编辑。雷先生到达华盛顿后，在美国总商会的年度大会上发表演讲，建议美国政府在远东实行一种新的外交政策，他称之为"进行慈善干涉，以拯救正受莫斯科赤化影响的中国"。在"满洲国"傀儡政权成立后，他摇身一变，又当上了伪满洲国驻华盛顿的外交代表，月薪

2.5万美元。

美联社驻华盛顿记者罗伯特·皮肯斯，其时正在上海，他把美国报刊上有关武装干涉中国的报道和消息，编写成一份概要。他要大家注意到这样一个事实，一般的美国报纸向不看重来自中国的消息，但自从发生南京事件后，各报一改旧习，即使是最保守的报纸，也大量刊载特派记者发回的长篇报道，并冠以醒目的标题。中国的局势在美国已变成第一流重要的新闻，美国公众对此表现出异乎寻常的热情。综观美国各报的报道，都一致反对武装干涉中国，尤其强烈反对美国与其他国家进行军事合作。因为这种军事合作，使美国可能卷入到不可收拾的军事行动中去。美国《文学文摘》的一则报道说，这一次美国报纸的总编们，前所未有的一致赞同柯立芝总统的政策。为公开发表而编写的皮肯斯先生的概要宣称，正是由于美国报纸舆论反对制裁上海的计划，才导致美国务院对华采取不干涉政策。

注释：

① 克拉伦斯·E.高斯（Clarence Edward Gauss，1887~1960），美国外交官。1907年来华，先后在上海、天津、奉天、济南、厦门等地担任领事职务。1941年任驻华大使，后因支持史迪威反对蒋介石对中国共产党的政策而辞职归国。
② 法兰克·B.凯洛格（Frank Billings Kellogg，1856~1937），美国参议员，共和党人。1925~1929年任美国务卿。

采访"中苏之战"

1927年,由于国民党的分裂而引起的华中、华南反苏空气,很快就蔓延到华北。苏联人发现,反苏态度最坚决、最激烈的不是别人,乃是跟蒋介石将军不合作的奉军统帅、满洲的独裁者张作霖。

1927年4月6日,在北京东交民巷外交使团的卫兵们的协助下,张作霖的警察突然搜查苏联驻华使馆[①]。当时的外交使团由美、英、日、法、荷兰、西班牙、葡萄牙等国的公使操纵。搜查以后,北京政府指责苏联人利用外交特权,把使馆作为散布共产主义思想的中心;同时,外交使团方面也乘机大泼脏水,声称发现了一项阴谋,说苏联使馆的军事随员企图挖洞潜入英国驻华使馆,盗取情报。苏联使馆与英国使馆向来比邻而居,中间只隔着一堵高墙,据说俄国人已经在墙下挖了洞,准备从洞中爬到英国使馆,袭击英国卫兵,并且不惜引起一个突发事件。当时,苏联驻华大使加拉罕(L. M. Karakhan)已经不在北京。作为苏联派驻中国的第一任大使的加拉罕,在事件发生的前一年,就已被张作霖驱逐回国。

对苏联使馆的突袭,曾搜出了大量宣传共产主义的书刊和文件,还逮捕了几十名在使馆中的俄国人和中国人。消息传出后,苏联政府立即抗议这种搜查是"空前未有的、公然践踏国际法基本原则的暴行。"张大帅对此不理不睬,相反,还将从苏联使馆中搜来的文件一一影印,分送给新闻界和其他使领馆,藉此证明苏联人准备"赤化"中国的阴谋。公布的文件还表明,苏联使馆的官员也卷入了这一阴谋。这样一来,事情变得相当棘手,因为根据1924年的北京协定,苏联政府表示不在中国传播共产主义思想;而这些文件却表明他们违反了协定。事情的结果是苏联召回了驻华使馆的代办,而中国方面则通过草草的军事审判,把被捕的共产党领导人枪毙了事②。

搜出的文件显示,苏联人是利用横跨满洲北部的中东铁路的收益和便利,来推行"赤化"整个中国的阴谋。因此,张作霖对苏俄更是恨之入骨。1917年布尔什维克革命以后,苏联政府曾表示愿意归还中东铁路,放弃沙皇在满洲北部攫取的所有特权。可是不久,莫斯科却自食其言,全然不顾中东铁路已由两国共同管理的事实,在第一次世界大战结束后,完全接收了铁路的所有行政大权。到了1924年,苏联政府同中国政府签订了一项共同管理中东铁路的协定③。但该协定始终未能实行。据中国方面称,因为中东铁路的俄籍总经理根本不把中方的副总经理放在眼里,拒绝与他商谈任何有关铁路的重大决策。

于是,大批的苏联人,在工程师或铁路技工的身份掩护下,纷纷来到哈尔滨。他们的任务便是进一步传播共产主义思想。中东铁路局在哈尔滨以及铁路沿线10英里宽地带的一些城市所办的学校,都成了共产党宣传品的集散中心。当然,这些也是违反1924年北京协定的。

然而,更使张作霖愤怒的,是他获悉他的死对头冯玉祥正在接受苏联的武器和金钱资助。冯玉祥是一位著名的西北军将领,原先隶于直系吴佩孚元帅麾下。1926年,冯玉祥前往苏联,学了一年的军事理论。次年，当他重返中国后，便在甘肃省建立了自己的地盘。靠着苏联的金钱和武器供应，冯玉祥组建了"国民军"，同时宣布接受南京国民政府的领导。不久，他跟蒋介石决裂，并联合其他势力，与南京方面对抗。结果，他被蒋介石击溃，在宣布下野后不久，再次表示服从南京国民政府。奇怪的是，当时苏联供应冯玉祥的步枪，箱子上都油漆着雷明顿军火公司（Remington Arms Company）的标志。显然，这些步枪都是美国制造的。在第一次世界大战期间，美国向沙皇供应军火，而1917年俄国革命以后，这些武器都落入布尔什维克人手中。

尽管蒋介石将军当时已把南京定为中华民国的首都，但是，包括美国在内的外国公使们仍然把各自的使馆设在北京，并且一直是以北京政府作为对手。这些外国公使们极不愿意放弃东交民巷的舒适环境和旧有的特权，只有少数国家的使馆已派出一些非正式的代表前往上海，以便同南京国民政府保持接触。

1928年6月，张作霖死后，他的儿子"少帅"张学良继承了其父的全部军政大权，很快就宣布服从南京国民政府领导。

在沈阳宣布就职后不久，张少帅获悉共产国际将在哈尔滨举行一个秘密的地区性会议，时间定在1929年的5月27日。到了那一天，会议正在进行，警察突然发动袭击，当场逮捕了大约40多名苏联使馆的官员，另外，与此相等数目的、来自东北各地的中国共产党成员也被逮捕。警察还搜出了一些宣传文件和书刊，足足装了两卡车。接着，张学良声称从缴获的文件中证实中东铁路的苏联官员主动参与了传播共产主义的活动，于是，中国方面采取了相当激烈的行动。

7月10日，张学良派兵占领了中东铁路局，解散了所有的苏俄铁路工会，并且逮捕了大约1 200名中东铁路局的工作人员和工会领导人。随即，这些人被关押在距哈尔滨数英里远的铁路局的一些空房子里。可以说，这是中国政府第一次敢于采取如此有力和果断的排外行动。④

事件发生后一星期，我和其他几位新闻记者，包括《纽约先驱论坛报》的福雷斯特（Wilbur Forrest）、"美联社"的豪（Jim Howe）、"斯克里普斯—霍华德报业集团"的史密斯（William Philip Simith），一起抵达哈尔滨。这时，中国人已经完全控制了中东铁路的通讯系统，接收了苏联远东贸易公司、纳夫瑟信托公司和苏联商业汽船公司。这家商业汽船公司，原是中东铁路局的一个附属机构，拥有许多大型明轮汽船，专门在松花江和黑龙江上行驶，那情景不禁使人想起密西西比河和密苏里河上的风光。

苏联政府对事件的反应相当强烈。原任驻华大使的加拉罕，当时刚被任命为苏联外交部副部长，他代表莫斯科方面抗议这种"全面违反条约"的行动；同时，限令中国政府在三天内作出令人满意的答复。不然的话，苏联政府威胁说："将采取有效的措施以保障它的合法权益。"

三天之后当然没有答复。于是，战争在满洲的东西边境，沿着中东铁路很快爆发。在满洲里，中国军队损失惨重，大约8 000名士兵丧生。位于中东铁路东端的城市绥芬河（Pogranichnaya），几乎被苏联的大炮和飞机夷为平地。而位于松花江口的城市拉哈苏苏（Lahasusu），与伯力隔着黑龙江遥遥相望，在被飞机轰炸后成为一片焦土。两艘停泊在江上的中国炮艇，也被苏联飞机炸沉。

松花江和黑龙江汇合处的乡村景色是十分迷人的，那儿有着许多村庄，居民都是东北亚最原始的民族。我们曾经访问了一个鞑靼人居住的村庄。居民们的衣服大部分是用鲟鱼皮制成的。这种鲟鱼就是能做出闻名于世的俄国"黑鱼子酱"的那种鱼。而这个奇特的部族,则被当地的中国人称为"鱼皮"鞑靼。

我乘坐一艘老式的中国明轮汽船,采访中苏双方的拉哈苏苏之战。这艘汽船从哈尔滨出发,顺流而下,载着我行驶了大约600英里。与我同行的有《芝加哥日报》的赖特(Paul Wright)和代表"路透社"的瑞典贵族陶伯(Baron Taube)。这个季节的天气已经十分寒冷,河面上开始结冰。我们一边航行,一边提心吊胆生怕船被冰困住,因此而被苏联大兵俘虏。不久,我们在一个名叫富锦(Fuchin)的江边小城靠了岸。一上岸,就听人传说苏联人已在头天晚上占领了拉哈苏苏,那儿已是一片火海,而他们现在正向此地推进。船长吓得赶紧重新生火,把船朝上游驶去。果然,我们离开后仅五个小时,苏联人就到了富锦。当地的中国人曾告诉我们,苏联人每占领一座中国城镇,就把商店里的货物和仓库里的粮食全部搬出来,分给老百姓,以便使中国老百姓相信"共产主义就是有饭大家吃"。

在我们那艘汽船后面,还有另外一艘汽船,船上全是中国政府方面的官员,结果遭到苏联飞机的扫射,死伤惨重。我们汽船的明轮和方向舵上都结了厚厚的一层冰,以后的航行变得困难重重,但谢天谢地,我们总算平安地回到了哈尔滨。

这次采访"中苏之战",还使我熟悉了两样重要的东西,因而使我在以后的西伯利亚之行时,得到不少帮助。这两样东西,一样是毛毯,一样是西伯利亚皮靴。毛毯通常用一般羊毛或安哥拉羊毛织成,从前以波兰华沙的产品最为著名。在哈尔滨的一家商店,我花了50美元买了一条。这种毛毯约莫有一英寸厚,质地轻柔,能挡大风,甚至雨雪都无法把它浸湿。皮靴是一位俄国皮靴商在中国天津制造的,鞋面用两层皮革，中间夹着骆驼毛；在一英寸厚的靴底内，还夹着一层石棉；靴底用细麻绳缝缀，还钉着木头钉。据那位皮靴商解释，他所以不用铁钉，是因为铁钉容易使凉气从靴子钻进脚底。这种皮靴有一个缺点，那就是穿上后一走路，响声震耳欲聋。然而，在俄国人看来，这根本不是问题，就像那位皮靴商在广告中宣传的那样，声音大是不习惯的原因；习惯了，就听不见声音了。

苏联远东军在这次进攻中国的战争中，作战地区始终限制在中东铁路两端各自大约 200 英里的范围内，就是那些受到轰炸或被占领的城镇，也没有超出这个范围。据说由于日军警告苏联不得进入日本在中国东北的势力范围，所以苏联人的攻势始终没有越过兴安岭。

有一个白俄女人和男孩，好不容易逃到了哈尔滨，从他们口中，我听到了一则战争中极为可怕的故事。这位白俄女人和男孩，原来住在满洲北部阿冈河（Argun River）附近的所谓"三河区"，那儿有几百户人家，全是白俄。这些白俄都是哥萨克人，1917 年俄国革命后，他们携家带口，越过中俄边界，逃到中国境内。"三河区"土地肥沃，适宜种植和畜牧，加上这些哥萨克人不时到东北各大城市贩卖新鲜牛奶，该地区变得十分富裕繁盛。但是，西伯利亚的苏联当局对于这批躲在中国境内的白俄非常忌恨，因此，当战争爆发后，他们就展开了一场宣传攻势，说这些白俄在中国"法西斯势力"的帮助下，正准备进攻西伯利亚。

为了家人的安全，白俄们成立一支马车队，准备把他们的妻子儿女，以及所有年纪较大的男人，送往哈尔滨以西约 500 英里的海拉尔市（Hailar），该市位于中东铁路线上。这队旅行马车，由一位俄国东正教牧师的陪同，但在抵达铁路北边约 50 英里时，受到一股据说由苏联红军军官指挥的蒙古骑兵的袭击。

向我叙述这则故事的女人和男孩,是旅行车队中的幸存者,他们因逃进附近的森林而免于一死。而旅行车队中的其他男女老幼,则全部被杀。之后,那些蒙古兵先把马车劈开,堆成柴堆;再把车上的一箱箱黄油和干酪,堆在柴堆边上;然后,所有白俄的尸体,一个个被放在柴堆上,最上面则是那位死了的牧师。一切就绪后,蒙古兵开始点火焚烧,一边烧,一边大喊大叫。同时,他们骑着马围着柴堆兜圈子,一边兜,一边对空开枪。听到这些,不禁使我想起700多年前成吉思汗的士兵们庆祝胜利时的情景。

中苏双方的这场冲突,大约持续了六个月。由于蒋介石将军无法派兵前来支援,张少帅被迫停止作战,并且把中东铁路的管理权再次还给俄国人。不久,中苏双方曾在莫斯科举行会谈,但在未达成任何协议前就告破裂。因此,直至我撰写本书时,中苏之间的许多主要问题仍然悬而未决。

冲突结束后三年,日本兵强占了中国的东北和内蒙古,同时,也一再威胁着西伯利亚。于是,苏联就以大约5 000万美元的价格,把中东铁路卖给了日本人。这个价格其实是铁路真正价值的四分之一。到了1937年,日本人正在积极筹划攻打苏联的战略,莫斯科方面才考虑要与中国缔结反日军事同盟。这个拟议中的军事同盟,最终因为苏联准备对德作战,不得不讨好日本人而告夭折。

以前,我从未见过满洲北部如此辽阔宽广的田野,一望无际的草原,茂密的森林。整个松花江和黑龙江流域,完全可以同密西西比河上游以及它的支流媲美。我发现这是一块值得为之一战的土地,所以,对于中国的两大强邻一直垂涎这片沃土，竞相伸出贪婪的手的举动，丝毫不觉得惊异。

中国沿海各省的人口已经达到饱和，而满洲辽阔无垠的土地，却足以容纳相当多的人口。多年来，从长城南面的河北省和山东省涌入东北的老百姓，几乎每年都超过100万人。满洲最北部的黑龙江省政府主席告诉我，那些谋生的农民刚到关外时，差不多都是身无分文，可是在不到10年的时间里，他们大都能自行购置田产，偿还借给他们购买种子和农具的贷款。我从昂昂溪站（Anganchi Station）坐上火车，沿着中东铁路，横跨北满平原，前往黑龙江的省会齐齐哈尔。在这段40英里的旅程中，我的脑海里始终呈现出密苏里北部、伊利诺斯以及爱荷华等地肥沃的良田和黑油油的泥土。美国驻哈尔滨的总领事汉森（George Hanson）曾告诉我，照他看来，光满洲和内蒙古两地就能生产出足够的玉米、小麦、大豆和家畜，供应东亚地区大部分的人民食用。为了大规模开发当地的农业资源，一家制造农业机械的美国大公司，已经准备在哈尔滨开设分支机构。对中国来说，这是一片唯一能使用大型农业机械耕作的区域。

哈尔滨是满洲北部的一个大城市。远在沙皇尼古拉二世扩建横跨西伯利亚的大铁路，准备穿越东西伯利亚和满洲的崇山峻岭和原始森林，抵达日本海的时候，哈尔滨就已经建立起来了。1929年的哈尔滨，还及不上中国内地一些工商业发达的欧洲化了的港口城市那样繁荣。但是，在我心目中，这个城市的许多方面都令人迷恋。有些方面，哈尔滨与当年美国西北部的边境小城极其相似。比如猎具就是当地的主要商品。又如，皮货店的数量在各种商店中名列首位，蒙古的松鼠皮、银狐皮，俄国的黑貂皮，西伯利亚的熊皮，朝鲜的虎皮，在这些店里应有尽有。在哈尔滨附近的一个小镇，我看见一所大院的墙内关了许多蒙古狗。这些蒙古狗有着一嘴凹凸不平的大牙齿，一身又细又长的黑毛。我问看门的俄国人，为什么把这么多狗关起来？他用不完整的英语说："卖狗皮，纽约，50美金，一张。"后来我才知道，蒙古人对狗有一种迷信，认为他们已死的祖先的灵魂都附在狗的身上，因此不能把狗杀死。可是俄国人才不管这些，他们把蒙古狗弄来养大，杀了剥皮，然后卖给美国人，丝毫没有良心上的内疚。我始终没打听这些狗皮被放在纽约第五街商店里出售前，究竟还要经过哪些制作程序。另外，我也弄不清楚，那些已死的蒙古人的灵魂又怎么样了？会不会仍然附在身穿这些狗皮的男女身上？

在哈尔滨和中东铁路沿线的城镇，我曾经观察过许多蒙古人，观察过这些伟大的成吉思汗和忽必烈汗的战士们的后裔。他们是属于戈壁的，他们的祖先一度曾统治着从中国海到多瑙河极其广袤的土地。直到今天，他们可能仍旧是世界上最优秀的骑手和最精明的贩马商人。他们在定期的集市上做马匹交易时，从来不需要说半句话。买卖双方面对面地站着或蹲着，都把自己的手伸到对方的袖子里。买的人愿出什么价钱，他就用手指在对方手臂上表示；卖方同意或不同意这个价格，也用手指来表示。在一连串的点头或摇头的表示中，双方最终成交。这种交易方式的好处是，除了买卖双方，站在旁边观看的人，无法知道这笔交易究竟是以什么价钱拍板的。

蒙古人非常喜欢用他们的小马进行赛马活动。这种赛马活动跟美国早年的赛野马相似。但是看蒙古人赛马，是无法从头看到尾的，这是因为赛马的跑道在大草原上是一条长长的直线。赛马时，先把各自的小马排成一行，等到大家下好赌注，一声令下，群马立刻奔腾在一片尘雾之中。

今天的蒙古人，大多数仍旧是逐水草而居的游牧者，总人口大约仅有50万，散居在面积相等于美国最大的得克萨斯州的四倍的辽阔土地上。在1931年日本侵略满洲和内蒙古以前，这50万蒙古人一半效忠于中国，一半受苏俄统治。当日本人占领了内蒙古以后，他们就把蒙古人放牧的满洲西部地区，也并入内蒙古管辖。

在蒙古人的心目中，他们周围的每一样东西都与"人类最伟大的统治者"——成吉思汗有关。比如距哈尔滨数英里外的两座小山的斜坡对面，匀称地分布着许多温泉。而据蒙古人的民间传说，这些温泉是伟大的成吉思汗经常驻跸的地方。温泉里的水流到那两座小山的斜坡后面，就汇成一股溪流。在十分迷信的蒙古人看来，整个水流经过的区域和温泉，很像一个人的脑子、脊髓和神经系统。那些蕴藏在火山岩中的水，涌出地面，形成众多的温泉，有的热到沸点，有的只是微温，但全都含有丰富的矿物质。当地的蒙古人和俄国人都相信这些温泉水具有神奇的疗效。不过，对于那些第一次使用温泉水的人，必须特别小心，最好还是听从当地医生的指导。据说，对于蒙古人普遍感染的眼疾，在山谷对面的两处温泉水就有非常有效的治疗作用。可是，无论什么人都必须谨慎地用山右边的温泉水治疗右眼，用左边的温泉水治疗左眼，从而使这些温泉蒙上一层神秘的色彩。治疗的方法是用一只锈迹斑斑的铁皮水壶，灌满那接近沸点的温泉水，然后直接浇到患者的眼睛里。在这种情况下，通常是患者仰面朝天，由两个壮汉一左一右把他牢牢按住，另外一个人就拿着那生锈的水壶，从几英尺高的空中向病人眼中浇水。所有这些用来治病的温泉，都用石头围墙圈起来。病人在围墙里接受治疗，通常是不分男女，全都脱得一丝不挂。

1929年的哈尔滨，大约有50万人口，一半是中国人，一半是俄国人。在中国其他的通商口岸，中国人和外国人都混居在租界里。而哈尔滨却是另外一种景象，中国人集中居住在距松花江很近的"旧城"，俄国人则居住在"新城"里。这座新城是沙皇时代的城市专家设计的，有着宽阔的街道和空旷的公园绿地。从沙皇时代至今，哈尔滨的变化极小，尽管苏联当局不断以中东铁路工作人员的名义徙入不少居民，"白俄"仍旧占大多数。因此，哈尔滨实际上是一座俄国东正教的城市。使我感到惊奇的是，哈尔滨同样有俄国新教、基督教浸礼会和卫理公会的活动。当地浸礼会的牧师是来自美国南卡罗来纳州的伦纳德（Charles Leonard）。伦纳德太太会做正宗的美国南方炸鸡和道地的南方玉米面包，为此而使她在社交圈子里大出风头。伦纳德牧师本来在中国山东传教，后来跟着他的中国教友一起迁到满洲北部。哈尔滨还有一个颇有影响的美国基督教青年会，该会原来设在俄国的圣彼得堡，1917年俄国革命后，迁到了哈尔滨。

此外，哈尔滨还有一个规模很大、十分繁盛的犹太人社区。这些俄国犹太人大多经营零售商店，尤其以生意兴隆的皮货店居多。这些犹太人绝大多数也是在1917年的革命后才跑到中国来的。

由于当地政治局势的动荡，哈尔滨的许多白俄都把自己的商行放在美国特拉华州注册，门口悬挂着美国国旗。这一切使得美国驻哈尔滨的领事伤透脑筋。因为这些冒牌的美国商行，很少甚至根本没有美国人的投资，但却不断要求美国方面予以保护，藉此规避中国方面的苛捐杂税。

居住在哈尔滨和中东铁路沿线城镇的白俄大约有35万。他们虽然逃到了中国，但仍旧过着1917年以前他们所熟悉的生活方式。哈尔滨没有宵禁，六七家夜总会拥有成打的俄国舞女——几乎人人原来都是"公主"，通宵达旦，狂欢不已。此外，哈尔滨还有少数吉普赛艺人。最著名的"现代大饭店"，是那些脑满肠肥的俄国佬和其他外国人的社交中心。饭店老板是一位俄国移民，由于他迷信如果每年不把饭店的某一部分重建，他就会破产，于是，这家饭店里经常充斥着木匠和泥水匠，致使客人们感到非常烦恼和不便。

注释：

① 蒋介石发动"四一二"反革命政变前后，奉系军阀张作霖在北方遥相呼应。1927年4月6日，张作霖命令奉军及京师警察厅300余人，串通外国使团，置外交惯例与国际公法于不顾，突然搜查北京苏联大使馆，以及附近的苏联远东银行、中东铁路办事处、庚子赔款委员会等，捕去使馆工作人员10多名，并逮捕共产党员李大钊等35人，抢去大使馆大量档案材料，造成轰动一时的"四六"事件，苏联政府为此向北京政府提出严重抗议。

② 1927年4月28日，奉系军阀组成所谓"特别法庭"，经秘密审讯后，残酷杀害了"四六"事件中被捕的李大钊、范鸿劼、谢伯俞、谭祖尧、杨景山等20位革命者。

③ 1924年5月31日，苏联政府代表加拉罕和北京政府代表顾维钧签订了《中俄解决悬案大纲协定》和《暂行管理中东铁路协定》。关于中东路问题，苏联允诺中国赎回中东路，赎回前有关主权事务归中国，业务两国共管。同日，中苏两国宣布恢复外交关系。

④ 以上所述，史称"中东路事件"。在蒋介石的支持下，东北地方当局以武力取得了中苏共管的中东铁路。这样，就破坏了两国先前签订的《中俄解决悬案大纲协定》及《暂行管理中东铁路协定》，苏联政府宣布对中国绝交。嗣后，两国在边境地区发生武装冲突，即本书所称的"中苏之战"。

第三部分

"九一八"枪声响起之后

第二次世界大战的"真正"爆发

1931年"九一八"事变发生时，与世界上其他人相比，我们这些派驻中国的外国记者更少感到惊异。那时，日本政府发言人和舆论宣传对全世界说，日本之所以进攻中国东北各省，占领36.5万平方英里的中国土地，是因为日本人控制的南满铁路，遭到身穿中国政府军服装的士兵的攻击。然而，日本国内的老百姓听到的真相是个截然不同的故事，因此对事态发展早有思想准备。

那是1931年的7月，也就是"九一八"事变的前两个月，日本人的报纸上接连刊登出一系列有关一个日本军官在内蒙古被杀的新闻报道。这些报道写得耸人听闻，说那个名叫中村的大尉军官，是在内蒙古某地被杀的[①]。那儿是一块辽阔的土地，从满洲的西部一直延伸到一度曾被苏俄占领、现在由中国政府控制的外蒙古。这片土地盛产牛、羊肉以及羊毛、皮革等畜产品，一直销往华北各地。多年来，日本人始终垂涎着这片富饶的土地。因此，那位中村大尉跑去干什么，日本人讳莫如深，一直没有正式宣布过。但是，在一份神户出版的，由英国人编印和发行的《日本纪事报》（Japan Chronicle）上，提到中村大尉是由另外一名未公布姓名的日本军官陪同的，随行的还有一名白俄和一名蒙古向导。沈阳的中国政府官员发给中村大尉的旅行证件，说他是一位"教育家，从事地理和历史方面的研究工作。"可是这位大尉随身携带了很多钱，据说共有 10 万元，折合当时的美金 5 万元。然而，在军方的授意下，对于中村大尉的被杀，日本报纸竭尽夸大、渲染之能事，因而在日本国内掀起轩然大波，一致谴责中国政府对这起谋杀案的处理缺乏诚意。根据中国报纸的有关报道说，经过中国官方的调查，以中村大尉为首的这个日本团体，当时在苏俄控制下的外蒙古边境上进行一次神秘的旅行；而大尉本人还携带了大量的海洛因。这种毒品为当时的蒙古人所迫切需要。尽管如此，为了避免局势的复杂化，沈阳的政府当局很快地表示对事件的歉意，并且愿意赔偿日方的所有损失。可是，日本方面却加以拒绝，形势因此产生了戏剧性的变化。因此，当 1931 年 9 月 18 日晚上沈阳爆发了那种真正的政治风暴时，我们这些一直注视着中村事件的记者们，一点都没有感到惊讶。

但是，有一个很重要的团体，对整个事件的变化事先却未曾料想到。这个团体便是"太平洋关系学会"（the Institute of Pacific Relations）。该学会由来自各国的团体所组成，他们专门开会研究那些极可能造成国家与国家间的复杂形势，以及可能触发战争的特别事件。他们每两年举行一次会议，会议内容向来不对社会大众或新闻界公开，参加会议的各国代表所作的报告，只有在通过谨慎检查的情况下，才被获准发表。美国、英国、法国、加拿大、澳大利亚、新西兰、苏联、中国以及珍珠港事件前的日本，都是学会的成员。对于中国和日本之间的危机，学会有关人士已经花了两年时间搜集文件，编撰报告，并已商定于 1931 年的秋天在上海举行两年一度的会议。为了筹备大会，该学会派了一位理事率领大批工作人员来到上海。在上海，这位理事举行了一次茶话会，招待上海的新闻界，乘机也向大家介绍他的工作班子。这些工作人员大多是哥伦比亚大学的毕业生，同时也是国际问题的专家。这个学会全部由私人捐款加以支持，经费主要来源于纽约的几个大基金会，那些基金会对倡导国际事务的研究始终很感兴趣。

大会预定在上海公共租界的华懋饭店举行。旧金山的名报人罗威尔（Chester Rowell）带着一帮助手也到了上海，协助参加筹备工作。罗威尔以撰写社论和时事评论而名闻遐迩，一到上海，他就宴请上海的新闻界同仁，出席的编辑、记者约有50余人。晚餐后，罗威尔起立致词，特别介绍了太平洋关系学会的工作目的。他说，学会的各国成员，不分男女，基本上都是各自国家地位重要的人物，他们专门从事国际特别问题的研究；因此，无论什么国家之间发生了复杂的纠纷，学会立刻就会指派熟悉这方面问题的专家小组，采取行动，对有关各方的政府施加压力，维持和平态势，直到纠纷得以和平解决。罗威尔十分慎重地说，在一般情况下，太平洋关系学会着眼于防止任何大规模战争的爆发，尤其是在与太平洋有关的各国之间。

罗威尔讲完后，邀请出席宴会的记者提问。由于我对"九一八"事变相当地注意，并且深深感到危机日趋严重，于是我就提了一个仅仅是逻辑上的问题："如果中国和日本在太平洋关系学会的会议期间发生战争，贵会将采取什么行动？"这位在美国西海岸一向被誉为杰出的餐后演说家，一时变得张口结舌，不知如何回答。思考了一阵子，他说："我想，战争将结束一切。"然后，颓然坐下。

不幸，罗威尔的预言竟然有了应验。太平洋关系学会的会议于9月下旬在上海如期召开，而这时，"九一八"事变早已发生，日本军队已经占领了沈阳，并且在中国领土内的好几个地方，与抵抗的中国军队展开血战。在大会的开幕式上，中国代表与日本代表相互叫骂，于是，大会开幕后只好暂时休会。接着，会议改在气氛较为缓和的杭州重新举行。虽然，新闻记者照例被排斥在场外，但这条中日代表争吵的新闻还是被捅了出来，而且引起各方的广泛注意。

在美国对日本提出徒劳无益的抗议之后，列强们对事变的最初反应仅仅是派遣军事观察员，前往中国东北的冲突现场察看，以便调查和报告。美国派出四人，两位来自驻日本的大使馆，两位来自驻北平[②]的公使馆。英国派了三人，法国两人，意大利一人。当时担任国联大会主席的西班牙共和政府，也派出了一名军事观察员，那就是曾任西班牙非洲殖民地上校军官、当时是驻上海的西班牙总领事法勒（Señor Farrar）。美国、英国、法国和其他国家的一些著名报纸和通讯社的记者们，闻讯也从远东各地蜂拥而来，一齐赶往沈阳，去采访那公认的重大新闻。这时的沈阳，除了原有的美国和英国的领事馆人员外，还有200多名外籍侨民，大多数是商人。

当时，东京方面对于在中国东北的皇军中的"关东派"的轻举妄动，十分不安。所以，聚集在满洲采访的记者们普遍认为，如果参加华盛顿会议的列强们提出强硬的抗议，或者只要美国单独提出，就足以使日本从沈阳撤兵。据说，东京有一个强大的派系，反对日本军方的此番举动；尤其是在日军攻占锦州的问题上，更可以明显地看出东京方面犹豫不决的态度。锦州是一个非常重要的城市，同时也是一个铁路枢纽，是被称为满洲的东北三省与长城以南的中国关内的分界点。当列强们发现已经无法迫使日本放弃全面攻击满洲的意图时，他们就设法使日本军队不去进攻长城附近的地区，像北平以北的热河省，以及长城东端的山海关、锦州等地。因此，日本军队曾经被迫把他们的攻势不扩展到上述地区。

相信是在获得政府的授权后，驻华盛顿的日本大使声称，保证既不轰炸，也不占领锦州。为了看看日本方面是否食言，美国、英国、法国和德国（当时德国在远东还是站在法律和秩序的一边），各自派遣他们的武官前往锦州。在锦州，他们住在一所中国学校里。那所学校距火车站只有几百码之遥。

几天以后，一则报道震惊了全世界："虽然日本政府作出保证，锦州还是被炸。"驻扎在沈阳的本庄繁（Honjo）将军司令部，对此立刻加以否认。但是当一位瑞士籍的记者博斯哈德（Waltor Bosshard）把他在锦州火车站附近捡到的日本炸弹碎片拿出来展示时，日本军方发言人才哑口无言。博斯哈德是当时代表自由派的一家德国通讯社的记者，曾赴锦州采访。于是，那天晚上，日本军方发言人岛本少校，就召来艺妓，在家中举行酒会，招待各国记者。当喝下了大量的威士忌后，岛本就原原本本地讲出轰炸锦州的整个内幕。他说，本庄繁将军司令部的参谋人员，全是些年长的将官，他们曾接到东京方面的指令，不要轻易地在锦州挑起冲突。但是，一批年轻的日本军官不肯服从命令，他们在岛本少校家里举行了一次秘密会议，而轰炸锦州的计划也就这样被决定了。

那晚的酒会，我也在被邀之列。当我们在岛本家客厅里的一张小桌子旁坐下时，岛本少校轻轻地敲着那张薄薄的、仅一英尺见方的木质桌面，装腔作势地宣布说："这是一张有历史意义的桌子，我们就是围坐在这张桌子旁边，定下了轰炸锦州的计划。"轰炸以后，日军必须派遣部队前去占领。于是，关东军就从沈阳派出一支大军，沿沈阳至北平的铁路南下，向锦州进发。可是，行至中途，又突然撤了回去。撤兵的原因，是因为美国总统在白宫的一次记者招待会上声称，日本军队"已经疯了"。日本军方一听此话，大感不安，觉得美国人这回可能当真的，于是赶紧缩了回去。不久，当发现美国人不过是虚张声势时，他们还是按照计划进行，占领了锦州。

沈阳陷落以后，我一直负责采访东北的战地新闻，所以决定趁日军撤退的一段平静时期，到锦州去实地察看，以便获得第一手资料。在我抵达锦州的时候，正是1931年圣诞节的前几天，我发现除了美国和英国的武官，其他国家的武官都已离去。在那所中国学校的校园里，看到了好几个炸弹坑。从这些炸弹坑可以得知，日本飞机不仅轰炸了锦州火车站，而且还有意轰炸了当时作为国联调查团总部的那所学校。

新年的一大早，我到火车站的电报室去发一份电报，看到的却是一片撤退的景象，电报员正把他们的设备从工作台上拆下来。一名工作人员对我说："日本人就要来了！"带着这条新闻，我立即赶到国联调查团总部。一名年轻的美国军事情报官奥尔德里奇（Aldrich）中尉，当天强征了一辆机车，沿着铁路向沈阳方向驶去，以便察看日军情况，结果被日军抓了起来，关了好几个小时后才被释放。听到这些消息，我决定搭乘最后一班火车离开锦州。火车上全是撤退的铁路工作人员和中国政府官员，而大部分中国军队早已撤走。我在山海关停了下来，中国古老的万里长城就是从这儿延伸到海边。在山海关，我看到了张学良元帅的部队，正从满洲穿越长城，到达中国关内，毫无疑问，这意味着中国对东北三省主权的结束。我把中国部队从满洲最后撤退的情形写成一则电讯稿，在准备发往美国时，却被山海关的中国部队司令扣住了。

这就是日本军队准备向长城以南的中国领土展开征服战的前五年。

在这五年中，西方列强除了作些劳而无功的讨价还价外，一直无所事事。但是，日本却联合了德国，野心勃勃地进行着征服远东、主宰世界的计划。

满洲的战事和远东动荡不安的局势，给美国报纸的读者们带来了一系列由一批新记者撰写的报道。这些新面孔，在此以前是无人知晓的，因为他们一直被派驻在欧洲。但是，当他们来到亚洲工作后，其中有好几位后来都成为远东问题的专家，如当时《伦敦每日先驱报》的斯诺（Edgar Snow）、《纽约先驱论坛报》的基恩（Victor Keen）、《芝加哥每日新闻》的斯威特兰德（Reginald Sweetland）、国际新闻社的亨特（Edward Hunter）和戈特（John Goette）、美联社的巴布（Glen Babb）和哈里斯（Morris Harris）、路透社的奥利弗（Frank Oliver）、《纽约时报》的阿本德（Hallett Abend）、合众社的莫里斯（John Morris）。至于我，则是《曼彻斯特导报》和《芝加哥论坛报》的特派记者。后来，当东北的局势越来越紧张时，合众社又从柏林抽调了弗雷德里克·顾（Frederick Kuh），国际新闻社则增派了吉本斯（Floyd Gibbons）。

当一位专门讽刺日本人的幽默作家罗杰斯（Will Rogers）来到之后，记者们的生活变得丰富多彩。罗杰斯每天50字的幽默专栏文稿，是供给许多家报纸共同采用的，因此，他很担心日本方面的检查。一次，日本新闻检查人员拿着他的一篇文稿，在沈阳的大街小巷到处请教美国人。这篇文稿是这样写的："我刚刚听说，国联决定派出一个调查团，来沈阳调查满洲事变的真相。它使我想起早年发生在俄克拉荷马州同样的事：有人报告警长，马被人偷了，于是警长连忙去看马厩。"花了九牛二虎之力，总算向日本军方和新闻检查官解释清楚，但是这篇幽默文稿还是被耽搁了好几个小时。

说到"九一八"事变本身,我们这些外国记者都已找到了充分的证据,足以证明究竟发生了什么事情。日本军队本来驻扎在属于他们控制的南满铁路区域内以及朝鲜,现在却占领着沈阳。当我们这些外国记者到达沈阳后,关东军司令部的发言人岛本少校用略带牛津口音的英语向我们解释说:"这儿曾发生了一件意外,穿着正规军服的张学良将军的中国部队,把沈阳郊外的日本铁路炸坏了一段。日本军队因此被迫采取行动,在沈阳郊外反击中国军队。"为了让我们看看事件的真相,岛本少校护送我们前往"罪恶的现场"——在距沈阳几英里远的郊区,日本人控制的南满铁路被破坏了一节。

在现场,我们和一些军事观察员看到三具中国士兵的尸体倒卧在铁路旁,可能他们是在逃跑时被击毙的。岛本少校说:"他们就在这儿引爆了炸药,炸毁了三根枕木和一段铁轨。"毁坏的地方已经重新修好,岛本少校一边说,一边把三根新枕木和一节新铁轨指给我们看。岛本又提醒我们说,从那三个中国士兵倒毙的地点,可以看出他们是在逃跑时被击毙的。但是,岛本少校却忽略了一个很小的事实:在那三个中国士兵的倒卧之处,居然没有血迹!由于在进攻沈阳的同时,日军还攻击了沈阳附近的中国驻军,所以弄三具中国士兵的尸体放在这儿,显然是轻而易举的事。为了减少我们的怀疑,日本军方在几天之后,开出了一张清单,罗列了300多起中国方面侵犯日本在满洲的"权益"的事件。

后来,国际联盟派遣了一个国际性的调查团,由李顿爵士(Lond Lytton)率领,前来调查日本侵略中国东北三省的情况[③]。随团同行的美国专家道弗曼(Ben Dorfman),仔细查对了南满铁路的行车时刻表,结果发现一列时速50英里的快车,就在日本军方所说爆炸事件发生后的

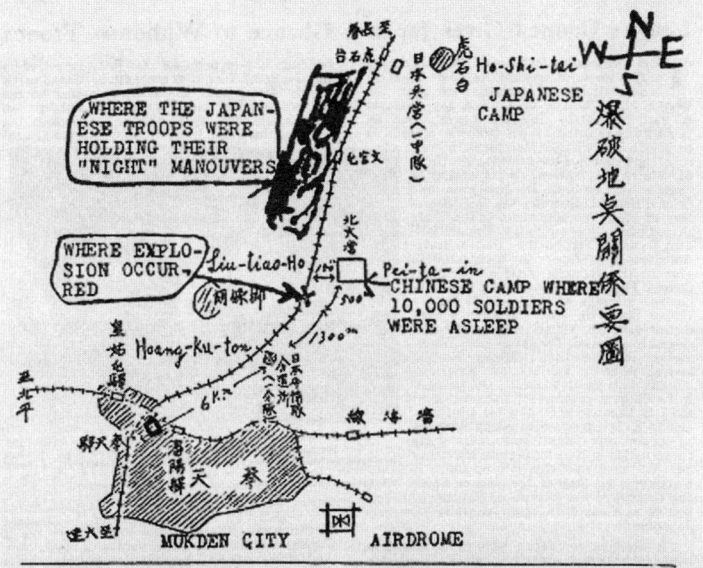

THE CHINA WEEKLY REVIEW   October 10, 1931

of rail with the upper flange blown off for a distance of about 18 inches. The other pieces of iron were damaged "fish-plates" or pieces of iron used to fasten the ends of the rails together. The actual damage to the S. M. R. tracks had, of course, been repaired immediately after the incident as there was no stoppage or even delay of trains. Further exhibits which the Japanese officer considered of much significance were a number of dark spots on the ground alongside the tracks which the officer claimed were blood spots from the running wounded men.

It naturally doesn't require a person possessed of military training to pick flaws in this explanation of the "Pai-ta-ying Incident." The first and most obvious question is, "Why were the Japanese conducting 'night' manouvers in the vicinity of the Chinese military barracks which allegedly housed 10,000 troops?" The Chinese military barracks, as is shown in the accompanying sketch which was prepared by a man on Gen. Honjo's staff, are located almost within a stone's throw of the railway tracks. Another question is, "If the Chinese soldiers had deliberately planned to blow up the tracks, why did they select a place almost in front of their own barracks where it was easy to fix the blame?" One would have thought that the Chinese soldiers would have selected some isolated point and then blown up a bridge as they have been accustomed to doing in the internal Chinese warfare. But instead, to follow the Japanese explanation, they tried to destroy the tracks near their own barracks and almost within gun-shot sound of the Japanese military barracks. The Chinese soldiers also were alleged to have committed this act at a spot that had just been passed by a squad of Japanese soldiers who were only 150 yards away.

It is no secret in Mukden that foreign military observers who have gone over the incident in detail and have tried to patch the various Japanese explanations together, have given up the task in disgust. The whole Japanese explanation is known to be weak in a hundred different places and every time some correspondent or military observer has called attention to a weak point, the Japanese have always come back with a new and more involved explanation. One naturally wonders why the Japanese ever tried to explain the incident in the first place. Why didn't they simply explain that Chinese soldiers had blown up the railway tracks and let it go at that. Even the Japanese explanation about the actual blowing up of the S. M. R. tracks is not convincing. In the first place no one saw the explosion and resulting damage except Lieut. Karumata and his squad of soldiers who were holding "night" manouvers within 150 yards of the spot where the Chinese soldiers were alleged to have committed the act. The Chinese soldiers,

《密勒氏评论报》上登载的"九一八"事变时爆破地点关系要图

League Council Gives Japan a Chance to Withdraw Troops

THE outstanding features of the news during the week in regard to the Japanese occupation of Manchuria are that the Council of the League of Nations has adjourned until October 14 "in order to give Japan an opportunity to withdraw her troops in Manchuria to points in the South Manchuria railway zone," and that, for the present, the United States government is observing a "hands off" policy. In the meantime Colonel Henry L. Stimson, the U. S. Secretary of State, has summoned to the State Department in Washington, Colonel William Cameron Forbes, the United States Ambassador to Japan, for a consultation. over the Sino-Japanese crisis in Manchuria. Colonel Forbes was at the time of receiving the message already enroute to the United States in order to enjoy a well-earned vacation, which will now be considerably curtailed. Telegrams from Washington indicate that Colonel Forbes' arrival there is awaited by American officials with great interest. On October 3 the Chinese government transmitted to the U.S. Legation in Peiping for transmission to Washington a note asking America to appoint representatives to investigate the situation in Manchuria prior to October 14. The mention of this date by China is significant, as that is the date on which the Council of the League of Nations will reassemble at Geneva to again consider the Sino-Japanese dispute.

Spokesmen for Japan have in the meantime been kept busy issuing denials. Mr. K. Yoshizawa, the Japanese Ambassador to France, and the chief of the Japanese delegation to the League, in a note from the Japanese government to the Council of the League denied that Chinese have been arrested arbitrarily in Manchuria and insisted that all property in Manchuria, especially public buildings and monuments, had been respected by the Japanese forces of occupation. Japan particularly denied that any train operating on the railway line between Peiping and Mukden had been bombarded by airplanes. As regards the bombing incident, however, the evidence against Japan was so conclusive, that this blunt denial was modified by "a spokesman" of the Japanese Legation at Peiping, who told *Reuter* that a Japanese plane was flying parallel to the railway and when attacked by rifle fire by some bandits hidden in a kaoliang field, the plane replied, firing about ten rounds. The spokesman added that if any damage was done to the train, "the pilot did not know about it." A *Reuter* dispatch from Peiping October 1 stated that the official denial of the Japanese authorities of the Chinese accusation that a Japanese aeroplane attacked a passenger train on the Peking-Mukden Railway on September 24 had caused intense indignation in Chinese circles, surprise among neutrals and dismay among those friendly to Japan who had hoped that the military authorities would admit the outrage and punish the airman concerned.

The Japanese Government showed a certain amount of nervousness for the success of its aims in Manchuria when both America and the League of Nations began to look into its activities. Then the League suddenly "dropped" China and left the disputants to settle the affair themselves. Col. Stimson, after sending a Note to Japan

鲍威尔在《密勒氏评论报》上登载的"九一八"事变时日方军人照片

20分钟内,竟然通过了所谓被中国方面破坏了的铁路路段!为了自圆其说,日本军方推出了一名证人。该证人是那趟列车的乘务员,他证实说,当列车通过那路段时,他曾经感觉到"轻微的震动"。日本方面还小心地保存着那三根炸烂了的枕木,一段三到四英尺长的弯曲的铁轨,以及一块扭曲了的铁轨夹板。这些东西摆在沈阳日本关东军司令部本庄繁将军的办公室里,足足陈列了好几个星期。为此,有人感到难以理解:日本人既然已经明目张胆地大举进攻,而且目标十分明确,为什么还要如此煞费苦心地去掩饰他们的侵略行径呢?

在沈阳,我还发现了其他的证据,显示出日军夺取沈阳的方法。在寻访日本人经营的照相馆时,我发现了许多照片,上面都是身穿平民服装的日本兵,扛着步枪,佩着臂章。据在沈阳的一些西方商人说,"九·一八"事变前几天,沈阳街上突然增加了许多身穿平民服装的日本"游客"。事实上,日本军方早已指令数千名伪装成平民的士兵,偷偷潜入沈阳;当听到动手的信号时,他们就可以立刻占领所有的战略要地。果然,1931年9月18日的晚上10时左右,他们完全实现了原定计划。我们最好记住1931年9月18日这个日子,因为它是第二次世界大战爆发的真正开始!

我写了一篇有关日方以便衣军人侵占沈阳的内幕报道,并且附上了在沈阳的照相馆里找到的相关照片。这篇文章在上海的《密勒氏评论报》上登出来后仅仅几小时,日本军方就派人在沈阳街上大举搜查所有的照相馆,没收了所有的日本便衣军人的照片。

分析日本攫取中国东北的技巧,就会发现希特勒也在以同样的方式窃取别国的领土,他只是一个模仿者,而不是发明者。日本人声称,他们在沈阳的行动,是被中国军队所激起的。但是,事变前很久,沈阳街上就充斥了日本的便衣军人,又作何解释?另外,还有证据显示,在"九一八"事变爆发前数小时,穿着制服的日本兵就已乘坐火车从朝鲜越过鸭绿江,到达了满洲境内。

日军在沈阳早已构筑了榴弹炮群工事,静候攻击行动的开始。这些大炮位于日军严密防守的一处广场内,广场上方盖有波纹铁皮屋顶,修建成像一座粮仓。这些大炮的炮口都对准沈阳兵工厂。据中国政府方面宣称,这些大炮是在"九一八"事变前好几个月被偷偷运进沈阳,外包装上全都标明"采矿机械"。我的一位美国朋友,名叫格雷厄姆(Kendall Graham),就住在广场的附近,在沈阳被日军占领后的第二天,发现很多碎屑从这座"粮仓"中飞出来,而那些波纹铁皮屋顶,也因为大炮的轰击而被震得飞上天空。我这位朋友在一家美国石油公司供职,当我到达沈阳后,他曾专门带我到那座"粮仓"去看日军的野战大炮。

由于发生了日军在中国东北三省的军事行动,全世界才第一次听到日本人的种种暴行。尽管如此,人们一般还是不太相信各种消息。我们经常接到报告,说日本人一旦怀疑某处窝藏了中国游击队,常常把整个整个的村庄毁灭。国际联盟的代表法勒(Señor Farrar)保存了不少这样的报告,并把它们详细地电告日内瓦国联总部。我曾经亲自调查过一起日军暴行,并且写成一篇报道。文章立刻被日本驻芝加哥的总领事否定。这位领事与我争辩的是数字。我说那个村庄的 3 000 名中国人都被日军屠杀了!而他却说那儿并没有什么屠杀,"只有 300 名中国人被枪毙!"

日本人豢养了一批美国籍和英国籍的喉舌,为首分子是爱尔兰人戈尔曼(George Gorman)和美国人金尼(Henry Kinney)。这些人的主要任务就是驳斥日军不满意的所有新闻报道。金尼早年居住在火奴鲁鲁，娶了一位日本太太，以后一直为南满铁路服务，做一名广告代理商。而戈尔曼曾在北平和其他地方的日本人报馆做过编辑，当时他的公开身份是《伦敦每日电讯报》的特派员，这个工作使他有机会出席所有的记者招待会，只是他的主要工作，似乎一直是日本军方的辩护人。

注释：

① 史称"中村事件"。1931年6月，日本参谋本部军官中村震太郎等四人，化装成农民，至兴安岭、索伦山一带进行军事间谍活动。在返回途中，被驻防当地的中国屯垦军第三团俘获，搜出绘制的军用地图及其他间谍工具，遂将他们秘密处决。事后为日本方面查悉。8月，日本政府在隐瞒了中村等人进行军事间谍活动事实的前提下，公布他们被杀死的消息，并乘机扩大事态，煽动对华战争。不久即爆发"九一八"事变。
② 1928年，南京国民政府成立后，将北京改称为北平。
③ "九一八"事变爆发后，蒋介石实行不抵抗主义，寄希望于国际联盟的"干涉"。1932年3月，以英国前代理印度总督李顿为团长，由英、美、法、德、意五国派员组成的国联调查团来华，调查日本侵略中国东北的情况。同年10月2日，调查团公布了《国联调查团报告书》（又名《李顿报告书》）。报告书承认中国对东三省的领土主权；指出日军在"九一八"事变中的军事行动是有充分计划的行动，而不是合法的自卫手段。但又承认日本在中国东北的特殊利益，主张"满洲自治"，实行"国际共管"。报告书是国际联盟绥靖政策的产物。

苏联、中国与日本之间的微妙关系

1932年，苏联一度想同美国、中国签订一项互助协定，来共同防止日本在亚洲大陆上的扩张。这个协定设想，如果中、美、苏三国的任何一方遭受日本侵略，其他两国都有义务给予支持。但是，这个拟议中的计划，很少有人知道其中的内情。

当时，正值国联在日内瓦讨论"九一八"事变后的满洲问题，拟议中的协定内容，曾由参加日内瓦会议的中、美、苏三国代表非正式地研讨过。苏联的首席代表是外交部长李维诺夫（Maxim Litvinoff），中国方面的代表有颜惠庆博士、顾维钧博士和郭泰祺博士。

由于美国政府当时尚未同苏联建交，因此，对该项建议反应冷淡。然而，中苏之间经一番讨论后，却取得了两方面的进展。其一是中苏两国政府同意立即恢复邦交[①]。自从1927年以来，因为苏联在中国宣传共产主义，蒋介石政府一直同苏联断绝外交关系。其二是美苏两国代表在日内瓦的非正式会谈，就双方在远东的利益交换了意见，为今后两国的建交铺平了道路。

如果说过去做了什么，现在就不会发生什么事情；或者说过去没做什么，现在引起了严重的后果，这一类的臆测是没有意义的。因此，对于中、美、苏三国之间拟议中的协定能否阻止日本的侵略，恐怕谁也不敢保证。即使签订了协定，并且也遏制了日本的扩张，但对另外一个具有跟日本同样野心的国家，在着手它自己相继而来的冒险行动以前，也只能使它稍感犹豫而已。

有关中、美、苏三国拟议签订协定一事，最早是由老密勒在一篇文章中透露的。密勒的这篇题为《瞭望太平洋》的文章，从未发表过。只是当日内瓦会议召开时，密勒以中国代表团顾问的身份，把文章交给国联大会参考。

事实上，就像前面所说过的，苏联和中国，特别是苏联，在1932年是非常愿意同美国签订一个三边协定，以防止日本的扩张。但是到了第二次世界大战爆发后，由于苏联在太平洋战争的最初四年采取中立，而这场战争却涉及到苏联当时的盟邦美国、英国和中国，所以益发显示出这样一个三边协定有着极其重大的价值。正因为当时苏联的中立，曾使美国在对日作战中，受到很大的掣肘。因此，到了1945年4月，苏联政府正式通知日本说，一年以后，它将中止日苏间的中立条约。

根据密勒的文章所透露，中、美、苏三国拟议那项协定的目的，正像该协定的前言所说，是为了"保持远东的和平，建立和维护远东以及西太平洋区域政治和经济的稳定。"至于协定的内容，则明确地写着，假如中、美、苏三国的领土，或者三国在协定中所提及区域内的商业和财产利益，以及居住在此一区域范围内的三国公民的政治权益和安全，受到协定外任何强国的侵犯，签约国将立即会商，采取必要的步骤，对上述一切予以保护。

除了规定三国在远东和西太平洋区域内采取共同行动外，该协定还附有三项补充条款，规定三国中的任何一国如果与日本交战，这些条款立即自动生效。补充条款的第一项是有关美苏之间的，规定双方互相尊重对方现有的领土主权，以及同时尊重中国现有的领土主权，但得到中国方面允诺的除外。在对日本的战争获得满意的结束后，日本拥有的领土必须作适当的调整，南库页岛归还苏联。同时，苏联在中国满洲所有的铁路权益，也须再作公平合理的处置。至于日本通过《凡尔赛和约》所获得的太平洋各岛屿的委托统治权，则划归美国政府所有。而任何有关菲律宾的安排，应该尊重美国和菲律宾政府的意见。最后，对于日本本土的完整，双方同意予以维护，但作为交换条件，日本必须承诺把它的海军力量限制在一个令人满意的范围内。

其次，是有关中美之间的，规定中美两国互相尊重对方的领土和政治独立。美国方面愿意支持中国废除中国境内有损中国主权的所有日本攫取的特殊权益和租界；派遣军事顾问，协助训练中国的陆军和海军；派遣航空和其他军事专家；提供武器弹药、军需品以及财政援助，增强中国抵抗日军侵略的能力。中国则愿意尽一切能力与美国合作，包括允许美国使用中国的海港作为海军基地。同时，中国表示尊重在和平状态下，根据条约分配给美国和苏联的领土。

至于中苏之间，将由两国就相互间各种问题，凡与美国无直接利害关系的，予以公平合理的解决。但两国间所作的一切协定，都不得限制或妨碍美国与中、苏两国所商定的条约权益。

一份关于三国协定的摘要，曾被送往美国国务院、陆军部以及海军部参考，同时还附带说明该协定将使日本军事征服中国，或侵占苏联在远东领土的任何计划归于失败。估计，日本军阀不敢对抗这样的一个三国联合行动。

那么，与远东有着密切关系的英国怎么没有份呢？英国之所以没有纳入这项试验性的协定内,是有两点原因。第一,当时还没有人想到日本人的侵略计划,会包括属于英国殖民地势力范围的西南太平洋各岛屿;第二,当把这项拟议中的协定同大英帝国交换意见时,大英帝国对其中的若干条款提出异议。大英帝国认为,当时国联正在考虑满洲问题,这样一个协定,反而使得国联对日本施加的压力,变为相反的、不利的影响。

在日内瓦,一位苏联代表还主张中国应该承认苏联对外蒙古的主权,并且同意将中东铁路以北的中国领土割让给苏联。这样,就可以使苏联在海参崴获得一个更加便利的出海口,而且在西伯利亚东部、满洲和朝鲜这一块三角地带,可以修筑一个不冻港。至于苏联要求中国割让的北满部分,除了已经有部分苏联移民外,中国居民本来就很少,早就是苏联在满洲的势力范围。

在1932年至1933年之间,苏联的军事活动已经扩展到满洲的北部和西部边界,越过苏联控制下的外蒙古东部和南部,逐渐延伸到受包围的内蒙古。显然,苏联人在满洲的军事活动,已经广泛受到人们的注意。

对于苏联以及侨居在满洲北部的苏联人,日本人毫不掩饰他们的敌视态度。许多居住在中东铁路沿线的苏联犹太人,尽管大部分都已取得苏联公民的身份,却仍被逐一加以挑选,然后遭到日本宪兵队豢养的绑票者的绑架。最臭名昭著的绑架事件发生在约瑟夫·卡斯普(Joseph Kaspe)的儿子西米恩·卡斯普(Simeon Kaspe)身上。老卡斯普在日俄战争时曾任俄国陆军骑兵队的军官,战后就在哈尔滨住了下来,现在是哈尔滨好几家旅馆、电影院和一家珠宝店的老板。他发了财之后,就把自己的孩子都送到巴黎去读书。西米恩是他最小的儿子,在巴黎期间,取得了法国国籍,后来成为一位天才的钢琴演奏家。他曾在东京、上海和马尼拉多次举行过钢琴独奏音乐会,在远东音乐界享有盛誉。1933年,日军占领了北满后,年轻的卡斯普被日本宪兵队豢养的一伙白俄匪徒绑票。这伙匪徒的头目也是一名白俄,名叫拉兹也夫斯基(Radzoyevsky),原是哈尔滨一个所谓"法西斯党俱乐部"的首脑,一向同日本人合作得很好。这次绑票的计划,出诸日本宪兵队的一名秘书兼译员之手,此人名叫中村(Nakamura)。同时,有一名白俄予以协助,名叫马廷诺夫(Martinoff),他与哈尔滨警察局关系密切。年轻的卡斯普遭绑架后,立刻被藏匿在哈尔滨郊外一个秘密地点。另外,老卡斯普收到了一封勒索信,要他支付30万美元的赎金。老卡斯普一边应允愿付较少的赎金,一边又把此事通知了法国驻哈尔滨的总领事。

法国驻哈尔滨的副领事钱伯恩(Chambon)向日本领事馆提出不容置辩的证据,证明日本宪兵队参与这一绑票案的全部行动。这样一来,在日本人的唆使下,哈尔滨的一份白俄法西斯党的报纸便立即开始对法国领事馆的攻击,诬称那位法国副领事是一名"共产党犹太人"。而日本当局一方面尽量拖延答复,另一方面对绑票者仍然按兵不动。倒是绑票者此时慑于案子的复杂性,主动降低了赎金的数目。鉴于以往一些绑票案,受害人家属虽然付出赎金,结果却并未能使人质获释,反而被一再地增加勒索金额,因此,在法国副领事的劝告下,老卡斯普就拒绝支付赎金。于是,白俄绑匪就把西米恩的两只耳朵割下,送给老卡斯普夫妇。后来,年轻的卡斯普在被关押和虐待了95天后,最终仍被绑匪杀害了。

卡斯普的死讯一经传出,整个哈尔滨为之震动,不管是苏俄人、中国人，还是朝鲜人，无不对此感到愤慨，因此，小卡斯普的葬礼规模成为哈尔滨空前盛大的一次。由于这一绑票案受到远东各国报纸特别的注意，日本政府遂在法国政府的压力下，下令逮捕了六名与此案有关的白俄罪犯。

当时，日本人还是刚刚控制哈尔滨地区，所以，中国的司法机构仍在哈尔滨行使职能，而管辖区域又包括中东铁路沿线在内。于是，中国的司法机构遂不顾那份白俄法西斯报纸的攻击和恫吓，受理了此案，并立即判处那六名白俄匪徒四人死刑，两人终身监禁。判决的消息传出后，哈尔滨市民为之欢声雷动。但是，这种高兴很快便成泡影。原来，日本宪兵队队长突然出面干预，不仅逮捕了审判此案的中国法院首席法官，而且还下令将此案的判决暂时搁置。六个月以后，罪犯被交给一个由三名日本法官组成的特别法庭重新审理。于是，六名匪徒的行为被说成"出于爱国的动机"，判决原案撤销，六名白俄予以释放。接着，那份由日本人控制的白俄法西斯俄文报纸在评论这一判决时，把这几个绑票者描绘成个个都是"最忠诚最卓越的俄国公民，真正的爱国主义者。他们不是为了个人的利益而采取行动，而是为了替反共组织广集资金，以便继续他们的反布尔什维克的斗争。"

哈尔滨的两家英国人主办的英文报纸——辛普森（Lenox Simpson）主编的《哈尔滨先驱报》（The Harbin Herald）和弗利特（Hayton Fleet）主编的《哈尔滨观察报》（The Harbin Observer）——对日本法庭的此项判决有所批评，结果是两家报纸都被没收，两位主编都被逐出满洲。

接踵而来的是随着日本的占领，恐怖很快便笼罩着整个满洲。同时，还展开了针对苏联犹太人和中国人的大规模绑票活动。当时，所有的苏联犹太人都被戴上第三国际集体成员的帽子，并被指控有从事共产主义活动的罪名。

不久,由于苏联当局允许一位中国将军和他的部队,携带武器,从满洲"逃亡"到苏联境内,之后,又通过中苏边境回到中国边远的西北地区新疆境内,使得日本人憎恨苏联人的行动变得更加厉害。这位被人广为谈论的传奇人物就是马占山将军。起初,马占山将军曾坚守北满与苏联交界的诺尼河,击退进犯的日军先头部队。后来,因为军火不继,马将军只好率领他的部队,退到沿着黑龙江的兴安岭内。这一带的山区地势险要,日本人无法使用武力进攻马占山的部队,于是,就改用外交手段。日本著名的黑社会头子健次户井原(Kenji Doihara)将军被派到哈尔滨,同马占山展开谈判。经数次谈判后,马占山将军同意"投降",条件是日本人保证任命他为"满洲国"陆军部长,并给他价值100万美元的金条,来重新装备他的部队。

就在此时,我与一群美国记者正前往北满边境的黑龙江省会所在地齐齐哈尔②,去采访马占山将军。当时,经过同日军的一番战斗后,马将军已率部越过中东铁路到达哈尔滨以西的地区。

我们从中东铁路线上到齐齐哈尔的交叉点昂昂溪出发,越过一条窄轨铁路,就到了马占山将军的指挥部。这时,正是马将军进一步退入兴安岭的前一个小时。马将军告诉我们,他的最终计划是在黑龙江上游的瑷珲③建立他的总部。瑷珲与苏联边境前哨海兰泡(Blagovesh Chensk)隔江相望。

马占山将军的身材并不魁梧,但是,却同大多数中国人不一样,他有着浓密的胡须,蓄至二三英寸长。

因为我们对他的采访只有一个小时,而且我们的问题和他的回答,又须重复地翻译成中文和英文,所以,大家都急着想使采访尽快转入正题。然而,谈话只进行了10来分钟,房间角落里矗立着的那座老式的大自鸣钟就"哐"、"哐"、"哐"地响了起来。响声使得我们不得不中止谈话,于是,大家就都神情紧张地各自看看表。这座大钟装有一个声音宏亮的响铃,还有一套可以发出连续谐音的装置,每到正点,它就自动地连续不停地敲打起来。而此时正是午夜12点。在这种情况下,我们的谈话只好暂时停止,采访亦告中断,大家只好无可奈何地你望望我,我望望你,静候大自鸣钟的响声自动停下来。好不容易等到钟不响了,我们的采访又进行了几分钟,不料,隔壁房间的大自鸣钟也叮当叮当地响起来。于是,大家不禁面面相觑,只好再次沉默,直到它敲打完毕。接着,我们梅开三度,又一次开始采访——而这一次,却被临近房间中的第三座大自鸣钟的响声打断。如此这般,我们的采访只好草草收场,因为在这个大宅院中,有六座这样的大自鸣钟,被拨得相互间隔两三分钟敲打报时,因此,响声此起彼落,一直不停。在离开这间房子的时候,我特意走到那座大自鸣钟跟前,想看看它的机械装置。我只看到钟面上有一行英文字母——德国制造。

日本人最终同意了马占山将军的条件,于是,马将军随即前往"满洲国"的首都"新京"(旧称"长春"),接受日本人拨给他的金钱,然后又悄悄地潜回兴安岭他的部队,同日本兵继续作战。日本人恼羞成怒,立刻派出一支大军进入北满,打败了马占山将军的部队。马将军的部队撤走后,日军打扫战场,发现了一具身着将军制服的尸体,旁边还有一匹被打死的蒙古马。这匹蒙古马,很像马占山将军的坐骑。此外,使日本人又惊又喜的是在尸体旁发现了一只鞍囊,里面装的尽是马占山将军签署的文件,还有几根金条,那是日本人给他用来装备部队的金条的一小部分。

日本军方喜出望外，立即派遣一队高级军官，携带这套将军制服以及属于这位中国将领的其他衣物，前往东京，骄傲地呈献给裕仁天皇。健次户井原将军当然也参加了这个呈献仪式。这一切，正好使马占山将军获得了足够的时间，率领他的部队全部渡过黑龙江，撤到对岸苏联境内的海兰泡，然后，再乘火车返回中国新疆省。到了新疆后，马占山将军才向蒋介石委员长发了一份电报，详细报告了此事的来龙去脉。

马占山将军的惊人之举，使得日本人十分尴尬，尤其是日本军方，感到大丢面子，有失皇军的威风。由于已经向裕仁天皇报告了马占山的死讯，现在自然就不能再说皇军犯了一个错误，狡猾的马占山将军耍弄了他们，并且还逃到了苏联。那么，该怎么办呢？在无可奈何的情况下，日本军方决定不准日本任何报纸刊载马占山的姓名。而这时，马占山将军实际上正在绥远省同日军作战，只不过日本报纸对此事只字不提罢了。至于那位健次户井原将军，偷鸡不成蚀把米，挨了这么一闷棍后，当然是丢尽了面子。后来，他在黄河一带同中国军队作战时，几乎全军覆没，遂黯然离开陆军，转入日本空军部队。

注释：

① 1932年12月12日，中苏两国恢复外交关系。
② 当时省会在齐齐哈尔，解放后改为哈尔滨。
③ 今爱辉县。

海参崴之行

当日本人把满洲境内的最后一支抗日武装消灭之后，美国和英国报纸一直关注的这类新闻"故事"，也随之销声匿迹，于是，我决定（在1935年）试试能否到苏联的远东地区去作一次旅行。

早在1928年，我在采访白俄攻打上海苏联领事馆的新闻时，就认识了苏联驻华大使鲍格莫洛夫（Bogomolov）和参赞斯皮凡尼克（Spilvanek）。那次事件是由于蒋介石政府同苏联断绝外交关系所引起的。当时寄居在上海法租界的白俄中，大约有150名左右的从前的哥萨克军人。在中苏绝交的气氛下，他们打算占领上海的苏联领事馆，成立一个国际殖民地中的"白俄"政府。

消息不胫而走，无数人聚集在苏联领事馆附近，等着看热闹，其中有不少是俄国女人。当时的苏联领事馆，对面就是礼查饭店（Astor House），中间隔着一条大街。因此，饭店的休息室和客房的窗口，也挤满了看热闹的客人。突然，一个俄国女人大叫一声，把一块砖头掷向领事馆的窗户，攻击行动于是立即开始。这个俄国女人的喊叫和投掷，显然是攻击开始的信号，因为紧跟着就是大群的白俄包围了领事馆，砖块、石头和其他乱七八糟的东西，雨点般地飞向领事馆，把一楼和地下室的窗户打得粉碎。

但是,不管这儿闹成什么样子,始终不见英国或法国警察出面干预。然而,白俄们的攻击行动还是失败了。苏联领事科兹诺夫斯基(Koslovsky)和领事馆内人数极少的几名职员,隐蔽在房子里,拼命抵抗。攻打领事馆达到最高潮时,一批身穿沙皇时代军服的白俄中跑出一人,直冲领事馆的大门,企图把铁门上的镰刀锤子旗扯下来。这时,屋内忽然射出一排枪弹,击中了这个白俄时代的军人,他立即倒毙在街上。这样一来,使得"白卫兵"(White Guards)们的战斗不得不宣告结束,在又打碎了几块窗玻璃后,他们终于四散而去。事后,法国警察才姗姗而来,也没逮捕任何人。

我写的有关这一事件的新闻报道,使苏联大使十分高兴,因此,在他没有离开远东期间,不断地供给我很多有价值的新闻。现在,我决定去同他攀一下交情,要求他给我访问西伯利亚大都市海参崴和政治首府伯力的签证。鲍格莫洛夫听了我的请求,答应替我向莫斯科请示,同时提醒我说希望不太大。支付了50美元的电报费,又等了将近一个月,我终于接到一纸通知,说我的请求未获批准。

我仍不死心,很想跑这么一趟,于是又向日本方面申请赴"满洲国"的旅行签证。因为这样做可以使我从满洲到达俄国的边境城市赤塔,而那儿已经是横跨西伯利亚的大铁路了。但是,这位日本领事也说要打一个电报,向"新京"方面请示。几天以后我去询问结果,得到的回答也是一个重重的"不行!"到这时候,我才知道日本军方拥有一份"黑名单",凡是曾经批评日军侵占满洲的新闻记者,一律"榜上有名",不准前往满洲访问傀儡政权。这样看来,我打算经满洲到西伯利亚去访问的计划,又成了泡影。

几个星期之后，苏联官方在上海设立的国内旅行社的经理对我说，如果我以参观在莫斯科红场举行的苏联11月庆典①为名，申请六个月的旅行签证，我就可能得到去西伯利亚访问的机会。道理十分简单，如果我获得访问莫斯科的签证，就可以在经过西伯利亚时，一路上走走停停。那位经理还告诉我，有一艘中国货船，在上海装满了茶叶，就要驶往海参崴。于是，我接受了他的建议，决定再努力一次，同时，又付了50美元的电报费，请他向莫斯科请示。这一次，莫斯科的回电居然同意，他们给了我一张期限六个月的旅行签证。签证费是美金65元，如果加上两次电报费，我先后花了165元美金。以前，我总认为美国国务院向申请人要10美元的签证费，颇有敲竹杠的意思；现在看来，那种想法是错误的。

动身之前，苏联旅行社的人士告诉我，凡是到苏联去旅行的人，通常都要事先购买一种"代价券"，用以支付旅馆的房租、小费以及餐费、车费等等。稍后，我才知道，俄国的旅馆以及铁路特别快车的价格，都是按照"官方"的汇率确定的，而旅行者在到达苏联境内，却能够在黑市买到便宜卢布。官价一美元只能兑换8卢布，而黑市却可以换到70~80卢布。果然，当我到了海参崴后，就有人悄悄问我要不要兑换卢布，兑换率是1：70。我拒绝了。然而，不管从事美金黑市买卖是怎样一桩犯法的事，我还是不断被俄国人询问要不要换钱，只是后来的兑换率较低，一美元只能换30~50卢布。有一次，我在莫斯科的布尔雪剧场（Bolshi Theater）看芭蕾舞，当演出中间休息的时候，竟然也会遇到买卖黑市美金的人。

在我搭上这艘装满茶叶，即将驶往海参崴的中国货船前，我一点都没有感觉到苏联同日本之间的危机已经到了非常紧张的地步。这艘中国货船装了一万吨货物，不仅船舱里塞得满满的，甲板上也堆放了几千只茶叶箱子。箱子上覆盖着油布，堆得几乎同烟囱一样高。俄国人喜欢喝茶，是从成吉思汗时代开始的，爱好的程度与中国人几乎没有区别。由于担心一旦同日本人开战，断了来路，所以才赶运茶叶到俄国。除此之外，还有更多的迹象可以证明苏联人预料即将同日本作战。如在这艘船上有限的舱房内，搭载的都是苏联官员和他们的眷属。他们个个急着回家，唯恐被搁在远东。

在众多的苏联乘客中间，有几名是苏联石油公司的职员，他们是来协助中国政府建立中苏石油专卖机构的。由于美国和英荷石油公司分别可以从加利福尼亚以及荷属东印度②获得石油，而这个中苏石油专卖公司无法与之竞争，最终宣告失败。该公司在上海修建的大型储油罐，只得廉价卖给了美国标准石油公司和荷兰壳牌石油公司。至于那些俄国公司的职员，则连同他们的眷属，一起卷铺盖回家。

货船起航后，有关苏联人的神经紧张情形，又有了更多的证明。有一次，我向该船的瑞典籍船长打听，从上海到海参崴要走多少天。他回答说："通常大约是五天，而这次需要的时间更长。"接着，他悄悄地告诉我，日本的帝国舰队正在日本海举行大演习，他已经接到指示，轮船不要直接驶往海参崴，而是在太平洋上绕着日本兜一个大圈子，先向北驶往阿留申，然后向西，在日本最北端的岛屿北海道和库页岛之间穿过，沿西伯利亚海岸，折向西南，在俄国领海内直抵海参崴，这样做，可以绕过日本的主要岛屿。大海相当平静，而我们的航行却令人不安。从上海到海参崴的航程本来只需5天，这一回我们却足足花了12天。

据我所知，世界上最愉快的旅行，莫过于在和平时期坐船邀游日本列岛。日本的海岸线，大都是起伏的山岭，一直延伸到海中。山上覆盖着一片碧绿的树木。偶尔在山壁间有断崖，从这儿可以看到一个狭窄的青翠山谷，一群小巧玲珑的房屋围成的村庄和庙宇。我们曾经见过两三处从悬崖峭壁上坠落下来的瀑布，一直坠落到大海里。有一处瀑布与众不同，使我难以忘怀。从海上望过去，这个瀑布似乎只有几码宽，但却有几百英尺高。晨曦中，它像一条白色的丝带，又像那熔化了的银汁，在微风中不停地摇曳，一直坠落到海洋的湍流里，激起一片迷雾般的云。在云的上方，呈现出一条五颜六色的彩虹。

我发现，自从第一次世界大战期间美军远征西伯利亚后，由海参崴撤退直到现在，海参崴显然没有什么实质性的变化。虽然许多年过去了，海参崴的大街和人行道上的坑坑洼洼，却依然如故，甚至比以前更深些。这些坑坑洼洼，当我们美国的孩子们第一次踏上俄国的领土冒险之后，走向码头搭船回国时，它们就在那儿了。大多数街道上的商店前门，仍然用木板钉着，丝毫没有开张营业的迹象。

我从船上下来，走上码头，首先使我震惊的是大部分码头装卸工都是妇女。这些妇女的体型比担任同样工作的男人要好得多。领班也是一位女性。当一位海关官员向我索取护照，并要检查我的行李时，我再次感到震惊：这位官员同样也是位女性。稍后，我恢复了镇定，就以最大的努力，用我有限的俄语向她表示我的意思。近三个月来，我一直在学习俄语，只是收效甚微。这时，我看见她脸上露出一丝迷惑的神情。接着，她笑了，用英语对我说："请告诉我您的意思，我愿意帮忙。"

海参崴的大部分商店都关闭着，只有一家百货店在营业。我注意到拥挤在这家店里的顾客，几乎全是朝鲜人。这些朝鲜人好像是城里仅有的富裕居民。

海参崴的外表虽然陈旧破败，但是，并不是说它是一座死城。恰恰相反，在军事活动方面，它却是座喧闹而又繁忙的城市。自从1922～1923年日本人撤退，俄国人重新控制了海参崴之后，10多年来，苏联政府在改善市政方面没做什么工作。现在，他们似乎幡然醒悟，发觉光有美好的愿望和宣传，是无法遏制从满洲席卷而来的日本人的征服浪潮，更抵挡不住从乌苏里江、黑龙江以及蒙古沙漠中来的对西伯利亚的攻击。

为了保卫这颗"东海宝石"，沙皇时代的俄国人就在海参崴修筑了众多的碉堡。这些旧碉堡经历了英、美、日三国联军进兵西伯利亚之后，已经变成废物。而异常细心的日本人，早已详细地测绘了这一带的地势，尤其注重面对朝鲜和满洲的那一部分。1922年的华盛顿会议，迫于美国方面的压力，日军最后不得不从海参崴撤退。而苏联方面为了向中国和日本表示和平相处的诚意，就把那些沙皇时代的碉堡一律解除武装，所有的大炮都被运往苏联的欧洲部分，当作废铁扔进一座新建的钢铁厂的熔炉里予以销毁。

现在，苏联当局正在加紧重建海参崴的防卫系统。在苏联国防人民委员伏罗希洛夫（Voroshilov）到海参崴视察之后，当地原有的一座设备陈旧的钢铁厂和一家造船厂，也重新获得生机。于是，一排排木头房子建造起来了，成千上万的技术专家和工人，乘船从苏联西部来到远东，住在这种房子里。钢铁厂被重新命名为"伏罗希洛夫钢铁厂"，并改造为一家专门建造或者说是专门装配潜水艇的工厂。这些潜艇是在苏联内地或者德国生产的，当被一部分一部分造出以后，经西伯利亚铁路或从海上运抵伏罗希洛夫钢铁厂，然后再拼装而成。我曾经数了一下，在海参崴港口游弋和演习的这种油光锃亮的海底船只，当时大约有六七艘。而几个星期之后,当我从苏联回来,途经日本东京时,有人告诉我当时苏联在海参崴一共拥有30艘潜艇。日本人对此一直非常注意,因此,凡是经由西伯利亚铁路从欧洲来日本的旅客,一律要接受日本新闻记者和政府官员那近似审讯的盘问。从这些人口中,日本人可以获悉他们经过西伯利亚时曾经看见了些什么。

由于苏联人精通心理艺术,都是些心理战专家,因此我常常怀疑他们所作的大部分战争准备是否真的是针对日本。比如搭乘西伯利亚铁路火车旅行的乘客经常说,在伯力和海参崴之间,靠近铁路沿线的飞机场内,他们看到停着不少巨型飞机。我自己也曾看到过这样的飞机,不过只有五六架而已。然而,我又不免思忖,当这样的情况报告给东京时,五六架飞机就很可能变成几百架了。

初到海参崴的旅客,获得的第一印象是这个城市中的20.8万居民都有着近乎歇斯底里的神经质。几乎每一个男人、女人和小孩,都携带着一副防毒面具,或者是把防毒面具放在随手可以拿到的身旁。一到晚上,成群结队的人们聚集在大街的十字路口,在重重遮掩的灯光下,聆听"格别乌"(OGPU)[③]的官员向他们讲解"如果日本飞机来轰炸应该如何躲避"的常识。

一天晚上,苏联国内旅行社的经理,带我乘坐一辆他们国家制造的"福特"新车,爬到一座山顶,俯瞰海参崴附近那深邃的山谷。我看见强烈的探照灯光,正照耀着一片壮观的挖掘工地:数千名工人在海参崴的群山下挖掘一条长达15英里的隧道。这种景象,使我觉得简直到了地狱。据苏联官方宣布,挖掘这条隧道的目的,是可以使内地的火车通过海参崴而直达海边。可是,几星期之后,当我在莫斯科时,遇见从前在天津认识的一个德国人,现在是德国驻苏联大使馆的官员,他告诉我挖掘那条隧道，是准备一旦同日本开战，可以用作海参崴市民躲避轰炸的防空洞。另外，也有人说，那个隧道实际上是一处地下飞机场。

还有一次，这位旅行社的经理带我在海参崴郊区闲逛时，他指给我看海港内的俄罗斯岛，岛上长满树木的斜坡上，有一大块被清除出来的空地。我的这位向导说，那是一片即将完工的新的防御工事。无数门远射程的海防大炮早已分别被安置在这一带的丛山中，而陆地上的防务，苏联人更是注意防备来自各方面的攻击。当年由美国陆军的格雷夫斯（Graves）将军在岛上修建的一座庞大的无线电台，也已重新改建，恢复使用。

以后，我到过不少山头，都看到一片片清除出来的空地，或者用作新建铁路的路基，或者用来修建机场。天空中的飞机，日夜不停地飞行，执行着巡逻任务。有一次，我曾经数了一下，同一时间竟有160架飞机在飞行。此外，一座新的冷冻厂在港区内建成成吨的鲜鱼送进去储藏保鲜，以便供应军队。一家美国公司在这里也为苏联渔业局建造了一家大型的现代化罐头食品工厂。到处都在挖掘大的地窖，用来储藏蔬菜、水果以及乳制品。

有一天早上，我非常惊讶地发现在街上有数千名工人正在把铁路轨距改宽，以便在紧急时候可以作为标准轨距的火车运输。有人告诉我，这些工人都是来自伏罗希洛夫钢铁厂，其中包括许多带着喷灯的女焊工。为了把海参崴街上的窄轨铁路改建成标准路轨，他们都把自己的休假日"贡献"出来了。

城内所有的自来水管和煤气管，正被埋入八至十英尺深的地下，防备日本飞机的轰炸；而一条长达18英里的地下供水管，也正在施工，准备在必要时补充供水。另外，还有两座发电厂也在建造。我还被领去参观一座教堂，当年十分富丽堂皇的教堂，如今已是一片残垣，他们告诉我准备在这儿设计建造一家夏日旅馆，供工人和士兵们前来休假。而在所有的规划中最具野心的一项，就是把西伯利亚铁路从乌拉尔山到太平洋的一段，全部铺成双轨。只不过这时尚未修到海参崴。这项浩大的工程，是由那些被强制的劳工承担，他们全部是来自乌克兰的政治犯。

当我去拜访外事局的代表米林可夫（Melinkoff）时，这位先生对我大发牢骚，说他的屋顶一直漏雨，至今无法修补，因为所有的木匠都被征发去修隧道了。"如果在满洲"，他说，"就可以随便找一个中国木匠，很快就把屋顶修好。"但是，在海参崴的"五年计划"中，却没有一项条款规定必须完成这件私人小事。海参崴的一切，都必须为那项主要工程让路。即使是为了准备11月10日的庆典④，需要修补海参崴火车站前的一条大街，也因为缺乏劳力而不得不从满洲进口中国劳工，来承担这项工程。

成千上万的男人、女人和儿童，被迫从乌克兰迁徙到西伯利亚来，他们住在火车站附近几条街的简陋矮屋中，或者栖身于那种单斜面的茅舍，等待着较好的房屋竣工或者修缮完毕。从贝加尔湖起，沿着西伯利亚铁路，几乎在每一个火车站附近都可以见到这种相同的景象。另外，在每一个火车站，也挤满了无家可归的人群。

西伯利亚实际上没有现代化的道路，更糟糕的是，当地缺乏机械化施工设备，也没有训练有素的、具备现代化道路修筑知识和经验的工程技术人员。就我在中国居住多年的经历所知，中国人在1927年以前虽然也不知道现代化的道路为何物；但令我大为吃惊的是，苏联人，特别

213

是西伯利亚的苏联人,在现代化道路方面,居然比中国人还要落后。每当我提到这一点时,苏联人一般都会耸耸肩膀,解释说由于一年中的大半时间,苏联的土地都是冻结的,"道路实际上并不需要。"尽管如此,他们还是在修几条现代化道路。有一条长约 25 英里的道路,正在海参崴半岛上修筑,准备通往另一个城市。几个星期之后,当我在莫斯科红场参观 11 月 10 日庆典的阅兵式时,身旁站着的是一位德国高级外交官。当被人称作"陆上战舰"的崭新的重型坦克一排排通过我们面前时,我问那位德国外交官有什么感想。他回答说:"只要驶出莫斯科 10 英里,它们就会陷进俄国的烂泥里!"然而,这位德国人显然忘记了,俄国人一向习惯在冬天作战,因为冬天的土地和河流全都封冻了。

有人告诉我,苏联人在海参崴的主要努力,还是在于普及教育。可是,我只看到过两所学校。一所是儿童学校,那些学生的母亲都是伏罗希洛夫钢铁厂的工人。该校位于市区现代化住宅区内,校舍是属于原先美国领事馆一位官员所有。另一所学校是"朝鲜大学",据说是世界上现存的唯一教授朝鲜语的学校。这种说法不见得完全正确。据我所知,那些在朝鲜的美国传教士,不顾日本军事当局的反对,仍旧在他们所办的教会学校中使用朝鲜语。直到第二次世界大战前的某一时期,日本驻朝鲜的总督将军下令绝对禁止教授朝鲜语,这些美国人才只得作罢。在访问海参崴的朝鲜大学时,我被引进一间教室参观。教室里坐着 50 来个学生,正在把一些文章和小册子翻译成朝鲜文。他们说,这些译成朝鲜文的小册子,将被偷运到朝鲜去散发。后来,当 1941 年斯大林同日本人签订了一项互不侵犯的四点协议后[5],苏联人不仅关闭了这所朝鲜大学,而且还把海参崴的朝鲜人大部分向西迁徙,安置在中亚细亚某个鲜为人知的地方。

但是，有一天我到一个练兵场去参观时，惊奇地发现那儿竟有一个团的朝鲜士兵，正在俄国军官的指挥下操练和演习。边上有人告诉我，这个团是苏联边防军的一部分。不久，我在贝加尔湖附近，又看到一支规模更大的部队，士兵都是身穿红军制服的东方人。

在我下榻的旅馆附近有一片空地，每天早晨都聚集了数千人，男男女女，熙熙攘攘，专门从事外套、内衣、鞋子以及偶尔可见的破旧皮大衣的交换或买卖，他们换取几个一直在贬值的戈比，用来购买面包和蔬菜。这种"市场"显然是在当局眼开眼闭的情形下存在的，要不然就是说在苏联的法律下，这种行为"并非为了营利"。

海参崴那古老的"凡尔赛大旅馆"，仍旧沿用着它的原名，在今天还能隐约看出沙皇时代它所拥有的辉煌。走进这里，不禁使我想起美国某一城市的一家曾经相当贵族化的旅馆，在那油田和矿场特别兴盛的年代，它曾一度辉煌无比。但是现在，一旦用过"凡赛尔"客房内的抽水马桶，你会恨不得立刻把它忘掉。至于脸盆和浴缸，我敢打赌，在整个西伯利亚都凑不齐五六个龙头和塞子齐全的浴缸。在抵达伯力后的第一个清晨，我对旅馆里的女仆说我想要洗个澡。那女仆转身就走，不一会又回来了，手中提着一只铅桶，桶里大约有一加仑热水。这时，她要我把睡衣脱下，然后就把铅桶里的水从我头上浇下来，好像是淋浴似的。于是，我决定在抵达莫斯科以前，放弃洗澡这种奢侈的享受。

按照规定，俄国的每一家旅馆都有一本硕大的黑色封面的簿子，以备下榻的旅客写下他们的意见。旅馆经理解释说，莫斯科派来巡视各地旅馆的官方视察员，习惯于不打招呼就突然光临，然后要旅馆经理把这本黑色的簿子拿出来，由他仔细地阅读旅客们写在上面的牢骚话。我住在海参崴时，曾几次抱怨没有鱼吃，而菜单上却写着不少各式各样的菜肴。领班听见了我的抱怨，赶紧把那本"黑书"捧了过来。我接过簿子，翻到一页空白，就在上面写下我记住的统计数据。那是苏联渔业局向我提供的海参崴渔业产量。在这些统计数字下，我接着写道："鉴于海参崴的捕鱼量如此之高，为什么我的早饭没有鱼吃？"这么一来，旅馆的经理、餐厅领班以及会计主任，立刻都来看我，向我解释说，那是因为送鱼的经常耽误事情。他们还向我保证，当莫斯科的巡视员来到这里时，这类情况一定可以改善。

海参崴的春、夏、秋三季，气候十分宜人；可是，冬天的气候却变化多端，时而冷得出奇，时而狂风大作。早晨起来时，风和日丽；到了下午，可能变得寒冷阴湿，不穿皮衣几乎无法生存。当地的官员们曾经精心筹划，想把海参崴建成一个像里海和黑海那样著名的避暑胜地，可是，战备工作无疑使该计划被束之高阁。

我在海参崴停留期间，曾听到许多雄心勃勃的发展计划，其中有一项几乎惹出同日本人交涉的麻烦，当然也包含有不少幽默成分。

这项计划准备在黑龙江出海口的北面，修筑一条堤岸或者水坝之类的，把大陆和库页岛北部连接起来。该计划的设计师解释说，西伯利亚滨海省的寒冷天气，是因为有一股海洋寒流，从鄂霍次克海顺滨海省海岸南下所带来的。他论证了这股寒冷的水流，对西伯利亚南部沿海地区的多变气候，起了主要作用；而一旦把库页岛和大陆之间狭窄的海峡封闭起来，这股寒流将会离开西伯利亚，顺着日本东面的海洋向南流去。据他分析，这样一来，不仅西伯利亚沿海的气候将趋于温暖，同时，还可以使日本列岛，尤其是北海道等北方岛屿和本州一带，变得像北极地区一样寒冷，足以使日本国民无法忍受。

苏联人解决日本问题的这种稀奇古怪的办法——把日本人全都冻成

冰块——成了一大新闻，自然很快地传到了日本，而且引起了一阵可怕的混乱。但是，这只不过是从西伯利亚经常传出的许多谣言中的一个，在传到日本后变得更加夸张而已。我常常想这是不是俄国人从事心理战方面的一种狡猾手段呢？

毫无疑问，日本人也将会利用这些来自西伯利亚的威胁，去激起国内的民心士气，从而把日本国民的注意力，从几乎遍及全国的经济危机引向国际政治危机。

注释：

① 即苏联十月（俄历）革命庆典。
② 荷属东印度：荷兰殖民者侵占今印度尼西亚殖民地后，称该地为荷属东印度。
③ "格别乌"（OGPU）：苏联国家保安部的简称，1934年撤销。
④ 此处及下文"西伯利亚实际上没有现代化的道路……"一段中的同样日期皆系作者误记，确切说法应为公历11月7日或俄历10月25日。
⑤ 1941年春，当希特勒德国日益威胁苏联的西部边境时，苏联为了避免两线作战，便谋求和日本订立互不侵犯条约。1941年4月13日，日本外相松冈洋右和苏联外长莫洛托夫，在莫斯科签订了为期五年的《日苏中立条约》。条约规定，如一方成为其他国家的战争对象时，另一方将严守中立；双方互相承认在蒙古和中国东北的"特殊利益"。

横越西伯利亚

无论从哪方面看,俄国熊正在觉醒,现在显然决心保卫西伯利亚。西伯利亚的每一个俄国人,每一处资源,不管是自愿的还是强迫的,都投入到拯救西伯利亚的斗争中,以免被"马卡卡"(Makakas)们侵占。"马卡卡"在俄语中是"猴子"的意思①,这是他们送给日本人的绰号。

亲眼目睹了苏联当局对待他们劳工的情形后,我感到非常吃惊。于是,我向那位年轻女导游(她是一名共产主义青年团团员)询问,通常以一千人为单位的劳工集体,在这儿铺设西伯利亚铁路双轨线时,为什么要有"格别乌"的武装卫兵看守?这些卫兵身穿黑色皮上衣,黑长裤,脚蹬哥萨克式的高统大皮靴,所以是很容易识别的。他们总是随身携带着轻机枪。而劳工们则都是衣衫褴褛,只是从那些衣服的许多地方,仍然可以看出它的主人过去曾有过一段辉煌的历史。尤其是那些皮帽子,那些已经被磨得油光发亮的皮上衣的翻领,时时都在显示着它的主人当年的阔气。在俄国,一个人如果能戴上一顶皮帽子,那就意味着他的富有,不管是沙皇时代还是现在共产党的统治,这一点始终未变。

一路上,火车走走停停。每次停车,如果我从快车车厢走出来,而附近又有那些正在铺轨的劳工时,他们常常把我团团围住。他们似乎凭直觉就知道我是"美国佬"（Amerikansky），于是纷纷向我索取"烟卷儿"。我从上海带来的几听香烟，就这样很快地送光散尽。有一次，有一名懂一点英语的劳工，看样子过去曾有过一段富贵的时光，看见我立刻跪了下来，大叩其头，向我乞讨几支香烟。当我把剩下的仅有的半听香烟全部送给他后，他竟然异常激动地紧紧拥抱着我。火车上的乘客，看到这一幕，不由地欢呼起来。

当我问起那些武装卫兵究竟是怎么一回事，旅行社的那位女导游总是耸耸肩膀，用有限的英语词汇说道："政治犯。"以后，我打听到这些劳工大都来自乌克兰，因为那里的人们集体反对斯大林的集体农庄计划。有人告诉我，乌克兰的农民宁愿宰了自己的耕牛，大吃大喝，也不愿意把耕牛交给政府。结果是引起了一次范围极大的可怕的饥荒。他们都被戴上剥削劳工的地主或雇主的帽子，予以惩罚。实际上，这些人不仅仅是"富农"，在"无阶级"的苏维埃社会主义共和国联盟的社会中，他们正在形成一个"反对阶级"。

赤塔火车站，是铁路的枢纽站，通往中国满洲的中东铁路支线和西伯利亚大铁路黑龙江支线在此交汇。在调车场，我看见了一列列长长的货车，加在一起有几千节车厢，平板货车、敞篷货车、闷罐子车，应有尽有。平板车和敞篷车上装的是大卡车、拖拉机、联合收割机以及各种军用物资。闷罐车里装的则是人，而且多数是男人。这些人都被从俄国西部运到西伯利亚，来修筑防御工事或从事其他各种工程建设。我注意到所有的闷罐子车，都是从外面把门反锁着，所以，车厢上方那个小小的通风口，便挤满了一张张黯然无光的苍白的脸。全副武装的"格别乌"卫兵，在列车两侧来回地巡逻。据说，这些犯人如果能勤恳地工作一段时期，通常是五年光景，就可能重新获得自由。但是，成千上万的犯人，显然都捱不过五年煎熬，尤其是那些年纪较大的犯人，往往提前离开人世。我在火车上，时常看到一些奄奄一息的病人和已经油尽灯枯的尸体，横卧在铁路沿线。

翻开俄国的历史，可以知道俄国曾有多次强迫性的边疆移民运动。现在聚居在西伯利亚最富庶的勒拿河流域（Lena River Valley）的雅库特（Yakut）族人，就认为他们自己是土耳其人，当初生活在中亚细亚，大概是成吉思汗或者帖木儿时代，那些早年的征服者强迫他们集体迁徙到西伯利亚。今天的雅库特人，大约有30万，他们认为美国的印第安人是他们的"表兄弟"。看起来两者确实有点相似。"雅库特国"的首府是雅库次克（Yakutsk），位于西伯利亚通往阿拉斯加的航线上。这条航线连接了美国、加拿大和苏联，在第二次世界大战初期，曾引起了美国旅游者的极大兴趣。到当地旅行过的人们都说，雅库特人是个很会经商的民族，控制了他们"共和国"内大量的黄金、白金、毛皮以及西伯利亚出产的其他贵重物品，然后向海外输出，换取金钱，作为俄国的军费开支。我在贝加尔湖附近以及中国东北的火车上，曾遇到一些受过教育的雅库特人，他们对美国人十分友好，并且经常喜欢问一些有关他们在美国的印第安"表兄弟"的问题。

在西伯利亚的首府伯力的西边和中国满洲的正北方之间，有一片三角形地带。在这里，还可以找到苏联当局强迫千万人集体迁徙的又一例证。这片三角地带，通常被称为拜罗—比杰汉区（得名于拜罗河和比杰汉河），政府在此地建立了一个自治的"聚居地"，用来安置那些苏联犹太人。这些犹太人大部分是从乌克兰和白俄罗斯的城市或乡下迁来。当然，他们的生活同铁路沿线做苦工的政治犯相比，要好得多。而且，他们还拥有政治权利，在当地政府的指导下，享有自治权。据伯力的共产党机关报的一位编辑告诉我，这些犹太人聚居地"同大英帝国建立的巴勒斯坦聚居地相类似"。在巴勒斯坦，英国人鼓励"犹太复国主义运动"，而这一运动，已经极大地影响了数百万苏联犹太人。所以，苏联政府的主要目的就在于防止国内的犹太人向"犹太复国主义运动"看齐。西伯利亚犹太人聚居区的一位秘书告诉我，纽约的犹太人协会已经募集了一大笔钱给他们，旨在发动苏联境内的"犹太复国主义运动"。然而，苏联官方编印的一本英文手册上，却列举了一打以上的犹太族名人，其中有些被称为出生于古老的俄罗斯家族。

在火车上，一位苏联军官与我交谈，告诉我苏联政府之所以要建立这个拜罗—比杰汉犹太人聚居区，是出于战略上的考虑。该地区位于西伯利亚中心城市伯力的西边，因此，计划把这一区域变成重要的农业和工业基地，用以支持以西伯利亚东部为大本营的远东红军部队。另外，由于这个犹太人聚居区邻近黑龙江，还可以抵挡来自伪满洲国的日本军队对伯力的攻击。一旦日本军队敢于动手，就会受到全世界犹太人的一致抨击，如同希特勒在欧洲迫害犹太人所受到的抨击一样。然而，聚居区内的犹太人不愿从事集体农垦，苏联政府只好从海参崴附近移来数千名朝鲜人从事耕作。据伯力的政府官员说，这样一来，又造成了相当多的犹太人与朝鲜人之间通婚，不可避免地产生了一个新种族。这一情形，同满洲北部以及贝加尔湖附近相似，自从俄国人来到远东，几个世纪以来，出现了相当多的中俄混血儿。

从太平洋到乌拉尔山的广大地区，是世界上最后开发的地区之一，同时也是世界人种融合的"大熔炉"。苏联社会普遍流行一种说法，人种的"大杂烩"已经使得从莫斯科向东到西伯利亚的旅游者，经常分不清当地居民哪个是白种人,哪个是黄种人,而向南到高加索,同样无法分辨当地人的肤色。记得在哈尔滨时,我曾结识了一位受过良好教育的俄国妇女。她经常来往于蒙古和西伯利亚。她告诉我,苏联境内现有18个民族,同白种人相比,非白种人在数量上占绝对的优势。因此,苏联政府对所谓的"民族问题",不得不持慎重的态度。说苏联已经解决了国内的民族问题,恐怕并非如此,只能是一种良好的愿望。苏联境内的各民族之间,相互有着很深的仇恨,尤其在苏联的亚洲地区,这一点更加突出。现在,民族独立的意识还在酣睡;只要有一点火星,就会把他们整个地唤醒。

在自然资源方面,西伯利亚堪称是一个大宝库。它的资源蕴藏量不仅超过加拿大,就是加拿大再加上美国西北部最好的几个州,也无法同它相比。就农业和畜牧业方面的潜力而论,中国的满洲北部和蒙古部分,就同美国北部的密歇根、明尼苏达和达科他州极其相似。日本人占据了满洲之后,住在西伯利亚边境一带的白俄,就把牛油和其他乳制品大量地销往大连、天津、青岛以及上海等中国沿海大城市。从乌拉尔山到太平洋大约3 000多英里的广袤地区,大部分土地都覆盖着森林。在西伯利亚流行这么一句俗语:"人与树争,树将永胜。"意思是说西伯利亚有着砍伐不尽的树木。从海参崴向西,旅行者看到的树林主要是桦树。这种桦树,俄国人已经学会用它雕刻成各种各样的器具。沿着乌苏里江,生长着一片片桦树林,遮掩着远处无边无际的原始森林。原始森林里主要是松树与枞树,其茂密程度,与当年未被锯木厂大量砍伐的北美原始森林不相上下。在有些地方,原有的树木已被砍伐,新的树木还未长成,特别是在靠近河谷的附近,可以看到一小块一小块的平地以及用木头和茅草盖成的房屋组成的村庄。那些茅屋有着早年美国西部的风味。因此，大体上西伯利亚有点类似当初美国探险队和移民群发现的密西西比河上游及其支流地区。只是西伯利亚的森林有多处距铁路太近，以致火车行驶时枝叶常常扫过车窗。

在伯力，我还参观了一个农业展览会。这个展览的规模，同25年前美国中西部一个县的农业展览相似。在一排排长条桌上和一个个摊棚内，摆着各种各样的水果、蔬菜以及其他农产品。只是大部分水果都很小，甚至只能算浆果而已，即使是那种海参崴附近大量出产的蔓越橘也不例外。展览会上，有几种小苹果引起了我的好奇，看上去像美国中西部野生的酸苹果。我想，难怪我们称这些野生果为"西伯利亚酸苹果"。值得一提的是，大部分展品都归"格别乌"成员所有，因为斯大林已经责成"格别乌"负责远东红军部队的食品供应。西伯利亚铁路沿线的每一处地方，都驻扎了大量的苏联军队，对此，我印象极深。但在出席苏联共产党远东地区负责人克鲁托夫（Krutoff）举行的招待会时，有人告诫我不要询问任何有关军事的问题，尤其是关于边境一带的军队数量和配置情况等等。可是，就像俄国人所有的晚会一样，伏特加酒一杯接一杯灌下去后，嘴巴很快地就松了，每个人都在讨论平时最关心的问题：苏联如何防卫日本人进攻西伯利亚和外蒙古。据说，苏联人最担心两种情况下的进攻。其一是海陆空联合攻击，目的在于切断海参崴和滨海省与苏联本土的联系；其二是对外蒙古的陆空联合攻击，目的在于切断外蒙古与贝加尔湖以东的西伯利亚的联系。多年来，日本人一直在一些白俄中间声称，日本将把西伯利亚从共产党的奴役下"解放"出来，重新归白俄或沙皇政权统治。沙俄时的哥萨克首领谢苗诺夫（Ataman Seminov），长期受到日本人的庇护，听说就居住在满洲南部的大连。在第一次世界大战期间,谢苗诺夫曾率领他的军队,在赤塔附近同进军西伯利亚的美国兵交过手;而现在,则被认为将是日本人扶植的未来西伯利亚政权的傀儡头子。当我问起日本人在远东的俄国流亡者中间的阴谋活动时,苏联的军官总是用微笑来回答,并且一再肯定地表示,在加伦(Galen)将军领导下的远东红军,完全有能力在短期内把日本人从满洲驱逐出去。

有一次,在伯力的一名苏联军官笑着对我说,如果西伯利亚与满洲的边境爆发战争,首先展开的将是上千只军犬大战。我听不懂他的意思,于是就向他请教。他解释说,苏联边防军为了对付日本特务向苏联境内的不断渗透,几年前就开始训练军犬,加强防卫。而日本人知道以后,也立刻从德国买来大批军犬,还聘请了驯犬教练,以资对抗。因此,他相信一旦爆发战争,日苏之间首先将是一场军犬大战。我曾经向克鲁托夫询问日苏之间大战的可能性,这位伯力当局的最高行政长官作了如下答复:"只要满洲控制在那伙日本军事冒险家手里一天,苏联同日本的战争就一天也不可避免。这是因为日本军阀认为他们必须继续占据满洲,以便掩饰他们过去在那里犯下的罪行。"

克鲁托夫断言,日本许多有识之士是主张军队从满洲撤退的,问题是如何使关东军能够"保全面子"。但是,考虑到关东军在满洲的所作所为,撤军已经是不可能的,所以,苏联政府相信战争是不可避免的。苏联人还认为,如果日本再遇到一次像1929~1931年那样的经济危机[2],军方可能被迫发动另一场军事冒险,就像他们在1931年发动"九一八"事变一样。

克鲁托夫的办公室,设在伯力仅有的一幢现代化建筑内,占据了整整一层楼面。在他办公室的墙上,挂着一幅很大的满洲地图。地图上钉着许多标志，标明日本人新修的铁路和公路。这些铁路和公路，差不多都是穿过人烟稀少的地区，直达苏联的边境。克鲁托夫指着地图大声说："他们修路不是为了和平，而是为了战争！"

在伯力，看不到恐惧战争的迹象，也听不到安抚日本人的呼声。有人告诉我，最近日本人建议双方的边防部队各自后撤25英里，但被苏联人直截了当地拒绝了。日本人的建议是别有用心的，因为如果苏联军队从边境后退25英里，就等于把西伯利亚大铁路靠近黑龙江的这一段完全暴露在日本攻击部队的面前。

再就是中东铁路的问题。中东铁路之所以横越满洲北部，就因为当年沙皇要寻找一条到海参崴的捷径。而现在，苏联人却整天担心日本人会夺取这条铁路，而且很可能在他们毫无准备的情况下不宣而战。于是，苏联人利用了巧妙的宣传，终于迫使日本人不得不顾及"面子"而同意购买这条铁路。尽管如此，苏联人始终是提心吊胆的，直到双方在买卖协定上签了字，才松了一口气。出卖中东铁路的价格是5 000万美元，据说，这远远低于这条长约1 500英里铁路的实际价值。更何况铁路的一半本来是属于中国的。

由于日本人占据了满洲，再加上铁路的两端都越过边境，进入苏联领土，因此破坏了这条铁路的经济价值。尽管苏联方面本无出让的表示，但是，日本人占领满洲后，引起了海参崴的商业不景气，却是明摆着的。在海参崴的火车调车场内，一列列长长的油槽车，锈迹斑斑，里面空空如也，全都懒洋洋地停在那儿。本来，这些油槽车是用来装运豆油的。而豆油则是满洲的主要农产品。对苏联人擅自出卖中东铁路，中国政府曾表示强烈的抗议。然而，就像无法阻止日本人侵占满洲一样，这一次同样无济于事。

远东面临这样一个危机时期，我对评估苏联的对日政策极有兴趣，因为我本能地意识到这个问题最终将牵涉到我自己的国家——美国。在苏联的远东地区，沿着日本人控制的"满洲国"到日本海，在这片辽阔的土地上作一次浮光掠影式的巡视，你就会感受到苏联人保卫他们每一寸国土的坚强决心。如同一位苏联高级官员所说的，"我们的远东红军，沿着黑龙江边境线，同日本关东军是兵对兵，炮舰对炮舰，飞机对飞机，针锋相对，寸土不让！"

当我从远东快到莫斯科时，明显地感觉到在西伯利亚的官员中所流行的那种日苏战争不可避免的气氛，此地却变得相当冷淡。因为当时莫斯科注意的是同柏林的关系，双方已经搞得相当紧张，所以对于来自满洲的日本人的威胁，仿佛变得无足轻重。事实上，莫斯科丝毫没有放松，曾一再声明，"决不允许日本侵占西伯利亚的一寸土地。"莫斯科的领导人心里有数，整天在默默地盘算着，当他们忙着在西线建立"防线"对付德国时，怎样才能使西伯利亚的局势不致恶化。这种局面，使苏、德、日三国之间形成一种奇特的三角外交。苏联和德国各自寻求日本人的合作，一旦在欧洲爆发战争，这样，苏联人可以避免腹背受敌，而德国人却可以实现东西夹攻。

后来，我想我有理由永远记住一位苏联官员对我说的话，当时我问他有关日苏在远东的关系，他非常不耐烦地回答说："美国为什么不去打日本？你们美国人的责任比我们大得多！"

结果证明，确实如此。

在伯力的那段日子，我曾经问过克鲁托夫同志，在他管辖下的这一大片地区，是否有美国人。回答是否定的。紧接着，他忽然问我，能否设法聘请一位美国工程师。他说苏联政府愿意负担这位美国工程师的旅费，并且支付相当高的薪水。联想到苏联人正在进行几项大的工程，我立刻询问他们要的美国工程师将担任什么样的工作。他笑着说："噢，工程部分是无关紧要的，我们只是想请一位美国人，跟着他练练英语。当然，我们也想借重他在工程方面的知识。"这位部长接着向我解释，目前，苏联远东地区的大小官员都在学习英语，只是苦于找不到一个美国人，也没有练习说英语的机会。

后来，我坐上克鲁托夫那辆崭新的"别克"轿车，回旅馆收拾东西，准备搭火车去莫斯科。回旅馆的路上，我脑子里一直在盘算克鲁托夫想聘请美国工程师，而且还是能教英语的专家这件事。这时，克鲁托夫的司机突然回过头来，用非常流利的美国英语问我："你是一位美国人，对不对？"我暗暗吃惊，一边打量着这名苏联中年男子，一边告诉他我是美国人。接着，我问他在什么地方学的美国话。他说："俄国革命后，我在火奴鲁鲁呆了10年，然后回到西伯利亚的老家。"他耸耸肩膀补充说："只是我在这儿从来也不说英语。"

美国对于大规模开发西伯利亚的计划，曾经一度感到非常有兴趣——那是在1867年，美国向俄国买下阿拉斯加以后。奇怪的是，阿拉斯加居然在美俄关系上占据了一个很有意义的地位。当年，美国国务卿西华德（William H. Seward）向俄国人购买阿拉斯加时[③]，双方议定的价格是720万美元，差不多等于一美分买一英亩。然而，实际上的售价，远比这个数目要低——仅付了140万美元。剩下的580万美元，作为美国内战间俄国海军在纽约港演习时所耗费用的补偿。在那个时期，英国支持的是美国南部的"邦联"（The Confederacy），而"北佬们"（Yankees）当然也需要一个朋友来撑腰，于是俄国海军便开来演习。至于俄国人肯以那么低的价格出卖阿拉斯加，是因为他们知道英国人正在计划把阿拉斯加从他们手中抢走。

我在西伯利亚时，曾遇到几位苏联共产主义青年团团员。同他们谈起阿拉斯加时，我发觉他们知道的竟比我多得多。只是他们似乎有一个共同的印象，那就是美国人是用"欺诈"的方法，诱使沙皇以如此便宜的价格出卖了阿拉斯加。我不知道现在苏联的教科书，是否写有关于俄国"失掉"阿拉斯加的经过。我始终没有得到有关此事的任何说明。

在1860~1870年这10年间，俄国人非常希望美国人援助西伯利亚的开发。俄国出卖阿拉斯加时，沙皇的兄弟大公爵（The Grand Duke）正担任西伯利亚总督。他曾与一些美国人签约，修筑西伯利亚的铁路，发展交通工具，建立电讯系统，并开发矿藏、森林和农业等，范围包括从太平洋沿岸到乌拉尔山这一大片地区。自从英王把印度、马来亚和中国划归"东印度公司"独家经营后，这一次恐怕是由一个政府授予的最大范围的特许权。由于沙皇害怕这样做将使他的皇室丧失威信，因此这些美国人虽然获得了开发西伯利亚的特权，却一事无成。结果，直到今天，西伯利亚仍然是一片荒寂。在沙俄时代，西伯利亚是一个庞大的政治犯集中营；在苏联共产党统治下，它仍旧是一个政治犯的集中营。

在美国人对西伯利亚感兴趣的初期，曾有一个计划，想用海底电缆，把美国和俄国连接起来。设想从美国的西雅图开始，沿着阿拉斯加海岸，到达阿留申群岛，穿过白令海峡，到堪察加半岛，再横越西伯利亚到俄国，到欧洲。这条海底电缆计划由一家私营公司经营，但享受政府的津贴。给予津贴的目的使它具有一定的独立性，而不被当时垄断了大西洋海底电缆通讯的公司所控制。准备接受经营这条海底电缆的公司，对该计划很感兴趣，因此，在沿阿留申群岛测量了这条线路后，又派出一队人员到堪察加半岛的海岸去测量。结果，这些测量人员最后却把他们的测量路线完全改为跨越西伯利亚到欧洲，从此，该方案就渺无音讯。所以，极有价值的横越太平洋海底电缆通讯网，直到1898年美国占据了菲律宾之后才建立起来。

1920年，苏联政府把开采库页岛北部丰富的石油资源的特许权，给了美国的石油大王辛克莱（Harry F. Sinclair）。但是，由于日本人的反对，苏方不得不取消了它同辛克莱的合约，并把钱退还给对方。然后，苏联再把这项特许权给了日本海军。从此以后，北库页岛油井里的石油，就成了日本海军和空军燃料的主要来源。

苏联当局在贝加尔湖地区开始实行它的工业化的时候，我正在西伯利亚。有人告诉我，莫斯科的意图是想把西伯利亚尽可能地建成像日本人在南满的沈阳为中心的那种大规模的工业基地。为此，我常常思考，如果1870年沙俄给予美国人大规模开发西伯利亚的特许权能付诸实施，那么今天的西伯利亚将会是一种怎么样的面貌呢？西伯利亚有着丰富的木材资源，如果加工成纸浆，生产出纸张，可以供全世界的印刷机足足印上许多代。

注释：

① "马卡卡"是日语"红红的"一词音译，在日本北方某些地方成为"红屁股猴子"的代称。作者认为是俄语的音译，有误。
② 一般称之为"1929~1933年世界经济危机"，是资本主义历史上一次破坏最严重、波及面最广、持续时间最长的世界性经济危机。首先在美国爆发，旋即蔓延到加拿大、日本和西欧等国，袭击了几乎所有的资本主义国家。这场危机使整个资本主义世界的工业生产下降了40％以上，倒退到1903~1908年的生产水平，并极大地激化了资

本主义国家的各种矛盾,加深了各国的政治危机。它对二次大战前德日两个新的世界战争策源地的形成有很大影响。
③ 美国购买阿拉斯加:1867年,美国从沙皇俄国购得阿拉斯加。1959年成为美国的第49个州。

1935年的莫斯科

10月初,我抵达莫斯科,在苏联国内旅行社导游的安排下,住进"新莫斯科大饭店"(Novo Moscotia Hotel)。这家饭店距红场和克里姆林宫仅隔一条街,位于莫斯科河的一座桥头附近。房价虽然很贵,但站在楼顶可以眺望整个克里姆林宫,所以旅客们觉得还是"值得"。后来,我才知道,这家饭店原是苏联共产党用来接待海外各国劳工代表的地方。现在,受雇于苏联政府的许多美国工程师和技术人员,也都下榻于此,作为他们在苏联首都的大本营。

第二天早晨,我去餐厅用餐时,发现了一种不寻常的安排。整个餐厅被栏杆隔成两部分。坐在这一边吃饭的大都是游客和商人,用美元或其他外汇付帐。我也不例外,这天的早餐是一元美金,我悉数照付。不过,当时我付的是一张5元美钞,侍者找还给我的竟是一大把欧洲各国的零钱,只是没给俄国卢布罢了。

在栏杆另一边吃饭的人,只需支付俄国纸卢布。每美元的兑换价不等,大约折合卢布40~80。尽管栏杆两边的人付的餐费不同,吃的东西却几乎完全一样。譬如我吃的这份早餐,付了一美元,但如果在栏杆那边,却只要8美分或12美分。下一次用餐时,我索性走到栏杆的那一边,想用卢布付帐。可是侍者立刻把我挡住,要我回到原来吃饭的地方,因为那儿专供外国旅客进餐,当然,也希望用美金付帐。到了后来,我也学乖了,专门找了一家"美国"餐馆,可以用卢布付帐,那样,价钱自然也就便宜多了。

抵达莫斯科后没几天,我在一家旧书店里找到一本小册子,内容是几篇斯大林的早期演讲,已翻译成英文。说起来,能找到这本小册子,真是幸运极了,因为当我仔细读完全书后,几乎可以完全知道最近苏联曾经发生了什么事情。首先,我对斯大林严厉抨击托洛茨基及其门徒——"托派",印象极深。斯大林对他从前的这位政敌及其"国际主义"理论的憎恨,似乎远远超过他对帝国主义和资本主义的仇视。因为在若干章节里,斯大林对美国工业建设的有效组织和严密管理,表示出他的钦佩;而且他的演说词中也曾一再引用那些苏联工程师从美国带回来的有关故事。

其次,我觉得更具意义的,还是斯大林演讲词中提到的,他始终在努力改造沙皇时代的军事机构,清除旧军队中的种种弊端。他举例说,沙皇的士兵不仅缺乏训练,而且也没有武器,便被送往前线。而那些军官们,则手持皮鞭或者木棍,在后面驱赶。空手徒步的士兵,等着拾起前面被打死的同伴的枪支来作战。斯大林说,旧军队的枪支弹药都是政府从那些狡诈的军火商手中买来,大部分都是不管用的家伙。沙皇时代的俄国没有兵工厂,绝大多数的军火都依赖外国军火商供应。斯大林认为,日俄战争以及第一次世界大战,俄国之所以失败,主要原因就是上了军火商人的当。最后,斯大林说,从今以后,苏联军队将再也不是外国军队入侵俄国时的"门垫子",被人踩在脚下任意践踏了。

在横越俄国大陆的 11 天旅途中，我所到过的每一个城镇的大街上，每一个火车站乃至每一节车厢，我见到过许多身穿崭新制服的苏联军官和士兵，他们给我留下了深刻的印象。因此，苏联到底有多少军队，我就很自然地想到要寻找答案。然而，每当我向那些苏联军官打听，得到的总是那个标准数字——60 万。这个数字，其实是国际联盟调查各国兵力时，苏联官方提供的。但我认为，这只是一种粗略的估计，有着这么多身穿新制服的军人，足以证明苏联正在广泛地大规模征兵，而且很有可能已经进行了很长一段时间。果然，在我尚未离开苏联时，这个谜底终于揭开了。苏联官方正式宣布，他们的军队已超过 100 万人。苏联军队的扩张，从 11 月 7 日红场的庆祝大会上可以明显地看出。那一天，红场上有各军兵种的部队，包括轻型坦克、重型坦克以及航空兵，都公开露面。

红场阅兵式中最引人注目的是一架命名为"高尔基"号（Maxim Gorky）的巨型飞机。据说，这架飞机是当时世界上最大的，机上装有一套收音和扩音设备，专门供官方宣传使用。阅兵式从早上 10 点钟开始，一直到下午很晚才结束。在整个阅兵式过程中，斯大林同他的政府部长都站在列宁墓顶上的石头阳台后面，即使位于相距仅 50 码的外交人员观礼席上，也只能看见他们的头部和肩膀。当步兵从红场穿过时，有人告诉我这是当今欧洲训练与装备最好的军队。因此，参观过这次阅兵的人，无不感受到俄国革命宣告了一个军事强国的诞生。只是，那天参加阅兵的平民队伍，却给日本和德国的公众增添了不少笑料。包括妇女在内的各种工人组织成员，也都以军人的步伐通过主席台前，可见在苏联军事训练的深入和普及。

除了各方面显示出军事扩张外，苏联当局还在推行快速工业化计划。为了发展重工业，国民个人消费不得不作出牺牲。我在莫斯科见到的唯一奢侈品是一种廉价的香水，而且，好像到处都有卖。据说，关于生产这种香水的厂家还有不少有趣的故事。共产主义制度的拥护者总是声称，在苏联共产党统治下，绝对不会出现生产过剩的现象。因为凡是剩余产品，政府就会使之自动降价出售，这样，低收入的老百姓也能买得起，所以，不会产生滞销局面，使这类厂家陷入困境。但是，话虽然这么说，苏联的香水工业却没有这种好运气。眼下，早已没有人需要使用香水了，尽管价格低得已经不能再低了，但是卖香水的商店，依旧是门可罗雀。

给外国旅游者留下深刻印象的另一件事，是苏联国营商店的售货办法。俄国人喜好排队，这一点可以从商店里得到充分证明。任何人一进门，都可以发现店里排着两条长龙。一条指向售货的柜台，另一条则延伸到付款处。假如你想买什么，就得先参加第一条长龙的行列；等你排到柜台前，把你要买的东西告诉售货员，这时，售货员才把价钱告诉你。你如果决定买，售货员就把那件商品取下来，放在一边，然后开给你一张付款单。拿着这张付款单，你再加入另一条长龙，到付款处付款。付了款，收款员给你一张收据。拿着收据，你再回到第一条长龙。一直挨到柜台前，售货员接过收据，才把你要的东西拿给你。

当我准备离开莫斯科的时候，我来到一家比较现代化的食品店，想买些食品，为以后漫长的旅途作准备。我花了一个多小时，排了好几个队，总算买到了东西。然而，当售货员拿着我要的东西时，却望着我不知如何是好——原来没有纸可以包装。当时，我也觉得十分尴尬，因为我买的是一根四英寸粗、约三英尺长的俄国香肠。我曾略略估算，认为这根又粗又长的香肠，足够我从莫斯科到海参崴路上11天的食用。而眼下这情景，则将是我在莫斯科所遇到的最难堪的一幕。没有包装纸，只好提着这根大香肠，走上大街，挤进人群，走了一英里多路，招摇过市般地回旅馆。一路上，许多行人垂涎欲滴地看着这根大香肠，同时又用怀疑的目光打量着我这个"外国佬"。莫斯科的国营商店没有包装纸，对当地老百姓来说，早已不是新闻。这个国家缺乏纸张，已经到了令人难以置信的地步。苏联人常会向你要一小张废纸，旧报纸也好，包装纸也好，用来卷香烟。他们把烟丝放在一小片废纸上，卷成一根小棍，然后把脸仰成45°角，点着一头，免得烟丝从小纸棍中掉下来。纸张如此匮乏，居然发生在一个可以大量生产木浆的国家，不能不说是十分可悲的，同时还造成了许多令人啼笑皆非的尴尬场面。

在我所接触到的苏联新闻界的同仁中，尤其是在西伯利亚工作的，都对新闻纸的短缺深感忧虑。那些负责供应各出版单位所需纸张的机构，经常是无货可供。结果，报纸不是减少版面，就是暂告停刊。由于我在火车上一连好几天都是在西伯利亚的森林中穿行，知道这些森林堪称世界之最，而现在苏联竟然无纸可用，确实使我迷惑不解。后来，一些报社编辑告诉我，政府部门不重视造纸工业，他们认为像重工业之类的生产比造纸更为重要。

当莫斯科的一些外国记者知道我从海参崴来，特别是通过西伯利亚大铁路到达莫斯科，无不感到惊讶万分。好些年来，没有哪个外国记者获准前往乌拉尔山以东和西伯利亚旅行。尤其是对于像我这样没有特殊关系的记者，这次旅行更显得十分突出。苏联当局不希望它的潜在敌国——德国和日本——获悉那一带正在进行的工业化计划的详细情况。同时，当局也不愿意外国人看见他们使用强制性的"苦力"参与工业化建设。住在莫斯科的外国人，虽然大多知道苏联使用"苦力"兴建白海运河（the White Sea Canal），但是对于开发西伯利亚也用"苦力"，却知之甚少。

同许多别的外国访问者一样，我也被引导着参观了一些十分现代化的工业建设。但是，很少有人能看到苏联工业化的另一面，即我们美国人一度曾非常熟悉的那一面。有一次，我路过一家缝纫厂，透过那极其肮脏的窗户，看到工场间挤满了男工、女工甚至童工，有的在踩缝纫机，有的在用手缝纫。我想，那些新兵身上的制服，那些国营商店里出售的服装，大概都是这类缝纫厂生产出来的。不管苏联当局对他们的一些现代化工业建设感到多么骄傲，事实上，还是有这样落后的工厂存在。

当时，著名的莫斯科地铁即将竣工。由于莫斯科的地下土层是松软的泥沙，这项工程给当局带来了极大的困扰。有一天，我看到一大群工人从地铁出口处涌出来，每人扛着一把铁锹，仔细一看，居然全是女人。这些女工身穿工装，头戴帽盔，与男工十分相像，只是从声音中可以辨别她们的性别。其他记者告诉我，因为缺少男工来修筑地铁，当局只好动员女人来从事这项工作。出人意料的是这些女工干得非常起劲。还有人说，莫斯科之所以赶修地铁，是为了准备战争爆发，可以作为防空洞使用。

有一天晚上，我应邀到《基督教科学箴言报》记者贝斯（Demaree Bess）家中作客，亲身体验到苏联官方检查新闻电讯的情形。那晚的宴会，共有八位客人，都是美国和英国几家主要报纸的海外特派记者。大家刚入座不久，就有电话找我们八人中的一个。被找的这位仁兄是纽约一家报纸的记者。几分钟以后,他听完电话,回来连连道歉,说必须立即赶往新闻审查处修改他准备拍发的一则新闻,说完,便匆匆离去。没过几分钟,电话铃又响了,情况同刚才那位仁兄的遭遇一模一样。于是,这位也匆匆地走了。如此这般,在晚餐前一小时之内,我们这八个人居然一个接一个地被电话召走,前往新闻审查处去"商谈"各自的新闻稿的命运。这种情况,据说每天都是如此。外国记者们无可奈何,只好想出"一稿三投"的办法,同一份稿件,一路打电报,一路寄航空信,一路发平信,指望三路中总有一路成为漏网之鱼。另外一个办法是把要发的新闻消息,告诉到莫斯科来旅行的人,当他们搭夜车前往华沙或柏林时,只要一过苏联边境,便可把受托的新闻代为发出。当然,苏联政府对这些逃避检查的记者会加以报复,通常的做法是当这位记者申请离开莫斯科后,不管有什么理由,绝对不会同意发给回来的签证了。

受塔斯社(Tass News Agency)几位工作人员的邀请,我出席了他们的一次晚宴,遇见了《真理报》(Pravda)编辑卡尔·拉狄克(Karl Radek)。他是我在远东认识的。从前,他追随托洛茨基;当托洛茨基被整肃后,他又立刻改换门庭,投靠斯大林。就新闻业务而言,拉狄克相当出色,他写的许多社论,经常为塔斯社所采用。那晚,我们交谈的主题是有关《基督教科学箴言报》以前驻莫斯科记者钱伯林(William Henry Chamberlin)撰写的一本书。在书中,钱伯林激烈地批评了苏维埃政权,尤其是抨击了斯大林在乌克兰实施的"集体农庄"计划。乌克兰拥有众多的小地主,在斯大林推行农业共产主义的时候,他们就被剥夺得一干二净。因此,苏联当局也就获得了成千上万的苦力,送到远东去筑铁路,建工厂。拉狄克始终弄不清楚钱伯林为什么要写这么一本书。"他在苏联工作的10年期间,我们招待得挺好的",拉狄克谈起钱伯林时说。拉狄克还提到其他一些外国记者，他们在苏联工作时，当局招待得不错，可是回国以后，他们都写些"不友好"的报道，"诋毁苏维埃联邦"。最使拉狄克感到气愤的是纽约的一位专栏作家。当初俄国发生革命时，这位作家曾追随托洛茨基；后来回到美国，他便对苏维埃政权的所作所为大肆攻击。当然，拉狄克自己也在以后的一次肃反中，成了斯大林的牺牲品，不过，这是后话了。

我在莫斯科的时候，政治气氛十分沉闷。当时，意大利和德国的法西斯主义正气焰嚣张，不可一世，而莫斯科还担心会同日本开战。这个世界上最早的共产主义国家，尽管有着1.6亿人口，但却包括了100多个民族，使用180多种不同的方言。这样一个勉强凑合成的现代国家，又怎么能够抵挡来自世界上最强盛的那些国家的军事威胁呢？在苏俄革命的早期，它曾经受了来自四面八方的武装干涉——英国、法国和美国在欧洲前线，日本和美国在西伯利亚。当外国的干涉者和白俄反抗分子逃的逃，散的散，被打败之后，苏联社会普遍存在一种怀疑倾向。苏联当局对每个人都不信任，而对住在苏联的外国人，更是严加防范。那些与外国人有来往的苏联人，也是注意的对象。至于对日本人，那就更不用说了。

不像日本人先从轻工业着手，开始实行工业现代化，苏联的工业化起步于重工业。除了老百姓最基本的生活用品的供应，苏联当局集中精力，建起了拖拉机厂、机床厂，开采铁矿、煤矿、铜矿，修起了高炉。在整个工业化过程中，不可避免地犯了许多错误，一定程度上是由于苏联严重缺乏工程技术人员。

访问苏联期间，我经常听到一些国营企业的厂长发牢骚。他们抱怨说，无法使得生产和消费平衡。一个十分明显的原因，就是俄国老百姓的收入过低。当然，还有别的原因。这次旅行，我随身带了一些美国杂志，其中有几本专门以妇女为读者的通俗读物。这些杂志到处引起苏联人的极大兴趣，即使那些不懂英语的苏联人，也对杂志上的广告看得津津有味。他们不时地询问广告的内容，尤其关注服装式样、个人饰品以及其他一些服务设施。于是，我很快就得出了一个结论：苏联人是一个"极其缺乏广告"的民族，而这也是苏联的生产和消费无法平衡的另一个症结。政府官员对广告十分厌恶，视为资本主义制度的一部分。而这种憎恨，却使得苏联有限的产品竟会出现滞销，后果非常严重。

无论是火车上还是旅馆里，对我杂志上面的广告发生兴趣的苏联人，一旦发现我还带着几张留声机唱片时，就不再看杂志了，转而注意到唱片上了。这几张唱片是我在上海买的，原本带给一位住在莫斯科的朋友，其中使苏联人最感兴趣的是录有两首夏威夷草裙舞曲的一张。正巧火车上有一位苏联人带着一台老掉牙的留声机，于是他们一路就反反复复地听这两首舞曲，直到这张唱片几乎被放"烂"了为止。

我还听到一个有关当局不准报刊杂志登载商业广告的有趣故事。据说苏联政府决定建立自己的罐头食品工业。不久，机器买来了，工厂也建立起来了，还专门从美国请了一位食品工业的女专家，作为工厂的技术指导。可是，生产出来的那些罐头番茄、刀豆、水果以及其他食品，运到零售店后，却一直原封不动地躺在货架上。因为苏联人不知道罐头里还可以装食品，并且存放很久也不会变质。一位住在莫斯科的美国人，知道了这种情况后，就给一家报社写信，建议按照美国的办法，在报纸上刊登广告，介绍这些罐头食品。不料，这封信在苏联新闻界掀起了轩然大波，一些人士极其愤慨，认为这个不知"天高地厚"的美国人，居然胆敢把广告这个罪恶的资本主义制度下的产物介绍到苏联来。但是，出乎人们的意料，苏联各报记者对这位美国人的斥责，无形中反而为罐头食品做了最好的广告。于是，各零售店里摆着罐头食品的货架，很快就变得空空如也。

当时，苏联的火车上除了许多军人搭乘外，在其余的车厢里则挤满了平民百姓。这些普通旅客中，以年轻人和中年人为多，他们大多带着简单的行囊。这些人有的在政府部门工作，有的在全苏各地的工厂企业、工程建设或铁路修筑部门谋生。在莫斯科的街头和旅馆里，到处都可以看到这种人，不是坐着就是站着，排成一字长蛇阵的队伍，等待政府官员的询问，然后分派工作。

由于政府的权力高度集中于极少数官员的手上，以致作为国家首都的莫斯科的拥挤状况令人难以置信。通常认为，在苏联这块横跨欧亚两洲的大陆上，莫斯科是一个人口最多的城市。而且我敢打赌，莫斯科的居民中至少有一半人是那些提着行囊、等着官员指派工作的年轻人。

最能看出莫斯科拥挤不堪的状况的地方，莫过于那些随处可见的旧式公寓。政府对公寓的面积和租金详细地作出限制，但是却无法限制公寓住户收容自己的亲戚和朋友。有一位政府部门的公务员的妻子告诉我，她同丈夫能够表示亲密的唯一时间是他们一起到剧场看戏的时候，因为她的公寓仅有两个房间，除了她夫妇二人，同时还住着整整一打的亲戚和朋友。

莫斯科是个以歌剧、芭蕾舞和剧院闻名于世的城市，因此，我在莫斯科逗留的期间，这些地方大都光顾过。剧院是俄国城市居民生活的重要组成部分，不仅在莫斯科是这样，即使在其他一些小城镇，甚至在西伯利亚和北满洲，同样如此。因为在这些小城镇中，剧院还是当地居民活动的中心或者是俱乐部。我在莫斯科期间，一家称得上国内一流的剧院正上演一部描写帝俄时代伟大统治者的戏剧。这些统治者包括彼得大帝（Peter the Great）和伊凡四世（Ivan the Terrible）。我的俄语程度太差，无法了解全部剧情，但从演员的表演中，却能看出他们在竭力表现像彼得大帝那样的强大统治者，对建立俄国的功勋和贡献。

一天晚上，当我从红场回到新莫斯科大饭店时，忽然听到一种声音，同时还看见一缕微光，从一幢古老的石头房子的半地下室门口透出。我停下脚步，惊讶地发现那是一阵低低的宗教歌声。这些歌声对我太熟悉了，当年我在上海时，每逢新年或复活节的礼拜，常在白俄教堂听到这些东正教的歌曲。于是，我毫不犹豫地走进了那个小小的房间，看见里面有十几位老人在做礼拜。这是一座小得可怜的教堂，但墙上挂满了圣像，表明确确实实是一座教堂，而且，居然同克里姆林宫仅仅一街之隔。可惜，我的俄文实在蹩脚，无法同那位可敬的牧师交谈。所以，在"无神的"莫斯科，在克里姆林宫的阴影笼罩下，他们的宗教活动持续了多久，则不得而知。这也是我在苏联旅行访问期间，发现的唯一的一次宗教活动。

从苏方导游的口中，我了解到不少情况，大致获悉了在共产党统治下的苏联妇女以及青年的地位。我给这位女导游起了个外号，叫她"西伯利亚的安娜"。安娜只有22岁，是苏维埃青年团团员。虽然年轻，但是已经在堪察加沿海的一家鲑鱼罐头厂工作过三年，而且还曾参加过黑龙江边的"共青团城"的新建工作。苏联的出版物刊载有许多文章，详细介绍了苏联妇女享有的新的自由。我曾参观过莫斯科的一家"堕胎诊所"，专门为那些怀孕后不想生孩子的妇女服务。我也遇到过一些妇女，特别是在西伯利亚的妇女,她们虽然有孩子,但往往不知道孩子的爸爸是谁。

在海参崴,我还参观过政府的离婚机构。据说,凡是希望离婚的男女,只要一方提出申请,都可以获得批准。所收费用,也只是通知对方的邮票钱。该处的官员向我介绍情况之后,同我打趣地说,如果我想离婚,不必延聘律师就可办妥,不过,恐怕费用要稍微高些,因为寄往美国的通知,邮资需要20美分。

由于来自东方和西方的战争阴云密密地笼罩着苏联,因此,这种简便的离婚办法和廉价的费用,很快宣告结束。在我尚未离开苏联,斯大林已下令关闭莫斯科所有的"堕胎诊所"。面临战争的威胁,使得共产党政府不得不采取措施,稳定家庭和婚姻制度。那些失去双亲的流浪儿童,也被收容起来,送往职业学校,学会一技之长,获得谋生手段。还有一项措施是在全国范围取消男女合校制度,实行男女分校上课。同时,还专门开设女子家政专科学校,培养女学生的持家能力。因此,妇女完全"自由"并没有什么实际意义。

取道日本回上海

由于日本人当初不准我从上海经由满洲去莫斯科，所以，我估计如今向日方提出经过满洲回上海，也是不可能获准的。即使绕道日本回上海，恐怕日本人也不会答应。我早就知道，不管什么人，一旦被列入日本军部的黑名单，即使有再充足的理由，也休想把自己的名字抹去。只是我还不清楚东京的政府文职机构是否也像军部一样，对我写文章揭露他们侵略满洲而始终耿耿于怀。所以，我决定到莫斯科的日本大使馆去试试运气。

日本驻苏使馆所在的那条街，几乎有半条街，两边都是空空荡荡，既没有商店，也没有居民住宅。走到大使馆附近，我看见有两三名"格别乌"人员正站在近处的小巷口，用怀疑的目光打量着我。我走到大门口，按响了门铃，过了好久，也没有回音。于是，我只好绕着那幢房子转了一圈，总算找到一扇边门。使馆内的日本佣人听到声音出来开门，把我引到楼上。我意外地发现使馆的秘书居然是我在沈阳认识的熟人，不由地高兴起来。他叫毛利（Maori），以前在美国读过书，而且不管日本军方多么讨厌我，他一直对我十分友好，还常常帮我的忙。毛利听了我的请求后，立刻为我办了签证，允许我经过日本回上海。同时，他还介绍我去拜访日本外务省的一位先生。他解释说，那位先生一定会对我在苏联旅行的所见所闻感兴趣，尤其是关于远东的情况，因为日本人一直在密切注视着苏联人在西伯利亚的一举一动。

从莫斯科到海参崴，我是一路顺利，而一位与我同姓的邦尼·鲍威尔（Bonney Powell），却代我吃了一点苦头。邦尼是我的同行，曾有好几次因为任务相同而一起工作，其中包括采访"九一八"事变。由于姓氏完全一样，我们经常收到本应对方签收的邮件和电报。邦尼的名字没有被列入军部的黑名单，所以他很容易获得日本驻德国大使馆的签证，准许他经过满洲回上海。我们两人几乎同时从莫斯科起程，经过西伯利亚，到达海参崴。只是因为没有搭乘同一列火车，所以他不知道我取道日本回上海，我也不知道他可以从满洲入境。

邦尼到达中苏边境的中国城市满洲里时，立刻被日本人和伪满的边防军拘留，连同他的行李、新闻电影摄影机、电影胶片、照片等等，一起送到中国境内一个火车站附近的小楼上。在这幢小楼里，邦尼呆了将近48小时，等待日本人检查他携带的每一页文稿和审看每一英寸新闻胶片。起初，邦尼觉得莫名其妙，不知为什么被关起来，更不知为什么会对他这样不客气。直到一名日本警官把一份东京发来的备忘录给他看了之后，他才恍然大悟。备忘录上说他曾在《密勒氏评论报》上写过一篇批评日本军阀在满洲胡作非为的文章，邦尼一下子就明白了。那篇文章其实是我写的。只因日本的秘密警察得到日本驻苏联大使馆的消息，说我将经过西伯利亚回上海，他们就把邦尼误认作我而加以拘留。邦尼向日本人解释他们抓错了人，日本人居然还有点不好意思，连忙把他的文稿和胶片等都还给了他，放他走路。只是这么一折腾，邦尼拍摄的很多影片在检查时已经被弄得一塌糊涂。

在海参崴候船去日本的那几天里,我曾到日本驻当地领事馆访问。我敲了半天的门,竟然没有人来开门。日本领事馆的门窗都关得紧紧的,除了烟囱还在冒烟,整幢房子好像已经没有人居住似的。后来,我听别人说,在东京的苏联大使馆,经常被日本秘密警察监视,苏联大使和使馆的其他官员只要一上街或者到什么地方去,身后总有人像尾巴似地跟着。苏联人以其人之道还治其人之身,在海参崴和其他地方,对日本人如法炮制,采取同样的报复手段。

乘上那艘小小的轮船,离开海参崴,我踏上归途。在抵达日本前,轮船停靠在罗津(Rashin)港。这是日本人在朝鲜东北部新辟的港口。我担心在朝鲜上岸会遭到意外,就决定留在船上。可是,船长却向我表示没什么问题,一切由他负责。于是,我壮着胆上了岸。事实上,这位船长希望我上岸看看日本人在这儿的建设,另外,他还介绍我认识这儿海关的一位官员。在码头上,我遇到一位日本新闻界的同行,他自我介绍是东京某报的记者。我猜想他可能也是一名日本警探。这位自说自话的"同仁"对我十分友好,陪着我到处参观,同时,又不停地打听我在苏联的所见所闻。

这个小小的海港,一切都是新建的。崭新的码头,铺设着铁轨,便于军用列车把各种军用品直接运到海船旁边。日本的工程师和建筑师们,驱使着数千名中国和朝鲜的劳工,把当地陡峭的山崖炸平,开辟码头以便船舶停靠,修筑铁路以便列车运货。我的这位同行向导向我介绍,罗津港和邻近的其他两个海港,清津(Sei Shin)和雄基(Yu Ki),都是短期内兴建完成的,这样,日本人能够利用海船和火车,把驻扎在东京的军队,在60个小时之内,运送到满洲中部和北部。他说这些话的时候，非常含蓄地提到了海参崴。毫无疑问，日本人的计划是从海上和陆地把海参崴整个地包围起来。

"九一八"事变后不久，日本军队强征了一支庞大的劳工队伍，修筑了一条不长的铁路支线，从而把中国东北的铁路网同朝鲜东北海岸的铁路连接起来了。

我花了好几个小时，仔细观察了罗津港。显然，这是一个新兴的城市，新辟的大街两旁全是匆忙修起的商店和简陋的民房。我要求这位志愿向导领我到朝鲜人的住宅区和商业区去逛逛，顺便还想买些朝鲜的土特产。他耸耸肩，轻蔑地说："朝鲜人是个肮脏的民族，他们住在山谷后面哩。"然而，我还是说服了他，领我到朝鲜人的居住区转了一圈。对朝鲜人的居住区，尤其是当地的市场，我十分感兴趣。在市场上，我买了一些朝鲜刺绣和当地出产的珠宝工艺品。

轮船最后停靠在日本本州（Honshu）西海岸的一个小港——高冈港（Takaopa）。海关人员验看了我的签证，没问什么就让我通过了。可是，对我从莫斯科买来的几本书，他却花了不少时间，翻来覆去地审阅。我在一旁暗暗好笑，心想不知道他那有限的英文程度能否使他了解这些书的内容。果然不出所料，我的猜想立刻得到证实，他拿起一本书问我："这是一本什么书？古代的？现代的？还是将来的历史？"我瞥了一眼书名，那是雅克洪托夫（Victor A. Yakhontoff）撰写的《帝俄和苏联在远东》(Russia and Soviet Union in the Far East)，就回答说："大部分是古代的，非常古老的。"这话好像使他很满意，于是，就把我所有的书一律放行，准许我去搭火车。只是，我剩下的最后一听香烟被他没收了，那是我从莫斯科美国大使馆的一位朋友处要来的。

在东京，我觉得日本政府机构中的文职人员态度比较友好，而且急于想同我谈谈有关苏联国内的情况。而同军方打交道，却没有这么好的运气。军部的那些发言人，表情冷漠，不苟言笑，提出的问题几乎是千篇一律的："在伯力到海参崴之间，你看到有多少飞机场？""海参崴有多少潜水艇？""苏联同德国会开战吗？"几天后，我应邀到帝国饭店（Imperial Hotel）出席一次午宴，由日本的一个"海外友好"机构——日美协会（the JapanAmerican Society）作东。我的座位紧挨着该协会的主席。他是一位很出名的日本国会前任议员，现在刚被任命为设在纽约的所谓"日本文化署"的署长。坐在我对面的是约翰·戴公司（the John Day Company）的总裁及《亚洲杂志》的发行人沃尔什（Richard J. Walsh）。该杂志是由他的太太赛珍珠[①]（Pearl Buck）任总编辑的。吃饭时，我们的主人先解释了一通关于日本文化署的工作目标以及将来的组织体系，然后，就提到希望今后能在芝加哥、旧金山以及其他一些美国城市也成立类似日本文化署的机构。接下来聊天的时候，沃尔什说起他最近买下《亚洲杂志》一事，还说计划把它办成一个沟通远东各国信息的刊物。我们的主人听了之后，饶有兴趣地向沃尔什提议："你需要资金吗？我们每年可以给你5万美金，然后替日本宣传宣传。"大概还想到我也是一家杂志的发行人，于是就对我说："我们每年也可以给你5万美金。"沃尔什和我都婉言谢绝了他的好意。这种好意，同所谓的日本文化署的目的一样，完全是赤裸裸的，至少是要站在日本人的立场上说话。

一天，我从旅馆步行到日本外务省去，与我同行的是东京新闻界赫赫有名的人物金平濑场（Kimpei Sheba）。金平濑场出生在火奴鲁鲁，长大后回到日本从事新闻工作。在去外务省的途中，要经过国会大厦。我惊讶地发现，国会大厦门前的人行道全部用绳子围了起来，行人必须走马路对面的人行道。同时，附近还站着一大群警察。我向金平濑场打听是怎么一回事。他告诉我，东京一些农民组织了600名代表，前来国会请愿，要求降低赋税。警察当局害怕代表们一怒之下冲进国会，所以派些警察前来阻拦。

当晚，我把这事告诉了一位在日本工作了好几个月的美国记者。他向我透露，最近他刚从日本北部回来，由于农业歉收和捐税过重，各地都有动荡不安的迹象。据他说，在一些极其贫苦的农民家里和村镇的小旅馆里，人口贩子异常活跃。这些贩子替大阪的棉纺厂、东京以及其他日本大城市的艺妓馆，甚至中国东北驻有日本军队的那些城市的艺妓馆，"收购"乡下少女。人口贩子同少女们的父母订立契约，期限通常为三年。只有那些最漂亮的少女，才能被日本政府设立的艺妓馆所接受。一般情况下，一个相当漂亮的少女，她的父母可以预收大约1 500日元（约合700美元）的卖儿钱。另外，贩子还支付若干日元，作为少女的治装费。加在一起，卖到艺妓馆的少女，大概只能收到2 000～2 500日元。从此以后，这个女孩子只有还清这笔欠款，才能重获自由。倘若有幸碰到一位喜欢她的阔佬，或许她可以很快赎身。只是这种幸运并不多见。实际上，这些少女一踏进艺妓馆的大门，就已沦为女奴，直到人老珠黄不值钱的时候，再被卖入妓院，永远沉沦地狱。

大阪的棉纺厂购买少女的价格要低得多，而且也没有什么治装费。在契约有效期间，这些少女必须在棉纺厂工作，并且居住在厂里的宿舍，不得随便外出，直到契约期满为止。

那个时候的东京，到处开设了所谓的"啤酒馆"。这些啤酒馆每天24小时营业，简直是美国的夜总会在日本的"翻版"。大部分啤酒馆都在屋内沿着两边墙壁间隔成一个个小房间,特别是东京银座(Ginza)一带的啤酒馆,内部装修更加考究。进去喝酒的人,都有女招待侍候。她们坐在客人身边,以唱歌、陪酒来为客人服务。每家啤酒馆的女招待人数不等,少则五六名,多则十几名。只有那些规模较大、设施豪华的啤酒馆,女招待才会多达五六十名,甚至有上百人。女招待们从客人的酒钱中拿取回扣,至于小账,则由老板与她们分成。我曾到过一些啤酒馆,注意到那些女招待的手上大都长满了老茧。问她们是什么原因,都说是在大阪的棉纺厂做工的结果。一旦同棉纺厂订立的卖身契约期满,她们便纷纷来到东京,找家啤酒馆做事。应该承认,在啤酒馆工作,比起在那些必须经常陪客人外出的地方工作,要好一些。有人告诉我,当时东京的啤酒馆大约超过5 000家。

"九一八"事变之后,我一直留意日本人在国内和远东各地的宣传。日本政府说,占领了满洲,日本将日益兴盛繁荣,贫穷将永远绝迹。但是,事实恰恰相反,满洲的占领给日本老百姓带来的却是更为艰难的日子。所以,日本军阀势必铤而走险,准备一场更大的军事冒险。

后来,我搭乘美国的国营总统轮船公司的轮船回上海。为了卸下所载的大量废铁,这艘船在神户耽搁了两天。我很想看看卸下的都是些什么样的废铁,就独自在码头上站了好几个小时,看着那些起重杆从船上举起来,横掠过码头,卸下货物。于是,一大捆一大捆、一大堆一大堆的破旧汽车外壳、火车挂钩、车厢钢架、钢板以及更笨重的废弃了的纽约高架铁路钢轨和钢梁等,不一会儿便像山一样地堆积在码头上。一位在大阪通用汽车公司装配厂工作的朋友告诉我,每天早上,他搭乘环港有轨电车去上班时,总是看见大阪港中停满了各种各样的旧轮船。日本人从其他国家买来这些破旧轮船，解体后派用处。我的朋友说，日本人在拆船方面十分内行，所得的钢材以后都会拿来造飞机和军舰。就他每天来往于神户和大阪之间的印象来说，大阪港中的轮船，几乎一艘接一艘地被熔掉了。而在大阪郊外，像这样的废钢铁更是堆积如山，占地有几平方英里。

记得过去一再听人说起，日本人由于缺乏钢铁，因此绝不可能发动一场大战。日本缺少钢铁是真的，但是那些号称战略家的人却忽视了日本人拥有世界上最大的铁矿——美国的废钢铁。驻在远东的一位美国武官对我说，装运废铁到日本，是国营总统轮船公司近10年来在太平洋上的主要业务。

我先后写了好几篇文章，报道运送废铁这件令人愤慨的事情。几个月之后，听说美国国内的教会，已发起反对出售废钢铁给日本人的运动。主持这一运动的领袖之一，是从前在中国青岛传教的一位牧师。牧师曾告诉我，他组织了一个委员会，并且在纽约访问过那位人所共知的"美国废铁大王"。委员会的成员向"废铁大王"解释他们造访的目的，是在于阻止运送废铁到日本，因为日本不仅要侵略中国，而且还会进攻美国。"废铁大王"从他的办公桌上抬起头，气势汹汹地把众人赶出去，大叫大嚷地吼道："我是卖废铁的，只要付钱，就是魔鬼来，我也会卖给它！"

注释：

① 赛珍珠（Pearl Buck，1892~1973），美国女作家，生于传教士家庭，自幼随父母长期居住在中国，曾任金陵大学英国文学教授。1922年起从事文学创作，先后写了50多部作品，大多取材于中国，其中《大地》一书荣获诺贝尔文学奖（1938年）。

1936年的菲律宾

1936年，由于菲律宾的局势变化，国际间原先集中在中国和日本的注意力，因此也转移到了菲律宾。

当年的11月，我动身前往马尼拉，采访两件重大新闻。一件是麦克阿瑟将军（General Douglas Mac Arthur）[①]的菲律宾防卫计划的实施。另一件是第三十三届国际圣餐大会在马尼拉举行。这是一次非常重要的会议，世界各地的天主教会都派代表出席。作为远东地区唯一的天主教国家，菲律宾首次举办这样的大会，更显示出意义深远。果然，这次国际圣餐大会吸引了远东各国将近50万天主教徒，主要是中国和菲律宾。面临战云密布的紧张局势，天主教会也想以此显示一下自己的实力。

由于菲律宾可望提前获得独立，因此，它在远东国际政治舞台上，颇有些举足轻重的地位。就在我前往菲律宾的前几个月，英国远东舰队司令曾率舰队赴菲律宾访问，而且第一次代表一个外国，向菲律宾的新总统鸣放礼炮致敬。另外，到该国访问的重要人士，先后还有英国驻新加坡的总司令和荷属东印度的总督。在前往马尼拉所搭乘的"总统号"轮船上，我曾遇到几名西班牙内战中的难童。据说，这些孩子都已被住在马尼拉的一位西班牙富商所收养，而富商本人则是西班牙佛朗哥将军②的一名主要支持者。

这件事突然启发了我。美国政府一方面禁止运送军火弹药给西班牙共和政府，另一方面却又眼睁睁地看着它的属国菲律宾的居民拿大量的金钱去接济佛朗哥，使佛朗哥用来向希特勒和墨索里尼购买武器。此外，另一种现象更使我吃惊，当菲律宾还是西班牙帝国的殖民地时，这些西班牙商人从来没有发什么大财；而菲律宾成为美国的属国后，他们居然一个个都变得生意兴隆，腰缠万贯。根据最近的人口调查，居住在马尼拉的西班牙人大约有2 000人，散居在其他省份的还有数百人。他们中间的一些人，被认为是菲律宾最有钱的富翁。自从美国国会通过菲律宾的独立法案以来，有相当多的西班牙人已经取得了菲律宾的国籍。除了这些纯粹的西班牙人之外，还有一大批西班牙人与当地人的混血儿，形成一股颇有影响的势力。由于菲律宾曾经是西班牙的殖民地，因此，现在的西班牙内战也影响了这个岛国。有许多本来是西班牙内部的事情，但在菲律宾却同样会成为纠纷。

在国际圣餐会议开幕前夕，马尼拉的大主教奥多尔蒂（the Most Reverend Michafl J. O'Doherty）在马尼拉运动场对一万名学生发表演说，认为土地问题是使1 500万菲律宾人动荡不安的主要原因。他强调指出，由于多明我教会、奥古斯丁教会以及沉恩教派都拥有大量的土地，造成社会土地分配不均。问题还得追溯到西班牙统治时期。从1519年到1522年，麦哲伦③的船队发现了这些岛屿后，至今，西班牙统治菲律宾将近四个世纪。据说，当年麦哲伦曾说服宿务岛（Cehu）的酋长信仰天主教，使他成为第一个信仰天主教的菲律宾人。根据一本菲律宾手册说，现在有90%以上的菲律宾人都是天主教徒，而天主教会也就成为所说的"无论在实质上还是精神上，形成并造就了菲律宾长达375年历史间的一个最强大有力的组织。"

到本世纪30年代，西班牙人通过教会和教会学校在菲律宾的思想文化领域的影响，已经明显地衰退，这自然与大批美国神父和修女的涌入菲律宾密切相关。这些神父和修女，为了在深受西班牙文化影响的环境下工作，都受过特殊训练。

美国驻菲律宾的第一任总督塔夫脱[④]是由美国总统麦金莱（William Mckinley）委派的。塔夫脱到任后，为了解决土地分配问题，便买下很多土地，划成小块，分别卖给佃农，允许他们分25年偿还地价。尽管如此，仍不能从根本上解决土地问题。一些大的教会的利益并未受到影响，他们仍拥有40万亩最好的稻田、烤烟田和椰子园，而且在马尼拉市还拥有大批房屋和土地。

菲律宾总统奎松（Manuel Quezon）告诉我，他计划动用存在美国财政部的菲律宾国家基金3 000万美元，继续实施塔夫脱的购买土地计划，希望解决土地问题，尽管现在距塔夫脱时代已过去了三分之一世纪。

话虽然这么说，但仍需迫切解决实际问题。我曾分别在菲律宾的《今日公报》、美国的《芝加哥论坛报》和《纽约先驱报》这三家主要报纸上撰文，报道菲律宾佃农动荡不安的情形。仅仅在一个月内，佃农同警察就已发生25次冲突，包括几次流血事件。另外，我还听说有三所大教会的大约6万名佃农，已公开反叛。据说，以前土地由教会直接管理，是很少或者根本没有纠纷；而现在，教会的大量土地都是交给美国和英国的房地产公司代为管理和经营，许多麻烦也接踵而来。

在各地的动乱中，最严重的莫过于一个激进组织发动的"萨克达尔运动"。该组织的成员大多是佃农和劳工，他们组成了"萨克达尔"

党,在他加禄语中,意思是"我们抗议。"据说,在一系列的佃农暴动事件中,"萨克达尔"党是幕后指挥者;而同时,值得注意的是,共产党的口号——"反法西斯联合阵线",也开始在菲律宾政界出现。当奎松就任菲律宾总统时,在"萨克达尔"党的组织和鼓动下,各地动荡不安的局势达到了一个可怕的巅峰。为此,菲律宾政府不得不着手进行调查。"萨克达尔"的领导人拉莫斯(Benigno Ramos)还没等到调查开始,就一走了之,亡命日本。在日本,拉莫斯一住就是几年,继续从事反对奎松总统和美国占领菲律宾的宣传活动。马尼拉的一些老市民至今还记得当年阿吉纳尔多领导的反美暴动。事后才知道阿吉纳尔多和他的部属所用的武器军火全部从日本运来,而中间人却是那些在上海暗中活动的"美奸"分子。

出席马尼拉圣餐会议的中国天主教代表团团长是中国南京教区的主教于斌[5]。于主教后来被任命为中国天主教青年会(Chinese Catholic Youths)和天主教中国行动委员会(Catholic Action in China)的会长。由于奥多尔蒂大主教的提议,在每一个天主教教区内,都成立了一个所谓"天主教行动维持委员会"。该委员会的目的,在于研究各自教区内的社会和经济问题。由于天主教会的势力和影响在中国不断扩大,据说今后的教徒,将从目前的300万人,以每年新增10万人的速度发展壮大。

鉴于社会动荡不安的不断蔓延,为了控制局势,菲律宾当局要建立一支强有力的军事力量,其重要性不亚于国防建设的紧迫需要。

因此,一支木匠队伍正夜以继日地赶建临时营房。麦克阿瑟将军解释他的计划说,他准备以10年为期,每年训练4万名当地部队的士兵;到1946年菲律宾的正式独立生效时,该国就拥有一支40~50万人的军队。这些军队在第一年要接受为期五个半月的训练，以后每年再予以短期的集训。

在麦克阿瑟—奎松计划下接受训练的菲律宾士兵，后来，大多数在美国军官的领导下，成为占领期间打击日本占领军的当地游击队和地下武装。以后，在麦克阿瑟将军重新夺回菲律宾群岛的战斗中，他们也尽了最大的努力。

菲律宾群岛一共被划分为10个防区。每个防区都设立一个机动中心，贮藏着必需的军用品。这一规划原本是为了菲律宾正式独立后，组建30个步兵师而设计的。另外，菲律宾已开始着手训练一支空军，以及一支由若干艘鱼雷快艇组成的舰队。但是，为了获得各种军用品，几乎是困难重重，即使是一些淘汰了的美国军用品，也很难弄到手。事实上，只有极少数美国人认识到防守菲律宾的重要性，而大多数美国人，对麦克阿瑟的计划，莫不是毁多于誉。一家非常有影响的美国地方报纸，甚至主张美国放弃菲律宾，或者干脆送给日本人，以此结束美国在太平洋地区所承担的责任。

当时，防守菲律宾大小1 400多个岛屿的唯一一支部队，是不足一师兵力的美国兵。而在这不足一个师的美国部队中，还有一半是那著名的菲律宾童子军。

我发现无论是麦克阿瑟将军和他的参谋人员，还是奎松总统，都十分关注中日以及日苏之间的对峙状况。由于我多次到中国东北采访，并且又是刚从西伯利亚和日本访问归来，因此，我在马尼拉应邀向不同的听众作了六七次演讲。每次演讲的内容，都离不开中、日、苏三国的情况以及我自己的感受。

在此期间，同美国和菲律宾的领导人进行了几次讨论后，我获得了一个非常鲜明而又完整的印象。他们都从国防安全的立场出发，认为菲律宾正面临着一个像日本那样强有力的敌人的严重局面。同时，我也获悉了麦克阿瑟将军防卫菲律宾计划的要点。该计划立足于内海设防。这一内海，位于两个主要大岛之间，一是北边的吕宋岛（Luson），一是南边的棉兰老岛（Mindanao）。这个同有名的日本濑户内海（Inland Sea of Japan）有点相似的内海，被一些重要的岛屿，如民都洛岛（Mindoro）、班乃岛（Panay）、内格罗斯岛（Negros）、宿务岛（Cebu）和保和岛（Bohol），从西边和西南边包围着，而在东边，则有马斯巴特岛（Masbate）、萨马岛（Samar）和莱特岛（Leyte）作为屏障。如果在这个内海的六个入口处，配置远射程的大炮，那么，不管多么强大的敌人，都将发现菲律宾是一个难以敲碎的硬核桃。特别是如果这些岸炮获得一支空军以及一支快速鱼雷艇舰队的支援后，更将是坚不可摧。快速鱼雷艇还可以护送补给船，把军需品和食物源源不断地运送给吕宋岛南面的防卫部队。在吕宋岛南面的一些富庶岛屿，包括那个最大的棉兰老岛，将会成为菲律宾群岛中的"面包房"。假如内海通往各岛的航线始终保持畅通，那么，吕宋岛以南的大部队的后勤供应绝对没有什么问题。

实际上，每个人都赞同这个周全的菲律宾防卫计划。但是，我却没有发现大家在防守马尼拉的问题上竟然也是意见一致。马尼拉是菲律宾的首都，位于吕宋岛南面的马尼拉湾（Manila Bay）内。而吕宋岛是菲律宾最北端的岛屿，同台湾南部近在咫尺，隔海相望。按照当时远距离轰炸机的作战半径计算，吕宋岛很容易受到来自四面八方的攻击。

早年，马尼拉的防卫大半依靠马尼拉湾内卡瑞吉达（Corregidor）岛上的石碉堡。在轰炸机还没有发明以前，这些石碉堡几乎是牢不可破的。但到了本世纪30年代,卡瑞吉达的道路、通讯线路以及发电厂都暴露在外,于是又变成一个无法防守的区域。然而,在马尼拉以西,即马尼拉湾和南中国海之间,有一个多岩石的半岛。据美国军事工程专家认为,那儿倒可以用来抵挡一阵外来的攻击。果然,这个长满怪石嶙岩、遍布亚热带植物的半岛,不出几年就成为美国家喻户晓的一个地名——那就是巴丹半岛(Bataah)。

然而,另一个有关菲律宾的问题,却始终找不到一个令人满意的答案。这个问题就是有关人口的最根本的问题。从自然资源上看,菲律宾可能是远东最富庶的地区;但是,为什么它又是一个人口最稀少的东方国家呢?在土地面积上,它几乎同日本的领土相等,而且可耕地是日本的两倍;可是,人口却只有日本的五分之一。

对一个从中国、日本、马来亚、荷属东印度等这种人口密度很高的国家来到菲律宾的人,看到当地人口稀少,确实会感到不可思议。我曾就这一问题向许多受过教育的菲律宾人请教,但他们的回答各异,有的说是由于较高的婴儿死亡率,有的则认为是大庄园主实行劳役偿债制度的后果。为了继续寻找答案,我曾经有过一次十分有趣的采访。那一次,当我向吕宋岛南部一所学校的校监提到这一问题时,他并不直接回答,却把他的太太找来,问她说:"我们有几个孩子?"他太太说:"现在有14个;到下个月,15个!"于是,这位校监告诉我,在菲律宾的上层社会,绝对不存在因过度节育而种族人口逐渐消亡的现象,人们通常都维持着大家族这种生活方式。然而,他认为按照当时正在拟议的土地改革方案,一旦农民拥有自己的土地,势必使得菲律宾人口急遽上升。

许多人都建议,如果菲律宾人口能够急遽增加,可以减少中国移民的大量涌入。菲律宾的中国人已经相当多了，不过他们大多数都是商人，或者从事一些专门职业。由于中国商人在杂货和粮食方面的独占经营，一有机会，当地便会掀起一股强烈的排华浪潮。有好几次，甚至试图对中国商人征收特别税。所有这些，都比不上西班牙统治时期在马尼拉发生的一次可怕的反华骚动，很多中国人在骚动时被杀死。不过，最近若干年来，中国人和菲律宾人的关系已经相当友好，许多中国男子都娶了菲律宾太太，中国混血儿的人数大大超过了西班牙混血儿。据说，菲律宾许多蕴藏量极其丰富的金矿，都是中国人开采出来的。在那些开采过的金矿中，曾发现遗留下来的中国陶器以及一些工具，证明了远在12世纪中国人就已经到了菲律宾。

由一位熟悉菲律宾教育制度的美国人陪同，我在吕宋岛参观了不少学校。自从1898年美国占领菲律宾以后，曾一次性从美国请来600名教师，使得该国的普及教育有了长足的进步。如今，无论在城市还是乡村，最引人注目的建筑都是学校校舍。

那600名最早来到菲律宾任教的美国教师，只是现在都不在当地了，代之而起的是一些菲律宾人。这些菲律宾教师，其实就是那批美国教师最初所教的学生。美国国会在通过菲律宾独立法案时，有一条款规定该国的教育一律以英语讲授。不过，我不得不承认，在我参观过的几所学校里，那些菲律宾教师所说的英语，一大半我都无法听懂。然而，我却注意到在下课时，许多学生围着在看马尼拉报纸上登载的美国漫画。

通过参观学校，我才真正体会到菲律宾语言的复杂性，以及因此而产生的一系列问题。在西班牙长期占领时期，受教育的菲律宾人所学的都是西班牙语，而当时由天主教会创办的学校，也讲授西班牙语。美国占领菲律宾之后，英语就成为官方语言以及商业用语。然而，由于近几年来民族主义思潮的高涨，使得一些菲律宾领导人意识到有必要提倡菲律宾本国语言。于是，便有人主张以吕宋岛的方言"他加禄语"作为菲律宾国语。菲律宾国家教育部的一位官员告诉我，菲律宾的方言共有60多种，分别为各岛居民所使用，因此，许多社会团体都反对以"他加禄语"为统一使用的国语，认为该方言的主要流行地区不过是马尼拉一带而已。

菲律宾的各级公立学校制度以及所采用的美国教科书，对于该国实施的民主制度，毫无疑问，有着莫大的帮助。同时，由于美国的政策从一开始就十分明确地着手协助菲律宾人建立他们的自治政府，期望他日能有一个完全独立自主的国家。因此，在珍珠港事件之后，菲律宾人就同美国站在一边，抵抗日本的侵略。当然，天主教会在这方面的影响，也是不容抹杀的。

后来，我到菲律宾大学向一班学生发表演讲。事后，我发现这些大学生对美国的历史居然十分了解，特别是对一些非常特殊而又具有民族意义的事件，以及一些卓越的历史人物，其熟悉程度令人惊讶。由此，使我联想到我们国内的大学生、中学生以及他们的教师，如果美国政府把当初给菲律宾学生使用的课本，用来教授我们自己的学生，相信他们一定会从中获益匪浅。

注释：

① 麦克阿瑟将军（General Douglas Mac Arthur, 1880~1964），美国五星上将，时任驻菲

律宾美军司令。
② 佛朗哥（Francisco Franco，1892~1975），西班牙军人，时任加那利群岛部队司令。1936年7月率法西斯军人发动叛乱，企图推翻共和政府。1939年后在西班牙建立独裁统治，并追随希特勒德国对外侵略政策。
③ 麦哲伦（Magellan，1480~1521），葡萄牙航海家，后迁居西班牙。1519年，奉西班牙国王之命，他率船队从西班牙的圣罗卡港启航，渡过大西洋，沿巴西海岸南下，经南美大陆和火地岛之间的万圣海峡（后命名为麦哲伦海峡），进入太平洋。又继续西行，于1521年3月16日抵达菲律宾。但麦哲伦因介入当地土著人内争，被杀。其余船员后经印度洋，绕过非洲回到西班牙，完成了世界历史上首次环球航行。
④ 即后来的美国第27届总统威廉·霍沃德·塔夫脱（William H. Taft，1909~1913）。
⑤ 于斌（1901~1978），黑龙江兰西人，神学家。1936年起历任天主教南京区主教、总主教，国民参政会参政员，中国宗教徒联谊会常委等职。1954年去台湾，任台湾辅仁大学校长。1978年7月16日，在梵蒂冈参加教皇保罗六世葬礼时，因心脏病突发逝世。

第四部分

从"西安事变"到南京的陷落

西安事变

自从1911年清王朝被推翻以后，中国经历了许多次危机。但是，无论哪一次危机，都比不上1936年12月12日的西安事变，在中国国内和国际上引起那么重大的反响。西安事变发生时，我正在菲律宾。当我意识到这场危机的严重性后，便立即束装返回中国。我在圣诞节前几天抵达上海，马上就感受到在上海和首都南京这两大城市的人心惶惶，舆论鼎沸。

身为国民政府领袖和军事委员会委员长的蒋介石遭到劫持后，不仅使得南京政府陷入瘫痪，而且给中国内部的政治派系和阴谋分子提供了一个东山再起的机会。过去，由于蒋委员长的铁腕，这些政治纷争和阴谋都被控制住了。

由于远东的政治危机，使得南京政府的混乱更趋激烈。除了中国本身之外，苏联和日本正密切注视着事态的发展。至于德国和意大利，由于在同日本结成军事同盟以前，还签订了所谓"反第三国际协定"（Anti Comintern Pact），所以也算是有关国家。这个"反第三国际协定"的目标，本来就是针对苏联和第三国际的。1936年11月25日，该协定在柏林签署，而不到一个月，便发生了西安事变。因此，德、意两国不能说与西安事变无关。更何况，日本、德国和意大利曾经竭力迫使中国参加他们的反共同盟。

由于日本占领了中国的东北三省，以及进一步向西军事扩张，侵占与苏联盘踞的外蒙古接壤的内蒙古，所以，中日关系、日苏关系早已到了崩溃的边缘。

在中国的地图上，有"内蒙古"和"外蒙古"这两个名词。那是在1917年俄国革命后不久，它便占据了蒙古北部地区，或者说占据了蒙古的未开发地区，从此，蒙古南部被称为"内蒙古"，而蒙古北部则被称为"外蒙古"。内蒙古早已被划分为中国的几个边疆省份，分别称作察哈尔、绥远和宁夏，并且迁徙了许多农民前往屯垦。而外蒙古仍旧是游牧的蒙古部族的聚居之地，苏联把他们组织起来，成立了"蒙古人民共和国"，成为苏维埃联盟中的一员。

对日本人从中国东北向西扩张，苏联早就是忧心忡忡，眼下则变得寝食难安。因为日军一旦占领绥远和新疆，将很快切断中国同苏联的陆上通道。

所以，苏联采取了相应措施，派兵进驻中国的新疆，旨在防止日军侵入内蒙古。苏联军队是从外蒙古的阿尔泰（Altai）派出的。1918年，阿尔泰地区被苏军占领，并且更名为坦纽图瓦（Tannu Tuva）。这些苏俄部队原先驻扎在新疆东部。这样，从甘肃的兰州，向西到新疆的乌鲁木齐（又称迪化），再到中苏边境，整个区域内的公路以及其他陆上通道，直接被苏军控制。

面临当前的远东形势，美国也开始变得坐立不安。其中有一个重要原因，就是美、英、日三国于1922年的华盛顿军备会议上签署的《限制海军军备条约》（Naval Limitation Treaty）已经期满。日本明确宣布废除该条约，并声称有权建造"适合自己需要的"舰艇。美国海军的有关人员十分清楚，那个限制海军军备的条约早就是一纸空文，因为日本不仅秘密地建造了超出条约所限制的各种战斗舰艇，而且在太平洋的一些岛屿上还修筑了战略性的海军基地和炮台。那些岛屿都是日本人原先同意不设防的地方。

至于英国人，由于当时国内一场突如其来的危机，远远超过了他们对远东地区的极大兴趣。这次危机始于英王爱德华八世（Edward Ⅷ）放弃王位[①]，接着乔治六世（George Ⅵ）继位。上海的英国著名报纸《字林西报》登载有关这件新闻的大标题是："英国人民目瞪口呆，日不落国毁于女人。"新闻报道不仅掩盖了远东危机的不断发展，而且也很明显地看出，当他们的国王不惜丢掉皇位，同一名美国寡妇结婚的时候，英国人对于远东的危机，是毫无兴趣的。

当时，上海到处流传着关于蒋介石委员长安全问题的谣言，人心浮动。由中国人控制的英文《大陆报》，一直试图扭转局势，吁请策划事变的张学良将军和共产党一起努力，结束危机，进一步巩固民族联合。暂时代理行政院长的财政部长孔祥熙也表示了同样的希望，他对采访他的记者们说："那些打着反日招牌而政治上别有用心的人，很快就会认识到他们的举动将给危机带来严重的后果。"

上海的报纸同时还刊登了一则来自东京的电讯，强调了日苏关系的进一步恶化。这则电讯提到了两名日本报纸编辑座间胜平（Katsuhei Zama）和大竹博吉（Hirokichi Otake）的被捕，罪名是把有关内蒙古的军事情报出卖给苏联驻日使馆的官员鲍里斯·鲁道夫（Boris Rodov）。情报涉及到蒙古德王[②]的一系列活动。德王不久前曾到日本访问，并被日方任命为内蒙古新政府主席。这一政府完全是由日本军方一手操纵的傀儡。事实上，德王同外蒙古的苏联方面也有勾搭。

德国和日本还强迫中国同他们签订一项密约，内容规定由中国政府聘请日本特别顾问，一方面负责监视共产党的活动，另一方面严格控制朝鲜人在中国的"非法"活动。此外，还规定了必须压制中国所有的反日活动，以及任命一批中日学者，联合组成一个委员会，着手改编中国各级学校的教科书。上述各项要求，由日本驻华大使川越茂（S. Kawagoe）向中国外交部长张群正式提出。尽管如此，日本人还感到不满足，进一步施加压力，迫使蒋委员长同意日方对华北的军政事务拥有决定权。中国政府出于无奈，只好与日本人签订了那著名的"塘沽协定"（Tangku Truce），由中国的陆军部长何应钦将军和日本的梅津美治郎将军（Umetzu）于1933年5月31日代表各自政府签字[③]。该协定签字后，北平的学生立刻举行了一次反政府的示威游行。蒋委员长一方面完全答应日本人的各项条件，另一方面也在紧张地准备，以加强中国军队的战斗力。他明白，同日本人摊牌已无可避免。所以，他的西北之行的目的是同张学良将军以及其他将领讨论，研究如何加强西北的战备，以便同日军一战。

这是蒋介石在最近几个月中的第二次西安之行，主要是因为当时西北的局势动荡不安。这种不安，一方面是由日本和苏联在蒙古的利益争斗以及表现出来的野心所引起的，另一方面是中国共产党的反抗立场和政治图谋正在西北不断地扩大影响，尤其在陕北和绥远，共产党的势力逐步扩展。

中国共产党已经把他们的军队人数从1928年的2.5万人增加到目前的近10万人。同共产党对峙的是张学良将军率领的东北军13万人以及杨虎城将军率领的陕西地方部队4万人。由于这两支部队的待遇很差，士气低落，因此很容易成为共产党宣传的俘虏。

为了从中国国内政治纷争的立场来了解中国共产党当时的处境，我们必须追溯到1927年。当年，所有的共产党员都被驱除出国民党和国民政府。然而，中国共产党不同于其他国家的共产党，它不仅仅只是一个政党，而且还拥有一支装备良好的军队。

蒋介石把共产党员从国民党组织中驱逐出去之后，还推翻了共产党在汉口成立的苏维埃政权，并且断绝了同苏联的邦交。于是，中共领导的红色武装便撤到了长江以南的江西和福建两省之间的崇山峻岭之中。另一支红色武装原先在广州一带活动，曾计划在广州附近的汕头建立一个苏维埃政府，事情没有成功，他们也撤到了江西和福建的山区。在那里，两支部队汇合在一起。

通过采访中国红色政权的官员、苏联顾问以及一些同情中共的美国人，可以很清楚地了解到共产党将继续反抗中央政府的意图。他们中的有些人在汉口的红色政权失败后已经逃到了莫斯科。这些人中间，为共产主义在中国描绘光明未来的前景的有原汉口政府的外交部长陈友仁以及苏联顾问鲍罗廷。

但是，莫斯科当局对开销极大的中国冒险活动感到厌倦，而且，苏联在远东地区的陆军和海军力量有限，无法接济远在江西山区建立根据地的中国共产党人。因此，中国的苏维埃政权只好自力更生，着手在江西农村推行独特的统治方式，包括发行纸币、征收赋税以及实行土地再分配方案。在当地乡村，那些被称为土豪劣绅的大土地所有者早就引起了农民们的普遍不满。至今我还保存着一枚中国"苏维埃政府"铸造的银元，一面是列宁的肖像，另一面是镰刀锤子的图案。

在1928年到1934年的大部分时间里，蒋介石和他的同僚们忙于巩固南京政府的地位，同时，与国内反对派军阀作战。

因此，江西的红色力量获得了一个喘息的机会，重新组织了他们的"苏维埃政府"，并且再次同莫斯科建立了联系。但是，他们推行的土地再分配方案在江西北部引起了一场可怕的饥荒，最终导致了他们的失败。在上海的银行家们，因为共产党的社会化（没收）计划使得他们的贷款无法收回，就与华中的大地主们结成强大的反共阵营。从那些银行家手中获得大量好处的蒋委员长和南京政府，就再一次发起"剿共"行动。他封锁了福建省边界，沿长江修筑了一连串的碉堡，切断共产党的退路，派飞机轰炸了他们的山区根据地，最终迫使共产党军队从江西山区撤离。

1934年10月中旬，现在拥有大约9万人的红军队伍，悄悄地离开了他们在山区的藏身之处，开始踏上寻找新的落脚地的征途。沿着中国南部和西南各省边界的崇山峻岭，他们艰难地跋涉了将近4 000英里，最终到达了中国西北部的新的落脚点，完成了一次划时代的长途行军[④]。他们靠着化整为零的行军和寻找各省界处的空隙，一次次通过敌方控制的地区，得以完成这次长途跋涉。他们先后穿过了中国西南的贵州、云南两省；然后，沿着长江上游狭长的山谷向北进入四川，翻越雪山，来到甘肃；最后，抵达陕西北部，在延安重新建立了他们的苏维埃政府。从地图上看，延安离苏联控制的外蒙古距离较近。领导红军完成长征的两位著名的共产党领导人是朱德和毛泽东。

由贺龙将军指挥的另一支红军队伍，也从他们一直活动的湖南省北部撤退，来到延安，加入红色政府。第三支红军队伍是自称为"抗日第四军"，原先在长江两岸的安徽省山区建立了他们的根据地，这时已被蒋介石的部队击溃，部分军队就被南京方面收编了。

共产党的余部退到西北后不久，他们就发动了一次反美高潮，这是1927年的"南京事件"以来，对美国传教士的一次最严重的迫害。两名年轻的美国传教士，约翰·斯塔姆牧师和他的太太（the Reverend and Mrs. John Stam），连同他们刚出生两周的女儿，被抓了起来，并且被公开处死。斯塔姆夫妇刚从芝加哥的"穆迪圣经学院"（Moody Bible Institute）毕业，不久前被派往中国的安徽省传教。在被带往行刑的山里的时候，斯塔姆太太匆忙地用破布裹着她的女儿，扔在路旁的一个中国人家里。这位善良的中国农民，不仅收养了这个女婴，而且后来还把她交还给她的外祖父母。她的外祖父母就是曾在山东省传教的长老会（Presbyterian）传教士，后来退休的斯科特牧师夫妇（the Reverend and Mrs. Charles Ernest Scott）。

斯塔姆牧师夫妇是当着一大群乡下人的面，在山里被处死的。杀死他们以前，让他们站在群众面前，四周贴满了标语，插满了旗帜，还有激烈的演说。演说以及标语的内容，都是谴责美国和世界资本主义，同时赞扬了苏联。当这对无可奈何的夫妇被砍头之后，对这一罪行负有责任的红色力量方面发表了一项言过其实的声明，宣称这是对美国的报复。因为美国的飞机公司向南京政府出售飞机，蒋介石用来轰炸红色力量在江西山区的根据地，使得他们只得放弃自己的据点。

最初，红军的人数有9万人，经过长征到达陕北时，估计剩下的人数已不到2.5万人。尽管他们迁徙的新地方是个土地贫瘠，山高壑多，人口稀少的地区，但是，他们的力量却很快地得到补充。到了1936~

1937年的冬天，他们再次声称已经拥有10万人的军队。

西北地区局势不稳的种种迹象，早已在上海报纸上有所报道。那些直接从西安发来的电讯稿，报道了当地学生的游行示威，他们要求政府停止对中国共产党的压迫，并且组织抗日"联合阵线"。中共方面也利用一位左倾的美国妇女，在共产党的电台发表中、英文的广播演说，宣传同样的主张。中国共产党渴望转移日本军队对他们的压力，希望蒋介石能够被迫承担抵抗日军进攻的重担。而背后，毫无疑问地有莫斯科的支持。苏联方面同样也希望减轻日本人在西伯利亚以及苏联控制的外蒙古地区的压力。另外，苏联急于使得日本更深地陷入中国战场，陷得越深越好，这样，势必会引起英、美两国卷入这场纠纷。尽管莫斯科方面矢口否认，但有证据表明，在西安事变中，苏联的影响是极其重要的因素。

我第一次见到张学良是在沈阳，那是1929年中国与苏联发生短暂战争的时候。当时，张学良已被称为"少帅"，以示同他去世的父亲张作霖元帅有别。张作霖元帅是在1928年被日本人暗杀的。

张学良继承他父亲的庞大财富以及继任东北军总司令时，年仅30岁。在整个中华民国，当时的东北地区是最危险、最不安定的。张学良担任这样一个重要的职务，显然是准备不足，因为在过去的大部分年月里，他只不过是一位在北平和沈阳寻欢作乐，在他父亲的军队里闲逛的公子哥儿。他曾在日本的军事学校学习一年，回国后在东北军中任职。差不多就在这时期，也不知从什么地方，他染上了抽鸦片烟和注射吗啡的恶习。这一恶习伴随着他好些年，使他的前途大受影响。后来，在上海的美国医生米勒（Dr. Miller）使他彻底戒了毒。米勒是美国安息日会

（American Seventh Day Adventist）的传教士医师。

尽管如此，张学良仍然是一名热情的民族主义者。他拿出自己相当多的财产，用以发展东北三省的教育事业。他出资在沈阳建立了国立东北大学和沈阳陆军军官学校。当1931年日本人干涉东北事务时，他正在东北三省全面推行普通教育计划。早在1928年，张少帅就已经向日本人挑战，当时他正式宣布东北三省服从南京国民政府，并且下令在东北各地政府机构一律悬挂国民党的旗帜。1929年，他在北平以调解者的身份拆散了汪精卫领导的一个反对南京政府和蒋介石的军政集团。

当日本人发动所谓的"满洲事变"，在1931年9月18日夜里攻占沈阳时，张少帅正在北平的一家医院里养病。因此，驻沈阳近郊的东北军在紧急关头而未能抵抗侵略者。之后，在南京政府先后担任了几个职位，张学良被委派为所谓的"剿匪"总司令，在陕西南部设立了"剿匪"总部。张少帅的主要任务是监视中共的活动，因为西北地区的共产党再次使得政府感到头痛。当时，张少帅的部队共约13万人，大部分是从东北撤退入关的东北军旧部。另外，在他的总部还有几百名学生和教师，那是随同部队一起撤退的。日本人一占领东北，就关闭了所有的学校。由于他的财产大部分投资在东北的地产、森林和矿山，而现在又被日本军队全部夺走，所以，张少帅在失去东北以后，很快就发现自己处于贫困的境地，不得不仰仗南京政府的财政支援。他的士兵待遇极差，他的学校和机关人员的生活也极其清苦。

西安事变前几个月，大家都已经知道张少帅的部队不但不反对共产党，反而同共产党相处得非常融洽，甚至允许他们在自己的辖区内活动，向老百姓散发反对南京方面的各种宣传品。然而，自从1927

年国共两党在上海、南京和汉口公开决裂之后,蒋介石委员长一直是反对同中共和解的。蒋认为中共是莫斯科共产国际的工具,只要他们仍然同苏联保持关系,不放弃在西北的独立地位,就拒绝同他们谈判。只是这时风闻蒋委员长有意免除张少帅西安"剿共"总部总司令的职务,由他的心腹代替,以便继续执行反共政策。因此,在蒋委员长去西安的前三天,南京政府行政院通过了一个决议,重申由蒋本人裁定的外交政策将继续是中央政府的指导方针,另外,在西北地区采取的反共政策亦无改变。跟随蒋委员长一同去西安的有 10 来位政府高级官员,其中包括几位将领,还有一小队卫士。在这几位将领中,有当时的福建省绥靖主任蒋鼎文将军,他便是前来接替张学良在西安的职务,指挥西北地区反共活动的。

发生劫持蒋委员长和他的随员的戏剧性事变的所在地西安,是一个西北边陲的大城市,在黄海海岸以西约 700 英里。西安不仅是古代中国联接中亚细亚的通道上的重镇,也是中国历史上的政治都城,如周朝的国都就建在这儿。大约从公元前 1122 年开始,差不多延续了八个多世纪,西安在中国历史上的重要地位没有变更过。这一时期,也是中国历史上著名的大学问家辈出的时期,如孔子、孟子、老子、墨子等人,都是这个时代的人物。现在我们有幸看到的世界上最好的古代青铜器,也都是从西安附近周朝帝王坟墓中出土的。这一时期,也是周朝同商朝(约建立于公元前 1400 年)为了争夺黄河流域的统治权,连年不断发生战争的时期。

因此,在这样一个地方,发生这样一个涉及中国、日本、苏联甚至全世界政治利益的亚洲政坛戏剧化的事变,不能不说是个很恰当的场所。

蒋委员长于12月7日乘飞机抵达西安，然后，下榻在距西安有一段路程的临潼华清池。当时的陕西省政府主席是由中央任命的邵力子，他原来是上海的一位老报人。邵力子当然欢迎蒋委员长的莅临，不过，他手中掌握的实力只有陕西省的警察部队，而这些警察在事变发生后，倒是一直效忠于蒋委员长的。值得一提的是，这也是蒋委员长在处理重要政治事务的长久生涯中，第一次没有他的妻子宋美龄的陪同。

蒋委员长到达西安后，立即主持召开了一连串的会议。参加会议的有他的随员，还有少帅张学良和陕西省军队统帅杨虎城将军。但是，每次会议都没有什么结果，因为张学良和杨虎城始终坚持要地方上的代表人士与会，而这些人士都是主张立即抗日的。经过四天徒劳无益的会谈后，蒋委员长告诉张少帅，中央政府的决定是继续围剿共产党。蒋本人坚持认为，如果让共产党以独立地位留在西北，而政府却同日本开战，那就无异于自杀政策！而张学良和他的合作者杨虎城则认为应该接受共产党，并组成全国共同抗日的"联合阵线"较好。

张少帅坚持中央政府应对驻防西北的27万部队的薪饷和装备负责。但是，他却并不保证所说的"联合阵线"将接受国民政府三军统帅的命令。这也许可以说明为什么张学良决定要共产党的代表来同蒋委员长谈判。

经过一番激烈的争论后，双方陷入了僵局，蒋委员长就回到城外的临时住地去休息。在那里，有他的一小队卫士和一支地方警察部队保护他。

于是，张少帅立即召开了一次会议，出席的人员是他手下的师长以及杨虎城将军。会后,他发布密令,调派他的一个师和杨虎城的一个团,连夜占领西安的重要据点。天亮后,"事变"部署完成,西安已被全部包围。在临潼华清池,张、杨的军队遭到蒋的卫士和地方警察的抵抗。一阵激烈的枪声把蒋委员长惊醒,他在一名卫士的护卫下,逃出卧室,翻过高高的围墙。不巧得很,他摔伤了脚踝,没能跑得很远,只好在一个废弃了的墓穴边躲了起来。然而,他最终还是被张学良手下的一名军官找到,并被护送回去,安置在杨虎城将军的私宅里。这时,始终同警察部队一起效忠于蒋委员长的省政府主席邵力子也被逮捕了,与蒋的其他随员拘押在一起。

蒋委员长被挟持的消息公布后,整个西安陷入高度激动的状态,群众大会、示威游行纷纷而起。西安城里到处贴满了传单、标语,谴责"日德意反共同盟",要求组织共同抗日的"联合阵线"。一些激进分子主张按苏维埃方式公审蒋委员长,因为他一直是彻底地反共,放弃抗日。而另一些人士则赞同把蒋幽禁在西北某一秘密地点,直到南京方面同意放弃"剿共"行动。到目前为止,还没有任何证据表明共产党直接参与了西安事变。但是,事变之后,中国共产党立即参与此事是十分明显的,因为张学良派了一架飞机前往共产党的根据地延安,接了中共三位领导人来到西安。这三位领导人是周恩来、叶剑英和博古。周恩来是红军第一方面军的政委和共产党军事委员会副主席,叶剑英是红军东路军的参谋长,博古则负责秘密警察工作。随同他们到达西安的还有一些秘书和助手。这三位共产党代表中,我只记得周恩来的经历。1927年的国民革命期间,他曾代表中国共产党在上海秘密组织劳工武装,鼓动工人罢工、游行,试图夺取上海政权。后来,他被蒋介石委员长逮捕,但又被释放了。于是,他前往莫斯科,住了好几个月,回国后就加入了陕北的红色政权⑤。

但是,没过多久,西安事变的发动者就认识到他们的举动所引起的严重后果。意味深长的是几乎在同时,莫斯科和东京都立刻否认事先知道此事,而且绝对没有插手,然而,却又互相指责对方应该对事变负责。莫斯科的报纸夸张地报道了西安事变,说是日本人和汪精卫的"杰作"。而日本政府官员则说张学良少帅的行动是受了共产党的煽动,并声称这正是一个"足以说明问题的教训",由此可见中国立即参加反共协定的必要性。

东京的《报知新闻》(Hochi)声称,无论在西班牙还是在中国,共产党所宣传的"联合阵线"都是雷同的。该报威胁说,如果张学良试图联络苏联组成反日联合阵线,日本必将采取行动。中国的自由主义派报纸《大公报》谴责日本利用西安事变的危机,施加压力,企图迫使中国加入他们的反共协定。东京的《日日新闻》则认为,由朱德和毛泽东率领的中共军队一直在不断地扩张他们的力量,并且等候机会以夺取中国的中央政权。

注释:

① 英王爱德华八世(Edward Ⅷ)放弃王位:爱德华八世(1936年1月20日~12月10日在位)因决定与结过两次婚的美国平民女子辛普森夫人结婚,遭到当时保守党政府和王室的反对。但他坚持己见,自愿退位,以求得这一婚姻的成功。他逊位后被封为温莎公爵,并于1937年6月和辛普森夫人在法国结婚。
② 蒙古德王(Mongolian Prince Teh,1902~1966),原名德穆楚克栋鲁晋,字希贤。蒙古察哈尔部正白旗人。1908年依蒙制袭苏尼特右翼旗札隆克多罗杜棱郡王,故简称德王。"九一八"事变后,在日本支持下策动蒙古"自治运动",成立伪蒙古自治军政府,自任总裁。后又任伪蒙古联盟自治政府副主席兼政务院长,伪蒙联合委员会总务委员长等职。1945年日本投降后,任国民党蒙旗先遣军总司令。1950年2月,

在蒙古人民共和国被逮捕，后引渡回国监禁。1963年获特赦。
③《塘沽协定》的签字者，中方为陆军中将熊斌，日方为陆军少将冈村宁次。从时间上看，此处不可能是《塘沽协定》，似为1935年中日秘密谈判所形成的《何梅协定》，分别由何应钦和梅津美治郎代表各自政府签字。主要内容是：取消国民党在河北和平津的党政机关，撤退驻河北的东北军、中央军和宪兵，撤换河北省主席于学忠和北平、天津两市市长，取缔反日团体和反日协定。
④ 即红军二万五千里长征。
⑤ 有关周恩来的经历，作者的记载不尽正确。

端纳的斡旋

我是在南京看到张少帅的西安指挥部发出的通电。通电致政府全体要员和南京的各家报社，电文解释了他们扣押委员长的行动是必要的，"希望能唤醒他对国内外若干问题的注意"。通电的署名既不是张学良，也不是杨虎城，而是由张、杨所部的师长们联合签署的。尽管通电的签署者中没有共产党领导人，但是，它的内容却全部包括了共产党以往对南京政府的要求，诸如停止内战，建立抗日"联合阵线"，释放羁押在上海的政治犯等等。那些政治犯都是因为鼓动罢工和资助反政府的刊物而被捕的。通电同时要求改组中央政府，容纳"各党派"人士。最后，还要求与苏联商谈军事同盟的问题。

这时的南京已沉浸在一片不安和骚动之中，连政府方面似乎都无法加以控制。有些将领极力主张政府立即采取激烈的行动，包括轰炸西安，中央军进军陕西南部，攻打张学良的部队等等。那些主张采取激烈行动的人被怀疑无视委员长的安全，如果按照他们的做法，很可能会促使反叛部队处死蒋本人。另外，也有人批评蒋委员长不该只带少数卫士到西安去同张学良商谈西北的防务问题，尤其是在"他可能命令军队去攻打张学良的时候"。当社会上纷纷传说收到蒋的一份电报，说他已经受伤,并警告蒋夫人千万不可到西安去搭救他时,南京方面的激动情绪更是有增无减。

南京中央政府从来也没有面临这样一个困境,如果对西安方面采取敌对行动,那么很有可能会危及委员长的安全——特别是在那样一个危急时刻,蒋委员长是全国唯一能召集各方面力量的军事首领。

然而,帮助却来自一个未曾料到的方面。

在中国生活多年的澳大利亚记者端纳(W. H. Donald)[①],这时正在南京担任蒋委员长的顾问。当他获悉蒋委员长陷入困境时,立即会晤了当时的行政院代院长孔祥熙,自告奋勇地提出愿意飞往西安,一方面可以了解事态的发展,另一方面能够对委员长提供帮助。在前些年,当张学良还是东北的军政首脑时,端纳曾经担任过他的顾问,因此,对张学良也相当了解。

端纳同中国政府的许多官员以及一些外交使节都有着很深的交情,以往曾向他们提供过十分重要和相当机密的帮助。但是,在他多年的经历中,还从未有过帮助一位政府首脑脱险的经验,况且当时正面临着反叛政府的一方企图利用极端的方法来迫使政府答应改变国家基本政策的局面。

当年,《纽约先驱报》(New York Herald)的老板贝纳特(James Gordon Bennett)乘坐他那宫殿般的豪华游艇,环游世界抵达香港时,端纳还只是香港一家报纸的实习记者。贝纳特对年轻的端纳十分欣赏,因此,当即聘任他为《纽约先驱报》驻远东的特派记者。

我第一次见到端纳是在中国的古都北京。在第一次世界大战期间,端纳曾担任中国政府宣传方面的负责人,那也是他首次从事国际公共关系事务。

由于同张学良有过长久的相处，以及熟悉中国复杂的政治形势，端纳确实是能够向张少帅和蒋委员长双方提出忠告的合适人选。在飞往西安的途中，端纳曾降落在洛阳，并且住了一宿。当时，洛阳是驻扎在河南省的政府军的总部，因此，端纳就同那儿的中央军将领会商，并且给张学良发了一份电报，通知他将于次日早晨飞抵西安。在洛阳的时候，端纳也对洛阳的中央军部署情况和空军基地作了了解。当时的中央军，主要集中在从河南到陕西的黄河沿线的咽喉重镇——潼关。驻扎在这儿的大军，只要接到命令，立即可以进攻张少帅的部队。至于洛阳方面的空军，情况也差不多，若干架轰炸机随时可以出击。端纳十分清楚，无论是对张少帅的军官们，还是对那些受共产党鼓动而主张对蒋个人采取激烈行动的学生和教师们，中央军的大兵压境，将会产生一定的效果。

张少帅派了一名代表，在西安机场迎接端纳，并把端纳护送到张的司令部。在离开机场前，端纳看见蒋委员长的座机安然无恙地停在那儿。同张学良作了一番简短的交谈之后，端纳被送往蒋的住地，在那里作进一步的商谈。

接着，端纳写了一份扼要的报告，送往南京。该报告说，蒋介石并没有受重伤，因此，他希望南京中央政府派一位有相当地位的官员到西安来谈判，并要求沿河南陕西边境一带行进的中央军暂时停止前进。

根据端纳后来的报告，张少帅和他的同事很快就发现他们的举动实属不智，因为蒋介石始终坚持他原先的主张，就是说必须用武力镇压共产党，除非共产党愿意接受政府对他们的军队和地盘的全部控制。每当蒋不愿意听取张、杨的进谏时，他就回到自己的住处，阅读《圣经》。为了答复他们批评政府的对日政策，蒋拿出了自己的日记本给他们看。

从这本日记中，两名造反的将领第一次获悉蒋的内心深处对日本的想法，以及他准备先统一全国，然后再回过头来对付日本的一番努力。张学良对蒋委员长日记中的一段祈祷文，印象尤其深刻。祈祷文中，蒋委员长祷告能有10年的时间，以便为国家准备一战。这段文字是五年前所写，因此，他认为现在只有他希望的时间的一半。

获得了蒋委员长绝对安全的保证后，端纳才返回南京。同他一起返回南京的是蒋鼎文将军。原先准备如果张学良不肯攻打共产党，蒋鼎文将军就是接替张在西安的位置的人选。

在听取了端纳的报告后，南京政府的中央行政院立即通过决议，裁定张学良的叛乱罪名，并免去他所有的职务，取消他所有的荣誉。同时，还要求张学良立即释放蒋委员长，否则的话，中央大军将对西安叛军发起围剿。

为了执行这些指示，陆军部长何应钦将军命令20个师兵力的中央大军，沿河南、陕西的边境向前推进，另外，还命令集中在洛阳的几个中队的轰炸机，飞往西安以及由张、杨部队控制的其他城市上空示威。据说，当时陆军部长曾下令轰炸西安四郊，但由于蒋介石夫人的强烈反对而阻止了。蒋夫人坚持要去西安，要与她丈夫在一起。

一场严重的争论拖延了时间。一些官员坚持认为，蒋介石夫人毕竟是仅以一个妻子的身份来考虑她丈夫的生命安全，并同反对意见发生争执，而没有顾及她的举动与国家政策的重大问题相抵触。她还利用自己的影响，向她的姐夫孔祥熙施加压力，阻止了政府向叛乱方面采取行动。

另外，争论还集中在究竟由哪一位政府官员同端纳一起前往西安这一问题。另外，如果以谈判代替攻打，政府究竟应该给这位官员一些什么样的指示，使他可以同对方谈判。张少帅希望当时的财政部长孔祥熙前往西安，以便解决一些财政问题。端纳报告说，蒋委员长坚持拒绝在被迫的情况下进行谈判，当他得知南京方面有实力的一派人士坚决主张采取包括轰炸西安在内的军事行动时，只是耸耸肩而已。端纳在私下里还说，叛乱阵营内部的意见不统一，很大程度上阻止了激进分子想利用蒋的政治困境而实现自己的计划，有的团体赞成采用俄国式的公审方法，还有的甚至主张公开处死蒋委员长。然而，无论是张学良还是杨虎城，都不希望蒋本人受到伤害或者被处死，因为这样一来，势必促使同中央政府公开战争的状态发生。共产党方面的代表到达西安后，也同意张、杨的看法，他们同样不希望做"杀鸡取卵"的蠢事。

端纳再度飞往西安时，同行的不是财政部长孔祥熙，而是蒋介石夫人以及她的兄长——前财政部长和现任中国银行董事长的宋子文。宋子文和蒋夫人都被授权为释放委员长而同对方举行谈判。

在河南西部的洛阳稍事停留，会晤了当地的军政要员后，这架载着南京方面的代表的专机于12月17日早上飞抵西安。

南京政府在西安的代表，除了蒋介石委员长外，有蒋夫人、宋子文、端纳，以及一些随员。而叛军方面，则有少帅张学良和陕西省军事长官杨虎城，以及他们的随员，其中包括一位年轻的东北军上尉孙鸣九。在西安事变的当晚，可能是这位上尉救了委员长的命[②]。另外，当时在西安的共产党代表是周恩来、叶剑英和那位神秘人物——博古。三位共产党代表是乘坐张少帅提供的私人飞机，从陕西北部的共产党根据地延安飞到西安的。

对于1937年12月17~25日之间西安所发生的事情，少帅张学良也有他的记述，只是迄今从未发表只字片言。事后，他与委员长同机返回南京，旋即失去自由，直到今天仍被关押在中国西部的某处[③]。而作为西安戏剧性政治事件的另一方的蒋委员长和蒋夫人，都曾发表了在争论中代表了他们看法的详细的记述文章。蒋委员长在他的日记里声称，他从未签署任何同意的文件，并且在会谈中一直坚持西北地区的政治和军事必须服从中央政府。

至于共产党方面对西安事变的看法，以及当时红色政权在中国西北的一般情况，已有好几位美国作家写了不少报道。

新闻记者出身的澳大利亚人端纳，在斡旋西安事变的解决中扮演了一个重要的角色，或许比任何人都知道得更多有关事变的内情。可惜，太平洋战争爆发后，他在菲律宾被日本人抓了起来，成为囚犯。他本来打算写一部回忆录，但是当时日本人占领了菲律宾，端纳的回忆录就连同他那艘为了漫游南太平洋而在香港建造的游艇一起泡了汤。到1945年初，麦克阿瑟将军收复马尼拉时，端纳才被释放。

前财政部长和上海银行家宋子文，在关于释放委员长的谈判中也扮演了一个重要的角色，但他同样保持缄默。为了他那著名的妹夫获释，他承诺了些什么条件作为交换，至今从未透露过。

由于西安谈判是秘密进行的，谈判结果如何，也没有任何官方文件公布，所以，事实上究竟发生了什么事情，人们只能猜测而已。不过，作为西安事变的一个最明显的结果，终于在七个月之后在北平揭晓，那就是让全世界的人们都能看到的用血写成的大字——战争！战争在中日之间爆发了，并且最终把整个世界都卷了进去。

西安事变的另一个结果，就是南京中央政府的财政部长孔祥熙的出乎意料的出国。孔祥熙的出国起因于苏联政府的一项秘密建议，要求中国政府采取行动，组织一个国际性的军事同盟，以抵抗日本。莫斯科非常希望把美国拉进这一同盟，但是，苏联官方十分清楚，倘若由他们提出这种建议，势必将是徒劳的。于是，苏联人极力怂恿中国派代表去海外游说。由于害怕日本人的攻击，苏联承诺全力给予中国军事援助，源源不断的武器将越过新疆，沿着古代的公路，直接运抵重庆。莫斯科还答应南京方面，涉及中国共产党方面的问题将不会变得更为复杂，中共将全力支持中央政府的抗日政策。孔祥熙直到抵达柏林，获悉德国正在进行攻打苏联的计划，才明白他此行的关系重大。纳粹头子要孔祥熙转告中国政府，应该立即加入德、日、意三国的反共同盟。

孔祥熙到达莫斯科时，发现苏联人对他们自己提的中、美、苏三国反日同盟的建议已经冷了下来。这时的莫斯科完全清楚对德开战已是不可避免的，他们不愿意再做什么事情而引起日本人攻击自己的东陲。而不久之后，中共也在西北地区停止了对日军的攻击。

注释：

① 端纳（W. H. Donald, 1874~1946），澳大利亚人，年轻时来华担任记者。最先揭露日本与袁世凯签订的"二十一条"密约。后投身政界，先后担任孙中山、张学良、蒋介石等人的顾问，为西安事变和平解决作出贡献。1946年11月10日病逝于上海。
② 孙鸣九，辽宁人，时任张学良卫队二营营长。西安事变中，蒋介石翻墙逃上骊山，被孙鸣九等搜捕发现，由孙背负下山。
③ 西安事变和平解决后，张学良陪同蒋介石飞返南京，即被扣押，由国民政府军事委员会"严加监管"，遭到长期监禁。直至80年代之后才在台湾恢复自由。作者写作本书时，张学良当然仍处在监禁之际。地点先在贵州，后转至四川，皆在中国西部。

西安事变的结局

出乎各方面的意料,西安事变的结果,反而使得蒋委员长的威望大大提高。各地有影响力的军政首脑,特别是当初拒绝支持南京中央政府的南方各省,如今都纷纷表示愿意同蒋介石合作,共同抗日。其中有一位便是著名的广东将领蔡廷锴。"满洲事变"后不久,1932年初,蔡廷锴曾在上海率部抵抗日军侵略[①]。后来,蔡将军与南京政府决裂,宣布引退,避居英国殖民地香港。另外两位重要的将领是广西省的李宗仁和白崇禧,他们也表示支持蒋介石,抵抗日本侵略。李、白二人都是当年北伐时期国民革命军的风云人物。李宗仁将军还声称,在他看来,中国完全可以同日本血战10年!

日本军方认为,西安事变的结局表明了共产主义的影响在中国日益扩大,因此,极力主张日本政府进一步对南京方面施加压力,迫使中国加入反共同盟。自从"九一八"事变以来,日本人一直把他们的活动不越过长城以南,当作向南京政府施加外交压力的有力武器。但是,事实上已经有了进一步发展的趋势。比如,中国海关当局准备打击日本人的海上走私活动,日本海军立刻出兵占领了山东的港口城市青岛,以示报复。而青岛日本纱厂里的工人,也举行了大规模的反日罢工。自从1922

年华盛顿限制军备会议作出了解决山东问题的决议，日本人在青岛大量投资，尤其是建立了不少棉纺织厂。但在"九一八"事变以前，大体上说来，中日两国在山东的关系相对缓和，还没有发生什么严重的冲突。

日本军部在上海出版的报纸《上海日报》(Shanghai Nippo)，在评论西安事变的结果时说，南京政府现在应该乐于接受日本的建议，"采取联合行动，共同对付俄国支持的中国共产党"。该报还说："现在，南京方面正在十字路口徘徊，因此，必须决定自己将来的方向……如果国民政府继续不睬日方的建议，如果蒋介石委员长试图履行他抗日的诺言，那么，日本政府将对中国采取更加严厉的态度……西安事变已使中日关系日趋恶化。"《上海日报》最后还声称，西班牙内战实际上就是一次新的世界大战的序幕，中国政府必须趁早决定对日本的态度，"照目前的国际形势发展，……如果蒋介石想利用这场新的世界大战，向日本开战的话，中国将会葬送在他的手里"。

1937年1月中旬，从西安传出一则消息，说有一位美国妇女，"带着同情共产党的心情，并且同美国的左派人士有相当的关系"，来到了西安。她在学生集会上发表了多次演说。这则消息还说，包括朱德、毛泽东、周恩来在内的中国共产党的领导人，都到了西安，同她会晤、商谈。这则消息最后还断言，陕西军阀杨虎城已向南京方面下了最后通牒，如果蒋委员长"不立刻宣布同日本开战，共产党的军队将进攻南京政府"。

华北方面也不断地传来坏消息，使得大家都相信日本人将把他们的活动扩展到长城以南，到中国的内地。日本占领满洲已经五年，把那块最富庶的中国土地，变成了日本人严密控制的军事基地。日本人役使了千千万万的中国劳工，在满洲修筑了多条战略性的铁路和公路，可以直达西伯利亚以及外蒙古边境上最容易受攻击的地方。日内瓦的国联总部在调查了"满洲事变"并正式谴责了日本窃取邻国土地的行径之后,从此便销声匿迹,似入梦乡。希特勒和墨索里尼先后承认了日本人一手扶植的"满洲国"傀儡。他们之所以选择在西安事变这一段时间内表态,无非想表示对中国和共产国际的藐视。

由于不断传来华北局势紧张的消息,我决定到北平和天津走一趟。在我看来,这两个地方似乎正在酝酿着一场风暴。

这时,日本人正在狂热地推行他们进一步扩大军事行动的计划。但是,究竟是向南深入中国的内地,还是向北进攻苏联的西伯利亚,或者是南北并进,双管齐下,这一点始终是举棋不定。日本人将采取行动已不再是什么问题,问题是向哪一个方向发展,以及在什么时候行动。

从北平出发,我来到了张家口。张家口是长城一带具有战略意义的边境重镇,也是中国古都北京——如今改称北平——西北的门户。它位于华北与蒙古之间,是古代两条重要的交通干线的交汇处。这两条驿道,一条从北平到蒙古的首府乌兰巴托(Urga),另一条则从北平向西延伸到俄国和中亚细亚。从北平到张家口的铁路,经过长城著名的关隘——南口。南口位于张家口以南,距张家口仅几英里[②]。

抵达这个尘土蔽天的北方城市之后,我立即前往统率边防部队的宋哲元将军的总部。总部,中国人称之为"衙门",在汉语中的意思是"旗门"(Flag-gate),也就是当地军政首脑的办公机构。当我走进那座由劣质砖块和泥巴垒成的院落时,不禁想起当年蒙古征服者的雄风伟业。从历史上最伟大的征服者成吉思汗起,这些蒙古征服者,骑着烈马,跨进这古代泥砖砌成的官署大门,登堂入室,同那些来自北亚和中亚大平原、大沙漠以及大草原上的勇猛骑士们，一起创造了一个新的世界。没多久，另一个征服者出现了，尽管没有昔日大草原的勇猛骑士那样写下有声有色的历史，却注定了也要入主这个"衙门"。

热河省位于北平以北，当年是清朝皇帝的避暑胜地。如今，日本人已经完全占领了热河，并且准备向西进攻察哈尔和绥远两省。所以，张家口的形势十分紧张。热河、察哈尔、绥远和宁夏四省，原是由内蒙古划分而成。

在热河与察哈尔两省的边界上，日本军同宋哲元将军的部队早就交了火，战斗十分惨烈。在回答我的问题时，宋将军向我保证说，他决心抵抗日军向内蒙古的入侵。然而，我却注意到宋将军的神情有点紧张，也有点忧虑。因此，对我提出的大部分问题，他都回避了。当天晚上，我搭火车返回北平。在车厢里，出人意料地遇见了宋哲元的秘书。于是，这位秘书不得不向我承认，宋将军也在车上。他告诉我南京来电，命令宋将军把他的总部转移到北平，因为北平的局势也正在恶化。宋哲元将军是曾在满洲抵抗日本军队的少数几位将领之一，而在张少帅统领下的大多数东北军将领，都未放一枪一弹，撤到关内。据说这是遵照南京国民政府的命令行事。国民政府之所以如此行事，是因为日本侵略满洲的问题，已经提交国际联盟处理，中国政府同意遵守国际联盟的裁定。但是，宋哲元将军还是在北平以北的长城喜峰口，同日本军队打了一仗[③]。

这时，控制内蒙古的争夺战，正集中在张家口西北约 300 英里的百灵庙展开。百灵庙位于绥远北部，是个临近外蒙古边境的城镇，地处漠北交通枢纽，地理位置十分重要。同时，它还是蒙古一带的佛教圣地，有着众多的喇嘛教庙宇，以及无数的从内蒙古、外蒙古和西藏来的喇嘛。其实，我还在北平的时候，就已经知道了百灵庙发生了战事，因为北平的古玩店里忽然充斥了佛教画像、珠宝玉器以及从百灵庙附近其他的喇嘛寺中抢掠来的东西。据宋哲元将军告诉我，日本人已经同年轻而又野心勃勃的德王（其本人全名是德穆楚克栋鲁普）密谋成立一个所谓的"大蒙古帝国"。新帝国的版图，从热河向西一直延伸到新疆。而百灵庙，由于它在地理上与宗教上的重要性，将成为这个新的傀儡政权的首都。日本人秘密购入大批军火和粮食，都储藏在百灵庙，准备伺机起事。日本人的最终目标是建立一个缓冲国，藉此切断中国同苏联的直接联系。

绥远的中国驻军总司令傅作义将军获悉了日本人的这个计划后，立刻派兵前往百灵庙。经过几次战斗，终于占领了那个城镇，当然也包括当地所有的喇嘛庙。同时，傅将军的部下还抓获了许多日本奸细，全都被就地处决。

从热河的基地出发，日本军队侵入察哈尔和绥远两省的势头，终于被阻挡在黄河上游的包头。包头在北平以西大约400英里，是平绥铁路的终点站，也是日军向西推进得最远的一个地点。很有可能，这是日苏双方商定的中国西北的一条势力范围线，包头则处于日本势力范围内的边沿。中国共产党的红军的活动区域，则在这一地区的正西方，位于苏联的势力范围之内。

由于在满洲和内蒙古的地位日益稳固，日本军阀开始作进一步侵略中国的打算。他们下一个目标是北上呢，还是南下？我很快就得到了答案。

作为"冀察政务委员会"委员长的宋哲元将军,刚到北平上任,就不得不面对日本人新的一轮宰割的威胁。这次的目标是指向长城以南的中国内地。日本人已决定在采取激烈手段对付中国以前,先摆出一种"温和"的姿态。于是,他们向北平的冀察政务委员会递交了一份最后通牒,要求把长城以南的河北省北部22县,划为非军事区。当中国军队撤出该地区之后,日本人立刻在这里拼凑了一个傀儡政权,叫作"冀东防共自治政府"。

我曾在北平以东数英里的地方,即傀儡政府的所在地,访问了它的头目殷汝耕。他恬不知耻地承认自己的傀儡地位,并且还津津乐道地叙说日本人如何对付军事占领区内的中国老百姓。第一,日军向每一个县政府派遣一名顾问,这些顾问都在东京或满洲的专门学校里受过特别训练。其次,日军下令当地的乡绅地主捐款,组织一支"和平维持军",由日本军官率领并加以训练。第三,所有的农民必须参加合作社,而这些合作社全部由日本人控制。第四,学校里使用的所有教科书,必须向"中日文化协会"购买;另外,每一所学校还必须订阅和妥善保存至少一种傀儡政权的报纸。第五,所有的中学必须聘请日籍教师,用日语授课。而日籍教师每天还要向全校学生"训话"。第六,在每个城镇都建立一个日语"研究会",负责教中国的成年人学会讲日语。

由于中国的警察和海关人员都被赶走,这一地区遂成为走私、贩毒的大本营。从事这些勾当的,有日本人,朝鲜人,也有中国的坏蛋。

1937年7月初,我抵达天津时,发现当地中国人的注意力都集中在报纸上所说的"神秘尸首"案。公众对此事注意的程度,远远超过了对即将爆发战争的关注。

在中国报纸的头版显著地位，登载着冀察政务委员会委员长宋哲元将军的文告。文告说，海河中发现了107具尸体，如果有人提供这些人为何死亡的情报，可获奖金5 000元。海河是天津通往大海的一条河流，常年随海潮而涨落。这107具尸体全部是男性，年龄在20岁至40岁之间。据说，没有一具尸体被发现在死亡前曾受到肉体上的伤害。

我前往当地的警备司令部，探询这起神秘案件的内幕。有关人员向我出示了一叠照片，全是从河中捞起的尸体。我注意到有一张照片上的六具尸体中，有一个人似乎是活的。果然，有人告诉我，从海河中打捞上来时，这个人还有一口气。看样子，他是自己跌入水中，或者是被人扔到河里，大概是河水不深的地方，所以，他的头没有被水淹没。这个人被送往一家医院急救。当他恢复知觉后，这起107具尸体的神秘案件便告真相大白。被救活的人名叫贾永济（音译），30岁，吸食海洛因有一段时间了。他所能回忆起来的全部经过，是他同一群从内地来的劳工，一起来到天津日租界游玩，因为在那里有鸦片和海洛因，可以尽情享受。他随身带着相当多的钱，那是他在满洲打了一季的工才攒下的。但是，当他被从河里捞起来的时候，他的钱和衣服全都没了。他记得的最后情节是他向一个女孩买了些含有海洛因的香烟，抽了几口后，便什么都不知道了。

后来，据调查报告透露，所有这些从海河打捞上来的尸体，可能都是天津日租界里日本人经营的毒窟中的牺牲品。这107具被发现的尸体，大概是实际上的鸦片和海洛因的牺牲者中的极少数人。由于海河受潮水涨落的影响很大，其他大部分尸体可能都随着潮水冲入汪洋大海之中。据说，长期以来，天津日租界的警察经常出动卡车，到毒窟集中的大街小巷来收集吸毒者的尸体，然后把他们运到河边，俟退潮时再一个个地扔下去，让潮水带走。日本警察在收集尸体时，根本不管这些吸毒者是死是活，只要横卧街头，就一律当作死人对待。到了冬天，海河封冻，日本警察就在冰上凿洞，然后从洞口把尸体扔下去完事。

真相公布于众后，天津市以及河北省政府当局设法建立了一些廉价招待所，专门接待从关外来的劳工，直到他们能够回家。天津一向是个大规模的劳工集散地，很多苦力从内地各省涌入天津，等着被雇往关外，从事修筑铁路、开矿、伐木等工作。自从日本人强占了东三省后，他们限制华北各省的农民和劳工前往关外工作。但是，这并不能阻止大批劳工从内地跑到天津来找工作。

我访问过几所天津地方当局主办的廉价招待所，这些招待所是专门接待从关外工作后回来的劳工。经过仔细的询问，我发现住在这儿的许多人都已吸食日本海洛因成瘾。实际上，日本人的海洛因贸易，已经使中国比较富有的人们把以前抽鸦片烟的习惯改为吸食海洛因。中国人吸食海洛因有两种方法：一种是在手臂上作皮下注射，另一种是把海洛因粉末卷在香烟中抽。在我到过的一些很低级的贩卖和吸食海洛因的场所，常看见一些年轻的中国人，以大约10美分或20美分的价格，购买一小包白色的海洛因粉末。接着，他们把一支香烟中的烟丝掏出四分之一，再把这一小包海洛因粉末倒入。为避免海洛因粉末掉出来，他们就小心翼翼地把香烟朝上，仰成45°角，点燃后大过其瘾。日本的毒品贩子因此而出售一种吸烟架。这种吸烟架很像一只高脚杯固定在一个倾斜的角度，对于利用香烟吸食海洛因，确实十分便利。中国人把这种吸海洛因的方法，形象地称之为"打飞机"。

有人告诉我，凡是以这种方式吸毒成瘾后，简直不可能根治。我曾到过天津日租界里的桥达街（Hashidate）、花泽街（Hanazowa）、小滕街（Kotobuko）、驹井街（Komai）等地参观。这几条街上的商店，实际上全部都是制造或贩卖海洛因的场所。一位在纽约做生意的老朋友陪我一起去日租界参观。当我们乘坐出租车来到某一条街时，从街道两旁的店铺里立刻出来好多"跑街"，把我们的车子团团围住，争着要同我们做生意。这些店铺，通常是楼下做店面，楼上则隔成一间一间的卧室，而门口墙上一律写有两个大大的汉字——洋行，所以很容易识别。拥有这种店铺的日本人和朝鲜人之所以把自己的店铺称作"洋行"，是因为希望前来光顾的人们会误以为这是欧洲人所经营的产业。

另外一种供应海洛因的地方，外表似乎是一所住宅，只是在大门口建有一个箱形建筑物，就像一个宽敞的门厅。染有海洛因毒瘾的人走进这个门厅后，就在连接里面房屋的门上敲几下，然后，一扇可以滑动的小门便打开了。接着，吸毒者卷起衣袖，把手臂向小门内伸进去，手上还握着足够注射海洛因的钱。里面的人把钱收了，就在"顾客"的手臂上注射一支海洛因。这种贩毒场所，最初在中国东北各城市盛行，后来才传到天津。

日本人设在天津和大连的海洛因制造厂，就这样一天天地发展壮大，海洛因的产量也急剧上升。同时，传统的鸦片烟的货源也十分充足，这又使得日本人可以经营一系列的产业，包括一家大旅馆在内，吸引了不少瘾君子前来吞云吐雾。这家大旅馆里的家具都被搬走了，换了一些不值钱的木板床，或者干脆是木板条搭成的铺位，上面铺着草垫子，床头还有一个硬梆梆的小枕头。一条窄窄的通道，通到房间的中央，便于客人进屋后爬到任何一张空着的木床或者铺位上。光顾这家旅馆的顾客通常是一男一女，成双结对而来。进房后，他们便面对面地躺在木板床的草垫子上,中间放着抽鸦片烟的全套家伙。接着,女招待上来伺候,大半是十一二岁的朝鲜小姑娘。小女孩送来两支鸦片烟枪,一盏小小的酒精灯,一只小小的洋铁皮盒或者瓷盒。盒子里装的是鸦片烟膏,样子很像浓稠的黑糖蜜。小女孩拿起一根大针似的铁扦,将一端插入粘稠的鸦片烟膏,在中间转一圈,挑出一小块烟膏,然后放在酒精灯火焰上烧。为了避免被烧着,小女孩熟练地快速转动着灯火上的烟膏。当烟膏烧成一个小小的鸦片烟球,并开始冒烟的时候,小女孩才把它挪离灯火,仍旧用铁扦子顶着,把它放在烟枪一端铁锅中的小小洞口上。抽鸦片的人这时才把烟泡又一次移向灯火,让它燃烧,然后深深地吸一口气,让那浓郁郁、香喷喷的鸦片烟雾,充满着其肺部的每一个角落。就这样,一而再,再而三地抽上两三个烟泡,直到不自觉地昏昏然睡着为止。每抽一次鸦片烟,称作为"一管"或"一筒"烟,通常需中国银元一元,约合当时 30 美分。如果还提供女伴陪抽时,则需付银元五元。

朝日路(Asahi Road)是天津日租界里一条主要街道,我参观过的那家鸦片烟馆就在那里。在这幢六层楼的旅馆大楼里,每层约有二十几间房间,而每间房间里放置着供 10~15 人抽鸦片的烟榻。在这种房间里,是不存在任何隐秘的,也没有人打算隐藏什么,大家都是彼此彼此。鸦片烟馆全天营业,房间里的灯光 24 小时照耀,似乎永远是白昼。当几百支烟枪同时燃烧着鸦片烟泡时,在朝日路邻近的街道上,也可以闻到鸦片的烟味。

天津的中国政府当局,由于无法制止住在日租界里的中国人抽鸦片或吸海洛因,只好制订极其严厉的法规,规定凡是在日租界周围的中国地区被抓获的吸毒者和贩毒者,将会受到包括死刑在内的惩罚。但是,中国人查禁毒品的努力几乎是无效的,因为鸦片以及由鸦片提炼而成的吗啡和海洛因,都是日本人侵略中国的另一种手段,它起到了日本士兵手中的步枪同样的作用。在日本,法律严格禁止使用毒品。因此,国内的老百姓一律不得吸毒或贩毒。然而,成千上万的日本人和朝鲜人却一再受到鼓励,在日军侵占的亚洲大陆的别国领土上,可以从事这种非法交易。除非日本国内发生翻天覆地的革命运动,否则的话,帝国皇军与毒品贸易间的密切关系,恐怕不可能为世人所知了。不过,有一点是人所共知的,那就是天津和大连的吗啡、海洛因制造厂确系日军的特务机关(Special Service Section)直接管辖。(上海的鸦片烟馆以及与此相关的一些赌窟,也是驻上海的日军特务机关所经营的。)

当时,吗啡和海洛因并不是日本人走私到中国的唯一物品。据担任天津中国海关税务司一职的美国人迈尔斯(W. R. Myers)告诉我,尽管中国海关当局加紧缉查,大约有三分之一的走私货物在到达目的地之前被扣留或没收,但是,从东瀛列岛和中国东北涌入华北的走私物品价值,每月大约值1 000万美元。这些偷漏关税、私自进入中国市场的商品,有棉织品、人造丝、糖、煤油和香烟。通常,这些东西由武装卡车押运,于半夜里驶抵某个孤零零的海关查验站。当把海关上的卫兵赶跑以后,这些武装卡车就浩浩荡荡地进入内地,到了某一地方,就以极其低廉的价格把走私货抛掉。一位在天津做生意的美国人曾给我看过一份信函,他说那是一个专闯海关的日本人给他的。信函中,日本人表示愿意负责替他偷运美国货入境,而收取的费用则比中国海关的税率低得多。

然而,最可怕的偷关入境恐怕还是在一些所谓的"非军事区"内。成千上万的日本兵被从日本或满洲运来,那儿成了部队集结和训练的基地。

当时，有许多人认为日本人将首先攻打天津。好几个月以来，天津的局势一直十分紧张，原因是一些日本投机商全然不顾中国方面不准外国人购置不动产的法令，大量地收购土地和工厂。我从军队中的朋友处获得若干秘密消息，成群结队的日本冒险家蜂拥而至，疯狂地抢购天津的地产和其他产业，准备在日军占领天津后，乘机发一笔横财。

有一天，驻天津的美国领事馆的一位职员拿出一份报告给我看。该报告译自中国报纸的报道，提到一个名叫"神圣农垦会社"（Sacred Farming Society）的日本机构，在天津郊外数英里处买下一大片土地，结果引起附近中国农民的强烈反对。据说，这片土地并不适合于耕作。但是，不管它是否适合耕作，也不管中国农民是否反对，该机构的头目，一个名叫江户岛（Eizo Shima）的却声称他有一种秘密方法，可以把土壤中的碱除掉。他说他的目的在于倡导中日两国人民的友好合作，所以要教会中国农民如何改进农垦技术。在我的朋友、美国驻天津的领事沃德（Ward）的陪同下，我们前往这家被中国人称作"上帝的农夫"的日本农垦会社访问。到了那儿，我们发现当地混乱不堪，日本人擅自搭建的一些简易棚屋，已被烧得一片狼藉。日本人介绍说，这是中国劫掠者的所作所为。那些中国人在夜里偷偷地跑来，把汽油浇在棚屋的茅草顶上，然后放一把火，便烧得精光。可是，我们却注意到这个农垦会社里所有的日本人都穿着"准军服"，而且个子高矮也像是一个模子里翻出来的。沃德和我相互凝视了一下，然后，下意识地同时脱口而出："真是可怕的阴谋啊！"由于日本人无论制造什么有计划的事件，都喜欢寻找一些借口，所以，我们完全可以预料到日本报纸对于这件事一定会大肆渲染，谴责中国人竟然阻挠一个日本农垦机构的活动。

295

这起"神田"事件发生在 6 月 12 日，距中日两国正式开战的"七七事变"不足一个月。然而，出人意料的是中日双方并没有在天津打起来。我想，《密勒氏评论报》以及其他报纸披露了"神田"事件的前因后果，也许是使得日本军阀改变初衷的一个原因吧！

6 月下旬，日本政府向设在北平的政务委员会提出一份秘密的最后通牒，要求其加入"中央经济委员会"。这个"中央经济委员会"的职权行使范围包括伪满洲国、朝鲜和中国华北。另外，日本政府还要求北平方面派代表出席在大连召开的会议。会议期间，准备成立一个"有组织的大陆集团"。该集团成立后的第一个目标是发展重工业或军事工业，其他方面则包括减少相互间的贸易障碍，在生产制造方面的配合和合作，产品的标准化，以及把大陆上的满洲、朝鲜、华北三地的工业连结起来，最终同日本国内的同类工业相配合，完全合作。日本人为建立一个"卡特尔"（Cartel）[④]而打起了如意算盘。不料，有关日本政府的最后通牒，在 7 月 4 日的天津各家报纸上被披露出来了。而三天之后，即 7 月 7 日，中日两国军队便在北平郊外打了起来。

日本军队按照他们的一贯作法，在"七七"事变前，又准备了一起"事件"。

自从 1900 年发生了义和团狂热分子围攻外国使馆的事件以后，列强们在中国的古都北平都保持着一支"象征性"的武力，以守卫驻在北平的各国使馆。美国使馆经常维持着一支 250 名海军陆战队员的武力。英国、法国、意大利，偶尔还有别的列强，也派有差不多人数的部队。在第一次世界大战前，德国、奥地利、沙俄，都曾加入过派遣"象征性"武装的行列。但是，只有日本，却始终保持着有一个团的兵力驻在北平。

习惯上，不同国家的部队，各自举行操练和演习，地点都在围绕北平外交使团驻地围墙的斜坡上。日本军队却别出心裁，坚持他们的演习要在北平郊外数英里的乡间举行——而且还要在夜间。

在7月7日晚上10点钟左右，日本军队在北平以西20英里的卢沟桥的一个村庄附近，举行一场演习。演习地点紧靠着两条铁路的交叉点，而这两条铁路是进出北平的交通要道。这时，日本军官突然指责中国的第二十九军向他们开火。二十九军的总司令是宋哲元将军。于是，日本方面立即提出苛刻的要求：第一，中国军队从北平外围的战略据点撤退；第二，允许日本军队搜查卢沟桥附近的村庄；第三，中国军队此番举动是受了共产党的煽动，因此，中国政府当局必须同日本合作，消灭共产党；第四，中国军方向日军道歉，并严惩罪犯。所谓"罪犯"一事，日本人声称他们的一个士兵在附近的村庄遭人绑架。而事实上，这个日本兵后来却在一家戏院里被找到。

对于这起事件，中国方面同意组成一个联合调查团，负责调查。可是，在调查团组成以前，战争已经爆发。于是，日军飞机立即飞临该地区的上空，散发传单，居然命令中国军队撤走。接着，双方都增派援军，冲突日趋激烈。中国军队占领了日军机场，该机场已有从东京赶来增援的日机；而为了报复，日本军队也占据了通往北平的铁路枢纽。然后，北平宣布戒严，城门紧闭。在打打停停的间歇中，双方又达成协议，各自撤到永定河的两岸。这时，日本人突然把北平外交使团通往日本领事馆的大门封锁起来，在门外架起了机关枪。7月13日，大批日军从满洲赶来增援,争夺北平的战火重新点燃。东京的报纸宣称,华北一直是共产党煽动反日宣传的"大本营",而这次,日本已在华北向中国政府"摊牌"了。

于是,战争继续进行。

注释:

① 指蔡廷锴率领十九路军抵抗日本侵略的"一·二八"淞沪抗战。
② 从南口至张家口有几十英里,此处作者有误。
③ 1933年3月初,日军在武力侵占热河后,继续向长城一线进犯,中国军队进行了英勇的抵抗。3月9日,日军一度占领了喜峰口,刚赶到接防的宋哲元二十九军三十七师趁敌不备进行夜袭,给日军以重创,夺回了喜峰口。随后,宋哲元部在喜峰口至罗文峪的长城线上,英勇拼杀,屡次打败日军的进攻。
④ 卡特尔(Cartel),经济学上的一个名词。指资本主义的一种垄断形式,生产同类商品的企业为垄断商品销售市场获取高额垄断利润而订立的协定。

日趋紧张的局势

（一）"观望政策"的结束

1937年的夏天，当日本人开始在华北滋事，但还没有进攻上海时，我搭乘一艘名叫"三北号"的中国小火轮，前往舟山群岛度周末。和我同行的有美国商会的秘书豪斯（James Howes）以及他的儿子。在船上，见到的一切使我们惊诧不已。这艘小火轮本来属于中国一家著名的轮船公司，可是当它驶离港口时，船上却升起了纳粹德国的卐字旗，而且船长也是德国人。后来，德国船长告诉我，这家中国轮船公司在近海航行的所有船只，都被一家德国公司所收购。然而，当轮船开始航行时，我在一边却注意到这位德国船长实际上是无所事事，忙忙碌碌的仍然是一些中国水手以及中国船长。只是当小火轮到达一个港口，或者经过一艘日本军舰旁边时，这位纳粹船长就穿着他那套崭新的制服，从他的舱房中走出来，一本正经地站在甲板上，装装样子，这份差使虽然十分轻松，可是他的待遇却相当优厚。理由嘛，当然是很明显的：中国人已经料到战火早晚会烧到扬子江流域，因此，就用一纸协议，把自己的船只转到一家德国公司的名下，一旦中日交战，日本人决不至于没收悬挂纳粹德国旗帜的船只。

小小的"三北号"顺着黄浦江慢慢地驶向吴淞口防波堤，驶向那宽阔而又混浊的长江入海口。一路上，我们看到日军的驱逐舰三三两两地停在黄浦江中，而吴淞口的防波堤外，也泊着六七艘军舰。当我们的小船从军舰旁驶过时，舰上的日本军官就用望远镜仔细地打量着我们。在这样一条狭窄的河流中，日本海军军官的举动，自然引起我们一次次的恐慌。我始终怀疑，这艘假装属于纳粹德国的中国小火轮，在回程时能否抵挡得住来自日本军舰的夹击。

我们在舟山上了岸，舟山是散布在杭州湾一带许多岛屿中最大的岛屿。杭州湾位于上海以南约150英里，宽阔，水浅，是个呈V字形嵌入中国海岸内的海湾。它大约有30英里长，15英里宽，有一个天然良港。早在18世纪中期，中国的皇帝拒绝同外夷做生意时，英国的东印度公司就只好在中国沿海的岛屿上设立贸易基地。在作为贸易基地的众多小岛中，有一个最终成为大英帝国的直辖殖民地，那就是著名的国际贸易和政治中心的香港。另外，便是这个鲜为人知，甚至连地图绘制者都不太清楚的舟山群岛。多年来，舟山一直是个商业和航运业的中心，岛上回荡着英国水手、士兵以及商人的喧嚣声，在每个角落都留下他们的足迹。19世纪中叶，上海被辟为面向英国乃至整个世界的商埠后，舟山才变得无足轻重了。当我踏上它的土地时，舟山只不过稍好于一个静悄悄的渔村而已。

我拿着一封介绍信，去拜访舟山中学的校长。舟山中学是美国基督教浸礼会在舟山倡立的几所学校之一。当校长方教授告诉我，日军的一支驱逐舰队最近曾到过舟山，并且还在港口测量航道时，我一点也不感到意外。但这条消息却是日本人将在上海以南沿海活动的第一个征兆。这次舟山之行使我终生难忘,因为当我在上海被日本人逮捕入狱时,日本宪兵从我的办公室里搜走了我访问舟山的全部资料。

在舟山,方教授带我去看了一处古老的公墓,那儿埋葬着几百名英法两国的水兵和海员。这些墓穴,最早的可以追溯到大英帝国东印度公司盛极一时的18世纪中叶,而绝大多数为人所遗忘的墓穴,埋葬的都是19世纪中叶英法联军侵华时死亡的官兵。

东印度公司所以选择舟山作为它对华中地区贸易的基地,是因为舟山距浙江省的主要城市宁波港很近。另外,当时的宁波还是中国茶叶出口的主要集散中心。由于东印度公司需要中国茶叶的数量很大,所以,运来的鸦片烟在数量上也不得不日益增加,而舟山既可以充当贸易口岸,也是一片最便于向中国内地走私鸦片的乐土。

"宁波"在美国几乎是家喻户晓。大部分中国出口茶叶,都由当时的快速运茶帆船从宁波运到美国,在美国商店里出售,被称作"宁波茶"。同时,宁波也是基督教传教士早期在中国传教的一个中心。当年美国驻宁波的领事人员中,不少人还都是传教士。有一位名叫坎宁安(Cunningham)的领事,也是一身二任,后来死在宁波。他的坟墓至今还在宁波公墓的墓地中,而四周围绕着他的六位太太的墓穴。难怪当他活着的时候,在给国务院的报告中,一大半都是要求增加自己的薪水。可以想象,拿着国务院给的1 000美元的年薪,怎么来维持这样一个大家庭呢?除坎宁安之外,美国早年驻宁波的另一位领事哈里斯(Harris)也是位名人,他在美国东印度舰队司令培理(Perry)叩开日本的大门之后①,就代表美国,同日本签订了美日间第一个通商条约。哈里斯同日本人订立的这个条约,于1858年签字②。以后,他就在日本做起教师来，专门给日本人讲授政治经济学。在写给美国国务院的许多报告中，哈里斯对日本的观察有着独到而又有趣的见解。比如，他认为日本老百姓对外国人还算友好，但是"日本的官员，却是世界上最无耻的骗子"。

方教授和我都有预感，日本人不久就会对舟山下手。这一忧虑，后来果然得到证实。我从舟山回到上海不久，就收到方教授的来信。信中说，日本海军已经占领了舟山群岛，他带着太太和孩子仓皇出逃，搭了一艘小舢板，到了宁波。后来，他又写信告诉我，历史居然在舟山重演，日本人现在已把舟山当作一个大规模的走私基地，沿着中国的海岸线，从宁波到广州，全包括在他们的走私网内。不用说，在这种新的贸易中，鸦片烟以及其他日本生产的毒品自然是最大宗的货物。日本海军在舟山群岛建立起他们的基地，使得该岛在被英国人盘踞后100年，又一次沦为外国侵略者进行军事活动的巢穴。

就在这时候，在南京的蒋介石委员长的"观望政策"正受到各方面的责难和嘲笑。而一些反对派为了迁就敌方，公开要求蒋辞职下野，不要过问国家大事。面对国内的纷争和海外的责难，南京政府的头头再也不能拖延下去了。蒋委员长终于在8月1日那天接见《中央日报》的记者，并宣称："我再次声明，中国决不寻求战争。但和平既然绝望，只有抗战到底。我们的忍耐是有限度的。"

华北的中国军队从北平和天津撤出后，一直退到沿黄河和陇海铁路一带的"最后防线。"于是，日本飞机天天轰炸陇海路沿线。日军向中国军队撤离的区域大规模地运送部队和装备，他们的企图是十分明显的。天津的一所著名高等学府——南开大学，遭到日机轰炸后，被彻底摧毁。日本人声称，南开大学是反日活动的中心。但真正的原因，还是因为日军获悉南开大学校长张伯苓博士的两个儿子都是中国空军的飞行员。

8月3日，由九艘军舰组成的一支日本舰队，开进了距广州很近的汕头港。日本人提出要当地驻军司令辞职，理由十分简单，说这位长官鼓励当地的码头工人罢工，不为日本轮船装卸货物。为此，南京政府和华南地区的军事长官在南京开会，商讨解决紧张局势的对策。最后，南京政府决定从日本撤走侨民。8月7日，日本政府也下令撤走汉口和长江沿岸各城市以及华南各地的日本侨民。

8月初，日本军方的喉舌《上海日报》一再攻击中国，指责中国政府违反了1932年的上海中立协定，增派了2 000名人员，加入上海的"和平维护团"（Peace Preservation Corps）。到了8月9日，日本陆军大臣杉山元（Sugiyama）大将忽然宣称："必须对中国的不诚实予以惩罚"，因此，日本对华的"不侵犯政策"也必须放弃。

当晚，日本海军的一名军官和一名水兵，在试图闯进上海郊区的虹桥机场时被开枪击毙，而守卫机场的一名中国士兵也被这两名日军先前杀死。然而，日本驻上海的领事冈本（Okamoto）却立即声称这一事件相当"严重"，并已报告东京方面，将采取适当的行动。于是，听到日本兵马上要进攻上海的谣言后，住在上海北部的虹口和闸北地区的中国百姓，立刻大量涌入公共租界和法租界。即使是上海近郊四乡的人，也有不少逃进上海的租界。

上海的局势很快地恶化。日本兵在上海以北10英里处的吴淞口登陆，并开进了上海的虹口区。当中国军队回击日军的侵略时，一场激烈的白刃战就在上海北部展开了。被中国人视为侵略象征的日本战舰"出云号"(Idzumo)，这时也出动了，驶进了黄浦江，停泊在上海公共租界的正前方，紧靠着日本领事馆。上海的日本海军当局宣称，由于中国人不断地挑衅，诸如8月9日晚日本海军军官和他的司机被杀事件等等，他们将"被迫采取防卫措施"。同时，还宣布说，如果形势进一步恶化，他们准备采取"任何必要的行动"！

当时的上海市长俞鸿钧曾请求美国和英国出面干预，阻止日本人利用虹口地区作为进攻中国的据点。可是，当英国人要求日方不要把上海卷入中日双方冲突的地区时，日本人竟然称英国人的要求是"明显地难以接受——这是英国人要我们做我们办不到的事"。相反地，日本人把派驻在公共租界的警察，包括英国人在内，全部赶出虹口。日本飞机也开始轰炸杭州、南昌、南京、苏州、镇江以及沪宁铁路。中国方面除了减少沪宁铁路的运输外，还在沿线各城市宣布了戒严，同时，封锁了长江下游的航行。

（二）黑色的星期六

每当我回忆起当年上海的紧张局势，想起1937年8月14日那个"黑色的星期六"的悲剧发生时，对我们当时的毫无准备，至今感到难以置信。

上海《密勒氏评论报》通常每期有40~60页。但是，1937年8月21日出版的这期，却是薄得不成样子，只有16页，在分量上大为减轻，颇有点像专门供应美国海外驻军阅读的美国杂志缩印本。而且，这一期的印刷极其差劲，几乎到了无法阅读的地步。由于我们的印刷厂正好处在中日双方交战的火线上，所有的印刷工人在战事发生后都跑个精光，去寻找安全地点藏身。这样一来，我们几乎遭到与其他几家报纸同样无法出报的命运。上海著名的英文报纸《字林西报》的排字间，吃了日军一发重磅炮弹，人员死伤惨重。这件事发生后的一两天，我们的一名印刷工人跑来对我说，他的一个朋友在一幢大楼的地下室设有一家印刷所，而那一带可能挨不到日军的炮弹。他坚持认为他的朋友用小型手摇印刷机可以印出小版面的报纸。于是，这一期的《密勒氏评论报》就成为一份货真价实的"地下"出版物。

在这一期《密勒氏评论报》上，有一篇关于日军轰炸上海的综合报道。据统计，大约有2 000人被炸死，2 500余人被炸伤。所有这些不幸的死伤者，几乎全是中国的平民——男人、女人以及儿童——以及那些难民。由于日军侵略中国，进攻上海，他们为了躲避恐怖和灾难，涌入租界，沦为难民。尽管不是全部责任，但造成众多平民伤亡的惨剧，多半得归咎于一架飞临公共租界上空的受伤的中国飞机。据估计，当时大约有150万人逃入上海的公共租界，这些人差不多全是农民、工人。在公共租界的大街小巷，桥上桥下，到处都挤满了中国人。他们拖儿带女，携带着自己的全部家产，出来逃难。看来最多的还是那些被抱在怀里的婴儿。中国的一些慈善组织，在公共租界里设立了许多救济站。炸弹正好落在救济站附近，这架飞机当然应该对重大伤亡的后果负责。更何况炸弹掉落的地方，也是当时平民最集中的地方。

最凄惨的死亡悲剧，发生在公共租界与法租界相交的一条街上，距外滩大约有一英里。在那儿，当时聚集着5 000名左右的难民，等着领取救济粥。这是由上海一家著名的娱乐公司，即大世界出面设立的救济站。这条街也是一条有名的大街，叫做虞洽卿路[③]，在与爱多亚路[④]相交的十字路口，交通信号灯正巧换成红灯，一辆小汽车正好停了下来，等着绿灯亮了再走。小车里坐着一个男人、一个女人和一个小女孩。由于听到一架飞机飞得很低的声音，就好像在头顶上，擦过那幢商业大楼飞过来似的，这辆汽车的驾驶员就打开了车门，想站在马路上向空中看个究竟。可是，当他的一只脚刚落地，只听到他大叫一声，双手向外一扑，便倒在人行道上死去。一颗机枪子弹射穿了他的胸膛。

这个死难者，是这次中日战争中第一个丧生的外国人。他叫罗林森牧师（the Reverend Dr.Frank Rawlinson），是基督教会在中国创办的、很有声望的《中国纪事报》（Chinese Recorder）的编辑。罗林森出生于英格兰，长大后在美国受教育，后来加入美国籍。在中国的教会团体中，他是一位杰出的和平主义者。对于日本军国主义，他是一名坚强而又无所畏惧的反对者，但是对中国打算增强自己的军事实力，以解决远东国际争端的设想，他也是不赞成的。当他被子弹击中时，他的妻子和女儿坐在车上，吓得目瞪口呆，不知发生了什么事。她们顾不上许多，只是慌乱地把罗林森牧师拉进车里，急急忙忙地驶向医院。小汽车刚刚拐过街角。这个聚集了数千人的十字路口广场，便遭到了炸弹的轰炸。

一架中国飞机，携带着两枚重磅炸弹，准备去轰炸停泊在市中心对面的黄浦江中的日本战舰"出云号"。可是，还没到达投弹地点，这架中国飞机就受到日本战斗机的攻击。中国飞机受了伤，驾驶员试图折回上海郊外的虹桥机场，因为机场仍在中国军队手中。可是，飞机损坏得很严重，加上又载着两枚重磅炸弹，驾驶员发觉在这种情况下，返回基地的可能性不大。于是，他打算先把两枚炸弹扔掉。当时，飞机正飞临上海跑马厅上空。然而，炸弹并没有落在跑马厅，而是在跑马厅以东大约300码的十字路口广场的中间爆炸。时值中午，正是上海交通最繁忙的时候，路口挤满了汽车、黄包车以及无数的行人，此外还有数千名等着领取茶饭的中国难民。

第一枚炸弹在马路的沥青路面上爆炸，而第二枚炸弹，显然是在离地面数英尺的空中爆炸的。由于弹片的散落，人员死伤特别多。数十辆汽车挤成一团，车内的人们不是被碎弹片击伤，就是因车子油箱爆炸燃烧而被活活烧死。至于街上数百名行人，则被炸得尸肉横飞，四分五裂。最惨不忍睹的场面是在"大世界游乐场"前面的广场，数千名难民当时正簇拥在施粥站前。血肉模糊的尸体中有男人、女人，还有小孩，大部分人的衣服都被烧光。后来，尸体都被堆在这幢建筑物的旁边，其高度竟有五英尺！

当中日双方的飞机在上海市区的上空交战时，当炸弹从天而降，掉在"大世界"门口时，我正站在美国总会的屋顶上观看空战。炸弹掉落的地点，与美国总会相隔10来条街。两枚炸弹的意外爆炸，使整个上海为之震惊。我立即赶往出事现场，尽管我采访过不少战争新闻，但还是生平第一次看见人血汩汩地淌入下水道的惨象。为了采访整个过程，当晚我很晚才回到家里。这时，我的鞋子、袜子和裤子上沾满了斑斑血迹。这是因为我曾协助警察和红十字会的工作人员一起搬运汽车上那些被烧焦了的尸体。炸弹掉下来的时候，这些汽车正围绕着十字路口的那个圆环在转弯。有一辆福特车引起了我特别的注意。这辆汽车大概停在距炸弹爆炸中心点20英尺处，车里有三具烧焦的尸体，两具在前座，一具在后座。车里的司机——准确地说这具被烧焦的骨架，仍旧端端正正地坐在那儿，一双烧得只剩黑色骨骼的手，还紧紧地抓着方向盘。这些尸体从车上被搬下来的时候，我们发现了一张驾驶执照，因为被压在司机的屁股下，才没有被烧毁。通过驾驶执照，我们才知道这辆福特车的主人是上海一位相当有名的美国商人。车里另外两具尸体，一具是这位美国商人的太太，另一具是他的中国司机。

警察和红十字会的工作人员把最后一具尸体从现场运走后，他们又派了一辆卡车来，专门装载那些死人的胳膊和大腿。这些胳膊和大腿都是被炸弹炸开后，散落在各处，再也找不到主人了。在街上的死难者中，有"基督教安息日会"所属的一份教会杂志的印刷工人。该杂志共雇佣了100名印刷工人，这次竟一下子死了90人！这份杂志的社址原先设在上海的中国地界，为了安全，他们在炸弹误炸的前一天刚搬到租界中来。

黑色星期六的第二幕悲剧，发生在第一次爆炸后的数分钟。这次一共有五枚炸弹，是从中国飞行员驾驶的"诺斯拉普"（Northrop）轰炸机上扔下来的。轰炸的目标本来是黄浦江中的"出云号"，但是，飞行员的定位却相差了整整500码，炸弹掉在上海最繁华的南京路上，在两家最著名的大旅馆——汇中饭店和华懋饭店的大门口爆炸。当时的南京路上正挤满了逃到租界的中国难民，因此死伤达数百人，其中还包括一些外国人。

当天下午，另一枚炸弹掉在美国海军采购处（the United States Navy Purchasing Bureau）用作办公室和仓库的大楼顶上。这幢六层的大楼，也位于上海的市中心，与美国领事馆只隔着一条街。炸弹意外地没有爆炸，而是击穿了水泥屋顶，又接连穿过五层水泥楼板，最后掉在地下室的水泥地上，把人吓了一跳！炸弹上赫然标着捷克斯洛伐克兵工厂的记号。至于这枚炸弹是从哪国的飞机上掉下来的，始终没能弄清楚。几天之后，不知是从飞机上扔下来的还是从军舰的大炮射过来的，另一枚

"飞弹"又在上海两家著名的百货公司门前爆炸。商店里和马路上人来人往,这一炸,自然又是伤亡惨重。

黑色星期六过去后的第二天晚上,我很晚还在办公室工作。忽然,门被打开了,一位美国妇人走了进来。来客是埃莉诺·罗斯福(Eleanor B. Roosevelt),小罗斯福(Theodore Roosevelt, Jr.)的太太[5]。她说她正在上海访问,目睹了无辜的平民被空中突然掉下来的炸弹炸死。她不知道能否通过斡旋,说服双方把各自的战斗部队和海军舰艇,撤离公共租界的边界。经过一番讨论后,罗斯福夫人决定向中日双方的领导人拍发电报,陈述她曾亲眼目睹的惨象,"无辜的、毫无防卫能力的平民百姓,惨遭杀戮和毁灭!"因此,她呼吁双方的领导人下令停止轰炸公共租界。一份电报发给了蒋介石夫人,请她转告蒋本人,希望引起其注意。

接着,我同她商量应该向哪些日本领导人拍发另一份电报。我主张应该直接发给裕仁天皇(Emperor Hirohito),因为天皇本人应对他的军队将领的行动负责。但是,陪同罗斯福夫人一起来的那位住在上海的美国人却说,他曾经同美国驻华使馆的许多官员讨论过这个问题,他们都认为如果直接向裕仁天皇发电报,可能被视为"大不敬"。

最后,这份电报决定发给当时的日本首相近卫文麿公爵(Prince Konoye)。电报的全文如下:

近卫文麿首相阁下:

我今天致电蒋介石夫人,希望在上海租界的无辜平民的生命得到保障前,暂停轰炸上海。由于数量过多的日本陆、海军部队出现在上海公共租界的边界内外,使得中国方面认为他们必须采取必要的军事措施加以防卫。我请求阁下设法使上海中立化，并使非战斗人员获得安全。鉴于贵国皇室过去对我的友谊，故致电向你请求。

埃莉诺·罗斯福
（小罗斯福夫人）

在以往日本政府根本不理会美国和英国政府多次强硬抗议的情况下，这份电报竟收到了意想不到的效果。这次虽然也没有答复罗斯福夫人，但是，第二天，日本海军司令却命令"出云号"战舰驶离它原先停泊的地点，离开上海市区的正面。由于"出云号"的移泊，中国飞行员实施轰炸的主要目标也从上海市区的边缘向外延伸。然而，日本海军仍然继续使用军舰上的重炮，越过上海市区，轰击中国军队，使得住在郊区的平民百姓死伤不少。另外，一架日本飞机曾向美国海军陆战队第四团的营房扔了一枚燃烧弹，幸好没人伤亡。还有，一家美国人经营的棉纺厂也挨了不少炸弹，尽管该厂驻有一小队美国海军陆战队，负责保卫工作，但也未能幸免，好在同样没有伤亡。

蒋介石夫人在她的复电中说，委员长已下令调查上海发生的意外事件，并应允对死伤的民众予以适当的抚恤。

注释：

① 1853年6月和1854年1月，美国东印度舰队司令培理准将，两次率领舰队闯入日本，要求幕府开港通商。在武力要挟下，日本于1854年3月3日同美国缔结《日美和好条约》，开放下田、函馆两港口。从此，日本锁国体制全面崩溃。

② 指1858年7月美国与日本签订的《日美友好通商条约》，主要内容是：除下田、函馆

两港外，日本增开神奈川、长崎、新潟、兵库四港和大阪、江户两市；美国人可与日本人自由贸易；侨居日本的美国人可自由信奉宗教，建造教堂；触犯日本刑律的美国人，由美国领事按美国法律处罚。
③ 虞洽卿路（Yu-Cha-Ching Road）：今西藏中路。
④ 爱多亚路（Avenue Edward Ⅶ）：今延安东路。
⑤ 即美国总统富兰克林·D.罗斯福（1882~1945）的妻子。埃莉诺·罗斯福也是西奥多·罗斯福总统（1858~1919）的侄女。

1937年的美国军舰和日本炸弹

在日本进攻中国的战争进行了好几个月之后，有两个年轻的日本军官在中国的首都南京相遇。当时正好是1937年圣诞节的前几天，南京刚刚被日军占领。这两个日本青年军官，同是东京陆军士官学校的毕业生，军衔都是少尉，一个名叫向井敏明（Tashiakai Mukai），另一个名叫野田毅（Iwao Noda）。两个军官在中国首都相遇，居然成为吸引公众注意的新闻，还得归功于日本东京的主要报纸——《日日新闻》（Nichi Nichi Shinbun）。该报不仅详细报道了这两人的"赫赫战功"，而且还附有照片。

一天，我的办公室的一位译员把这两个日本军官在中国首都相遇的情景简要地翻译给我听，同时，把那份报纸也拿给我看。"在正式地相互一鞠躬后，这两名军官各自拔出他们的军刀，骄傲地指着那长长的刀刃上的缺口，野田少尉说：'我已经杀了105人——你杀了多少？'向井少尉回答说：'啊哈！我已经杀了106人——真是对不起！'"

显然，向井少尉多杀了一人而赢得了这场比赛。但是，《日日新闻》的记者却进一步解释说，尽管向井少尉比野田少尉多杀了一个中国人，可是，还是无法证明谁先突破杀死100人的目标。因此，双方谁胜谁负，难分伯仲。于是，两人商定这次杀人比赛只能算作平手，接下去重新比赛，看谁能够先杀死150个中国人，超出150人的大关！

东京《日日新闻》报上的这篇报道接着说："比赛从1937年12月11日重新开始，双方鼓起勇气，目标是杀满150名中国人！"说起来，这两个日本军官的第一次相遇还是在上海的一家夜总会，当时约定举行杀人比赛，看谁能够首先杀死100名中国人。但是，在报道中并没有特别提到被杀的全是中国士兵。事实上，在上海、南京相继失守后，中国政府的军队几乎从沪宁铁路间200英里的沿线大小城市中全部撤走，而日本兵也就从上海出发，沿着铁路，长驱直入，攻占南京。所以，这两个日本军官所杀的中国人，很可能都是些平民百姓[①]。

南京陷落后，1937年12月13日，日本军方发言人在上海宣称，日军决定在上海设立一家工厂，专门修复日本军刀。

这两个日本军官在南京比赛杀人的报道，明白无误地透露了日军在侵占南京后的大肆劫掠、滥杀无辜以及奸淫妇女等无恶不作的暴行。当然，败退的中国军队在撤退时也曾乘机抢掠一番。因此，南京城的居民经历了一次空前的浩劫。日军占领上海以及长江下游其他城市后，也曾大肆抢劫、烧杀和奸淫。事实上，中国老百姓对日本人在中国东北犯下的种种暴行，早已是耳濡目染了。在东北，日本人常常把一个村庄的老百姓杀得精光，然后挨家挨户地洗劫一番，临走时一把火把整个村庄烧成灰烬！日本人干这种伤天害理的事时，还藉口说这个村庄的老百姓窝藏游击队。

南京居民遭受日军的蹂躏，同当年迦太基[②]人民所经历的野蛮暴行毫无区别。在中国的外籍传教士，大多数都曾亲眼目睹了日军的种种暴行，有的甚至还摄有日军施暴的各种照片。传教士们都认为，日军士兵

313

的军纪败坏,已经到了不可收拾的地步。似乎是他们多年来所受的仇视外国人的教育和训练,在占领南京后一下子全部发泄出来。据一个国际性的教会组织提供的可靠报告说,南京街头的死尸不可胜数,有的是被日本兵任意枪杀的,有的是被刺刀刺得半死,无人过问,躺在街上而死去的。如果有人试图从城里逃走,而被日本兵抓住后,就不分青红皂白,一律圈在一起,先搜身,然后用机关枪扫射一通,全部枪毙!即使在由外国传教士们设立的所谓"安全区"内,碰到混乱恐怖时期,日本兵照样闯入,照样抓人、杀人,而且常常持续好几天。日本兵喜欢把许多人围在一起,集体枪杀;或者在中国老百姓的衣服上浇满煤油,点火燃烧,把人活活烧死,谓之"点天灯"。

日军藉口说,被杀的中国人都是脱掉制服后换上平民衣服的中国士兵,并且他们还企图从南京城里逃走。有一次,日本兵从基督教会所负责管理的难民"安全区"内,一个一个地抓出了400名年龄不一的男人,把他们编成50人一组,拉到南京城外,用机关枪扫射,集体枪毙。另外,日本兵还常常把一些中国人绑在木柱上,当作他们练习劈刺时的目标。又有一次,一伙日本兵闯进一所教会学校的宿舍,把躲在里面的中国妇女和姑娘全部掳走。日军从来也不留下一个俘虏,唯恐他们的暴虐被人公布于众。当时,日本人宣传他们的唯一目的是"解放"中国人,可是,这种"解放"实质上就是"肃清"、"灭绝"。艾利森(John Allison)是美国领事馆的官员,有一次陪同一位牧师到日军司令部,准备请司令官约束他手下暴乱的士兵,想不到竟在日军司令部的大门口被日本士兵扇了几个耳光,污辱一顿后赶走。南京城里的居民家中,几乎家家都遭日军抢掠;连那些逃难的百姓手中的破烂包袱,在经过城门时也在劫难逃。

在一些教会医院里，我曾仔细地察看了很多偷偷拍摄的被杀的中国人的照片。结果我发现在这些中国人的头上、颈部、肩膀以及手臂上，都有着很深的刀痕。显然，这都是日本兵把一种古老而又十分流行的军事训练付诸实施的结果。在这种训练中，士兵们必须戴着沉重的皮帽子、护肩和面具，手持木棍，互相猛击对方的头部，直到双方都筋疲力尽才停止。从前，我在中国东北以及日本，多次看到日本兵在他们的营房里接受这种训练，对他们居然能够忍受如此残忍的打击，感到十分惊奇。但是，我万万没有想到，这种野蛮的训练竟会变成实际应用，而且是用真刀真剑去对付手无寸铁的中国平民百姓。我还看到过一张照片，那是一位教会医院的医生拍的，照片上的中国男人的后颈部有一条深深的刀痕。这是一个日本军官用军刀砍的。幸好这把刀很钝，中国人的脊髓没有被完全砍断，他奇迹般地活了下来。

我还看过许多张日本兵自己抢拍的照片，大都是在砍去中国人的头颅的瞬间拍摄的。后来，我得到过一张令人发指的照片，照片上的中国女人显然是被奸淫后杀死的，而两个日本兵竟然昂首挺胸地站在她身旁留影！日本人有相互拍照的癖好，甚至是他们自己的野蛮暴行，也乐于被人拍摄！我是从上海一家朝鲜人所开的照相馆中得到这张照片的——因为底片被送到这儿来冲印。由此可见，日本兵希望把这些照片都印出来，寄回日本，让家乡的朋友们观看。对于他们不人道的暴行，这些日本兵似乎一点也没有觉得那是一种违反现代战争的原则，违背人类起码的道德的行为。

自从日本废除《限制海军军备条约》后，美国和参加华盛顿限制军备条约的其他列强，至少有两次机会可以迫使日本屈服，而无须诉诸武力。第一次是在1931年9月，当所谓的日本"关东军"在中国发动了

"九一八事变",侵占了东北三省时。当时,东京的政府高级官员十分害怕,担心美国会强调履行条约中规定的保障中国领土主权完整而采取行动。因此,他们想方设法消除美国人对日本的猜疑和批评。日本政府不惜动用大量的金钱,从事宣传和其他工作,竭力想影响美国的公众舆论,从而可以阻止华盛顿采取强硬立场。应该承认,日本人的努力获得了相当的成功,因为美国人不但没有反对他们在中国的胡作非为,而且还在继续将战略物资源源不断地运往日本。

当时,日本政府豢养的一名最出色的宣传家,是美国人金尼。他早年在火奴鲁鲁做过教员和新闻记者,后来,在中国大连的南满铁路局工作。"九一八"事变以后,金尼回到美国,访问了不少报社总编、专栏作家以及电台评论员。他从美国返回大连后,起草了一份很长的报告,呈送他的日本上司。在报告中,他列出了一批美国人的名单,认为这些人在感情上是赞同日本侵略中国的政策的。不幸的是,金尼的机密报告辗转落到另一名美国人的手中,而这位美国人却又把报告转给了我。于是,我把这份报告全文发表——虽然时隔十多年(译者按:指作者出版本书的1945年前后),至今读起来仍然是那么有趣,尤其是上面还刊登了那一批赞成日本侵略中国的人的尊姓大名。日本人发现这份秘密报告被披露出来后,就准了金尼的长假,让他携着自己的日本太太,到南太平洋的法属塔希提岛(Tahiti)上去过优哉游哉的生活了。而此时,中日战争也已正式爆发了。

在美国,许多具有影响力的公民,都竭力主张美国政府不要对日本采取强硬的立场,他们错误地认为,当时日本政府中主张和平的势力,完全可能控制住好战的军人,使得后者无法轻举妄动。甚至当时的美国驻日大使格鲁(Joseph C. Grew)也主张采取温和政策。格鲁之所以持这种观点，是因为他认为如果美国采取强硬立场，可能会刺激日本军阀采取一种"更为激进的态度"。

对美国政府来说，第二个可以迫使日本改变侵略中国政策的机会，是在1937年12月。当时，日本飞机在南京附近的上空，有计划地轰炸、扫射，终于炸沉了长江中的美国海军炮舰"潘纳号"（Panay）。然而，美国国务院居然采取了一种软弱而又优柔寡断的政策，反而促使日本对美国以及美国在远东的利益，玩弄一种忽紧忽松的手法，最终导致了四年后日本军阀偷袭珍珠港。

当年，住在上海和南京的美国人中间流传着一则笑话，如果旁边有其他国家的人在场，说话的人就会注意压低嗓门。这则笑话虽短，可是却一针见血。笑话的内容是"你知不知道约翰逊（Nelson T. Johnson）[3]大使把南京大使馆的开支都列为'竞选费用'了？"对美国人来说，这句俏皮话具有特殊的含义，因为它说明了在日本军队侵占南京前的几个星期里，南京美国大使馆人员的一些不寻常的活动。从这一时期约翰逊大使与美国国务院之间来往的从未公布的文件来看，大使本人一直在担心日本侵略者的态度，其情形，同美国国务院不断给他的指令所担心的，可以说完全一致。而当时大多数人的心里都十分清楚。日本军队占领上海后，就开始把注意力集中在中国的首都南京。于是，约翰逊大使立刻聘请了一名中国建筑师，在美国大使馆和使馆人员宿舍的对面，一个小小的长方形花园中，挖了一个防空洞。这个防空洞，在南京的外交人员圈子里，引起了普遍的注意，因为这不仅是南京城内第一个防空洞，而且洞内的设施非常精良完备。尽管防空洞的图纸和照片都已呈送国务卿，但是，远在华盛顿负责维护美国在远东的利益和声誉的官员们仍然感到不满意。他们担心防空洞的防护能力不足，尤其希望不要在美日之间发

317

生任何纠纷。因此，他们就再次指示约翰逊大使，采取更加特殊的防护措施，避免被日本飞弹击中。

于是，约翰逊大使命令长江上的美国巡逻舰队指挥官派遣几艘小型的内河巡逻舰，包括"潘纳号"在内，都停泊在离美国大使馆很近的南京江边码头。无论什么时候，只要上海方面传来消息，说日本飞机已经起飞，前来轰炸南京时，美国大使馆的全体人员，包括秘书、领事、副领事，甚至速记员等等，立刻就由大使率领，直奔码头，登上炮舰，立即起航，开足马力，逆流而上。上行数英里之后，这些炮舰就泊在长江中间，等到日本飞机轰炸南京过后，他们才敢返航，回到大使馆的住处。为了避免对伟大而又强盛的美国用心良苦的举动产生误会，因而导致怀疑和危险，美国大使馆特地把有关大使馆的所在位置，美国炮舰每次航行和停泊在长江的正确地点，以及炮舰上所载的都是些什么人，一一告知日本陆军和海军。并且，还在炮舰的最高一层甲板和天篷上，漆上大幅的美国国旗，希望日本飞行员在空中可以分辨得一清二楚。

美国大使馆的惊慌失措，很快地传染给别的国家驻华使馆，甚至连德国使馆都决定租用英国船只，仿效美国使馆的做法，每闻空袭警报，就立即溯江而上。就在这种忙乱的时候，有消息传来说，日本军部决定大规模地轰炸中国首都南京，所用的轰炸机将从台湾的空军基地起飞，清一色的刚从美国买来的正宗货。听到这个消息，我立刻同《纽约先驱论坛报》驻上海记者基恩（Victor Keen）以及"无线电通讯社"（Press Wireless）的董事长皮尔逊（Joseph Pearson）一起动身，前往南京，准备亲眼看看日本人对南京的大轰炸。我们三人乘坐我的那辆"福特"车，当晚半夜时分悄悄地溜过了日本兵的防线，连夜疾驶，在高低不平、令人提心吊胆的公路上跑了一个通宵,总算在次日中午以前赶到了南京。日本人原来决定这天下午大举轰炸南京。

如果光从街道和商店来看,这一天的南京已经是一个死城。城里的老百姓不是逃走,便是躲了起来,大街小巷空无一人。我们把车子直接驶进了美国大使馆,里面居然也是冷冷清清,除了一位名叫帕克斯顿(J. Hall Paxton)的秘书还留在使馆内,其他的美国官员都已溜得精光。帕克斯顿出生在中国,父亲是在华多年的传教士,他在美国念完大学后,便又回到中国,在美国驻华使馆工作已有数年。帕克斯顿告诉我们,为了避免受到日本炸弹的伤害,使馆里的其他人员在天刚亮的时候就已动身,急急忙忙地搭船驶往长江上游去了。至于他自己,他说:"要是怕小日本,我就不是人……"不过,约翰逊大使这天并不在南京,他已经率领使馆的大部分官员到汉口去了。汉口在南京以西约600英里,中国的中央政府正在计划迁都汉口。中午,我们便在大使馆里和帕克斯顿一起吃饭,饭菜是由使馆的中国厨师准备的。在使馆工作的中国厨师和仆役都没有逃跑,仍旧在大使馆上班。饭后,我驱车前往"励志社"(Chinese Officers' Moral Welfare Association)——中国军队里的青年会组织。在励志社的大楼里,我采访了蒋委员长和蒋夫人。我问委员长,每次听到日本飞机要来南京轰炸时,美国使馆的官员们立刻逃之夭夭,对此有何感想?他笑了笑,耸耸肩膀说:"你看,我们不是仍旧在这儿吗?"

这天下午,我们一直待在南京,等候日本人的轰炸。可是,日本轰炸机连影子也没有出现。于是,我们猜测上海方面将会发生重大变故,决定立即返回上海。当天,当夜幕刚刚降临时,我们就驶上了一条迂回的公路,避开正准备攻打南京的日军先遣部队,向上海进发。幸亏日本

319

军队还没有来得及将整个上海团团围住。

不巧的是，在天刚蒙蒙亮的时候，我们的汽车突然陷进了一个大泥坑里。我从来也没有见过这么可怕的泥坑。它是公路上一段约一英里长的烂泥路，有三四英尺深，这是重型军用卡车驶过的杰作。这些军用卡车把路面压塌，有的地方陷下去很深，几乎变成了壕沟。在我们的"福特"车前面，已经有不少各式各样的大小汽车陷在这条长长的烂泥沟里。每一辆车的主人都想尽了办法，希望从烂泥沟中爬出，但结果反而越陷越深，车轮徒劳无益地在原地打滑。十分凑巧，在离开南京的时候，我忽然心血来潮，在一家中国人开的店铺里买了一条有几英尺长的绳子，当时，只是下意识地想到，这条绳子说不定有用得着的时候。现在想起来，不禁大喜过望，绳子果然可以派上用场了。更巧的是，我口袋里还有一张崭新的10元中国钞票。公路旁边的田野里，站着一大群中国农民，男人、女人和小孩，都在边上看热闹。望着这些中国人，我灵机一动，拿出口袋中的那张新钞票，一边向他们摇晃，一边问他们能否帮我们把车子从泥坑里拉出来。他们的反应很快，而且表现得十分热心，20来个男人、女人和小孩，一齐动手，一边用力拖，一边哼着"嘿—哟"、"嘿—哟"的号子，不一会儿，就把车子从泥坑里拖了出来，拖到一处干地上。可是，正当我们在起劲地拖车时，忽听有人大喊一声："鬼子的飞机来了！"我抬头一看，天空中果然出现一整队的日本重轰炸机。于是，我们立即丢下一切，跳到路旁最近的壕沟里躲起来。由于陷在这条公路的烂泥沟中的汽车相当多——十几辆中国军队的大卡车以及差不多同样多的其他汽车，我们几乎成了日本轰炸机的最好目标。但是，鬼子轰炸机的驾驶员竟对我们未予理睬。原来，他们有着更重要的目标，那就是轰炸南京。

我们错过了观看轰炸南京的机会,同时又在担心美国大使馆里那几位不肯躲警报的人,不知这次有没有跑掉?当日本轰炸机从我们头顶飞过,而"福特"车也被拖了出来后,仍在烂泥里的那些卡车司机和其他车上的人们,立刻同时大呼小叫起来,埋怨我们不该付给那些出苦力的人10元大洋。照他们说,实际上给一元钱已经绰绰有余。因为他们为外国佬拖一辆车得到10元钱,自然不肯再以低价为中国人拖车了,否则,就会"丢面子"。后来,有人告诉我,由于我开了先例,以后那些车子想要拖出泥坑,一律付钱10元,那已成了标准定价。

12月12日下午,由于日本飞机的轰炸和机枪扫射,美国炮舰"潘纳号"沉没于长江。同"潘纳号"一起沉入江底的,还有一艘小型油轮"美安号"(Mei-an)和两艘游艇,这三艘船均属"美孚石油公司"所有。当日机轰炸时,这几艘船都停泊在南京以西约20英里的长江江心中,属安徽省和县境内,而且这是美国大使馆根据国务院的指令所决定的停泊点。日本飞机对"潘纳号"、"美安号"的轰炸,以及接着向两艘载着幸存者往岸上逃命的游艇的轮番扫射,造成了大量的人员伤亡,其中有美国海军官兵、平民,包括那两艘大船的船长在内。

在日机轰炸停泊在和县江面上的美国船只前数小时,另一支日军已经向英国船只发动了攻击。这些船只包括两艘炮舰,"瓢虫号"和"蜜蜂号",以及五艘内河轮船,分别是"绥渥号"、"新德号"、"土廓号"、"王土号"和"大东号"。所有的英国船只,都在醒目处漆有大幅的大英帝国国旗。然而,这些船只不仅受到日本飞机空中的轰炸,而且还遭到日本军队架在江岸边的重炮轰击,使得英国海军官兵和平民都有伤亡。当时,这些英国船只都停泊在南京上游约50英里的芜湖城外江面上。芜湖是日军芜湖地区司令官桥本欣五郎大佐（Colonel Kingoro Hashimoto）的大本营所在地。桥本大佐到达芜湖的第一天，就表现出他的反美态度。他下令扯下美国教会大门口挂着的美国国旗，亲自把它撕成碎片，扔在地上，然后用鞋底钉有平头钉的大皮靴，肆意践踏。

在美国舰艇上不幸遇难的有一位著名的意大利新闻记者桑德利（Sandro Sandri）。桑德利是意大利都灵（Turin）一家著名报纸《新闻报》（La Stampa）的海外特派记者，早年，他曾在米兰的《意大利人民报》（Popolo d'Italia）供职，这是一份由墨索里尼操纵的报纸。桑德利还是意大利法西斯党驻上海分支机构的负责人。这一天，他搭乘"潘纳号"，结果不仅挨了弹片，还中了机枪子弹，第二天就死了。比起英国舰艇上的遇难者来，在"王土号"上的几名德国驻华使馆的官员要幸运得多。这几名德国人倒没有挨到炮弹，只是"王土号"被炮火击中，严重损坏。因此，不得不把这几位外交官从"王土号"请到一艘英国炮舰上。尽管意大利和德国都是日本的盟国，而且又同是"反第三国际协定"的签约国，但是，事件之后，意、德两国还是立即向东京的日本政府提出抗议。

在华盛顿，发生了一件反常的事情。那是12月13日早晨，也就是日本飞机轰炸美国舰艇后仅数小时，日本驻美国大使斋藤弘（Hiroshi Saito）就到了美国国务院，来向美国政府道歉，并表示愿意赔偿一切损失。当时，除了电台对这件事有一则简短的报道外，国务院还没有收到任何详细报告。斋藤弘大使表示，"由于日本方面早就获悉美国船只停泊的位置，所以，对'潘纳号'的轰炸是一个重大的过失……当然，这件事完全是意外，确实是个严重的错误。"言下之意，他似乎感到非常抱歉！

而当时正在上海的美国海军亚洲舰队司令亚内尔（Harry E. Yarnell）上将却立刻采取了行动。亚内尔上将深信，对"潘纳号"被击沉一事，美国政府将采取强硬的立场，于是，他下令当时停泊在上海的"奥古斯塔号"美国巡洋舰留在原地待命。"奥古斯塔号"原先计划驶往马尼拉。针对日本海军发言人的一项声明，说美国海军将从长江流域撤走所有的舰艇，亚内尔上将断然否认，他宣称："在中国水域的美国海军舰艇，是为了保护美国公民的生命和财产，只要这种需要存在一天，美国海军就将在这儿停留一天。"亚内尔上将接着补充说，如果日本人要求美国海军舰艇从中国水域撤退，美国将不予理会。

可是，亚内尔上将的表态，并没有得到华盛顿方面的支持。在美国参议院内，为讨论美国炮舰和部队是否应该从亚洲撤回，引发了一场复杂的争论。有人认为，大英帝国正在利用美国"替她从中国这盆大火中把栗子取出来"。有位参议员甚至主张："如果日本承认它的过错并向美国道歉，美国政府就无需再提更多的要求。"只有参议员皮特曼（Key Pittman）提出一个合符逻辑的建议，主张美国政府应该要求所有对攻击美国舰艇负有责任的日本陆、海军官员，一律予以惩处。皮特曼指出，对中立国家发生的一连串的所谓"意外"，已经到了忍无可忍的地步了。况且，对于这类"意外"事件，日本政府的态度始终无法令人满意。皮特曼参议员继续指出，事件的发生，实际上是日本政府对其海外的陆、海军指挥官赋予了广泛而又无约束的权力所引起的结果。"因此，美国政府应该掌握对这类暴行负有责任的日本高级军官的姓名，并进一步要求对这些人加以惩处。"皮特曼认为，只有进行惩处，才能体现出日本人的良好信誉，才能停止对国际法的一系列侵犯。皮特曼最后指出，对于这一系列"意外"事件的发生，日本政府难脱"鼓动"的干系，其目的就在于吓唬一些中立国家，使得他们赶快从中国撤走使馆人员和各自的侨民。

然而，美国政府却没有采纳这一具有决定性的立场，仅仅是要求道歉、赔偿，以及保证不再发生类似事件。而所有这些，都是日本政府通过它的驻美大使斋藤弘早已主动提出，表示愿意做的。美国政府没有提出惩处应对这一事件负责的人员，甚至对那个负有不可推卸的责任的主要罪犯——驻芜湖的日军司令桥本大佐，也只字未提。后来，由于罗斯福总统的个人意见，坚持要把美国的抗议书直接送交裕仁天皇，事情才变得复杂起来。可是，日本外相广田弘毅（Koki Hiroda）拒绝接受抗议，这就使得远东局势陷入困境，大家都说这是谁想出如此奇怪的外交姿态呢？在东京，据说美国大使馆附近的街上，聚集了不少小学生，向行人募捐一分、两分钱，说要买一艘新的炮舰，代替"潘纳号"，赔给美国，使得美国驻日大使格鲁大为感动。不过，事实是明摆着，日本政府对赔偿被炸沉的"潘纳号"一事，只是光说不做，最后，到实在拖不下去的时候，便提出他们愿意在日本的造船厂新造一条船，赔给美国。这一办法，理所当然地被美国海军部拒绝了。

由于日本陆军和海军双方的争吵，轰炸"潘纳号"和其他美国舰艇，以及炮击英国船只的真相大白，元凶就是日本陆军驻中国安徽省芜湖地区的司令官桥本欣五郎大佐。日本驻华大使馆武官原田熊吉（Kumakichi Harada）将军在上海举行的一次记者招待会上，说了很多话，断然否认日本皇军驻长江沿岸的部队同轰炸、扫射英、美两国的舰艇有任何关系。然而，原田将军的否认，实际上就等于暗示日本海军是唯一应该承担责任的一方。于是,日本海军的发言人沉不住气了,激动地指责桥本大佐和他的部队,说他们才是真正的罪魁祸首!

桥本大佐以前担任过日本驻法国和驻土耳其大使馆武官,曾经是日本陆军1936年在东京发动的"二二六"事变④的领袖之一。在"二二六"事变中,桥本否认他信奉法西斯主义或社会主义,声称他代表的是"远东的新精神"。这种"远东新精神"的主要目标,是消除美国和英国在亚洲的影响。桥本大佐否认他同轰炸"潘纳号"有任何关联,但据说他曾下令炮击长江中的所有舰艇,"不论国籍"。他似乎忘了自己曾经告诫过美国和英国的船只,让他们停泊在什么地方。而实际上,炮击英国船舰,用机枪扫射下沉的"潘纳号",以及载着"潘纳号"上的幸存者逃命的另两艘船,显然都是桥本大佐的部属下达的命令。这位部下当时以为这些船上搭乘的都是中国军队。

日本陆军方面最初指责"潘纳号"炮舰曾经向长江沿岸的日本军队开火,但这一说法马上被驳斥。于是,日本当局终于拿出真凭实据,说海军方面已经承认,轰炸和扫射"潘纳号"以及其他美国船只,应由他们负责。几天之后,日本人宣布,海军航空队司令、海军少将三楠定藏(Teizo Mitsunami)已被撤职,并已召回日本。日本海军省同时还宣布,他们将"处罚"轰炸"潘纳号"的海军飞行员。而陆军省最终也向英国人道歉,说不该炮击英国船只。不过,他们仍然强词夺理地说,他们误以为这些英国船舰正在为蒋委员长的部队护航,因为这时中国的中央政府已经撤出南京,正把首都迁往汉口。

命运不济的"潘纳号"炮舰上的幸存者,直到12月17日,即"潘纳号"沉入江底五天以后,才到达上海。这些幸存者立刻被分别送上停泊在黄浦江中的英国炮舰"瓢虫号"和美国炮舰"欧胡号"（Oahu）。"欧胡号"是"潘纳号"的姐妹舰，原先也停泊在南京，只是在这次事件中没有受到攻击。受伤的人员中，重伤员被送往上海的医院，轻伤员则用担架送到美国亚洲舰队的旗舰"奥古斯塔号"巡洋舰上，接受美国海军医生的治疗。

美、英两国的船只遭到日军飞机的轰炸和大炮的轰击，包括伤员在内的一些幸存者回到上海，以及覆盖着美、英国旗的死者灵柩运抵上海，这一切，在上海的国际人士中反响极大。这次暴行的严重性，以及它所带来的国际社会的意义，已被世界各国重要的报社、通讯社的众多记者加以证实，他们纷纷撰文，从上海向全世界报道整个事件的前因后果。最值得一提的是少数几位搭乘"潘纳号"的记者，他们更是获得了亲眼目睹的第一手资料。遗憾的是美国《柯里尔》（Colliers）杂志的马歇尔（Jim Marshall）却无法去写他那生动的报道了，因为他被日军炸弹的弹片击中，肩膀和喉咙伤得很重。

对日本飞机轰炸和扫射"潘纳号"的全过程描述得最完整、最详尽、最可靠的是一位年轻的安纳波利斯大学毕业生、海军上尉盖斯特（John Willard Geist）。"潘纳号"挨炸时，他正在船上。后来，他又照料着那些幸存者，沿着长江江岸，在半夜里艰难地向前摸索了好几个小时，才被美国和英国剩下没被击中的舰艇救回船上。盖斯特上尉回忆起当时，日本飞机分两批前来轰炸"潘纳号"，第一批三架飞机，第二批六架飞机。盖斯特说，日本鬼子的第一枚炸弹是从大约7 000英尺的高空扔下来的，弹着点十分准确。而事实上，所有的炸弹，不是击中了目标，就是掉在船舷附近，因此，被击中的舰艇受损严重。而第二批飞机前来攻击时，就飞得很低，用机枪向正在沉没的"潘纳号"大肆扫射，同时，也向逃往岸边的救生艇上的幸存者们肆意开火。

注释：

① 日本战败后，向井敏明和野田毅被缉捕归案，经中国军事法庭审判后处以死刑。
② 迦太基（Carthage），原为非洲北部古国，公元前146年被罗马人攻占，全城被夷为平地，被杀者不计其数，幸存的5万人均沦为奴隶。
③ 约翰逊（Nelson Trusler Johnson，1887~1954），美国外交官，1907年来华，历任驻哈尔滨、汉口、重庆、长沙、上海等地领事。1926~1929年归任美国务院远东司司长。1929年再度来华，任驻华公使（1935年升格为大使）。1941年转任美国驻澳公使。
④ "二二六"事变，日本一些法西斯军官策划的武装政变事件。1936年2月26日，反叛官兵1400余人在东京袭击政府首脑官邸或私宅，杀死内大臣斋藤实、大藏大臣高桥是清和教育总监渡边锭太郎，并占领首相官邸、陆相官邸、陆军省、警视厅及附近地区。企图通过陆军大臣，要求实行"国家改造"，建立军部独裁政权。后遭镇压流产。

第五部分
太平洋战争爆发前后

我与《芝加哥论坛报》

1937年12月17日,是"潘纳号"的生还者抵达上海的一天,同时,出于某种原因,也是《芝加哥论坛报》(Chicago Tribune)驻上海办事处值得纪念的一天。上海办事处的原址是很神气的,一块大铜牌悬挂在门口,上面刻着"世界上最伟大的报纸"几个字。铜牌悬挂了多年,经过风吹雨打日晒,再加上办事处工役每天擦拭,所以,那一层黄铜几乎都被磨穿了。

在居留远东的整个期间,除了在上海编辑我自己的《密勒氏评论报》外,我还兼任一些著名的英美报纸和通讯社的特派记者或通讯员。在这些报纸中,我工作得时间较长的,一份是英国著名的自由主义色彩的报纸《曼彻斯特卫报》(Manchester Guardian),另一份是伦敦出版的英国工党的机关报《每日先驱报》(Daily Herald),还有,就是美国著名的、为孤立主义者撑腰的《芝加哥论坛报》。《芝加哥论坛报》属于麦考密克(Robert R.Mccormick)上校所有。另外,我有时还同《纽约先驱论坛报》(New York Herald Tribune)以及美联社的特派记者合作,协助他们采访一些重大的新闻。因为有时会同时发生两件重要新闻,他们分身乏术,不得不请我代为帮忙。

不过，曾经有好几年时间，我同时为《芝加哥论坛报》和《曼彻斯特卫报》两家报纸工作。这一情形，引起了一位同行好友的惊叹，他说始终弄不懂我怎么能够替两家立场迥异、政策完全对立的报纸同时采写错综复杂的中国新闻？我说，在撰写新闻稿时，我从来没有考虑过这两家报纸的政策和立场，但我总是尽我最大的努力，去获得那些最基本、最重要的素材，然后让编辑先生们去决定采用与否。我从未因为要同这两家报纸的政策相符合，而修改过我自己的新闻稿。不过，这两家报社的编辑们倒是偶尔会在社论版撰文与我辩论。

早在1917年我第一次到北京采访，我就同《芝加哥论坛报》有了联系。那时正是日本人第二次向中国政府提出所谓"二十一条"的时候。当时，我收到《芝加哥论坛报》总编辑贝克（Edward S. Beck）的一份电报，要我替他的报纸采访这一新闻。那时我刚到中国不过几个月，而且也从未给报纸写过新闻稿。然而，贝克先生似乎很喜欢我的文笔，除了把我的新闻稿刊登在第一版之外，他还配上了一个通栏大标题。几个星期之后，我收到了一张25美元的支票，并且从此就同《芝加哥论坛报》搭上了关系。除了很少几次的中断，我总共为《芝加哥论坛报》服务了近20年。

最初我还只是兼任，后来就变成《芝加哥论坛报》驻上海的正式特派记者。在中国长期的内战期间，关于1929年的中苏之战，1931年的"九一八"事变，我的苏联之行，以及1937年中日战争爆发后的头几个月，每次我都按时向《芝加哥论坛报》拍发电讯，邮寄特写。由于上海与芝加哥的时差大约有12小时，所以，我必须在夜里干完大部分的工作。结果，我成为外国记者中出名的"夜猫子"。在很长的一段时期内，我每天都要工作到凌晨三四点钟才上床睡觉。如此努力工作了几年，就年资来说,我已经是《芝加哥论坛报》驻外记者中的老资格了。倘若能够再多服务几个月,我就有资格退休,领取养老金了。

但是,我也是《芝加哥论坛报》唯一没有在总社工作过的驻外记者,因此,除了耳闻之外,很少直接接触到报社的政策。偶尔,有报社的同仁路过上海,在同我闲聊的时候,就会告诫我,要我"同上校的关系搞搞好"。吉本斯(Floyd Gibbons)是该报的王牌记者,曾因采访第一次世界大战战地新闻而出尽了风头,为此,他也付出了一只眼睛的代价。吉本斯有好几次到远东来,每次总是在旅馆的酒吧里同我闲聊,劝我多多接近上校,套套近乎。有一次,我俩在沈阳,几杯酒下肚后,吉本斯又旧话重提,告诉我在《论坛报》服务成功的秘诀,"你必须经常写些不入流的'烂新闻'——不要老是报道'上流社会'。在芝加哥买《论坛报》看的人,根本不在乎什么美国的远东政策——他们需要的是热门话题,譬如战争啦、土匪啦,如此而已。"后来,我终于明白了,正因为我没有在芝加哥的总社工作过,后果非常严重,我的薪水一直要比那些曾在总社工作过的驻外记者低得多。

1937年12月17日早上,麦考密克上校的私人代表科比宁(Corpening)上尉乘坐泛美航空公司(Pan-American)的"飞剪号"(Clipper)客机,从芝加哥飞抵上海。科比宁上尉带着上校的指令,前来结束《论坛报》设在中国的所有的办事处工作。对于上尉的中国之行以及此行的目的,报社方面早已有电报通知我,至于为何突然采取这样的措施,我则茫然无知。那天早上,科比宁上尉坐在他的床沿上吃早饭,我还是忍不住地脱口而出:

"平心而论,《论坛报》究竟是为什么要在这个时候关闭在中国的办事处？'潘纳号'刚刚被炸，中日双方也已交战多日，亚洲正成为真正的世界新闻的热点。"

上尉抬起头看看我，然后，一边继续吃早饭，一边说："上校认为中国不再是重要新闻的来源地了。他说，中国很快就会被小日本吃掉，因此，《论坛报》若要继续采访有关中国的新闻时，将来要从东京方面入手。"

听他这么一说，我忽然感到两腿有点发软，便不由自主地跌坐在一张椅子上，嘴里只会喃喃地重复着，"现在结束真不是时候！"

当我们正在交谈的时候，一份电报送了进来。收报人是科比宁，发报人是上校，他要科比宁上尉去"采访'潘纳号'的新闻"。《芝加哥论坛报》这时刚刚收到美联社的电讯，说"潘纳号"的生还者可能就在这一天到达上海。

科比宁上尉把电报递给我，接着说："你同我一起去采访。"

"我不是被解雇了吗？"我大声地说。

"噢，别管那么多。我是想看看你是怎么采访的。"上尉说。接着，他就同我天南海北地闲扯起来，向我吹嘘说他是《论坛报》社唯一可以随意进入上校房间里的人。

后来，当我们到达"上海市立医院"（Shanghai Country Hospital）去采访"潘纳号"的生还者时，我才发现上尉为什么要我与他同行的原因。我们首先采访了"英美烟草公司"（British-American Tobacco Company）的职员瓦因斯（Frank H.Vines）。瓦因斯是美国弗吉尼亚州罗阿诺克市人，那天他搭乘的是油船"美安号"。随着日本飞机的狂轰滥炸，"美安号"与"潘纳号"相继不光彩地葬身长江，而瓦因斯也因受剧烈震荡后，手臂变得完全麻痹了。采访时，我自然退在一边，让科比

宁去大显身手。不料,科比宁却把我推到前面,要我去采访。后来,当我们结束采访,离开医院时,他向我解释说:

"要知道,我可是从来也没有采访过什么人。"

接着,他又告诉我,他只知道如何服侍上校,做上校的私人助理和秘书,从来没有任何新闻工作的经历。

那天晚上,我便又回到《论坛报》的办公室去工作。20多年来,每天在那儿工作到凌晨两三点钟的习惯,一下子似乎很难打破。大约到了午夜时分,科比宁上尉来了,他坐在一台打字机前,不一会儿,在一张电报纸上打了几个字,随手递给我。我已经记不清他打的原文是什么,只记得上面仅仅打了三行字,我瞥了一眼,立刻喊了起来:

"看在上帝的分上,'潘纳号'的新闻不止值这些!"

他把稿纸收了回去,撕了粉碎,然后说:"你接着写吧,出什么事由我负责。"

于是,我把"潘纳号"的新闻写好,用电报拍了过去。这条新闻后来登在《论坛报》的第一版,但记者的名字却是科比宁上尉。上尉在上海又逗留了几天,同我一起把《论坛报》办事处的工作结束,把大门口的铜牌摘下来。望着办事处那一度显赫的门面,想到20来年的工作,居然会毁于一旦,不禁使人感慨万千。后来,麦考密克上校只是多发给我三个月的薪水。

我听到科比宁上尉的最后消息,已经是几个星期以后的事了。据说,离开上海后,他到了汉口。汉口正是中国政府的临时首都。在那儿,科比宁上尉同中国政府有关机构交涉,要租一列特别火车,"到前线去采访"。中国人拒绝了他。他们从来没有出租过火车。于是,上尉傲慢地对中国人说:"如果需要,《芝加哥论坛报》有能力把整个铁路立刻买下来。"但是,中国人最终使他明白了,从汉口通往南北两个方向的铁路早已被切断,因此,即使他买下六七列火车,也无法到达长约500英里的前线的任何一地。科比宁上尉无可奈何,只好带着他那令人厌恶的神情,离开了中国。

从1937年起,整整四年,直到日本人偷袭珍珠港的那一天的那一小时,《芝加哥论坛报》只有一名特派记者负责采访远东新闻,那就是派驻东京的日本人金平濑场。他出生在火奴鲁鲁,所以在法律上他是美国公民。

越来越重的压迫

尽管上海的公共租界和法租界向来十分安全,尽管大部分英国人和美国人都居住于此,但是,从1938年开始,租界里的居民都能感受到日本人施加的压力。日本人已经控制了整个上海市区,并且在市区北部的虹口区,驻扎了一支相当大的部队。在这种形势下,租界当局已经无法再在他们的区域内收税或取得其他的收入。事实上,租界当局原先是靠税收维持的,尤其是上海大部分的大制造厂商都在租界开业。

由于上海的电厂和自来水厂都位于现在日本人控制的区域,日本人随时都可以用切断水电供应相要挟,因此,租界当局始终是忧心忡忡。另一件使人头疼的麻烦事,是日本兵把守住联系上海南北的苏州河上的主要桥梁,所有过桥的小汽车、大卡车以及行人,都必须停下来接受检查。只要是中国人,哪怕是为外国人开车的司机,也要下车,向站岗的日本兵深深地一鞠躬。倘若有哪个司机不肯鞠躬,不是挨打,就是被拘留。从日军占领区运进运出的货物,货主必须支付高额的通行税。这些收入,据说大部分都进了日本陆海军军官的私囊。

由美国基督教浸礼会(American Baptist Mission)资助的上海沪江大学,是长江流域一所规模较大的高等学府,日本兵来了之后,不仅关闭了学校,还将校内的东西劫掠一空。另一所由中国人自办的高等学校光华大学则被完全摧毁。而于1927年北伐后建立的上海劳动大学也遭到同样的厄运。此外,由著名的教育家李登辉博士(Dr. John Y. Lee)创建的复旦大学①,在被日本兵占领后,改为日本陆军的参谋总部。而那所由美国圣公会(American Episcopal Mission)创办的资格最老的学府——圣约翰大学,同样被迫关门。不过,后来却又允许该校重新开张,条件是日本兵可以定期到该校的教室和学生寝室中检查。

在这种情形下,外国人在上海的利益的主要维护者是一位美国人,名叫费信惇。费信惇是上海公共租界工部局总董,地位相当于美国城市的市长。早在20年代初,他便被选进公共租界工部局,任总董一职近20年,成为上海人人皆知的"市长阁下"。1939年,由于他的视力衰退,不得已才提出辞职。

费信惇出生于美国缅因州的费尔菲尔德(Fort Fairfield, Maine),毕业于鲍登学院(Bowdoin College)。1904年,他以一名年轻的法学院毕业生的身份,随纽约的美国贸易公司代表团来到上海。以后,他就留在上海,并且成为公共租界里一位炙手可热的角色。当时,上海的人口约350万,有将近一半住在租界里。而租界的居民中,不同国籍的外国人大约有10万。费信惇不仅同租界里的外国人接触广泛,而且在中国人的社交圈子里也非常兜得转,尤其重要的是他深受中国人的信任和敬重。比如从1925年开始的很长一段时期,中国大地掀起了反对帝国主义的浪潮,费信惇是唯一能够同中国领导人经常保持接触的外国官员。至少有三次危机,上海租界面临被激进的中国政治党派占领的危险,费信惇每次都能转危为安,挽救了租界。最严重的一次是在1927年,他阻止了中国共产党试图收回租界的计划。还有一次，他成功地使得北平的外交使团的计划破产。该计划企图"接收"上海的公共租界，并且废除租界的民选政府。北平的外交使团之所以失败，是因为他们聘请的外国律师，对上海租界的法律地位，远远不如租界当局的美国律师知道得清楚。费信惇的高明之处，还在于他了解中国人的排外情绪，懂得在适当的时机同国民党当局妥协。

1938年，费信惇在上海公共租界每年一度的选举中，以智谋挫败了日本人企图操纵投票的阴谋。在大选前，日本人弄了一大批居民迁入公共租界，并且使他们都获得了选举权。但是，当时究竟发生了什么事，不得而知，总之，费信惇虽然得票不多，却仍然以微弱的优势当选。事后，有人传闻说使用了"坦慕尼策略"（Tammany Tactics）[②]。而日本人则声称，有好几个装有他们选票的投票箱，统计时始终没有被打开。

费信惇于1939年从公共租界工部局总董的职位上退休后，工部局授予他"终身免税"的特权。由于他曾经与日本人作对，因此，日本人在偷袭珍珠港，并占据上海租界后，就对费信惇加以报复。日本人把费信惇从家中赶出来，强迫他搬到一家俄国难民的木板房里生活。后来，费信惇的眼睛完全瞎了，全靠几位好心的中国佣人悉心照料，一直到他去世。1943年9月20日，费信惇因心脏病而悲惨地死去，终年68岁。在他去世的前一天，一艘美国换俘船"格里斯荷姆"（Gripsholm）号启航回国。他本来可以搭乘该船回国的，但是，费信惇知道自己将不久于人世，所以坚持留下——与其死在海上，不如死在上海。

日本人对于美国人和欧洲人把持上海公共租界，不让他们拥有更多的发言权，一直心怀不满。可是，当他们用武力获得了租界内的发言权后，却并未给上海带来和平、安定或者是公众福利。从种种迹象可以看出，在日军统治的阴影下，上海似乎出现了一支有组织的劫掠队伍，企图掏光市民口袋中的最后一元钱，并且使得社会道德进一步沦丧。

1939年初，对建立在上海公共租界边界地区的赌场毒窟，我曾作过一次调查。那时日军已经控制了上海，只是尚未占领租界。调查的结果是，自从日军到来之后，赌场和烟馆已新开了125家。这一带是人口稠密地区，颇有点类似美国正在发展的城市或者大城市的郊区。这一地区，受所谓的"特别行政区"（Special Service Section）管辖。这个特别行政区，简称"三S"，隶属于日军战斗部队，同英美人或法国人管理的地界，只有一街之隔，因此，有时确实难以分辨究竟哪儿是公共租界，哪儿是法租界，哪儿又是日军控制地区。

日军占领上海租界以外的地区不久，首先开张的"文化事业机构"，便是那些附设鸦片烟馆的赌场。经营者不是中国社会的地痞流氓，就是日本浪人，即早年追随日本大名领主的一种歹徒。起初，日本宪兵方面觉得有点不像话，曾想关闭那些烟馆。可是，"三S"的人员立即插手阻挠，并且成立了一个所谓的"上海特许娱乐部"（Shanghai Supervised Amusement Department），进行统一管制。

于是，赌场、鸦片烟馆、海洛因吸食所，以及妓院，犹如雨后春笋般地出现。这类场所，大部分每年都要缴付很重的许可费，除此之外，中等规模的还要每天交税150美元，而属于"皇宫"一类的高级场所，每天税金达500美元。不管是大街小巷，这类场所的门口墙上，都张贴着醒目的宣传海报，招徕顾客。只有那些十分富丽堂皇的场所，倒可以什么都不张贴，自会有人光顾。每家赌场和烟窟，都拥有自己的保镖。这些人大多数是下层社会的流氓打手。敌对赌场的打手们经常互相冲突和打斗，暗杀事件不时发生，因此，每当夜幕降临，街上行人绝迹，一片阴森恐怖。有一家名叫"好莱坞"的相当豪华的大赌场，设在日本傀儡汪精卫政权的地盘，居然号称拥有"武装"保镖400余人。因此，每逢各家赌场的保镖发生冲突时，其激烈程度不亚于一场小规模的战争。

然而，上海滩一下子出现这么多的赌具，几乎遍及城市的每个角落，使得不少人感到纳闷。后来，大家才知道真相，原来有一个日本商人在上海开设了一家工厂，专门制造轮盘赌、"碰运气"和番摊等各式各样的赌具。另外，上海赌场还派人到香港、九龙与广东省的交界处采购，那儿有许多历史悠久、生意兴隆的大赌场，可以买到大批现成的设备。而这些广东大赌场，也都自称是汪精卫政权的附属机构，纷纷集体移师上海，同日本浪人勾结起来，共同经营赌场和烟窟。许多赌场、烟窟，都开设在原来洋人的住宅，而这些洋人则都被赶走，强迫他们另觅住处。可是，洋人们的住宅实际上并不适合用作赌场。于是，简陋的建筑一下子就一幢幢地盖起来了。这些新建的房屋，大半都是中间一个大厅，用作赌场，四周有许多小房间，接纳吸食鸦片的瘾君子。

多年来，公共租界当局一直禁止赌博，不准买卖毒品。而现在，一些老百姓立刻发现想要从事这些行当，机会多得很，况且也无需害怕警察前来干涉。有些洋人，不受他们国家领事官员治外法权的约束，也加入这一行业，经营赌场。但是，这些西方人很快就发现他们从事的这种营生，很难避免同日本人发生纠纷。日本人不希望，也不会轻易让欧洲人在这一罪恶的渊薮中分享余羹。有个名叫法伦（Joe Farren）的匈牙利人，一度在沪西经营了一家富丽堂皇的大赌场。后来，由于同日本军方搞不好关系，他被日军逮捕，关进了上海大桥监狱的政治犯牢房。这名匈牙利人无法忍受监狱里暗无天日的折磨,就在牢房中上吊自杀了。

除了上述的"辉煌政绩",日本人几乎在同时还展开了一个所谓"华中宗教同盟"(Central China Religious League)运动,其目的是为了把亚洲所有的宗教派别和宗教团体统一起来,组成一个机构,纳入日本人的统一指导。占领区内的基督教和天主教教会都接到"邀请",要他们参加这一运动。该运动的领导人是一名信仰基督教的日本籍牧师安村三郎(Reverend Sabrow Yasumura)。安村牧师声称他是受日本政府任命,成立一个宗教的中央机构,而所有西方传教士与中国信徒之间的交往联系,都必须通过这一机构。另外,他还宣布,日本的意图在于"建立一个强大、稳定的中国,在日本帝国精神的感召下,为东亚的和平奠定基础"。他还说:"现在正是时候,让我们来领导饱受战祸的中国民众,致力于中国的精神进步。"据日本报纸透露,安村牧师计划率领大约600名日本基督教牧师和佛教僧侣,到中国来接管原由西方传教士从事的传教工作。这位牧师宣称,中国所有的教堂、修道院和庙宇,一律都归这个新的"华中宗教同盟"接管。

这时,中国的各类企业也都被日本人接收,改组成"卡特尔",即成为日本同类企业联盟中的一分子。譬如包括西方人经营的广播电台,以及中国人办的电话电报局在内的交通通讯事业,都被日本人接收、改组,并入其一手操纵的"华中电讯公司"(Central China Tele-Communications Company)。凡是日本人需要的各类中国工厂,如机械厂、钢铁厂、水泥厂、棉纱厂,都被一一接收、改组,各自并入日本某些家族式的垄断企业内。日本人尤其重视接管那些棉纺织厂和丝织厂。如果日本人认为某一工厂他们并不需要,就会把它关闭,把厂里的机器设备拆卸一空，当作废铁装船运回日本。

对于中国沿海丰富的渔业资源，日本海军当局一直是垂涎万分。中国的捕鱼业，实际上是由数千条各式各样的帆船组成。这些帆船大半都为私人所有，有的属于某一个人，有的属于某一家族，然后组成一个同业公会，从事捕捞。由于鱼类是人口稠密的中国沿海各省民众的主要食物，因此，渔业的兴旺反过来也养活了千千万万以船为家，终年生活在海上的中国渔民。自从日本海军当局封锁了中国的海岸后，他们立刻宣布，决定重新改组中国渔业生产。接着，一家独占性的日本渔业公司成立了。而在日本人的监督下，一处中央渔市场也宣告开张。该市场的主要任务是核定鱼价。所有的中国渔船船主，必须把他的捕捞物每天送到中央渔市场，由日本人加以分类，评定等级，然后出售。如果哪个船主胆敢违犯规定，或者企图逃避检查，立刻便会招来麻烦，日本海军决不会放他过门。一些经过中国沿海的旅客说，他们亲眼看见无数中国渔船的残骸躺在海边，那些都是日本驱逐舰和炮艇的"靶子"，被打得稀烂后弃置在海边。

许多来自美国和欧洲各国的商人，亲眼目睹了他们的中国同行和朋友正在被日本人从各个方面加以掠夺、迫害，变得一无所有。在日本人控制下的上海虹口一带的码头上，谁都可以看出日本人对上海的企图。码头上不计其数、堆积如山的旧机器，正等着被运往日本。开初，一些中国企业家想方设法把他们的机器设备运到英美人控制的租界。然而，这些机器只是暂时逃脱厄运。珍珠港事变后，日本人立刻侵入上海租界，把租界里的所有东西全部占为己有。

美国国务院曾经一再向居住在中国的美国公民提出警告，如果不是从事"必要的"活动，还是尽早回国为好。但是，由于每当中国地方政局或全国局势有些变动，就发一次这种警告，因此，就很少受人重视。即使是在1932年日本人第一次进攻上海时，尽管英美在太平洋海域有足够的船只，能在短期内撤走各自在上海的一半侨民，这类警告仍然没有引起人们的注意。所以，必须承认，住在上海的西方人多年来一直像是坐在火山口上，对于他们自己处境的危险，反而变得毫不在意了。

但是，对远东的美国人来说，局势已经越来越明朗了。1939年夏天，日本人已经计划向美国开战。日本军阀丝毫没有表明改变他们攻击美国的计划，无论是在东京，还是在中国战区，他们肆无忌惮地公开谈论攻打美国的步骤，甚至还大吹牛皮。譬如，1939年2月5日，日本海相米内光政（Admiral Mitsumasi Yonai）在众议院宣称："听说美国人正在加强关岛的防御，对此我感到非常遗憾。"

不过，对美国的态度表现得最为露骨的，莫过于一位著名的军事评论家佐藤清胜中将（Lieutenant General Kiyokatsu Sato）所写的一本书了。该书的书名叫《一触即发的日美战争》(Japanese-American War Imminent)，于1939年夏末出版。当时，我曾将其内容择要刊登在《密勒氏评论报》1939年9月2日的那一期上，估计我们驻在远东的美国外交官们都曾浏览过。

该书封面上的照片令我十分吃惊。那是一帧鲜红色的照片，上面显示出美国舰队遭到日本帝国海空军毁灭性的打击。绘制这幅可怕的照片画的日本艺术家，想必是受了日本战神的感召。要不然，这幅画就不可能成为一幅预言画，因为它几乎同两年后日本海军航空队轰炸珍珠港美国海军舰队的情形一模一样。在佐藤将军的书中所描绘的令人恐怖的情景，不仅已经勾画出日军攻打火奴鲁鲁的大致轮廓，而且还写出日本皇军在征服了美国后,进军华盛顿的场面。

在上海的美国人社交圈中,无论是商人还是传教士,大家都十分清楚,一旦远东发生大战,美国必然会被卷入。然而,大家心里也都同样地明白,对于这一严峻的形势,美国国内的人们却是一无所知,更不了解如果从美国将来的安全和利益考虑,这种严峻形势的复杂性。

于是,羁留在上海的美国人,便成立了一个"美国报道委员会"(American Information Committee),专门负责向美国国内报道因日本侵略中国而引发的危机的严重性。该委员会的领导人是位传教士,名叫埃德温·马克斯(Edwin Marks),成员包括经营各行各业的美国人代表、各个教会团体以及几名新闻记者。基于想让美国公众了解当前远东危机的愿望出发,所有参加这个委员会工作的人员,一律不取报酬。如果有谁对当前的复杂形势具有相当的了解和认识,便会请他就日本占领中国某地后所产生的危机加以报道,并说明这种局面可能产生的后果,以及对西方人和中国人可能会发生的影响。"美国报道委员会"编印了数千本小册子,准备分送给美国的各家报社、各地的商会以及各个民众团体。至于印刷费和邮费,则向住在上海的美国人募集。甚至有些会员主动要求偷运这类小册子,他们搭乘非日本籍的船只,带到美国去。当时大家都不敢通过邮局投递,因为中国邮局已经完全由日军控制了。

注释:

① 复旦大学的创始人是著名教育家马相伯,创建于1905年,李登辉是第二任校长。
② "坦慕尼策略"(Tammany Tactics),指以不正当的手段来谋取竞选成功。最初得名于纽约一民主党组织"坦慕尼协会",该会常以暗中操纵选举出名。

炸弹与刺刀

1940年初的一个冬夜,在迟归的途中,司机忽然停下车。在法租界一个马路交叉口附近,一群人围聚在一根电灯杆下。随着人群的移动,我看到灯杆脚的街沿上有颗人头。

我想一定出了什么事,便挤进那一群中国人和外国人中,并招呼司机带好车上常备的手电筒跟着我。

司机开亮电筒,忽见灯光中躺着一颗没有躯干的孤零零的头颅,顿时人群中冒出一声尖叫,我也禁不住吓了一大跳。这是个年轻华人的头颅,砍断的颈项中,尚在汩汩淌血,头颅额头上还有汗珠。显然,这颗人头刚刚被砍下。

此刻人群愈聚愈多,其中有身着晚礼服自社交场合或剧场回家的几位男女,大家看到这可怖场面,不由向后退去。我的司机仍在用电筒照着灯杆脚的四周,突然他惊呼一声,指给我看在头颅上方约一英尺高的灯杆上,贴着一张用中文写的布告。司机骂了一声,一边读着,一边慢慢地译成洋泾浜英语。

布告上的标题是"警告诸位编辑"。布告说,那头颅是一名撰写反日反汪伪政府文章的华人记者的,并恐吓道,编辑们倘继续攻击日本人或汪精卫傀儡,将遭同样命运。司机手中的电筒光芒回射到那个日本淫威下的牺牲者。他一边骂着,一边用有限的英语告诉我:"这是《申报》的汪君。"是的,是汪先生,那家主要华文报纸的助理编辑,数周前神秘地失踪了。当时传闻,他被带去公共租界边缘上那臭名昭著的"极司菲尔路76号"[①],这地方是汪伪特工总部所在地,外面看来是幢老式洋房,围有高墙,装着大铁门,里面配置了包括电刑在内的各种刑具,专门用来逼迫受害者供出亲戚朋友的所在和财宝藏隐之地。其惯用的手法是,把有钱或有影响的人关在76号内,让他们目睹他人受刑的惨状,几天后,只要这些人答应为汪伪政府效力,便释放他们,倘若受害者本人是富翁或有一些富有的亲戚,那么还得交上一大笔钱方能了事。曾任国民政府财政部新闻联络官、毕业于密执安大学的著名记者许建屏(Jabin Hsu),在这魔窟里尝过一个月的铁窗生活,几乎每天都能看到毗邻的院落里有人被处死刑。许君为了获释,不得不交出30万元巨额家产,还答应去伪中央银行供职。后来他对我说,拘捕他的人向他保证,倘一旦出任伪国家银行的官员,马上就可补回失去的财产。

76号内的主要看守叫吴四宝[②],以前是个司机,一度为公共租界工部局总董美国人费信惇开过车。自从居于这第一车夫的地位后,吴便发福发财了,变得倨傲自大,多次敲诈行骗,利用出入工部局车库之便,偷出汽油和轮胎牟利。日本人组织汪精卫傀儡政府后,委派吴四宝掌管"76号"。平时他常在傍晚时分带囚徒出监房散步,往往步至围墙大院内有新筑坟堆的角落时,便驻足了,此时吴就会亲昵地将手臂搭在囚徒的肩上,娓娓讲起参加伪政府或出资帮助这个政府的好处,当然,至于拒绝的话后果会怎样,他就不提了。

347

尽管如此，中国的报人还是不顾外国租界当时正处于日军的包围之中，他们自身随时随地有被害的危险，仍旧效忠于自己的政府。他们还近乎盲目地坚信英美人有能力守住这公共租界。

形势日趋严重，日本人和汪伪政权加紧了对中国报刊的打击。一天晚上，我正在办公室工作，忽然附近发出一沉闷有力的爆炸声，震得房子摇摇欲坠。原来，跟英文《大陆报》及《密勒氏评论报》相邻的中文《华美晚报》社里，被扔进了一枚炸弹，九个报童和报社苦力被当场炸死。另一次，歹徒从《申报》馆的窗户里扔进6枚手榴弹，炸死了一名印刷工，炸伤数人。《大美晚报》（Shanghai Evening Post and Mercury）③报馆前的台阶上也发生过几次爆炸。有颗炸弹甚至被偷偷地塞入印刷机内，幸未造成人员伤亡，破坏也不大。

不过，后来《大美晚报》真正遭受了一次灾难。编辑张君（Samuel H.Chang）在公共租界南京路的一家德国餐馆喝咖啡时，被人从背后开枪击毙。张编辑政治消息灵通，在西籍记者中也颇有名气，平时喜欢在午后喝杯咖啡和吃些三明治。遇难后，凶手未能被捕归案，但捕房发现他的小车曾有人跟踪过，盯梢车主的是受过纳粹训练的汪伪分子唐良礼（Tang Leang-Li），但无法肯定唐就是真正的凶手。

张君生于中国汕头，毕业于美国宾州哈佛福德大学。回国后在三家美商报纸《北华星报》（the North China Star）、《大陆报》和《大美晚报》供职。其妻出身于美国犹他州盐湖城一望族名门。张君遇刺身亡，意味着1842年公共租界成立以来便具有的新闻自由遭到了日本人的践踏，与此有关的各国报界对此深感痛心。此事不由使我想到，日本宪兵的暴行已给人笼罩了一种恐怖：一旦日本战胜，凡在美受过教育的华人势必要遭暗杀或被迫离国。

受害最深的要数《大陆报》的中文部，它的印刷所设在邻近我们报社的一间仓库里，出入时要穿过沿街的一条狭窄小弄堂。一天晚上，6个武装歹徒想突入印刷所，看门人发现后马上关紧大铁门，歹徒不甘被拒之门外，遂进行骚扰，结果引来一名巡捕，拔出手枪对这些歹徒打了几枪。对方不甘示弱马上还击。不久赶来几名巡捕，双方的枪战，便升格为一场小型的战斗。在此附近有家酒吧兼餐馆，店主是个美国人，原是海员，名叫塔格·威尔逊（Tug Wilson），此时，他越过马路想助巡捕一臂之力，结果饮弹而亡，另一名路过的华人也吃着流弹，一命呜呼。还有几个行人受伤，马路两边的玻璃窗经不起子弹的敲击，变得支离破碎。歹徒们一边打枪，一边设法朝他们的车子跑去，驾车逃回"匪巢"。途中，他们又在另一条街上打死了一名前去拦截的巡捕。

1941年7月，汪伪政权开始把打击目标对准美商及其他外商报纸，其喉舌《中华日报》(Central China Daily News) 赫然登出在沪新闻记者的"黑名单"，扬言要"驱逐"他们。黑名单上有7名外国记者和8名中国记者，据说唐良礼在制定这份黑名单时，有一名外国记者中的败类帮过他的忙。这个败类在唐那里领取饷金有二三年之久，黑名单公布后，他突然离开上海不知去向。

在这个黑名单上，我名列第一，其次是《大美晚报》发行人C.V.斯塔尔（C.V.Starr）、总编兰德尔·古尔德（Randall Gould），《大陆报》记者兼美国XMHA电台评论员卡罗尔·奥尔科特（Carroll Alcott），一家戏剧刊物的总编兼中文《华美晚报》名誉总编哈尔·P.米尔斯（Hal P. Mills），《申报》律师和注册所有人诺伍德·F.奥尔曼（Norwood F. Allman），《大学快报》(The University Press，该报发行几种华文版) 经理、英国人桑德斯·贝茨（Sanders Bates）。名列黑名单第一名的华人，是毕业于密苏里大学新闻学院的吴嘉棠（Woo Kya-tang），他是《大陆报》总编，杰出的中国新闻记者，其妻是他的大学同窗，堪萨斯城的美国姑娘贝蒂·哈特小姐，他们以前是大学同班同学。名单中还有10余名《申报》的编辑和印刷厂人员。

黑名单公布后，工部局捕房立即在各报馆布置警卫，并专门派了一名华人便衣，每天坐守在我办公室外间，晚上护送我回家。几天后的一个下午，我步行去我已住了好几年的美国总会，我的背部突然被一物击中，估计是根木棍，长约一英尺半，直径二英寸。这一击几乎使我跌倒，我想这大概是从修房时搭建的脚手架上掉下来的吧，可抬头望去却一无所见。我转过身再看那击在我背上，然后弹在墙上，最后沿着我身旁的人行道滚去的东西，发现它外面裹着报纸。我对此物全无戒心，俯身拾起，用手一捏，不禁魂飞魄散，原来它是日军和中国军队常用的一种木柄手榴弹，引爆线已拉出一半，我不知所措，战战兢兢地握在手中，倘若在慌乱中扔下地的话，很可能就会爆炸，这样的手榴弹打在我的肩背上又弹到房子上，却未爆炸，真是不幸中的大幸。

此时走在熙熙攘攘人行道上的保镖赶了上来，看到我手中的手榴弹后，立即拔出手枪环视着围拢来的人群。我要他去马路口喊巡捕，自己轻轻地把手榴弹放在人行道上，告诫人群别靠拢过来。一会儿，一名巡捕匆匆赶来，听了我讲的这一意外情况后，他似乎毫不思索，拾起手榴弹朝前就走，一直到了中央捕房后，巡捕把手榴弹扔进一只水桶里。后来经检查，这颗手榴弹完全具有爆炸力，投弹人想必太慌张，没能拉足引爆线，故害人未遂。从某些方面看来，投弹的目的似乎只是恐吓我，使我以后不敢在办报中继续攻击日人及其卵翼下的傀儡,但公共租界巡捕房的巡捕们,却不同意这种说法。

这次遇险后几天,有个与日本人及南京汪伪政府有密切关系的人造访我,建议我"卖掉"《密勒氏评论报》,我断然予以拒绝。

日伪在公共租界对新闻界的打击,并不局限于暗杀几个编辑和新闻撰稿人。他们占领了公共租界的虹口地区后,便控制了那里的中国邮政总局。继而立即对持有反对他们观点的报纸实行禁邮。可是尽管邮局里有日籍新闻检查官坐镇,但却吓不倒忠于自己祖国的那些中国邮政人员,他们常在晚上趁日本人外出吃饭,睡觉或酗酒时,打电话通知报纸发行经理立即送报,然后迅速在报袋上加盖伪造的印章,造成这些报纸业经日本人审查认可的假象。有件事可以看出这些邮政人员的巧妙手段。1941年12月6日最后一期《密勒氏评论报》印好后,仅剩几个小时,日本人便要进入公共租界,在此紧张时刻,他们还是成功地把这最后一期报纸运出业已沦陷的上海,发往其他未被占领的广大中国地区。

黑名单上七名属"驱逐"或"暗杀"对象的外国新闻记者中,C.V.斯塔尔,兰德尔·古尔德和卡罗尔·奥尔科特三人不久搭乘最后一班美国轮船回国,因此逃过了珍珠港事件之后日本人的淫威。诺伍德·奥尔曼去了香港,安排装运印刷纸,后不幸被捕,关在斯坦利集中营,最后乘战俘交换船才被遣返。我那在《大陆报》当记者的儿子约翰·Wm·鲍威尔,也搭上最后一班美国船离开了上海。

那么,我为什么要留在上海呢?

这个问题有明确的和不明确的两方面因素，难以讲清。

所谓明确的因素，就是我的中国助手，他们无论在营业部还是在印刷厂工作，都对我忠心耿耿，有些人在我居住上海的整个期间，就从来没有离开过我。即使一些最底层的苦力也是如此，他们睡在报社内，常常冒着生命危险，把邮件送过日军封锁线，要知道，这些日本人对你稍有怀疑，便会亮出刺刀杀人。因此我不能把他们扔下，一旦我离去，日本人就会报复他们。

另外，我本人除了正常的编报工作之外，还兼任无线电通讯社（Press Wireless Inc）秘密电台的台长。当时整个通讯业都在日本人控制之下，包括所有的电报公司，美国的R.C.A.和麦凯（Mackay）电台等。随着形势日趋恶化，我们这一硕果仅存的未经日本人审查的电台就更需要保存下来。我们在日本人的鼻子底下担负着这一似乎无法进行的工作，成功地一直坚持到1941年12月7日上午10时，在日本人发现和没收我们电台之前，把上海沦陷的消息全部拍发出去。

所谓不明确因素，其中之一便是我对上海外侨社会的忠诚。当时，虽然美国国务院和海军派出各种运载工具，撤离了一批"妇女、儿童以及无关紧要"的人员，但大多数美国人，包括商人和传教士仍留在上海。另有较少一部分人，认为自己素来和日本人和睦相处，不会受到侵害，所以也留了下来。有个人自夸道，他款待过许多日本军官，日本人肯定不会找他麻烦，还说正由于他留下不走，日本人给了他一笔可观的居留费（在珍珠港事件之前）。还有一些人则完全投靠了日本人，为他们效劳，其中就有新闻记者。一个外国记者担任了日本电台的播音员和评论员，攻评他的原来几个同事"反对日本人，是奸细"。另有一些英美新闻记者，继续留在美商《大美晚报》和英商《上海泰晤士报》

(Shanghai Times)工作，当时这两家报纸已被日本人接收，由日本人编辑发行。

注释：

① 极司菲尔路（Jessfield Road），即今万航渡路。日伪占领上海后，曾在该路76号设立特工总部，专司绑架，暗害爱国人士，被称为"人间魔窟"。
② 吴四宝，又名世宝，号云甫。江苏南通人，生于上海。在日伪统治上海期间，出任日伪特工总部警卫大队长，杀人放火，无恶不作。后因内讧，被日军宪兵队除掉。
③ 大美晚报，系美国侨民在上海出版的英文报纸，创刊于1929年4月。主要刊载国内外电讯与要闻、各地通讯、本埠新闻等，另辟有副刊，在上海英美侨民中较有影响。太平洋战争爆发后停办，后转至重庆继续出版。抗战胜利后迁回上海。

纳粹德国的魔影

要是一个人能预知将来,六个月、三个月、一个月,哪怕是一天也该多好啊!

几乎在珍珠港事件发生的同时,日本人开始在上海外滩登陆。三年多之后的今天,再来阅读当时上海报纸,可以看出暴风雨即将来临的许多迹象。可是那时无论是读者还是编辑,均未意识到他们潜在的悲剧。

当时报道中最具重要意义的一件事,可能是关于大量德国纳粹分子涌入上海,他们中许多人是被美国和拉丁美洲各国驱逐的。其中最引人注目的是魏德曼上尉(Captain Fritz Wiedemann),他原是德国驻美国旧金山总领事,并担任过希特勒的狗头军师宣传部长戈培尔的助手。魏氏于1941年10月初抵沪。据德国新闻机构的报道,他将出任驻天津总领事一职。从表面看来,和他在旧金山的职位相比,他的地位似乎降低了,但实际上这却能促进纳粹的宣传活动及宣传家们从欧美地区转移到古老的东方,再从东方流回西方。像魏德曼这样能干的人才,终不会埋没在中国北方这个小小的港口城市里。

魏德曼嗜好戏剧,这次他来东方也富戏剧化色彩。在一次会见记者

太平洋战争爆发后日军开进上海租界

日军在夜晚的南京路戒严

鲍威尔的儿子比尔·鲍威尔

时,他宣称,英国人给了他通行许可证,然而又可能会不遗余力要逮捕他,因此他曾设法搭乘日本轮船偷偷离开旧金山,可被美国当局察觉带上岸,"护送"到纽约,然后和其他纳粹分子一起乘一艘特派船遣返德国。他在德国没待多久,突然在纳粹的拉丁美洲基地阿根廷首都布宜诺斯艾利斯出现,据说是乘一艘潜水艇到达那儿的。魏在布市登上一艘驶往东京的日本船,随身带着大大小小许多公事包和衣箱,里面装满了各种文件,准备带给纳粹驻东京大使和纳粹在远东的其他外交使节,其中包括德国派驻南京汪伪政权的外交代表赫尔·M.菲舍尔(Herr M. Fischer)。

魏氏抵沪后不久,他去天津担任这一无足轻重职务的原因,便暴露无遗。原来希特勒向东进攻,日本向西出击之后,纳粹便希望苏联早日垮台,并且正在准备建立一个政治组织,配合预期中的日本从满洲出兵进犯外蒙古和西伯利亚。日本一直在天津训练一支白俄"军队",用于西伯利亚远征。这支俄国军队可能有两个团,兵员来自华北和满洲的俄侨中,名义上由老哥萨克将领阿特曼·谢苗诺夫统领,他自俄国革命以来一直在日本人那儿领取薪金。

魏德曼来到上海,人们一眼就看出这是纳粹在远东的外交攻势,旨在化解英美逼迫日本撤出中国而做出的努力。希特勒早就按照日本人的意愿,从蒋介石首脑机关撤走了全部德国军事顾问,还从外交上承认"满洲国"傀儡政权和南京汪伪政府。魏德曼于9月27日,在东京参加了反对第三国际协定签字一周年的纪念活动。10月中旬,又和在日的3 000多名德国专家会商,这些专家主要来自墨西哥和其他拉美国家,其中有驻中国和日本使领馆的增派人员。还有一些更为重要的人,则准备在日本政府内特别是内务省,担任要职。德国宣传家们一抵达上海便公开接受采访,然后用英语把采访内容登在上海纳粹宣传喉舌上,预言华盛顿的日美会谈"肯定破裂"。

英国试图阻止纳粹特工和宣传人员从美国西海岸的港口城市,主要是旧金山,流入日本和中国,曾派出一艘军舰在横滨外海拦截"浅间"号日船,并带走了几名自美国和南美来的纳粹高级官员。但由于东京方面提出强烈抗议,英舰只得把大多数人交还给日本。期间,德国驻东京的大使欧根·奥特(Eugene ott)也在幕后参与日方的抗议。

取道日本秘密抵达远东的著名纳粹人员中,有原驻纽约总领事,而今将出任驻沪总领事的约翰纳斯·博尔歇斯博士(Dr.Johannes Borches),另一位是瓦尔特·富克斯(Walther Fuchs),他来得稍早些,并在天津建立了纳粹白俄组织。据报道,他的根本目的是要在华北和外蒙古煽起反苏活动,然后在亚洲建立起轴心国的卫星国,将来苏联垮台后,这个卫星国可以成为日德之间的联系纽带。日本和英美爆发战争后,德国也想接管公共租界和法租界,并且对各部门的人选安排也作了布置。

和公共租界仅一街之隔的汪伪政府管辖的华界内,有一个包括德国学校、纳粹训练所和电台等的纳粹"中心"区。魏德曼抵沪后,在这个中心区召开了一次远东地区全体纳粹高级官员会议。出席会议的有德国驻汪精卫政府公使菲舍尔博士,驻泰国公使恩斯特·文德勒(Ernst Wendler),以及驻沪代理总领事克里斯蒂安·青塞尔(Christian Zinsser),后者曾因在危地马拉和洪都拉斯搞纳粹阴谋而被驱逐出境。出席会议的还有梅辛格上校(Colonel Meysinger),据说他是盖世太保的一个高级成员,来远东有特别任务。

在珍珠港事件爆发前数周内,还有一些不太重要的纳粹分子和宣传人员陆续抵沪，如克劳斯·梅纳特（Klaus Mehnert），他具有双重身份，一方面在檀香山的夏威夷大学任职，另一方面长期担任纳粹的秘密特工和从事宣传。梅纳特来上海不久便创办了一份他取名为《二十世纪》（The Xxth Century）的英文杂志。他本人讲一口流利的英语，因此在创办这份纳粹杂志之前，谁也不曾怀疑到他是德国人。C.弗利克（弗利克-施德格尔）（C.Flick or Flick-Steger）是另一个有名的纳粹宣传家，在美国读过书，许多人认为他是美国公民，这次是取道布宜诺斯艾利斯、旧金山、檀香山和东京来上海。弗利克在德国时当过几年卡尔·冯·维甘德（Karl Von Wiegand）的助手。维甘德是赫斯特报系[①]在柏林的著名记者，也到过上海，在国际饭店住了好几个月，采访远东政治消息，每周发给赫斯特通讯社。冯·维甘德广泛结识德日的官场中人物，几乎每天都能从东京外务省获得消息，捷足先登抢发报道。其女儿嫁给一个客居上海多年的德国医生。弗利克还主管着纳粹在上海的 XGRS 和 XHHB 电台，用中英文广播。英语新闻的主要评论员兼播音员是赫伯特·莫伊（Herbert Moy），他是一个出生在纽约，并在纽约受教育的华人，其助手是原上海夜总会爵士乐队队长、美国人罗伯特·福克勒。还有一个和德国海外新闻社有联系的华裔美国人，叫弗兰西斯·李，但在珍珠港事件之后，他就辞职不干了，并和另二名美国记者一起逃往重庆。

纳粹在上海的宣传，主要的是反美和反犹太人，而且在提及美国官方和国务院的方针政策时，常把这两个"反"字捏在一起使用。他们第一次反犹太人的宣传——这可能在上海历史上也是第一次——采取了一种有趣的形式。1940年和1941年间，当大量的德国纳粹外交官和其他人员开始进入上海时，沪上所有英商旅馆均将他们拒之门外。于是他们就把国际饭店当作大本营。上海国际饭店是中国人新开设的一家旅馆，

359

建筑是美国式的。当时,它也是全市最高建筑,16层(译者按:系24层,此处作者有误),可俯视沪上西人主要的娱乐场所跑马厅。那年10月底的一个星期六下午,跑马厅内举行秋季马赛,观者如潮,突然天上纷纷扬扬飘下传单,像是从飞机上扔下来似的。传单的内容完全是反犹太人,用中、英两种文字。后来发觉,这些传单散发自国际饭店最高处的塔楼上,随风飘临跑马厅上空。

迫害犹太人之前总要发起反犹宣传,这其中还包含有一个悲剧性因素,因为近几个月中,约有2.5万名德国和奥地利犹太难民来到上海。其中许多人是在世界上兜了一圈,无处寻找落脚点无着落之后,才最终来到上海。他们所以能够到上海来,是因为当时世界上仅有上海,在公共租界,不需要登岸特许签证。这些难民寄宿于公寓,靠当地募集的或由纽约和伦敦犹太赈济公会转交来的捐款度日。另外当时租界内两位著名犹太人,也给了难民极大资助,向他们提供免费住房。一位是英国籍的维克多·沙逊(Victor Sassoon)爵士,另一位是荷兰籍的M.斯皮尔曼(M.Speelman),这两个人都是家产万贯的富翁。珍珠港事件后,日本人掠夺了公共租界内全部财产,并强迫难民按照纳粹的命令,迁居到脏乱不堪的"犹太区"内。纽约犹太人救济会曾派代表来沪察看,向犹太难民发放食品、衣服以及财政方面的援助。

财政援助采取向个人和团体发放小额贷款的形式,使难民在被纳粹逼得离乡背井之后,得以重操过去熟悉的那些行当。从某种意义上说,德国和奥地利犹太难民的到来,反而有利于上海的商业,因为善于理财当家的犹太人可抵销1937年日本入侵后大量日商涌入造成的影响。不管怎样,人们希望这些难民能安度艰难时光,最后能另找地方安生或重返欧洲故里。

成千上万的犹太难民开始在上海站住了脚,从事小买卖或其他职业。此时纳粹的宣传又一次甚嚣尘上。纳粹的传单,大多数针对一些为人熟悉的行业,一份11月初散发的传单中,开列了上海270家犹太商行或雇用犹太职员的美英商行。这份传单还附有一封信,命令所有的"雅利安人"抵制犹太商人,不要跟犹太人的商店来往,倘不合作,将会把他们的名字和照片送往柏林纳粹总部,以便对其采取"适当的措施",至于后果如何可自行去想象。德国纳粹分子的魔爪不仅早已伸到南北美洲,而且现已伸进东方。

过去,无论中国人还是日本人,都从未出现过反犹主义思潮和行动。在中国和日本各大城市落户的犹太人都是早年取道巴格达、亚丁、孟买和新加坡抵达东方的。在中国古代时,有大量犹太人在河南省定居,开封市一度有不少繁荣的犹太人居留地,现代的考察证明这一点,但其形成的起因却一直是个谜。至今,早期犹太人的后裔仍可在开封找到,他们讲的是汉语,穿的是中式服装,生活习惯也和其他中国人一样。日本各港口城市,特别是神户的东方犹太人移民,也已和土生土长的日本人融为一体。

纳粹分子传单上开列出的作为抵制对象的那些商行名称,读来倒也颇令人感兴趣,因为这使我们能够了解到这些德国犹太难民所经营的内容,例如皮货行、药房、女装裁缝、照相店、皮革提包行、童装、鞋袜、食品、珠宝、美术品、兼售羊毛衣的男装裁缝、美容、"卡巴莱"餐馆、剧场、夜总会等,女装裁缝共有69家。据认为,这张表编制得很不准确,因为一些特殊商号的业主花钱贿赂亲纳粹分子后,便可做到榜上无名。负责这一阶段反犹"运动"的纳粹组织设在国际饭店塔楼的一个套房里，月租2 500美元。

日寇占领上海后，市内的经济生活便陷于紊乱，而犹太难民却于此时获得了一次短暂的繁荣，因为日本人把从英美民宅和官邸抢来的许多赃物卖给旧货店和当铺，这些店铺便把它们公开出售。南京路四川路口，靠近大通银行上海分行处，总有数百犹太难民聚集在那里，看了让人想起纽约的旧式街头商场，摊位上从穿旧了的皮衣或西服到阿斯匹林药片，应有尽有。有些人运气好的话，可淘到热门货，于是囤积居奇，随着通货膨胀，这些货物的价格可暴涨到难以想象的地步，譬如一套手工做的西服约值中国法币4 000至5 000元，一双皮鞋约值法币500至1 500元。曾有一则趣闻，讲到一个有魄力的维也纳商人跑遍所有商店和当铺，买下全部带拉链的服装。由于这种服装拉链既不再进口，当地又无法制造，因此，这个维也纳人便一手控制了这一重要商品，以此大发横财。

德国反犹宣传不久见效了。日本人也好，中国傀儡也好，对希特勒纳粹分子开展的意识形态方面的反犹活动都不感兴趣，可是，却不妨借此机会从中渔利。有家受日伪支持的英文报纸发表社论，指责上海的犹太富商出资支持国民党政府。社论中有以下一段颇能说明问题的文字：

"毫无疑问，目前的形势是，中国现在感到若无犹太人资助，南京政府恐怕决无法维持。据估计，本地大多数商业收入，至少有75%流入犹太人的腰包。伦敦、纽约等世界最大城市的情况也是如此，柏林现在则是例外。"

上海工商业收入的75%落入犹太人手中的说法不尽正确，据公共租界岁入统计资料表明,当地税收中有五分之四缴自华人零售商、工业或大商业。不过,市中心地产中若干最大街区倒确实属犹太人的财产,如沙逊家族、埃兹拉斯家族、哈同家族、沙姆斯家族,以及别的犹太人家族,他们大多数是英籍波斯、阿拉伯或印度人。沙逊家族在印度就发了财,拥有很多的财产,1927年国民革命之后,来上海大量投资,其中大多数投入到旅馆、公寓和办公楼产业。战争发生后,日伪立即想到掠夺沙逊的财产来充实财政,于是汪伪南京政府从哈同的财产着手,开始了对犹太人的豪夺。珍珠港事件后,日本政府强占了沙逊和沙姆斯的财产,却无耻地宣称是为了"保护"这些财产。

上海此时不仅反犹泛滥,而且纳粹对自身的宣传也大肆展开,凡稍为人熟知的出版物均被用来为此服务,至今我还收藏着30种珍珠港事件之前半年,在上海和中国其他城市散发的纳粹宣传材料,例如刊有裸体的法国美女照片的画报以及厚达300页的各种书籍等等,其中有本书名为《他们怎样撒谎》,内载美联社和路透社的新闻稿节录,并且很技巧的把它们平行的对照着加以排列,突出表明英国官方报道中对诸如希特勒发动巴尔干战役②、进占希腊和克里特岛③等各种事件的报道是和最终结果不相一致的。另一本《两人一船》的小册子,专门讽刺罗斯福、丘吉尔的"八点宣言"④,书的后半部分有如下一段有关美国总统的文字:

"他(总统)在一群贪婪的金融家和钱商,满腹牢骚报仇心切的犹太人,军火商和其他无赖的团团包围下,巧织谎言,一心想再次连任,第三次荣登总统的宝座。他煞有介事地允诺将置美利坚于战争之外,可一俟连任已成定局,却突然说觉得有种危险的势力威胁着西半球，此时尽管美国人民还在坚持不要介入英国人的战争，可罗斯福却不管这一套，悍然撕去了假面具……最近他命令美国海军，见到轴心国的船只便予以炮击，这不是战争行为又是什么呢?！为了他那好战的财阀集团的自私目的，罗氏不惜牺牲美国人的生命……把美国正当的和平力量和人力用来为他们自己的奴役目的服务，却从不感到良心的谴责……历史将证明这是总统对美国人民的最大背叛……让我们拭目以待吧！"

纳粹不但通过电台进行反美广播，还利用汪伪中文报纸发起广泛的反美宣传，汪精卫的秘书和宣传家唐良礼在这方面效了犬马之劳。纳粹在上海的新闻局负责人 F.科特，跟南京伪政府的官员交往颇深。

从事反美宣传的主要机构是德国海外新闻社（German Tr-nsocean News Service）。珍珠港事件爆发前二个月，1941 年 10 月 4 日的《密勒氏评论报》，载有这家新闻社发表的几篇反美宣传文章的摘要。从斯德哥尔摩发出的另一篇报道说："美国为了向大不列颠提供足够的援助，国内的生活水准正在大幅度下降。"

《密勒氏评论报》的摘要如下：

"海外通讯社在沪转发柏林 9 月 4 日电，题为《评论》，把罗斯福的劳动节讲话说成是宣扬'野蛮力量和权欲'。评论称，'美国公众须反省一下，野蛮地渗入南美，插足于纯粹属欧洲利益的范围，穷兵黩武，这一种带有野蛮力量和权欲特征的政策，难道就是美国总统的政策吗?！'第三段，德国人扯着'犹太人影响'的老调，随即写出以下一段文字：'……众所周知，在弗兰克林·罗斯福的统治下，即使在兴旺时期，美国也仍有1 100万人失业。……罗斯福，这个民主党人，在位时犹如领取犹太人薪金的仆人，现在已经跟各民主政体的死敌，跟布尔什维主义在精神上沆瀣一气。'

海外新闻社死抱一个坚决反美的宗旨，凡是反美国政府的言论，无不详尽报道，如全文报道参议员惠勤·林德伯格反政府的演讲，全文转载《芝加哥论坛报》、赫斯特报系的反政府评论。海外新闻社使出有趣的新闻"花招"，把赫斯特报系驻沪记者卡尔·冯·维甘德，从上海发往美国赫斯特报系的新闻稿，又全部再发回上海。换言之，冯·维甘德在上海从纳粹和日本人处获得消息后发给赫斯特报系，几天后又可在海外新闻社的发自柏林和纽约的报道中读到自己的新闻稿。

德国海外新闻社在上海发布的新闻稿，有一次对"美国人侵冰岛后的受害者"，表示出极大同情。海外新闻社的一则报道披露了一个冰岛人写给其南美亲戚的一封信。据报道称，这封信恰巧"落在德国人手里"。信中道出了美国侵略冰岛的情况。这个极地人传神地写道："美国人像一群蝗虫侵入了我们的国家"，并表示担心美国人会耗尽岛上所有的食物，岛民们将遭受饥饿，"因为德国人的潜艇成功地实行着封锁"。

9月25日，海外新闻社有一条新闻，说到建议武装商船的事，引述了柏林一家出版物的社论，标题是《罗斯福发疯了》。

9月28日，德国海外新闻社有一则来自墨西哥的短讯，说有人埋怨，"由于美国各船厂优先修理英国船"，因此一艘墨西哥油轮在得克萨斯州休斯顿港为等候修理，足足待了一个星期。

还是 9 月 28 日，一则有趣报道引用了世界著名的瑞典探险家斯文·赫定（Sven Hedin）[5]的话，"斯大林为了灭绝西方文明和基督教，从未停止过备战，这种战争比起上几个世纪蒙古部落对西方文明的打击来，要糟糕千百倍。"斯文·赫定问道："美国人把武器塞入布尔什维克人的手中，帮助他们向意大利人、德国人、芬兰人、匈牙利人、斯洛伐克人以及罗马尼亚人开战，难道就不受良心责备吗?!"斯氏的文章，刊登在名为《柏林—罗马—东京》的期刊上，这是柏林一家新的刊物，据称"非常接近德国外交部"。斯氏是远东闻名的瑞典探险家，这种报道显然是想藉他的大名，同时也表明斯氏和纳粹站到了同一条船上。

纳粹在上海所作的反英美宣传，显露出他们深怀着的一种仇恨，使人看出当年一次大战结束后，德国人对英美法驱逐他们的人出上海的旧事一直是咬牙切齿，耿耿于怀的。至于延至战后才实施驱逐，是因为中国对德宣战耽误过久。英美法驱逐德国人，在德国人看来，真是在中国人面前丢尽了脸，蒙受了奇耻大辱。以后，有些德国作家还将此事件写成书，编成戏。纳粹于是拿来用作刺激德人憎恨同盟国的宣传武器。

注释：

① 赫斯特报系（Hearst's），由美国报业巨头 W.R. 赫斯特（William Randolph Hearst, 1863~1951）创办，曾拥有 25 种日报，11 种星期刊和多种杂志，以轰动性新闻、醒目的版面和低廉的售价著称。
② 巴尔干战役（Balkan Campaign），巴尔干半岛位于欧洲东南部，是欧、亚、非三大洲的"门户"，战略地位十分重要。第二次世界大战爆发后，德、意法西斯通过政治、经济和军事手段，先后侵占半岛国家阿尔巴尼亚、罗马尼亚和保加利亚，并强迫其参加德、意、日军事同盟，成为法西斯德国的附庸。1941 年春，德国又对不愿屈膝投降的南斯拉夫和希腊，悍然发动军事进攻，占领了这两个国家，从而完成了整个巴尔干战役，控制了这一地区。

③ 1941年5月20日,德国以空降作战为主,大规模进攻位于地中海东南部的英军重要基地——克里特岛,经10余天激烈作战,双方损失惨重,最终以德军占领该岛结束。从而德军以此为基地,北可以控制巴尔干南部,南可以进攻埃及和苏伊士。

④ "八点宣言"(Eight Point Declaration),又称《大西洋宪章》。苏德战争爆发后,美国总统罗斯福与英国首相丘吉尔,于1941年8月14日在大西洋纽芬兰海面美舰"奥古斯塔"号上会谈,商讨建立世界反法西斯联盟等问题。会后发表联合宣言,全文八条,主要内容是:不追求领土或其他方面的扩张;尊重各民族自由选择其政府形式的权利;努力促使所有国家取得世界贸易和原料的平等待遇;促进各国间的经济合作;公海航行自由;保障国际和平与安全;放弃使用武力等。

⑤ 斯文·赫定(Sven Hedin, 1865~1952),瑞典探险家,在50年的探险生涯中,多次在我国西藏、新疆和广大中亚地区进行考察,收集有关地质、古生物、考古、动物、气象等方面的资料和情报,并有多种著述问世。斯氏崇尚武力,支持纳粹德国的对外侵略政策。

历史断线了

1941年12月8日凌晨4时许,我被窗外传来的类似三四只大爆竹的爆炸声所惊醒。此时我并未意识到,这爆炸声标志着自1842年以来存在将近一个世纪的国际性城市——上海已经走到了末路,即将最后陷落。

爆炸声似乎从我居住的美国总会对面的街上传来,距外滩大约有两条马路。这条街跟黄浦江平行。

继此之后又传来几声爆炸,我感到发生了什么重要的事,作为一个新闻记者,自然应该去调查一下。于是我匆匆穿上衣服,奔下楼去,来到前门。这时那个白俄看门人惊叫道:"日本人来了!"

我奔向外滩,一路上赶过另外两名记者,他们也住在那总会里被炸弹声惊醒,但是在我们还没有到达外滩时,就被一个全副武装的日本水兵拦住,他用上着刺刀的步枪对着我们,我们只得退回到旁边的十字路口。这时,我们才发现所有通往外滩的道路都有武装的日本兵把守,他们一步一步向商业区中心布防和推进。

整个江边突然被一片大火照亮,这使我们更想看个究竟。有人主张爬到紧靠外滩的一幢高楼楼顶上去,大家同意了。结果发现大火烧自停泊在公共租界前黄浦江上的一艘船上。另有两处似乎浮动的较小火堆，后来看清了是两艘燃烧着的游艇。靠近熊熊燃烧的那艘船附近，停泊着数年来一直在扬子江巡逻的美国军舰"威克"号（Wake）。

"威克"号被照得通亮，船上一片忙碌景象，看上去好像一个活跃的蜂房。不久，又赶来一些新闻协会的记者，他们告诉了我们最新消息：日本人已进攻珍珠港，摧毁了港内的美国舰队，并且已向英美宣战。现正在进占上海。

江上那艘冒着大火的舰只是英国炮艇"海燕"号（Petrel），在此之前，日本人派出一艘驱逐舰，停泊在"海燕"号附近，要它投降。于是水兵就用炸药自爆，让它沉没江底。"威克"号上发生了什么事，我们一直迷惑不解。"威克"号上载着一队刚刚退役的美国海军水兵，他们曾在上海驻防。但在此之前几星期，他们又被召回服役。

在上海的外国人中谣传说，美国人在"威克"号上安装着炸药，倘一旦遭到日军进攻，他们也打算引爆沉船。

"威克"号上原来的官兵，跟包括第四美国海军陆战队在内的其他所有美国士兵一起，几天前奉坐镇菲律宾的海军上将汤姆斯·查尔斯·哈特（Thomas Charles Hart）之命移师马尼拉。哈特将军是位潜艇专家，我们给日本舰艇以毁灭性打击的潜艇战役有他的卓越功绩。他自海军退役后，便被他的家乡康涅狄克州选入美国参议院。

日本人进攻之前，驻沪美国海军指挥官是威廉·格拉斯福特（William A. Glassford）少将，他把"威克"号除外的所有美国内河船舰都派往马尼拉。这样做有点冒险，因为这些船不适应海上航行，万一遇到台风就会翻覆沉没。

"威克"号上大约有25名船员。我们感到奇怪，为什么英国人自沉

369

"海燕"号,而他们却没有采取任何抵抗行动或炸沉自己的船只?后来我们才知道,"威克"号是奉美国领事馆之命,留在上海进行无线电通讯。

另外,我们又听说,"威克"号上的美国船员大多数跳入水中,游向泊在港内的一艘巴拿马货轮。巴拿马货轮上的水手,将他们一一隐藏起来。

日本人在"威克"号上缴获了一套价值昂贵的无线电通讯设备。

日本报纸以及亲日的华文报纸,曾大肆鼓噪缴获这艘美国船只的"赫赫战功",人们读了这些报道后,无不以为"威克"号是艘万吨级巡洋舰,而非仅几百吨的炮艇。后来日本人把"威克"号编入自己的海军,更名为"田乐丸"。

那天上午10时,日本人对上海的军事占领,已扩展到大部分地区。显然,日本人马上会控制整个通讯系统。我作为无线电通讯社的负责人,催促记者们尽快将新闻稿发出,以免到时想发也发不出去。我自己身体力行,把新闻稿迅速拍发给伦敦的《每日先驱报》,还帮助其他一些未在场的记者发稿。

无线电通讯社属于美国几家大报集团,专事无线电发送新闻稿。世界各报纸获得的日本占领上海的消息,均出自此通讯社,因为其他的电讯机构和电台,这时都已被日本人控制,无法播送新闻消息。整个城市已被"密封",唯有一个"缺口",那就是无线电通讯社通往马尼拉及旧金山的线路。

此外,上海还有一座美国人的电台,尚未被日本人破获。它设在美国领事馆内,供官方通讯使用。日军派一个班去接收时,一名正在值勤的美国海军陆战队员,见状赶紧关上大门。日本兵一时无法进入美领馆,便用枪托狠砸门板,由于情况紧急,这个陆战队员只得操起一根大铁棒,把这个电台打得稀巴烂。

我得空抽身离开通讯社,匆匆赶往自己在《密勒氏评论报》的办公室,因为我知道,同一楼内的《大陆报》和本报十分可能是第一批引起日本人注意的报纸。报社的中国籍职员也明白这一点,因此忙得不亦乐乎,赶在破晓之前把那些因禁运而变得身价百倍的打字机,一架架的搬走。

中午未到,日军开进了《密勒氏评论报》所在的大楼,在所有的房门上贴了封条。我决定回美国总会自己的房间去,静观事态的发展。

没等多久,10时刚过,一个仆役仓惶地奔到我的房间,十分紧张地说,日本水兵已进入底楼门厅,命令楼内的所有人,在二个小时内离去。由于美国总会一向是美国人的社交活动中心,所以像美国商会以及别的机构组织也都设在这里,现在日本人一声令下,强迫人们突然撤离,当然带来了一些棘手问题。

许多人住在那里已有多年,此时被勒令离去,不免怒气冲冲地装点行李,但绝大多数人都没有足够的箱袋来装东西,只好遗弃不少。我便是这绝大多数人中的一个。

将到中午时分,二名全副武装的日本兵来到我的门口,他们背着上了刺刀的步枪,枪尖在肩头上闪亮。这两人喝得醉醺醺的,还抱着从总会酒吧间抢来的许多瓶啤酒。进入我的房间后,他们就像到了自己家里一样,舒舒服服地坐定,又开始喝酒,并命令我赶快离开。

日本人知道他们在上海需要的是什么,而且下手时毫不留情。英籍印度百万富翁维克多·沙逊爵士的所有财产,包括旅店、办公楼、公寓等,均以"充公"的名义落入日本人的手中。跟上海公共租界历史一样悠久的英文大报《字林西报》,也遭查封。

一些公用事业,如美商上海电力公司和上海电话公司,英商上海自来水公司和电车公司等却没有遭到骚扰,因为日本人想接收一个"活"的上海,但英商上海公共汽车公司却未能幸免,日本人进驻上海后,一开始很少干涉英国人和美国人的行动。后来,曾有人看到一小队日本兵押着一个外国人在街上走,估计是去1937年被日本人占领的虹口地区的某个拘留营。这种现象到了12月20日以后就司空见惯了。

美国外交人员和领馆人员起先被集中在市中心的都城饭店①二楼。几天后,又被送到沙逊集团所属的华懋大厦②,一直住到"格里斯荷姆"号战俘交换船开航时,才被遣返美国。但是英国使领馆人员,却被获准暂留在外滩的领事馆内,或者住到华懋饭店也可以。在美国人被遣返二个月后,英国外交和领事馆人员才被遣返。

有家过去一直亲日的英商日报《上海泰晤士报》,此时公开变成了日本人的报纸,表面上仍由其业主E.S.诺丁汉主编,实际上权力全握在一个日本军官手中。美商《大美晚报》经日本人接收后,言论也立加"改正"。该报业主C.V.斯塔尔当时在纽约,上海方面由业务经理乔治·布鲁斯(George Bruce)主管。布氏在日本军官的督视下,勉强把报纸维持了几个月,后来突然被抓,关在一个拘留营里。据同狱的几个美国人说,日本人截获了布氏偷偷写给他妻子的一张字条,于是把他弄到另一个拘留营去审问,他在那里被关了2个星期后,又押回到原集中营,不久便死了。1937年以后,日本人控制了上海虹口工业区,上海大部分公用事业机构也在那里。这时,他们又接收了公共租界的其他部分,从而便把整个上海,除法租界外,完全握在了手中。上海公共租界最高行政管理机构——工部局董事会，原由5名英国人、5名华人、2名美国人和2名日本人组成。1941年4月，董事会进行一次特别选举，改为3名英国人，3名美国人，3名日本人，1名德国人，1名瑞士人，1名荷兰人和4名中国人。珍珠港事件之后，日本人撵走了董事会中的英美人，用德国和意大利人代之。至此，日本人在上海完全站稳了脚跟，大肆掠夺这一跻身于世界上最富行列的城市，同时也是东亚大陆上最主要的港口。他们给自己制造了一个最好的机会。在日本人没收的财产中，有若干家外国银行，如美国纽约花旗银行上海分行（The Shanghai branches of the American National City Bank of New York）、大通银行（the Chase Bank）、英国汇丰银行（the British Hong Kong and Shanghai Bank）、麦加利银行（Chartered Bank of Australia and India）。

美国花旗银行经理J.A.麦基被拘押后，银行业务完全操纵于日人之手，非经二名日本军官的核准，都被视作无效。这两人原在横滨正金银行纽约分行工作过，熟悉美国的银行业务。

任何现金（包括美元和英镑）都不得提取，只能提取中国法币以应付急需的薪津发放。对于英国银行，情形也相同。

日本人宣布说，所有外国银行都要予以清理，并且不准营业。这种局面，对上海经济生活的影响，真是可想而知。

中国人的一些大银行，如中央银行、中国银行、交通银行等，起初只是业务受到限制，但最终还是未能幸免被日本人接收，只是后来又移交给汪伪政府，在日本人的幕后控制下继续运转。

中央银行被改为中央储备银行，成了汪伪政府的主要金融机构。上海沦陷后不久，伪中央储备银行就发行新币，其价值比重庆国民政府发行的法币高出一倍，1元伪币可兑换2元法币，使原来由国民政府发行的钱钞严重贬值。

当时，和日本人的一切交易业务，均须使用一种所谓的"军票"（Military Yen note）。这种钞票看上去和日币差不多，但没有编号。显然，日本人打算今后哪一天废止这种钞票，或者任其贬值。日俄战争中，日本人和俄国人在中国的满洲土地上打仗时，就曾这样做过；当时日本人在东三省购物时都使用这种所谓的"军票"，战后这些钞票都变得一分不值，此后几经交涉，日本人才同意以几分钱兑换一元，然后予以全部销毁。现在，日本人又故伎重演，在刺刀尖下用"军票"购买了中国的棉花、食品及其他产品。

上海的金融状况，自1927年国民政府成立以来有很大的改善。现在，上海在日本人的把持下，情形又变得复杂起来。但一些规模较大的金融机构都不顾禁止使用英美货币交易的法律规定，仍然按照一定的汇率用美元或其等值货币结算。中国人经营的钱庄，也全不顾此禁令而用美元做生意。

1942年6月，我离开上海时，伪中央储备银行发行的新钞，黑市汇率为40元兑1美元。而珍珠港事件之前中央银行的法币，却一直稳定在3元兑1美元左右。

我的一个朋友随"格里斯荷姆"号第二航次回国。他说，他曾在上海黑市，用100美元换了1.6万元新币。

1942年末，日本人宣布取消公共租界行政机构，把租界交还给南京汪伪政府，并且还通过德国向法国维希政府[③]施加压力，迫使法国把和公共租界几乎同样悠久的法租界交还给南京汪伪政府。上海一向流行这样一个说法：在欧洲国家中，法国将是最后一个把其在东方的财产"移交"给东方人，"英美人心肠软，会妥协，而法国人决不会让步。"出于这种看法，许多英美人都把自己的财产，转移到了法国人的名下，以求"庇护"。一家中国人经营的公司所有的一幢现代化大厦"发展大楼"，由美领馆和美国在华法院租用已有多年，但为了防止给日本人抢去，遂在珍珠港事件爆发前数周，转让给了一家法国（维希政府）公司。尽管如此，日本人占领上海伊始，就把这幢大楼连同美领馆和法院，以及它们的财产，攫为己有。倘若说日本人对法国人原来尚有一些尊重的话，那么，中南半岛事件之后，日本人就完全对法国人撕破了脸皮；法国维希政府把其在法属印支半岛的势力范围"出让"给日本人后，日本人立刻就将其作为自己入侵英国在南洋地盘的基地。

日本人把占据上海近一个世纪的西方"帝国主义者"赶走，从理论上来说，是把这个城市归还给了南京伪政府，但与此同时，自己却仍然依靠武力占领着上海，而且并不允许汪精卫政权在市政管理上发挥职能。鉴于外国人在这一中国最大港口拥有财产的程度，"上海问题"的最后校正，将成为战后最严重的问题之一。美国人在沪的总投资约为2.5亿美元，英国人拥有更多的实业，因此投资要比美国大得多。在日寇占领前后，由于英美等国在华享有治外法权，因此许多较大的华人工商企业，也都以外商名义登记注册。一旦停战之后，对这些行业的清理，以及损失补偿等，势必要使某个国际委员会花费多年的精力。

美国教授小威廉·克兰·约翰斯顿博士（Dr. William Crane Johnstone Jr.）曾写过一本书，书名就叫《上海问题》[④]。在这本书中，他以314页的篇幅，专门研究如何解决困惑着中国人和西方人达半个多世纪的"上海问题"。书中探讨了各种不同的解决办法，但大多数都被认为行不通，后来他写道："当然，总会有某个国家会'接'下外国租界的"。事情确实被言中，但这显然不是解决"上海问题"的一劳永逸的办法。

注释：

① 都城饭店（the Metropole Hotel），在今上海福州路、江西路口。
② 华懋大厦（the Cathay Mansion），即今茂名南路上的锦江饭店北楼。
③ 维希政府（Vichy Government），第二次世界大战期间，纳粹德国于1940年6月占领巴黎后，以贝当为首的法国政府宣布投降，成为傀儡政权。同年7月1日，傀儡政府迁至法国中南部城市维希，故又名"维希政府"。曾追随德国参加侵苏战争。1944年8月垮台。
④《上海问题》（"The Shanghai Problem"），美国斯坦福大学出版，1937年版。——作者原注

日本人的"效率"

1941年12月，日军占领上海公共租界后的两三天，在我逗留的都城饭店的布告栏上张贴了一张告示，要求所有居住在这里的美国人到饭店的会议厅里集中，"讨论上海被占领后出现的一系列问题"。布告由指挥占领上海的日本军官亲署。这件事使我惊奇而困惑，日本人在用军事实力控制这个城市的同时，竟然还乐意召开会议来"磋商"问题。

整个都城饭店仅有二十几位美国人，包括几位美国新闻记者出席了会议，我们对这次会议的好奇心很快有了结果。整个会议厅里尽是些日本的新闻记者和摄影记者，一旁还有几位来自日本军方新闻发言人办公室的官员。主持会议的日本军官在宣布会议开始后，就要求一位美国人发言。这位在虹口拥有一家小工厂的老板，站在那里令人作呕地美化日本军队占领上海公共租界时的办事效率和宽容态度，他甚至还赞誉日军对美国总会成员的悉心照料。事实上，这些美国总会的成员是在二小时之内，被日本军人赶出门外的，而我这位美国总会的成员更是只有15分钟到20分钟的时间，急急忙忙地把几件随手可取的东西塞进手提箱里逃出美国总会，当时，我不得不放弃所有的衣服、大量的象牙雕刻和其他艺术珍品，包括一些稀有的蒙古和西藏地毯、锦缎、宝石。这些珍宝是我去远东和俄国进行新闻采访时收集的,已珍藏了许多年。

我的这位美国同胞大肆吹捧日本人,几乎到了不知羞耻的地步,我们这些听众对他的真正目的产生了疑虑。我静静地一言也不发,心想他是不是已经把自己出卖给了日本人,以求得他的工厂不被没收,或者还有其他什么原因?他讲话时,在场的日本记者认真地做着笔记。他坐下前,日本人频频为他拍照,每一个在场的美国人都作为陪衬,被一齐照了下来。

会议主持人要求其他与会的美国人谈谈各自对这次日军占领上海公共租界的看法。不言而喻,日本人召开这次会议的目的是为了得到美国人对他们占领上海公共租界的赞同看法,好让日本的新闻机构拿去向日本本土及海外进行广泛宣传。眼前的一切使我想到成千上万在上海、中国的沿岸港口城市,菲律宾和远东其他任何被占领地区的美国公民、军人和文职人员,为他们注定的厄运而担忧。我很清楚地了解日本人1931年至1932年间在中国东北三省的罪行,以及1937年来种种残忍的真相。但和其他外国人士一样,我曾经也这样想过:"他们不可能也这样对待我们。"我也确实听见一位有身份的英国绅士在和一位日军官员争辩时这样说过。可悲的是这位绅士和那些很有名望的英国人,都被日本军人从外滩的英国上海总会里赶了出来。

都城饭店的会议刚结束,有位日本军官认出了我,大声喊道:"鲍威尔先生,你怎么还留在这里?我们以为你已经和伍德海特(Woodhead)先生一起离开这里了。"(伍德海特是一位著名的老资格英国编辑和批评家,在上海《大美晚报》任专栏作家,珍珠港事变后藏了起来)。据说他放风说,如果日本人试图抓他,他会义无反顾地去自杀。我也认出了这位日本军方发言人办公室的官员,对他说:"没有,我仍然是一位新闻记者,并且决定待在这里看完这场戏,我想你不会做出比枪毙我更糟的事吧?"但是不久,我发现日本人可以做出比枪毙人更糟糕的事。珍珠港事件以后,遍布远东各地的无数个集中营里,关着成千上万个美国人和英国人,日本人用饥饿手段和严刑拷打对待俘虏们,使得他们宁可死去一千次,也不愿忍受种种非人的待遇。

此时此景,使我联想翩翩。那是在上海被日军占领后的最初几天里,当时我仍然可以自由行动,一系列印象深刻的事件和插曲有条不紊地显现在我的脑海里,那几天白天的大部分时光都是在这一系列事件中度过的。首先与钱有关,我当时发现我的口袋里仅剩下几块钱,于是我来到美国花旗银行上海分行,我个人和报社在这家银行开设了帐号。当我走进这家银行时,我发现在日军占领上海的形势下,外国人、中国人和我有同样的见识。排队取款的人流排成长龙,横跨过几条大街。构成这条人流的不仅仅是美国人,还有大量其他国籍的人,主要是俄国人、瑞典人、葡萄牙人和犹太难民,以及中国人,所有这些人都以为美国银行比其他任何国家的银行更安全可靠。

排队花了近五个小时,我总算到达花旗银行的门口,取款人分成12人一组,一组一组地经允许进入银行。最后当我被允许进入规定的办公室取款时,我看见花旗银行上海分行的三位美国高级职员麦凯(Mackay)、里德(Reid)和贝茨(Bates),他们把手插在口袋里,神色黯然地站在那里。两个日本人坐在办公桌后,银行帐册翻开着摊在他们的面前。其中一位美国高级职员轻声对我说,这两位日本人曾在日本横滨正金银行驻纽约办事处受过专职训练,"了解"美国银行业的操作程序。这两个日本人对银行工作是如此的熟悉,我甚至猜想到当年他们是为了"钻研"美国花旗银行，被专门"种植"到纽约的。一位日本人向我解释道，他们允许所有雇有中国劳工的公司提出一定百分比的公司存款应急，"以便保证工人们离开大街"。日本军方显然希望避免由于饥饿而骚动的劳工上街，造成局面混乱的状况。"回到家里去，回到农村去"，这项命令差不多涉及所有的工商企业，造成这些工商企业中的一部分不得不停止营业，继续营业的也被迫减少经济活动。外国人办的公用事业企业，包括电力厂、自来水公司和电话系统都得继续运行——自然是在日本人的监视下运行。

日本的所谓银行"清算人"又宣布，美元存款一律不得提取。由于大多数存款人为避免急速贬值的中国法币引起经济上的损失，把他们的钱兑换成美元存入银行。不得提取美元的命令宣布以后，引起了极大的骚乱。以后日本和汪伪政府又宣布国民党政府的法币，在规定的时限失去流通的作用，另由汪伪政府的银行发行新的货币替代，新旧货币的兑换率为2比1。可是不久，那些在日本印刷、模仿法币的伪币暴跌至40比1美元的兑换率。

在日本军队侵占上海前，我在一家俄国人开的西服店里订制了一套西装，谈妥定价为150元中国法币，大约值50美元。五个月后，我从被囚禁的牢房里释放出来，乘坐第一艘交换战俘船离开的前夕，当我再去取这套西服时，价格猛涨到2 000元中国法币。珍珠港事件爆发后的几个月，上海经历的通货膨胀，就像是第一次世界大战后的德国，当时德国的许多大城市物价暴涨。在我从日本集中营里释放出来，作为一位病人住进上海市立医院时，天主教方济各会护士长海伦嬷嬷告诉我，医院所需用品价格以令人难以置信的程度上涨。比如，一加仑消毒用酒精值600元中国法币；每盎司碘，在市面上还能买得到的时候值1 000元中国法币；而各种磺胺类药物则完全看不到，无论多少钱也买不到。

最严重的问题是输血用的血浆供应难以保证。美国海军陆战队第四团，在上海驻防12年以上，被视为几乎是上海以及中国的唯一健康血浆的提供单位。上海及沿岸港口城市，甚至内地的医院，只要是飞机能抵达的地方，都习惯使用海军陆战队第四团官兵供给的血液。他们志愿献血，报酬是每次50元中国法币或15美元，献血者都作过健康和血型检查，他们的血构成整个社会所需要的有价值的"血库"。

但是当形势变得危急的时候，海军陆战队第四团被调防到马尼拉（后来投入了巴丹和科雷希多岛的战斗），上海没有其他输血用血浆的供应渠道了。我是不幸面临这种糟糕状况的第一人，当我从日本监狱里释放出来转到上海市立医院时，立即输血对我当时的情形是非常必要的，医生最后找到一位乐意为我输出一定数量鲜血的美国同胞。两星期后，当我必须接受第二次输血治疗时，无论如何努力，我的那位美国同胞还是下落不明。加德纳医生（Dr.W.H.Gardiner）和其他医生再三联系，最后找到一个乐意献血的英国人。第三次是俄国人，他的血在我的血管里引起强烈的反应。在我离开上海市立医院的第四次也是在中国的最后一次输血，向我输血的是位中国人。这使我产生一个印象，我几乎是这世界上唯一融合了各国血缘关系的人，因为我的血管里确确实实地流着美国人、英国人、俄国人和中国人的血。我返美到达纽约，住进基督教长老会医院，为我治疗的梅莱尼医生（Dr.Frank L.Meleney）和韦伯斯特医生（Dr.J.P.Webster）给我做了另外两次输血治疗，由医院自建的大型血库提供血浆。梅莱尼医生向我保证，从种族及国籍的角度看，这些血浆已不分彼此，献血者都是"匿名者"，同时科学检测的结果显示输血的效果完全一致。

在中国建立血库是个十分困难的问题。首先，由于中国传统的偏见，反对抽出自己的血，中国人相信抽出的血液是不能复生的。其次，中国物质条件如此贫困，长期的战争，缺乏维持健康的食物，疾病的流行，特别是疟疾和肠胃病流行，这一切使得寻找数量充足的健康的供血者成了件困难的工作。上海的医生发现在犹太难民中存在着同样糟糕的健康状况，这些犹太难民在希特勒控制的欧洲集中营，已长期经受了纳粹分子的迫害，如今来到上海，又被迫忍受东条英机[①]的特务进一步的迫害。

注释：

[①] 东条英机，日本战犯，系发动侵华和太平洋战争的罪魁祸首之一。曾任日本关东军宪兵司令官、参谋长，参与"九一八事变"。后任日本首相，兼陆军、内务、外务和军需大臣及陆军总参谋长等职。1945年日本战败后，被远东国际军事法庭判处死刑。

第六部分

战俘生涯及迈向新生之路

恐怖的大桥监狱

1941年12月20日,我第一次和臭名昭著的大桥监狱①打交道。自同年12月8日日本占领上海公共租界以后,这里新近关押了不少美国人、英国人和中国人,这些人所面临的,只是日本人曾经在这所监狱里野蛮地对待原先关押的中国人的翻版,以及对其他东方人的不人道待遇的重复。如同纳粹德国在欧洲一样,日本人自以为本民族是"优秀的种族",可以对其他民族为所欲为。

12月20日凌晨,约有六七个身着便衣的日本宪兵,来到我在上海都城饭店的房间,通知我说,他们奉上司命令搜查我的房间,这伙人中的翻译,负责与我对话,并指认我是《密勒氏评论报》主编和《大陆报》执行董事。这两家报社都在12月8日被查禁了。

他们搜走了我房间里所有的文件、信件和其他文字记录。自从我在报社的办公室被查封以后,我没有被允许再次光顾那里。但是我被告知日本宪兵频频地进入那幢建筑物内,取走大量的档案文件、办公记录,甚至挂在墙上的电钟也失踪了。

宪兵们搜查完我的房间后,一位宪兵对我说,我必须和他们一起去宪兵司令部回答一些问题。我们走下楼去，街上有一辆汽车正等着，一位宪兵突然问我是否在都城饭店的保险库里有我的保险箱，我告诉他们有一个，仅仅存放着少量的中国法币。清点完这些钱，一位宪兵说："我们对钱不感兴趣，仅要你的文件和信件。"

我上他们的汽车，日本宪兵驾驶汽车穿过四川路桥，开进"大桥大楼"的院子里，我被他们带到三楼，引见给一位日本宪兵头子。"大桥大楼"位于虹口地区，与上海邮政总局仅隔二条街道，上海的外国人从不怀疑这地方是幢实实在在的监狱。当时，我被问及一些外国人的情况，这些人都在今天凌晨被捕带到这里来了。这位宪兵头子命令我把口袋里的所有物件都掏出来放在桌子上，然后放进一只大档案袋，同时标上我的姓名。除了一块手帕，他们不允许我留有其他任何东西，甚至吊裤带也不行。

一位宪兵填写一张印好的表格，问我一些包括国籍、出身地和出身年月的问题，还有个人简历，这些陈述结束后，他们要求我在这张表格上签名并打手印。

随后，我被带下楼来到底层，这里以前曾是商店布局，后来用木栅栏分隔开，改造成现在的监狱。当我的眼睛开始习惯黑暗时，我可以看见长长的一排排栅栏和被分隔开的牢房，也能听见轻弱的呻吟声。房间角落里放着一张粗糙的办公桌，桌后坐着一位官员，显然是监狱长，我先被带到他那里。靠桌的一面墙上挂满了名录牌，大多数用中文写成，其中也有相当数量的英文名录牌，这些名录都写在一块块小木牌上，每块木牌上有个金属的钩子，钩在墙上。墙上还有一只沉重的金属环，上面串着许多钥匙，从小号的"耶尔"到 6~8 英寸长的大钥匙，井然有序地排列着，呈现出不祥的兆头。押解的宪兵把我带到牢房，打开牢门。这是上了双重锁的牢房，酷似好莱坞拍电影使用的道具，我被硬推进去。牢门的中间有一个6英寸见方的洞，通过这个洞，监牢的看守把伙食送进来。有时当被囚者破坏了监规，看守会命令这个囚徒走近门口，然后突然挥起拳头，通过这个洞猛揍在被囚者的脸上。如果被囚者在领受这一击时，犹豫不肯上前，那么他就更倒霉了。看守会打开牢门，把他拖到门外，在走廊上用木棍把他打得半死。

牢房里挤满了囚徒，空气令人窒息，连坐的地方也没有，最后还是一位美国同胞，名叫鲁道夫·梅耶（Rudolph Mayer），他认出了我，要我坐到他的身边去。梅耶有个兄弟是好莱坞巨头。他在二周前关进了这个监狱。我挤过拥挤的人群，来到梅耶坐着的那个角落。梅耶请坐在他身边的中国人挪动一下，为我腾出一点空间来，我在这牢房的角落里总算得到了一块舒服的栖身之地。我说"舒服"是由于我可以背靠墙地坐着，这远远比直直地站在牢房的中间强多了。

梅耶告诉我，他之所以可以腾出这块地方，是由于一位朝鲜人在前天晚上死于败血症。这位朝鲜人被日本鬼子用刺刀刺破了腿，得了败血症，在极度痛苦的状况下，悲惨地死去了。这眼前的一切不能使我的心情平静下来，但是，我们仍然为得到一隅之地可供栖身而感到高兴，甚至以为得到了上帝的恩惠。梅耶告诉我说，他也许永远无法找出日本人逮捕他的真正原因，要么是日本鬼子企图敲诈他在好莱坞的兄弟。

关押我的这间牢房，约有18英尺长，12英尺宽，可以容许20至25人在地板上排成队坐着。但是在我关押后的几天里，这里竟超员关押过40多人，真是人满为患，因此，有好几个晚上，许多人必须站着熬过漫漫的长夜！

从那天早晨开始,一系列的审讯开始了,我的头脑一片浑沌。一位日本宪兵出现在牢门前,叫喊着我的名字,不久,伴随着一阵钥匙开锁的金属声,门栓咔嗒一声,门被打开了,这个宪兵要我随他上楼去。这是我有生以来第一次受到宪兵审讯。

我被要求写出生平简历,按年月先后顺序一一写下来,重点是自1917年春天我来到上海后,这些年中我主要干了些什么。我不能确切说出写了多少次这样的简历,但至少不下十多次。审讯者很费劲地读完了我简历,然后把它翻译成日文,再向我提出各式各样的问题,并记录在案。

大多数的审讯,都由一个名叫山本的日本宪兵中尉负责,他的英语水平不高,那位英语翻译也不过差强人意,后来另一个翻译也参加进来,据他说他在美国旧金山呆过许多年,他的妻子和儿子仍然还住在那里。

他们的审讯自1941年12月20日开始,一直延续到次年的1月,直至2月26日,都紧紧围绕着一个大体一致的问题,就是设法把我和美国、英国的"谍报网"联系在一起。曾经有一次我被直截了当地指控,从在上海的美国海军武官G.A.威廉斯(G.A.Williams)少校那里取得大量的活动经费。我不接受这个指控,但审讯者声称,他们截获了所有威廉斯的私人文件,有确凿证据证明这一点。我告诉他们我确实常常和威廉斯少校谈论中国和远东地区的形势,就此地区异常的发展状况交换意见,但这仅仅是新闻工作的正常程序。同时我在采访过程中,从没有接受一分钱报酬的例子。

有一次审讯者告诉我,他们在威廉斯少校的办公室里发现一份记录,上面竟有我的名字,同时还有美联社的莫里斯·哈里斯(Morris

Harris）、《大美晚报》的弗雷德·奥普（Fred opper）和伍德海德，都一一列在威廉斯少校的发薪名册上。有好几次，他们又试图把我和英国的间谍机构联系起来，可是由于我根本就不知道这些英国间谍的名字，他们的这项指控最后还是不了了之。

1937年夏季，我曾去舟山群岛作短暂旅行，日本宪兵为此事也审问了我好几天。那次旅行结束回到上海，我写了一篇文章提请有关方面注意——日本军队先期占领这些岛屿，为以后在上海、香港之间的海军活动作准备的可能性。几个月后，日本海军真的这样做了。日本宪兵军官坚持认为这篇文章足以构成我充当"间谍"，直接反对日本海军的不容置疑的证据。位于上海南面的舟山群岛后来被日本海军用作攻击中国沿海城市及上海南岸的基地。

我猜想大多数美国、英国的新闻记者都会涉及同样提问，因为日本人以为所有外国的新闻记者，特别是特派记者都是负有特殊使命的，代表本国政府从事间谍活动。日本便衣宪兵在日本东京和其他大城市里闲逛，对外国居民和旅游者进行秘密活动，他们总是随身携带某个日本报社的记者名片，以此作为掩护。

我的所有陈诉都由一位主审官记录下来，用日文记在日本规定使用的大张文稿纸上，这些文稿纸被打上孔，装订成册，我在最后一页上签字画押。我总是要求审讯者给我一份原稿的要点摘录，有几次发现他有意窜改口供。

我时常想到这些口供，大约有整整六大本，这些口供很容易被改动，因为可以变动页码或者被写有其他内容的文稿纸替代，只要附上最后那页有我签名画押的一张就行了。

我默默地承受着他们的审讯，不去抱怨所受到的不公平待遇，除非我的神经被折磨得不堪忍受时，才发作一下。如有一二次，日本宪兵提出一些荒谬透顶的问题，使我觉得十分恼怒，但我尽量控制着我的脾气。

我亲眼目睹一位非常残暴的日本宪兵军官，用他那厚而重的手猛抽一位中国女子的脸，直至她双眼红肿，睁也睁不开，脸孔淤血几乎无法辨认原貌。日本宪兵企图强迫她说出她丈夫的藏身之地。她的丈夫是大学教授，日本宪兵指控他犯有间谍罪。尽管这位中国女子遭受种种酷刑，虚弱得不能走出牢房，只能整天地流着眼泪躺在地板上，她还是拒绝透露她丈夫躲藏在哪里。

日本宪兵出示了大量过去发行的《密勒氏评论报》，时间跨度有好几年。审讯者提问一些与某些文章或某些段落有关的问题，所涉及的文章、段落事先已勾出来了。对于大多数文章，我都能讲出写作时的背景和场合。

审讯中曾发生一件有趣的事，当时一个日本宪兵出示不久前出版的一期《密勒氏评论报》，上面登载一篇有关上海被盗汽车批售的文章。这篇文章说被盗汽车被转售给日本军方，因为日军正在计划出征法属印度支那，因而购买这些被盗汽车。日本宪兵想了解我是从何处得到这些消息的。于是，我告诉他们这些消息来源于上海警察局和保险公司，但我拒绝透露此消息的提供人名单。我对这件事有特别的兴趣，因为窃贼偷走了我的汽车。

审讯我的日本宪兵拿出另外一篇文章，是从《纽约先驱论坛报》、《民族》杂志和《亚洲杂志》上转载来的。原作者名叫威尔弗雷德·弗利歇（Wilfrid Fleisher），他是在东京出版的《日本广告人报》的前任总编辑。内容谈到一位日军军官在日本东京阴谋推翻日本天皇，建立一个法西斯的独裁政权。日本宪兵坚持这篇文章是对日本天皇的污辱。在转载这篇文章之前，日本驻沪领事对此曾多次加以阻挠，要求不要刊登。作为日本领事交涉的结果，我专门在文章后附注说明这不是有意对日本天皇的污辱，但这显然不能使效忠日本天皇的日本宪兵满意，他们多次提出这个问题来审讯我。

他们还挖掘出另一篇从1932年出版的中国杂志转载来的文章，整整九年前的文章，内容涉及到"满洲国"皇帝溥仪，认为他是一个"傀儡的傀儡"。溥仪是日本天皇的傀儡，天皇又是日本军部的傀儡。讯问我的人坚持这篇文章是对日本天皇的大不敬。我提请日本宪兵注意这样一个事实，这篇文章的发表已差不多十年了，而且是"九一八"事变后中国人写的评论文章。这样的解释同样不能使审讯者满意，无论如何，所有这类文章在日本都被圈定为同一类罪行——"危险思想"。最糟糕的是，一位编辑说了或写了一些被治安检查员认为是"污辱日本天皇"的话，就可以受审定罪。在每一个城市，大量的日本治安检查员受雇为一个目的检查报刊，无论是本国还是外国的出版物，是否有涉及天皇以及日本皇室成员的污辱言论。假如日本鬼子在他们预定的侵略程序中取得成功，"在白宫操纵和平"，那么数百名美国的编辑和漫画家，后果就不堪设想，因为日本鬼子有大量记录他们从事谍报工作的档案材料。

1937年以来，虹口在日军的控制下，大桥监狱的存在一直被当作高度的机密。我们相信有许多中国人从公共租界失踪后，一度被投入这个监狱，因为这里有大量的中国囚徒。几个关在这里的中国人告诉我们，他们关押在这里已有多时了，如此长的时间使他们几乎不能记起关押他们的真正原因。有许多被囚禁的中国人只是孩子，年龄不足15周岁，多半是高中学生。据说上海租界里失踪的俄国人也被囚禁在这里。

在这幢监狱里约有15间牢房，大多数牢房只在一面进出。这进出的一面，用每根直径六英寸的木棍作成栅栏，互相间隔二英寸。我关在5号牢房里时，曾一次又一次地数这些木棍达上千次。在牢房里已拥挤不堪的情况下，日本宪兵又押进12位外国人。他们主要来自英国，有《纽约先驱论坛报》的特派记者维克多·凯恩，他在我被囚禁后不久，被关到这间牢房。

牢房里关了许多英国人，包括一些著名的商人，一位是道奇（Dodge）汽车公司中国办事处的经理。另一位名叫埃列斯·海伊默（Ellis Hayim），是上海股票交易所（Shanghai Stock Exchange）的总裁。另一位年龄较长者名叫布赖斯特，与英国经济作战部有关系。一位20岁左右的小伙子对我说，他是英军原驻上海某部军乐队的成员。埃列斯·海伊默夫妇是上海社交界的名流，日本宪兵审讯他们夫妇的主要问题，是他们款待尊贵的格拉斯福特海军上将和哈特海军上将一次宴会的情况，出席宴会人的名单，并对所有出席宴会人的谈话表示出极大的好奇心。在日本，外国居民举行宴会时，警察常常跑来，询问仆人有哪些客人参加了宴会。

此外，有个名叫比尔·盖恩德（Bill Gande）的英国人，是一位酒类批售商号的经理，日本人也指控他是"间谍"，最后判了他八年监禁。盖恩德曾经在上海外国特别警察群中起着重要作用，可能正是这一层关系，日本宪兵怀疑他"是间谍，阴谋从事破坏日本帝国的活动"。

我后来得知，在不久以后驶往美国的交换战俘船上，另外还有些美国记者、商人和传教士，他们和我同期关在大桥监狱，只不过囚禁在其他牢房里。在这些商人中,有上海美国花旗银行的经理,苏柯尼真空油公司(Socony Vacuum Oil Company)的经理,胜家缝纫机公司(Singer Sewing Machine Company)的经理。后来,差不多上海所有的美国人,大约总共2 500人,都被监禁起来,但不是全部关在大桥监狱里。

日本鬼子对所有的美国人和英国人都怀恨在心,在匆忙的逮捕过程中,不时犯下一些荒谬的错误。有一天,六个日本宪兵把一个怒气冲冲的英国人拖进我们的牢房。这位英国人的衣裤被撕破了,显示出他曾因拒捕,而与日本宪兵进行过撕打。在他变得稍微平静的时候,我移到他的身边,问他发生了什么事。他告诉我说他是受雇于上海电力公司的工程师,根本就不知道他为什么会被捕。当他上楼第一次接受审讯后回到牢房,我注意到他脸上尽是迷惑不解的表情。当看守走到走廊尽头时,这位英国工程师转向我说:"我感到纳闷,这些残忍的家伙到底要干什么?我这一生从来也没写过涉及日本鬼子的东西。"此时此刻我才恍然大悟,日本鬼子把这位英国电力工程师抓起来的真正原因是什么。他的名字叫W.R.戴维斯,日本宪兵错误地把他当作英国《字林西报》老板R.W.戴维斯,一字颠倒,相距甚远,这情形真让人哭笑不得,因为日本人要抓的R.W.戴维斯正在香港。无论如何,W.R.戴维斯不以为这有什么好笑,他一直咒骂道,一旦日本宪兵发现了自己的错误把他释放,他一定要暗杀掉几个"残忍的"日本鬼子。这件事发生后,日本人开始避免逮捕任何与公用事业有关的人,因为他们要维持城市服务设施的正常运行。

一位西班牙妇女,她丈夫在马尼拉银行当老板,关押在我们的牢房里有几个星期,被指控涉嫌与一家外国的商业公司合作,在上海购买所有市场上的奎宁并垄断奎宁的实际供应。但这位妇女声明她对此一无所知。

太平洋战争爆发后，许多与日本人打交道的外国商人，发现自己的处境极度困难。他们无法履行原先交付商品的承诺，而他们已从日本人那里收到了预付款和合同保证金，并汇往海外。战争爆发后，他们的资金被"冻结了"，不能退还给原先的日本采购者。在珍珠港事件爆发前的几个月，几个星期，日本人已在上海投入巨资疯狂地抢购、搜罗所有有用的食物、药品、汽油、香烟、皮鞋、皮革等等诸如此类的东西。珍珠港事件爆发后，日本鬼子更是无条件地征用所有有用的东西，包括上海所有的机动车辆。当美国总统罗斯福宣布对日本实行海上汽油禁运时，日本鬼子已大量购买了汽油，并秘密贮藏在上海地下的贮油罐里。许多与日本合作，战争爆发后又无法交货的商人，只能在日本的集中营里找到自己的归宿。

我们的牢房里除了男性外国人外，还有三位外国妇女，一位英国人，一位西班牙人和一位不幸的白俄姑娘。这位姑娘很快得了歇斯底里症，我们认为她出现这种症状得归因于这样一个事实，就是她过去日常使用的海洛因毒品供应被取消了。上海有许多不幸的俄罗斯人，都有吸食海洛因的欲望，而日本人则常常用非常低廉的价格，使他们的这种欲望得到满足。有一段时间这间牢房也曾关押二三个中国女人。有一次，一位中国男人带着他三岁儿子被关进这间牢里，这小男孩整夜地哭泣凄惨动人，整个监狱都能听到。

尽管我对牢房里的拥挤状况有着特别深刻的印象，但我很快发现这里还有更为严重的问题。牢房里没有盥洗设施，马桶只是一只放在角落里的粗糙木桶，敞开着放在牢房里，臭气熏天。每天早晨，由一位被强迫从事这项服务的中国人拎出牢外去清洗一下。

女性被囚者不得不和男子共同使用这只马桶，于是外国男子常常将背对着马桶站着，为这些妇女构起一道屏障。最后，由于牢房里每个人的抗议，希望改变这种恶劣状况，女子终于被允许到楼上去上厕所。

当初我被告知，去大桥监狱仅仅是回答一些问题，很快就可以回去，因此我只带了件薄大衣，也没想到随身带条毛毯。这幢监狱大楼完全没有暖气。每天晚上9点，看守给牢房送来一捆毛毯，为争夺这重重的覆盖物，大家常常互相争抢，引起一片混乱。

后来，我看见被囚者自发地组成二至六人一组，互相紧紧地依偎在一起，以便都能被一条毛毯盖着取暖，由于我们感到寒冷，从来都是穿衣睡觉的。

牢房里有各种各样的害虫，最害人的是体虱，俚称"虱子"，整个监狱有生灵存在的地方，就有它们的存在。由于狱中的被囚者大都病了，其中有几位更是生命垂危，我们自然联想到每个人都会死于某种流行病，特别是死于斑疹伤寒，这种疾病正在牢房里流传。我在狱外的一位朋友，想到牢房里虱子横行的环境，送给我一管药膏。宪兵看守不允许把药膏带入我的牢房，直到我当场试验，证明这不是毒药也不是毒品时，才获得他的同意。我后来得知这药膏是上海的美国法院的法官 M.J. 希尔米克（Milton J.Helmick）送给我的，我将终生不渝地感激他。一个法官送一管药膏给一个在押的犯人，这可能是第一个现代的范例。

日本宪兵对被囚者维持着蹩脚的医疗服务，通常是一个日本女护士跟两位低级军医，例行公事地偶尔来巡视一下。哪个囚徒发烧或得了什么小毛病，一律给几粒阿斯匹林，如果得了整个监狱中都在流传的疗疮，就用一种红色的类似红汞的液体来治疗。这类药水的使用，日本人倒显得十分慷慨。

我得了严重的手指感染症,手指比正常情况肿出两倍。我为得到医治而整整祈求了近两个星期,经获准我被带到楼上的医务室,一位日本助理医生在没有使用麻醉剂的情况下,用剪刀一点一点地把我手指的皮剪下来。在这位日本医生进行手术时,几个日本宪兵站在门口,对我由于痛苦而流露出来的怪模样显得幸灾乐祸。

那位女护士和她的助手每天来牢房,为几个中国囚徒治疗性病,是恶劣透顶的事。由于这些病例被耽误了许多星期,甚至几个月,这些男人们已处在绝望的境地。

监狱里到处都有传染病的媒介体——老鼠,这些老鼠胆大无比,在走廊里窜来窜去,日本看守只是跺跺脚吓唬一下,此外再也不干涉老鼠的活动了。有天晚上,一只老鼠从我的头紧挨着的隔墙木板洞里探出脑袋,用劲地拉扯着我的一撮头发,显然想用这些头发去营造它的窝。

在我被囚禁后不久,我的两只脚,特别是脚跟的骨头开始出现严重的疼痛,但外表没什么明显可见的症状,我把这种痛感和几乎不能穿上鞋子的情况告诉了日本医生,但他对我仅仅是一笑了之。牢房里所有的人都不准穿鞋,大家的鞋都堆放在牢房外面窄长的走廊里,每当因为提审或其他原因要走出牢房时,就会出现因为找不到自己的鞋而抱怨的情况,最后不得不凑合地穿着不知是谁的鞋。我们必须赤脚躺在冰冷的地板上,我们的袜子早已变成碎片了,第二天早晨两脚常常冻成青紫色。

仅有一次,我成功地得到日本女护士的恩准,在我脚上涂抹了一些碘酒,但这对我的脚痛根本就没起什么作用,这疼痛感一天天的剧烈起来。其他几个人也为脚疼大叫起来。当时,我不懂得这是因为我们在监狱里营养不良造成的。加上我们常常被罚作长时间的"日本式"盘腿坐，这种姿势妨碍了人体血液循环，无疑是引起疼痛的另一个原因。

我们在监狱里的伙食太恶劣了，就是一个日本苦力也不会乐意瞧上一眼。早晨有碗米粥，由于喝下去能使人有一阵暖意，让人以为得到了真正的美味佳肴。中午和晚上则是一碗米饭，几乎没有一个外国人能咽下这碗像石头一样又硬又冷的米饭。通常饭碗里带有三只干青鱼头，这些干鱼头一看就知道是每星期准备一次，而且是随意放在走廊或庭院里晾干的。

外国被囚者几乎没有人能吃下这些伙食，于是我们拿它和几位中国孩子做交易，用我们的米饭换得他们同意，每天在我们的内衣裤里抓虱子。不久，这些中国孩子创造出一种博彩的方法，就是以外国人的内衣裤里被捉的虱子数量比胜负。

这种交易使我们每天仅吃一碗米粥，显然不能满足我们在精神和肉体上的消耗。当然这种交易是大家都满意的。这也是后来脚气病日多的主要原因。

感谢狱外朋友们的努力，我们终于吃到了一定数量的西餐，主要是三明治。日本鬼子不允许任何罐头食品进入监狱，但是由于那些狱外的朋友不了解这些规定，不断地送肉、鱼、水果罐头到狱中，结果都被我们的看守大人吃了。我们不幸的疼痛，主要归因于缺乏肉食品和新鲜蔬菜。

不过，这些狱外送进来的食物，即使到了我们手中，也很难吃下去，因为饥饿的中国人坐在一旁，眼瞪瞪盯着我们。许多次，我把三明治撕成十几份，分给他们吃。由于日本鬼子不允许中国人从狱外朋友那里获得任何东西，曾有一二次因为食品问题，在狱中引起了大骚动。

最令我们气愤的一次发生在圣诞之夜,当时狱外的朋友送给我们一只烤火鸡。但我们在牢房里仅得到一些零屑碎肉,当我们对看守人抱怨时,他走过来解释说,他们不能允许骨头带进牢房,因为被囚者可能用这些骨头作为武器互相斗殴或攻击看守。

注释:

① 大桥监狱(the Bridge House Prison),日军进占上海后,将坐落在苏州河北、四川北路上的一幢民用大楼——大桥大楼,改建成为阴森可怖的监狱,时人称之为"大桥监狱"。

"危险思想"

在大桥监狱中，被囚者相互之间不准交谈，也没有任何可供阅读的出版物。他们必须互相紧挨着成排地坐在地板上，便于看守换岗时清点人数，每四个小时换次岗。被囚者还必须低着头坐着，面朝着日本东京的方向，作为对日本昭和天皇臣服的象征。中国人常常因为交谈而遭殃，看守们命令他们站在牢门前，用拳头猛击他们的头部。

我亲眼目睹一位外国人被日本看守饱以老拳，他是俄罗斯人，既不懂英语、日语，也不会说中国话，他遭到毒打的原因，据说是因为语言障碍不能理解日本人的命令。这位俄罗斯人的名字叫切斯诺可夫，是一位年轻的苏联公民，他乘船从海参崴到上海，日本人指控他在上海地区侦探日本军队的行动而犯有间谍罪。

有一次，我收到狱外一位朋友送来的一保暖瓶茶。我刚想喝时，日本看守走过来，要我喝完后把空瓶退还给他。我忙尽我能力猛灌一大口，然后把水瓶传给同室的中国人。当我走到牢房门前把空水瓶递给看守时，这位看守十分狂怒，命令我走向前，靠近平时用来递送伙食，退出空餐具的那个门洞，不料看守走到门洞口，伸手在我脸上重重地捆了一巴掌。

这是仅有的一次，我的肉体直接受到日本看守的打击。可是在其他方面，外国人和中国人常常遭受着一样的恶运，他们被迫膝盖朝前盘坐在身体下。所有人每天都要排队，接受搜身检查，对任何人来说，如发现拥有一根线或一张纸之类的东西，那就意味着一场灾难。一次，当搜查者在狱中找出一把小小的指甲钳时，被囚者无不神色沮丧。这是狱中唯一的一把指甲钳，当看守们转过背去的时候，大家都悄悄地使用它。

　　当有些人违反了监规，看守们又查不出谁是犯规者时，他们就强迫所有的人用"日本式"坐姿，盘腿坐在自己的脚上，同时必须低下头，面对日本东京方向。于是，这种惩罚变成了著名的"跪姿新秩序"。

　　我们好几次被强迫盘腿坐在自己的脚上，长达6~8个小时，以至于好几天后都不能走路。

　　中国被囚者遭看守毒打，几乎成为家常便饭，无日无之。每个夜晚我们都能听到被打者的嚎叫声，说明不知哪个可怜的家伙，为了真实或想象出来的违反狱规的行为而受罚。

　　有一次，看守们抓住一位正在偷偷抽烟的中国人，他几乎被揍成肉饼，一个多星期不能站立起来。后来，这位中国囚徒又患上了日益严重的脚气病，在一位日本医生给他注射了不知什么药剂后，他很快就死在我们牢房里，我们怀疑注射剂里含有毒药。

　　另一次，一位中国人被发现身上藏有钱，于是半夜里被拖到走廊上，看守用木棍打他的头和脸。我和躺在我身旁的一位英国人出于好奇，默默地记着数，打到第八十五棍时，这位受害者停止了叫唤，晕倒过去。抑或是死了。看守打过后，先前在他手上有一米长的木棍仅剩下一英尺长，木棍其余的部分都裂成了碎片，散落在四周。看守们在走廊上堆放了一捆棍棒，随手可取，方便至极。这些粗糙的棍棒约1英寸厚，4英寸宽，3英尺长。

在大桥监狱和后来我被关押的江湾监狱里，我发现有一种值得注意的现象，在这两所监狱里分别关押着数量可观的日本人，包括一些被美国和英国公司雇用的年轻职员。日本宪兵试图通过他们得到一些与外国人活动有关的情况。其中一位，就关押在大桥监狱中我所在的牢房里，他的名字叫小野。小野在美商德士古石油公司工作了好些年，并数度乘油轮去得克萨斯州的阿瑟港。他毫不隐瞒他对日本宪兵的憎恨心情，他总是用轻蔑的口吻称他们为"楼上的权势者"。日本宪兵还把不少日本兵投入监狱，他们被指控在值勤时酗酒。

跟这些日本士兵友善相处的中国被囚者告诉我，这些日本士兵遭囚禁的真正原因，是他们不执行前往马来亚战区的命令，那里的战争正在激烈地进行着。后来，在我被带到江湾监狱时，又看见了成百名日本囚徒，他们中有军人，也有平民。这些日本人的罪名都是怀有"危险思想"。

1931年至1932年间，日本人占领中国东北三省时期，一位在日本的外国记者告诉我，在日本本土有总数超过5万人的"怀有危险思想"的政治犯关在监狱里，后来这些囚犯都被强迫参军，往南太平洋地区作战。

我同许多"怀有危险思想"的日本囚徒谈过，发现他们对宪兵的态度比我好不了多少。有一次，一位宪兵军官把一位日本士兵打得昏死过去。这位士兵在我隔壁，遭毒打的原因是他用日语"马鹿"来称呼这位宪兵军官。"马鹿"的意思类同于"混蛋"、"傻子"，是骂人的粗话。

日本宪兵队的组织机构高度机密，在许多方面与德国秘密警察组织盖世太保相似。我想这样说是靠得住的，日本宪兵是集日本军人罪恶之大成者。宪兵们常常夸耀地声称他们甚至可以逮捕日本军队的高级军官,只是我从来没有听说有这样的事发生。在日本本土,宪兵也是日本平民最憎恨、最畏惧的人。

一天晚上,日本宪兵抓来一位年长的英国人,他虚弱得几乎不能站立。宪兵们把他推到我旁边的墙角落,于是我看见他脖颈上长着许多疗疮,痛苦异常,由于缺乏关心和医治,这些疗疮已感染发炎,红肿起来,使得他只能把头歪靠在自己的肩膀上。约在半夜,他的情形变得更糟了,他用肘轻轻地推醒我,问我是否懂得祈祷文。他说他出生在一个信仰天主教的家庭里,但是他不知不觉地放弃了信仰。他说:"我想我大概就要死了。"我们一遍又一遍默诵主的祈祷文。当他渐渐平静下来的时候,他把他的人生经历诉说给我听。他出生在英格兰,年轻时加入英国军队,在印度旁遮普邦服役,时间长达17年。大部分时间都是在马背上度过的。退役以后他来了上海,担任上海公共租界工部局总稽查处(Criminal Investigation Department)处长,退休后办了一家私人侦探所。他的名字叫E.G.克拉克(E.G.Clarke)上尉。他和一位印度妇女结了婚。他们的家在郊区,离监狱有20英里路。他的夫人每天骑一辆自行车,送食品到监狱来。珍珠港事件后,日本鬼子抓了克拉克,指控他犯有"间谍罪",并将他投入大桥监狱肮脏的牢房里,留在那里面对营养不良和无人过问的处境,以及由此带来的死亡威胁。

我也许永远也不会知道,克拉克上尉为什么会被转押到我们那间牢房。几天后,我被带上楼又一次接受主审官山本中尉审讯时,我告诉他说,克拉克上尉的病情十分严重,除非立即送他去医院接受治疗,要不然就会很快地死在牢里。山本拿手在脖子上比了比,这个手势表示克拉克早就应该被砍头,但是,我的话仍给山本带来了影响。当天很晚的时候，监狱院子里发生了一阵骚动，一辆救护车驶进监狱，把克拉克上尉送进上海市立医院。几个星期后，在我乘坐交换战俘船离开上海前夕，我得知克拉克上尉已经康复了。那天晚上，克拉克上尉把他的毛毯送给了我，这可能是冰冷的牢房里最有价值的物品。

1942年2月26日，几个日本宪兵军官来到大桥监狱宣布了包括我在内的8个外国人名单，把我们带到宪兵司令部。在那里得知，他们将把我们转移到新的监狱去，地址在江湾。我们将受到军事法庭关于间谍指控的审判。8人中有6个英国人，1个俄国人切斯诺可夫，另一个是我。

每个人都刮了胡子，理了头发，然后被一辆敞篷卡车押送到江湾监狱。江湾监狱是一幢造在马路旁的新建筑，靠近被日本军队占用的上海市政府新大楼①。这幢监狱由许多单间构成，每一单间约有5英尺宽，10英尺长，门高4英尺。门的底部有一方形的洞，伙食从这个洞递给囚徒。

自地板向上6英尺的地方，有一扇小小的窗户。墙角照例放着一只马桶，每星期拿出去清洗一次，地板是木质的，四周墙上新涂上去的水泥还有些潮湿。由于整幢大楼没有供暖设备，到了晚上，牢房里就显得难以忍受的寒冷。

早晨，我们被从牢房里放出来，穿过院子去盥洗室。盥洗室里每人配备了一把牙刷，但不允许把牙刷带回牢房。牙刷挂在钩子上，每个钩子旁都标着我们各自的日文姓名，尽管我们没人能看懂这些日文名字。第一天过后，牙刷就混乱难辨，我们也因而失去了这项早晨刷牙活动的兴趣，同时，日本人警告我们不能互相交谈，更使我们感到索然无味。

仅仅在这个时候，囚徒们才得以集中在一起。除去盥洗室之外，经

403

过一段时日后，在全副武装的日本看守的监视下，我们可以有一点时间集中在院子里活动。我们仍然不允许阅读任何出版物，也不允许拥有狱外朋友送来的药品。

在大桥监狱时，我已得了痛苦不堪的脚痛病，到了江湾监狱后病情变得更加严重，我猜想这得归因于整个3月份很普遍的寒冷气候。此时是上海一年中最寒冷的时节。

我常常抱怨脚痛得不到治疗，要求日本宪兵派医生来检查我的病情，但这几乎没起什么作用。后来我脚肿到比平时粗两倍，转成了青紫色，根本无法穿鞋，也无法走出牢房，这时我的抱怨才算有了一点点反应。

一位英国人也在抱怨他的脚痛病。另一个英国人盖恩德脖颈上长了许多疔疮，头一直无法抬起来。

有一天，那时我尚能和其他人一起到院子里活动，我找了个机会和一位上了年纪的英国人交谈。他非常消沉，确信自己绝无可能活着离开这里。但是他认为我能活着离开这个监狱，求我帮他个忙。他说："我有个女儿住在上海法租界，我想要你写一封信给澳大利亚的某银行，吩咐他们保管好我的存款，在这次战争结束后，让银行把这些存款转交给我的女儿。"他提到了这笔英镑存款的数目，金额之大令人吃惊。后来，当我把这件事告诉几位年轻记者时，他们纷纷询问这位女士的地址。

江湾监狱的伙食比大桥监狱多少要好一些。大桥监狱只有米饭，这里还多了一碗海带。起先，这碗海带是真正的美味佳肴，但时间一长，我们就腻味透了。

我们的食物，是从10~15英里远的市区运到这里来的，通常送到时已冰冷了。由于我脚肿得无法穿鞋，日本鬼子最后总算派来一位医生，他检查了我的脚，给我注射治疗，每天一针，连续两个星期。但这种治疗并没有减轻病情，我逐渐变得更加虚弱，不再能吃任何东西，仅仅还能喝一点他们偶尔给我的水。一天，我正躺在地板上，通过门下的小方孔看着走廊。走廊约有4英尺宽，我看见对面那扇直对我牢房的门上的小方孔，被小心翼翼地拉开了，一位日本被囚者，也是"危险思想"分子中的一员，向我打了个手势，然后把他的手指放进嘴里。在他那间牢房里约关着50位日本人，他们注意到我已不再能吃伙食。我很快理解了那个日本人的意思，是要我把我的伙食给他吃。从那以后，我就注意看守的行动，每当看守的脚步声走到长廊的转角上时，我就尽力把装有伙食的铝制饭盒推向走廊，那个日本人则飞快地伸出手来，抓住饭盒，弄进他的牢房。当他们吃完后，又找个机会把饭盒扔回走廊这一边来。

由于不准阅读，更不许和其他人窃窃私语，为了排遣时间，我通常做些有头无尾的诗句。

<blockquote>
别看我是小日本，
聪明绝顶举世惊。
偷偷潜进珍珠港，
美国军舰都炸沉。

悄悄横渡中国海，
上海香港一锅端。
老英老美睡得香，
</blockquote>

被我抓住尚光身。

这诗总是越写越糟，完全不能付印发表，可是在我出狱去新加坡、缅甸、巴达维亚②之前，这些诗对帮助我忘记可怕的脚痛病多少起了些作用。每晚，我躺在黑暗之中，狱中死一般的寂静，我静静地听着狱中不知何处的一只老式挂钟，在整点和半点的时候发出的清晰钟声。我和关在巴丹和科雷希多岛的美国人和菲律宾人一样，从没有放弃重返自由的希望，总是憧憬着美国的飞机、战舰飞快地驶来。眼前想象的一幕幕画面有时就像是真的一样。但这一切都不能掩饰这样一个事实，我的身体状况正在迅速地恶化，我开始思考与死有关的事。我的心里一直盘绕着一句祈祷词，祈求神灵保佑我在美国的妻子和孩子，我深知他们正在为我的处境而担忧。如果我能出狱，我一定要写一本真实描述这一切的书。当时，我无法知道我在美国的亲朋好友们，正在竭尽全力争取把我列入交换美日战俘的美方名单中。在我离开大桥监狱前，一位新关进大桥监狱的中国人告诉我，上海传播着一个消息说，我和维克多·基恩因间谍罪已被处死。

一天，一位日本宪兵军官走进我的牢房，一定要我写一封信，说明我的"健康状况良好"。我对这个要求迷惑不解，不知道这是由于瑞士驻上海总领事，代表美国政府，要求前来探望我后产生的结果。日本鬼子拒绝了这个要求。但企图用向瑞士总领事出示我亲笔写的"健康状况良好"的信件，来回避外交上的麻烦问题。想到日本宪兵在理解美式英语上的低能，我写了一封信，用隐蔽的方法暗示我真正的健康状况，但是日本鬼子一定有懂行的顾问，他们六次退还了我的信，最后威胁要给我一点颜色看，除非我按照他们的意思写这封信。在我住进上海市立医院后,瑞士总领事告诉我,由于日本鬼子炮制我的"健康状况良好"的亲笔信用了这么长时间,使他猜测到了我的真正健康状况。

我最后变得如此的虚弱,当一天早晨日本宪兵军官来看我的情况究竟如何时,我仅能喃喃自语地说:"带我去医院……"。一天,当我几乎已失去希望,正准备迎接死神来结束我的痛苦时,我听见牢门口有一阵骚动,当牢门打开时,我的目光穿过走廊,看见两个日本看守抬着一副担架,一位日本医生跟随着他们。医生在我的手臂上打了一针后,说:"你现在去医院。"然后转身就走,由日本看守把我翻进担架。当他们把我从黑暗的监狱大楼里抬出来,走进明媚的阳光下时,我竭尽全力,把头转向阳光的一边。我的心脏由于过于激动,几乎停止跳动。市立医院的救护车停在那里,车门旁站着加德纳医生和我在新闻界的老搭档,《纽约先驱论坛报》的维克多·基恩。加德纳医生和基恩仔细地看着我,好像是在证实他们是否见到了真正的病人——鲍威尔。在上海市立医院,当加德纳医生检查我的身体时,他说我和长期绝食的印度圣雄甘地[3]很相像。我说我的情况比圣雄甘地差得多,我既没有葡萄汁也没有羊奶,而圣雄甘地有。

注释:

[1] 1929年,国民党上海市政府提出"大上海"计划,拟在江湾一带另辟上海市中心区域,而市政府大厦便是其核心。上海市新政府大厦竣工于1933年9月,后废。在今上海体育学院内。
[2] 巴达维亚(Batavia),印度尼西亚首都雅加达的旧称。
[3] 甘地(Mohandas Karamchand Gandhi,1869~1948),印度民族解放运动领袖,被印度人民尊称为"圣雄"(Mahatma)。早年留学英国,研习法律。以后,一度在南非从事

反种族歧视的斗争，提出"非暴力抵抗"主张。第一次世界大战之后，他返回印度，倡导"非暴力不合作运动"，以反抗英国殖民统治，对印度民族解放运动起了相当大的推动作用。1948年，受印度的宗教冲突影响，甘地被人暗杀身亡。在长期领导反种族歧视及殖民统治的斗争中，甘地多次被拘捕、监禁，但在狱中他仍不时采取绝食斗争，以反抗当局的暴政。

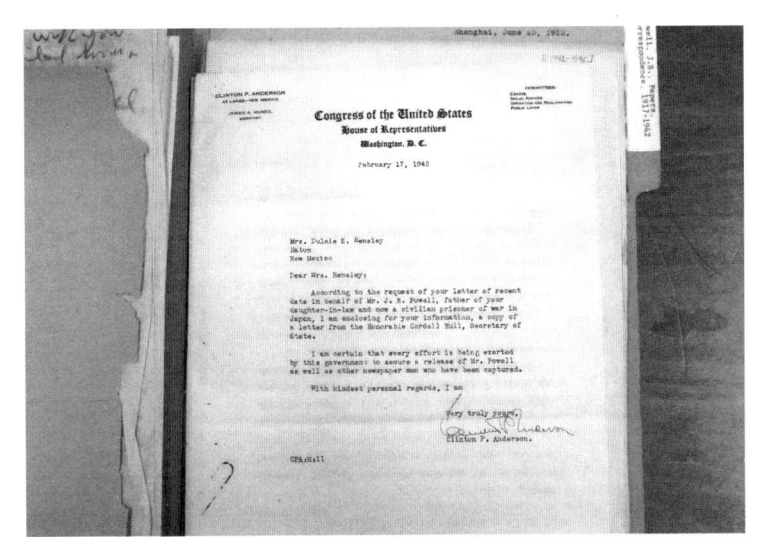

1942年2月17日，克林顿·安德森写给汉斯莱太太的信，说他会想办法营救关在日本集中营的鲍威尔，以及其他新闻记者（图片来源：The State Historical Society of Missouri）

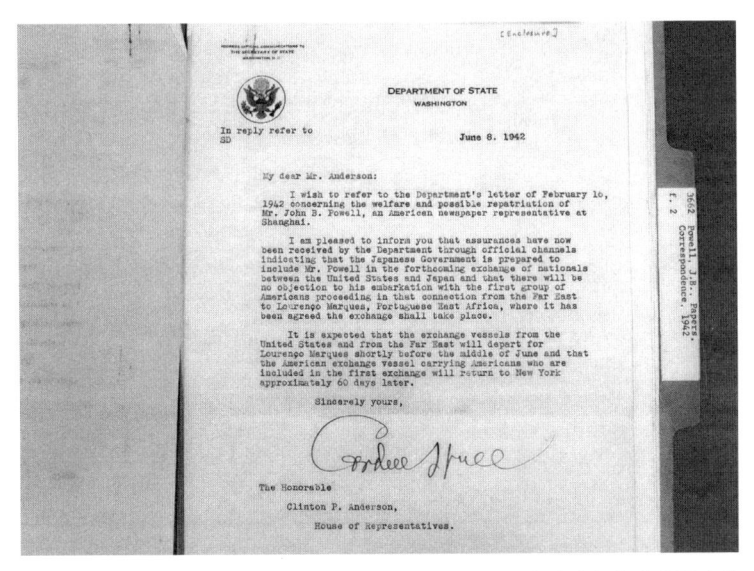

1942年6月8日，安德森收到的信件。信中提到官方已将鲍威尔作为美国交换的第一批战俘营救出来，日美双方的战俘船只将会在6月中旬前起航（图片来源：The State Historical Society of Missouri）

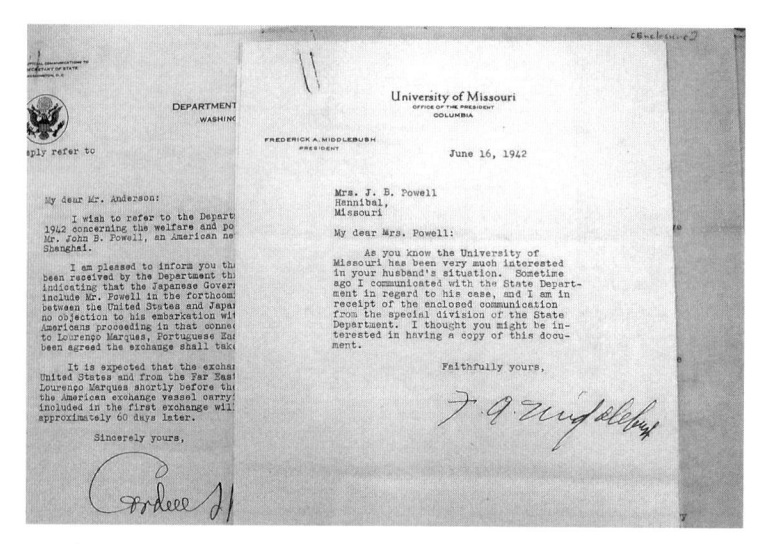

1942 年 6 月 16 日,密苏里大学写给鲍威尔妻子的信,表示对鲍威尔的状况很关心(图片来源:The State Historical Society of Missouri)

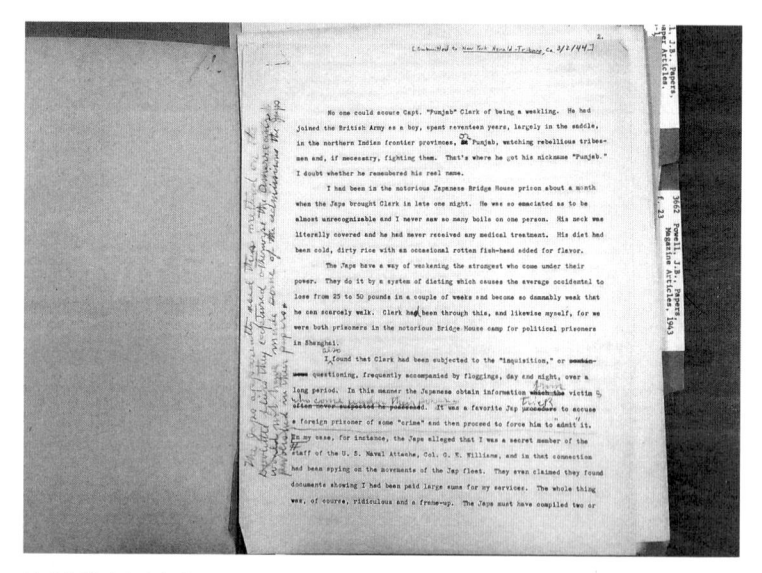

鲍威尔讲述在大桥监狱里,遇到的英国人 E. G. 克拉克(E. G. Clarke)上尉,以及他自己脚痛的情况(图片来源:The State Historical Society of Missouri)

美国援华谷物

一名日军军官用救护车把我从江湾监狱送到医院。他与法国方济各会护士长海伦嬷嬷协商后，在我的房门上挂了块牌子，上书未经日军当局的允许，任何人不得进入我的房间。日军军官走后，海伦嬷嬷告诉我，她接到那名日军军官的命令，除了医院工作人员外，只有我的医生W.H.加德纳和我在报社的同事维克多·基恩可以进入我的病房。不过，他们两人也得到警告不得向任何人透露我的情况，否则将受严厉惩罚。加德纳医生曾经告诉我，他以前常常听别人很肯定地说，鲍威尔已经被处决了。

首要问题自然是如何医治我的双脚。由于"干"坏疽，我的脚已经肿了一倍，而且几乎全发黑了。是截去脚踝以下部位呢，还是用常规方法治疗？我听见医生们在走廊里讨论。

双脚的剧痛几乎是难以忍受的，只有将脚放得高于心脏部位才会好受些。但是否要完全失去双脚，光留下两个秃脚桩!？甚至连这种想法都是不能容忍的。再想到手术后，将来以这副样子回到家人和朋友们面前，这岂不是最残忍的事情！

最后，我与医生们进行了协商，每人都提出了有利或不利的条件，以决定是否做截肢手术。曾经在纽约学习外科的英国医生兰生大夫提出先暂缓几小时作决定，他要到治中国人和俄国人的医院去看看是否有相似病例。结果，他找到许多这种病例，严重程度各不相同，最严重的坏疽由于未及时得到治疗已经扩散到腿部和手臂。

医生们又进行了一次商讨，决定采取大家都赞同的治疗方法，用人工再造方法重建缺失的肌体组织，让它自然克服毒性感染。这种医疗方法时间长，而且疼痛异常。每天需要去除坏死组织和受感染的脚骨，然后进行敷裹。在手术前一般先要注射吗啡，这样当医生在切除坏死组织时才不至于太痛。最终，我双脚的前半部分被割除，留下两只脚桩。我希望以后能穿上特制的鞋重新站立起来走路。到纽约长老会医疗中心后，感染被治愈了。两位医术精湛的医生弗兰克·梅莱尼大夫和杰罗姆·韦伯斯特大夫为我做了无数次植皮和"修复"手术，他们都曾经在北平洛克菲勒医院工作了三年，积累了宝贵的经验。由于他们高明的医术和护士们的精心护理，我奇迹般地康复了。事实上，我在撰写本书时已需要节食了。

一天，另一位病人被送到我隔壁的病房，一个中国护理员悄悄告诉我，那位病人是名"意大利海军高级军官"。那位军官进院几小时后就来看我，并叙述了他不平凡的经历。他是位退休海军军官，是意大利邮轮"康脱孚第号"[①]的船长，该船在战争爆发时被困在上海。船上约350名船员滞留在上海无法回国。他说战争爆发大约一个月后，日本人要他帮他们将一艘逃到上海港的在南斯拉夫注册的大商船开往日本。当时日本急切需要把该船送往日本，作为军队运输船，将军队运往南洋。该船原来的船员在战争爆发后都弃船逃跑了，而日本自己在上海找不到会开船的人。"康脱孚第号"的船长召集了他手下二十几名意大利船员将南斯拉夫商船驶往日本。路上一帆风顺，但在将要进入神户港时，突然，剧烈的爆炸把船抛出水面。十几名意大利水手被炸死，船长本人也从船桥上被掀入水中。

他们是被一艘潜伏在港口外面的美国潜艇射出的鱼雷击中的。

船长说他游得精疲力尽时，发现一块被海水浸透的木板漂浮在水面上。他用牙齿咬住木板，双手划水使鼻子露出水面，就这样在海上挣扎了八个小时，终于有一名日本渔民发现了他，把他带到神户，最后他又被送回上海。

由于他在神户港外冰凉的脏水里泡了多时，而得了严重关节炎。使我惊奇的是，即使他受了这么多苦，他似乎并不怨恨美国人。相反，他倒是怪日本人使他遭了那么多罪。后来，"康脱孚第号"被用来将包括我在内的美国人送往葡萄牙在东非的领地洛伦索·马贵斯港[2]，在这里，美国和日本第一次交换了战俘。登上"康脱孚第号"的美国人，无须用什么敏锐的眼光就能看出，船上的每个意大利船员都恨日本人，都想从日本人那里逃走。船抵达这个非洲港口时，部分船员想弃船逃跑，可惜没机会。意大利陷落后，日本人在上海强占了"康脱孚第号"并扣留了船员。

日本占领上海后，医院的食品供应很快变得非常困难，许多本地出产的和进口的普通食品不断从餐桌上消失。比如说土豆就很久没见过了。因为日本鬼子占领了城里的市场，另外，在通往城里的道路上，日本哨兵横征暴敛，所以中国农民们都不愿把食品送到城里的市场上去卖。日本人还强占了屠宰场，以此来控制肉类供应。

日本侵略军的强盗行径在上海特别暴露无遗。原先只在高级军官身上才体现的盗贼本性，现在也传染到普通士兵身上。他们现在也干起压榨贫苦中国农民以中饱私囊的勾当。以前，普通日军士兵只知道烧杀，当他们看见军官们把抢来的财物塞进自己的腰包时，他们也动手干起来。他们或是到农民家里去抢劫，或是在通向城里的路上和河上设关卡，向运农副产品到市场上去卖的农民进行敲诈勒索。由于上海是个古老而富有的都市，周围有一个由许多村庄组成的富裕区域，这就为日本鬼子进行抢劫提供了条件。而在满洲和北方却没有这种条件。

战争初期，中国海关曾经在尚未被日军占领的边境城市奉天省的安东捕获一名日本军官，发现他口袋里和衣服里塞满了抢来的珠宝和钱财，已经连坐下来都很困难了。天知道他谋害和折磨了多少个富裕的中国和白俄家庭才抢来了那么多财宝！

不久，所有的贸易路线，特别是食品，都被日本人"组织"起来，其实是被垄断了。先前中国国有铁路和电报局都被接管并交给了日本的私营公司，而且给了它们垄断特权。有时日本鬼子装模作样地在日本垄断公司里无足轻重的位子上任命几个中国人，其实这些人一般都是南京汪精卫伪政府的走狗。而汪伪政府也不时公布一些法令，使得日本在华的垄断利益合法化。

由于日本人在中国大肆烧杀抢掠，中国的农民除了自给外，已经不可能向市场提供日常的农副产品。这就是为什么在原来的富裕地区后来发生了饥荒。在南方的广东省，日本人抢掠了水稻种植区，他们把收下的稻谷抢光或毁掉，以免被运到自由中国去。

在日本拘留营里挨饿将近四个月后，我自然只能慢慢恢复正常饮食量。我很长时间没有吃过通常的食品，肠胃对许多食品已经很不适应，而在被关押期间，囚犯们一谈起这些东西都直咽口水。那时，我们常常梦想吃切得厚厚的多汁的排骨，而现在我进医院后除了难得吃几片煮在汤里的鸡片外，其他肉类食品都一概不能享用了。我刚到医院时，他们设法弄到我能消化的鸡蛋，燕麦粥和牛奶的供应也很充足。但是燕麦粥的供应突然中断了，海伦嬷嬷含着眼泪告诉我说，上海市场上已经买不到什么东西了。她说："我跑遍了上海的每个角落，但找不到一丁点美国式早餐。"

我躺在床上思考着这场新危机，突然我有了主意。在过去的两年里，我与美国红十字会的其他成员一起，在上海向成千上万在战争中失去了财产的中国难民分发"碾碎小麦"和脱脂奶粉。来华商人和教会团在日占区组成了红十字会，而在外国的中国商人为把谷物从上海运往内地提供资金。日本人一般允许把粮食运到他们占领的地区。这样做有两种理由：第一，日本不想激怒美国从而使美国人对日本实行废铁、石油、机械和棉花的禁运，而这些货物现在正大量流向日本；第二，日军正在购买（用毫无价值的军票）或抢掠中国农民生产的所有大米和其他粮食，所以他们也就不反对让美国人道主义者去接手向日本侵略的受难者提供救济粮食的艰巨任务。1937年日本军队入侵华北和长江流域时，中国发生了饥荒，正巧在这时美国小麦有剩余。小麦在西雅图的碾磨厂进行初级加工"碾碎"后，大量运往中国。

负责分发粮食的教会团体和它们在中国的分支机构，还教会通常只吃大米的长江流域的中国人怎样食用美国小麦，这样就渐渐地改变了他们的食谱。

在华北，人们习惯吃小麦、玉米和高粱，而华中和华南人的主食是大米。而大米的生产成本是最高的，因为稻米必须手工种植、收割和脱粒。

海伦嬷嬷告诉我粮食供应渠道已经枯竭后，我躺在医院的病床上想出的好主意，就与红十字会大量运到上海的碾小麦有关，因为它们大部分还屯在仓库里。我口授了一封信让海伦嬷嬷送交美国赈灾委员会，建议他们请求日军发放部分小麦供医院中的病人使用。结果，我们真的为医院争取到了不少碾小麦。我还听说赈灾委员会还说服日本人给许多美国人发放另一批碾小麦和脱脂奶粉，这些美国人因被隔绝了与外界的联系而面临绝境。这样一来，在沪的美国人意想不到地成了慈善事业的受益者，而这些东西原来是为日本侵略下的中国难民准备的。

我真不知道珍珠港事件前靠美国碾小麦救济的成千上万的中国饥民后来是怎样生活的，因为从这以后，日本鬼子立即阻止了救济粮食的分发并征用了所有的库存。他们还用同样的办法处理了美国援华医药救助会和其他团体运到上海的大量救济奶粉、婴儿食品和药品。很有可能这些不幸的人们也加入了 3 000 万无家可归的难民队伍中，长途跋涉西迁到国民党占领区去了。

注释：

① "康脱孚第号"，乃原文 Conte Verde 的音译，其原意为"绿色伯爵"。
② 洛伦索·马贵斯港（Lourenco Marques），莫桑比克首都马普托的旧称。

交换名单

一天，日军发言人办公室的一名年轻中尉到医院来看我，并带来一大袋香烟。他的美国英语讲得非常好，他说他以前曾在美国留过学。他偷偷向我透露了一个令人振奋的消息，美国和日本将交换平民，美国新闻记者也在被交换之列。他肯定如果我的健康条件允许我作长途航行的话，我就会被准许上交换船。

日本人真会允许我作这次航行吗？我自己的身体条件允许吗？我向加德纳大夫提出这样的问题。"你每天只要有医护的话，就可以作这次长途旅行，而问题是我并不在交换名单上！"但是根本没有办法弄到一份名单来看看医生是否也包括在内。事后才知道名单上有 30 位教会团医生和 50 多位护士，但当时却根本无法了解这一点。另一方面，除了那名日军年轻中尉向我透露的消息，我无法确定我是否真的被列在名单上。

后来，中立国瑞士驻上海总领事来看望我，他当时代美国管理远东事务。他告诉我他曾多次想到大桥监狱和江湾监狱去看我，但都被由我签署的信件粗鲁地拒绝了。信上说"我身体很好，也很满足"及其他一些类似的谎话，很显然这些信都是伪造的。瑞士总领事还告诉我，在美国还传说我因涉嫌"间谍活动"已被处决。为此，他还接到了美国国务院对此事的询问。总领事向我保证，只要我的身体条件允许我上船，我的名字就不会从交换名单上去掉，除非日本人最后改主意，要把我拘押在上海。

维克多·基恩几天后焦虑不安地来找我，并给我带来一份《大美晚报》，这份从前美国人办的报纸现在已成了日本人的宣传工具。报上头版有条消息说，一些美国人和英国人因参与反日间谍活动被军事法庭判了重刑，我的名字也在其中。基恩觉得部分反对将我遣返的日军已经设法撤销了先前的命令，所以我很可能被送回日军监狱。我还听说报上的这条消息，已经由一名美国新闻界的叛徒在日本人的电台上向外界作了报道。

在医院工作人员的精心护理下，我的身体开始好转，体重增加到79磅，已经能坐在房间外面的走廊上的躺椅里晒太阳了。由于去除了许多受感染骨头和肌肉组织，又进行了输血，双脚的剩余部分上的疼痛感觉已大大减轻，出海航行的条件已基本具备，护士们和中国护理人员都为我感到欢欣鼓舞。基恩的中国助手甚至把他自己准备的美味中国食品偷偷带进医院来给我吃，海伦嬷嬷在我病服的前胸戴了个小饰物，上面有首赞美诗，祝愿我早日康复。几天后我把她送给我的赞美诗背给她听时，她高兴极了。

后来，又接到报告说加德纳大夫的名字也加进了航行名单，听了这个消息我几乎和他一样高兴，还听说我一位做医生的老朋友，圣卢克医院的麦克莱肯大夫（Dr.J.C.Mc Cracken）和他的妻子也将同期出发。山东齐鲁医学院的希尔兹医生（Dr.Randolph Shields）也名列其中。有这么多教会使团的医生和护士上交换船参加航行,这表明日本对中国的侵略迫使医院和其他医疗设施都不得不中止其服务。

大家都沉浸在欢乐的消息中,都在做准备。而投敌报纸上有报道说不允许我参加这次交换,日本鬼子的电台也这样广播。

有一件事我非常肯定,即我不会再活着回日本鬼子的监狱。我在心里计算了从我病床到走廊的距离,只是不知道到时候有没有足够的力气爬到走廊上,翻过四英尺高的栏杆,从七楼跳到街上去。我以前从没闪现过想自杀的念头。但是过去在大桥监狱受审讯时,有几次我曾经想,如果我在狭小的阳台上越过栏杆从四楼跳下去的话,那日本宪兵们该有多么高兴。那名负责押送我到山本中尉办公室去的日本卫兵常常在晚上指着护栏下面漆黑的院子,脸上带着恶意的微笑,不过我却装着没注意他的表情,匆匆走过那昏暗的通道。

我不由自主地想起了我的朋友和在上海工作时的同事,路透社记者"吉米"·考克斯("Jimmie" Cox)。他受到了同我一样的指控,在东京宪兵司令部受审讯时从四楼窗口跳了下去,但很有可能是被推下去的。吉米是远东新闻界的著名人物,是路透社驻东京办事处的负责人。他突然被宪兵司令部传讯,被指控替英国大使馆从事间谍活动。宪兵声称,审讯几小时后,考克斯承认了他的罪行并从窗口跳到了下面的水泥人行道上。他没有立刻摔死,昏迷着被送进医院。英国大使馆最终迫使日本人让一位英国医生为他作了检查,发现他手臂和腿上布满了小斑点,这说明日本人用注射针头反复刺他。

已经无法知道事件的真实过程了,因为考克斯再也没醒过来。他身上的小斑点是不是日本人用可恶的酷刑逼迫他承认他并未干过的事情的证据？有些人认为日本宪兵一次又一次把他打昏过去，再用注射针头把他刺醒，最后逼迫他在一张事先准备好的悔过书上签了字，接着又把他从窗口推了下去。吉米死后，日本人又找到他的妻子，给她看了他签过字的悔过书。美联社驻东京记者雷尔曼·莫林（Relman Morin）就此事件对外作了报道，他立即被警察局传讯，以查明他的消息来源。不过他还算幸运，几小时后就被释放了。美国国际新闻社记者詹姆斯·杨（James R.Young）由于在去中国时带了些过去的电文原稿，引起日本人的不悦，结果被监禁了几星期。驻日本的其他记者，其中包括《纽约时报》的奥托·托利斯朱斯（Otto Tolischus），也被关押并在珍珠港事件后受到虐待。

关于我"定罪"的报道见报后第二天，那名年轻的日本中尉又来看我。他看见我发愁的样子便安慰我说："你别管报上和电台里的报道，下星期'康脱孚第号'开航时，你肯定会在船上的。"我问他报上为什么要这样说，他只回答了一个词："面子。"直到我回到纽约，这个谜才算解开。有位朋友告诉我，日本人其实一直不准备放我，但据说美国国务院威胁说要拘押一名日本银行家，而日本政府急切地要将此人遣返，才不得不把我放行。

"康脱孚第号"开航前两天，我认识的那位日本军官来向我告别，他要求我千万别泄漏他的姓名。他告诉我，他是美国一所名牌大学的毕业生，"如果我碰到他的老同学的话，我能否向他们解释，他对美国人并无仇恨，他参军是出于无奈。"我在东方从事新闻工作已有多年，接触过不少日本人，只有两个人表达过这种情感，他是其中的一位。

一天清早，海伦嬷嬷和医院的中国护理长来到我的病房，说救护车已经来了，准备送我上"康脱孚第号"。一会儿，加德纳大夫跨进我的病房，手捧各种接种证明、"康复"证明以及无任何"传染病"的证明。这些都是获得出航许可的必备文件。另外有条命令准许我在船上向事务长支100美元，供我在航行途中使用。这是由美国国务院和瑞士领事馆支给的，算是美国政府给我的贷款。我太需要这笔钱了，因为我的个人财产除了被日本人抢走外，剩下的都为了付医药费而典当掉了，其中甚至包括我工作用的打字机。我的办公室收藏了大量宝贵的印刷资料，我的工作资料室是远东最齐全的新闻参考资料室，以及我在银行的业务往来和个人帐户，所有这些现在都对我毫无用处了，因为已经都被日本皇军查封。当我最后被抬上船时，几天来支撑着我的那股紧张情绪突然松弛下来，担架刚在我的船舱门前的走廊里放下，我就昏了过去，这还是第一次。

我醒来时，发现手里有张字条。这是我的一个私人朋友写给我的，她是位年轻的美国女记者，以前受雇于《大陆报》。她祝我旅途愉快，并对我的最后康复表示了信心。她托我转告她父母亲，让他们别担心，她很有希望在"下个航次"搭乘"格里斯荷姆号"回国。不幸的是下个航次时她并未获准上船，我写本书时她还滞留在上海。"康脱孚第号"慢慢驶离码头时，我睁大眼睛向岸上看去，见她和几百个美国人站在码头上，大家都想表现得勇敢些，可都止不住流下眼泪。我也和他们一样泪水涟涟。他们都祈祷自己能上"下一班交换船"，但谁也没想到顽固的日本人竟然过了一年多才同意另一次航行。在此期间，在上海的和在远东其他地方的所有美国人的自由都受到程度不同的限制，他们中不少人没能熬过这场灾难。而且从这以后再也没与日本人交换过俘虏。

踏上归国航程

"康脱孚第号"首次交换航行所载乘客都是从中国各港口来的难民，"浅间丸号"上的难民则来自日本港口、满洲和朝鲜。他们共分为五个部分：第一，外交和领事官员；第二，新闻记者；第三，"外码头"教会使团人员；第四，加拿大人；第五，拉丁美洲人。"外码头"一词在东方并不陌生，主要是指住在内地的教会使团人员，而不是住在沿海城市（原文如此——译者注）。除了这五种人之外，船上还有一些商人。教会使团人员最多，包括新教派和天主教派。驻在瑞士的国际红十字会具体安排了交换难民的食品供应和医疗护理等细节。

我们乘坐的"康脱孚第号"上还有一名偷渡者。他是位美国青年，上船来向他的朋友道别，在他朋友的船舱喝了一杯而呆得太久。不料，在船将要出长江口，日本海关船来作最后检查时发现了他。只要再过一小时他就很有可能混过去。他从我们船上被带到海关船上，被送回上海。我们后来再也没听说过他的情况，但都往最坏处想。

"康脱孚第号"在战前是一流的意大利邮船，行驶于意大利和东方港口之间。全船共有约 300 名工作人员。日本进攻珍珠港时，"康脱孚第号"被扣押在上海，但日本和意大利是轴心国的伙伴，所以日本再迫切需要扩充它远洋船队的吨位,也不能强占这条船。由于"康脱孚第号"是用来遣返日占区的美国人,自然就属日本政府指挥,由船上的一个日本海军军官和外交官组成的混合代表团具体执行。值得庆幸的是,日本人主要呆在他们的船舱里,我们很少碰见他们。那时的情形是很奇妙的,船上的意大利官员和水手们对我们这些乘客显然比对日本人来得友好。我那层舱面的意大利管事明确告诉我们,他一点也不喜欢日本人,他希望意大利在战争中站在我们一边。

不久以后,"康脱孚第号"上的水手们就以实际行动向人们表明,他们说的是真话。1943年9月8日,意大利宣布停战的那天早晨,被拘押在上海浦东一幢旧厂房里的美国人惊讶地看见,停泊在岸边的"康脱孚第号"慢慢地改变了方位。主甲板上站着许多水手,他们对被拘押的美国人又是招手又是叫喊,美国人都被意大利人叫喊声吸引到"监狱"的窗前。这艘意大利巨轮不是向前行进,而是出人意料地慢慢倾倒在泥港里。意大利船员们从电台里听到从意大利来的消息说,他们国家已经退出战争。他们马上打开船底阀门,并弃船逃跑。日本人愤怒至极,他们本来准备占领这条船,以补充由于美国潜艇活动而日益减少的远洋船队的吨位数。一艘日本驱逐舰几分钟内赶到现场,枪炮都对准"康脱孚第号",可是已经太晚了,这艘巨轮已横卧在江面上。船员们都双手吊在栏杆上,向岸上被拘押的美国人欢呼。日本驱逐舰的舰长把意大利船员们赶了下来,并在倾斜的甲板上派了名日本卫兵。这些意大利人也被暂时拘押起来。

后来,日本人更加需要补充远洋运输能力,将"康脱孚第号"吊了起来,准备送到日本去修理。但是,日本人此举再次受挫。驻扎在昆明的美国第十四航空队[①]一架飞机对着这艘船投了几枚炸弹,把它炸得慢慢沉到了黄浦江底，上面只隐约露出一截。

装载我们这些战争难民的"康脱孚第号"的第一站停靠在新加坡港，在我们前面的"浅间丸号"在香港停靠接了一些遣返的美国和加拿大人后，也在此与我们会合。然后两船从新加坡一起出发向南行驶，沿西南亚海岸，越过印度洋，到达东非海岸葡萄牙殖民地莫桑比克南端的洛伦索·马贵斯港。航行途中两船靠得很近，能说得着话。

参战各方都准予两船安全通行，船上都做了明显的标记，晚上航行时灯火通明，这样潜艇指挥官们就不会弄错。从上海到非洲，全程约30天，我们只在印度洋上看见过一艘小货轮。离开新加坡后，我们驶过荷属东印度的危险水域，穿过太平洋上的珊瑚海。那里，美国军舰战胜日本的硝烟还未散尽，这场战役阻止了日本侵占澳大利亚，很可能被载入史册。

"康脱孚第号"第一次过赤道时，几个年轻人按照古老习俗准备了一个仪式，以祭祀海神。仪式通常包括潜水、剪头发、修胡子等，但后来知道我们过赤道的地方离美国巡洋舰"休斯顿号"的沉没地点很近，仪式就被取消了。"休斯顿号"被日本鱼雷击中，沉没时舰上有共600多名官兵。当时，"休斯顿号"和她的姐妹舰"奥古斯塔号"在远东港口都是很有名的。

我们的船渐渐远离日本，乘客们的精神状态也愈加好起来。不过，有一次吉尔曼主教（Bishop Gilman）在星期天礼拜布道时又提到了日本人，结果引起乘客们的惊慌不安。有几位乘客生怕主教的话引起船上日本军官的不满，试图劝说他去向日本人道歉，或者至少作个解释，当然被他拒绝。

我们出航后不久就发现我需要护士的帮助，否则无法行动。我的朋友麦克莱肯大夫决定招募志愿者。结果有八位教会使团护士要求为我提供服务。另外，教会使团的法里斯先生每天来我的船舱把我背到甲板上，在那里，明媚阳光和清新的海风对我瘦弱的身体起到了神奇的治疗作用。

所有这些年轻护士都在中国内地的教会医院里从事护理工作，有些地方离海岸线1 000多英里。她们都坚守岗位，直到她们医院所在地被日军攻陷。为了在日军占领后继续护理中国病人和保护医院财产，她们每人都有一段噩梦般的经历。她们的中国病人被日本人扔到街上，医院被迫关闭。在山东的一家医院，护理人员被关在病房大楼里，不准进出。不久他们就断了粮食，如果不是忠诚的中国职员偷偷地给他们送米饭和蔬菜，那他们肯定得挨饿。在其他一些地方，医护人员所受待遇稍微好些，没有受到侮辱。这些年轻护士中的大部分都准备回到国民政府控制区继续工作。现在，她们都在美国和加拿大做着有益于抗战的事情。

《新闻周刊》记者格温·迪尤（Gwen Dew）小姐所叙述的日军暴行，在华北还未达到如此令人发指的程度。日军侵占香港时她正在那里。她告诉我说日军开枪打死了阻止他们进入医院的英国医生，然后他们又刺死了英国和加拿大伤兵，最后他们竟然丧心病狂地强奸医院的护士。

当"康脱孚第号"和"浅间丸号"驶入洛伦索·马贵斯港时，两条船上的乘客第一次感到了激动和宽慰。葡萄牙是中立国，葡占洛伦索·马贵斯在非洲东海岸给过往的同盟国各类船只提供了一个优良的中途停靠港。珍珠港事件后，我们还是第一次见到美国和英国国旗。飘扬着这些国旗的都是锈迹斑斑的油轮，但是看到这些船比自己乘坐豪华游轮还兴奋。港口里还停泊了几条美国和英国的货船，它们的船长们认出了我们的船，马上拉起胜利的汽笛，水手们向我们欢呼。整个港口和周围的山峦立即回响起表示胜利的汽笛，我们此时第一次意识到我们已最终逃脱了东方野蛮人的魔掌。

我们已经知道我们将按计划在洛伦索·马贵斯港与瑞典船"格里斯荷姆号"会合，该船上乘坐了从美国遣返的日本人，其数目与我们船上的北美和南美人相等。我们的船渐渐驶向码头，我们发现"格里斯荷姆号"已先于我们进入港口停泊在码头上。按事先安排，从日本、满洲、香港和朝鲜来的难民乘坐的"浅间丸号"和我们从中国来的难民乘坐的"康脱孚第号"从两边靠上了日本人乘坐的"格里斯荷姆号"。我们两船抛锚定位后，举行了一个会议，商量具体的交换事宜。接着通知所有乘客都收拾好行李等候在走廊里，等待交换指令下达。只见从"格里斯荷姆号"的舷梯下来两行日本人，走到码头上。我们船上和"浅间丸号"上的乘客也从舷梯走到这个码头上。两队人互相走过，然后北美和南美人从舷梯上了"格里斯荷姆号"，日本人上了我们原先乘坐的两条船。原先"浅间丸号"和"康脱孚第号"上共有大约1 600名乘客，现在一起上了"格里斯荷姆号"，所以该船比我们原来乘坐的两条船拥挤得多。一些美国孩子不像他们的大人们那样意识到战争形势的严重性，很快和日本孩子攀谈起来。日本孩子们都在美国的学校里上过学，所以交谈起来没有语言障碍，而且交谈内容都很有趣。只听见一个日本孩子大声问我们船上趴在栏杆上的美国孩子："你们船上有什么好吃的？"我们的一个小家伙立即随口答道："都难吃极了,你们船上有冰淇淋吗?"那个日本男孩马上说："多得很!"我们听说许多日本人已经在美国住了很长时间,对回国并不热心。

在海上若即若离、一前一后地航行了30天,"康脱孚第号"和"浅间丸号"船上的人,最后都团聚在"格里斯荷姆号"上。有几位曾被拘押在香港,后来搭乘"浅间丸号"的美国和加拿大人,与他们滞留在上海而搭乘"康脱孚第号"的妻子团聚。乘"浅间丸号"的美国驻日本记者有合众社驻东京办事处主任罗勃特·贝莱尔（Robert Bellaire）,美联社驻东京办事处主任麦克斯·希尔（Max Hill）和记者雷尔曼·莫林。另外一位受过关押的美国驻日本的名记者是《纽约时报》的奥托·托利斯朱斯（Otto Tolischus）,他还受到日本人的折磨。

从中国和日本出来的美国外交官们也有许多团聚。在"浅间丸号"上的有美国驻日本大使和他的工作人员；在我们船上有驻上海总领事和他手下的工作人员。另外还有美国财政部驻上海办事处代理主任雅各布森（Jacobson）小姐也在我们船上。美国财政部驻上海办事处原主任马丁·尼科尔森（Martin R.Ni-cholson）在珍珠港事件的前几天患心脏病突然去世。日本人占领上海时,他的遗体还在殡仪馆里没来得及安葬。尼科尔森的朋友们,包括我自己,都为"尼科"逃过日本鬼子的迫害而感到庆幸。在财政部负责追踪毒品走私的部门里,他抓住的国际毒品贩子是最多的,其中包括不少日本人。我认识尼科尔森已有多年,许多个夜晚在他家度过,听他讲他跟那些铤而走险的毒品走私犯们搏斗的历险故事。最后,有三名臭名昭著的黑帮分子由于托马斯·杜威（Thomas E. Dewey）州长控告他们犯有谋杀罪而被处死,其实真正原因是马丁·尼科尔森通过秘密活动揭露了他们作为国际贩毒集团成员的犯罪事实。

有几位美国领事官员被国务院委以新任,在洛伦索·马贵斯港下了我们的船,前往非洲、近东和印度赴任去了。

由于交换工作和其他事务需要我们的船在洛伦索·马贵斯港停留几天,我们就有足够的时间来游览这个迷人的葡属小港,黑色大陆东岸的一颗明珠。洛伦索·马贵斯虽然属于葡萄牙殖民地,但在和平时期它却充当了资源丰富、发展迅速的一直延伸到南非开普敦的数千英里非洲内地的通商口岸。许多乘客纷纷观赏美妙的东非景象,特别是附近河里的河马。

洛伦索·马贵斯港有两样东西很有名,鲜美的水果可以和佛罗里达出产的媲美,另外是当地手工制作的青铜十字架和圣像。我的护士给我买了个精美的十字架,我一直珍藏着。我给了一位护士一美元,请她替我买些非洲葡萄,结果她买回来两大篮,两只手臂各挽着一篮。共有十几个品种,味道极好,而且比佛罗里达和加利福尼亚出产的葡萄都大得多。我们这些乘客都很久没吃到新鲜水果,于是把当地许多店里的水果备货都抢购一空。

我除了偶尔被抬到甲板上外,病情使我离不开船舱,所以我只能间接欣赏当地的美丽景色。很巧,我碰到了一起采访中国内战时的老熟人、摄影记者默尔·拉弗依(Merle Lavoy)。在洛伦索·马贵斯主管我们这帮人的官员下了严格的命令,不准任何摄影记者上"格里斯荷姆号",但拉弗依有对付检查的丰富经验,这些难不倒他。一天,拉弗依出现在我的睡舱,他穿了件宽大的风衣,周身鼓鼓囊囊,看上去足有300磅重。可是他一脱下风衣和带的东西,他的肥胖症立刻消失了。他带了好几架照相机,其中还包括一架小型新闻摄影机。在加德纳大夫的

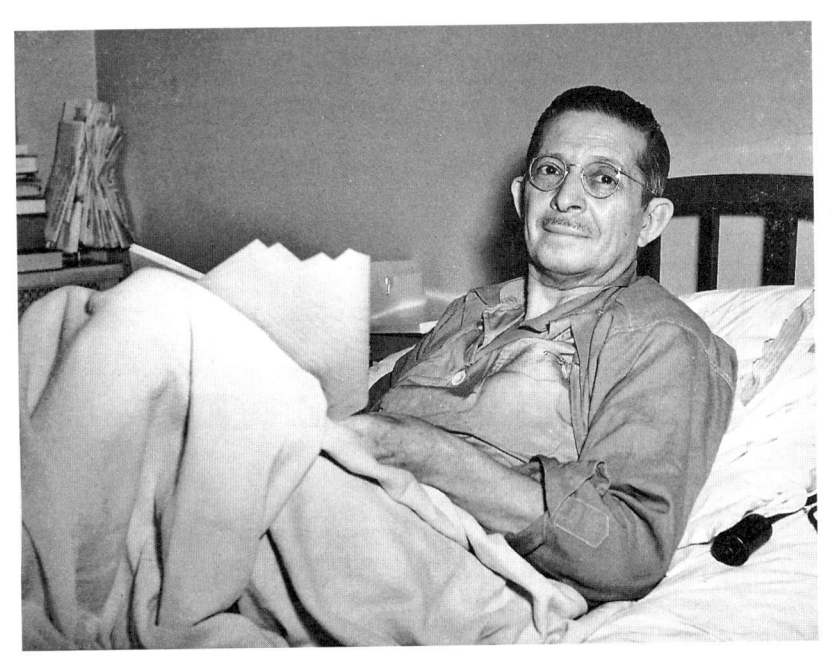

病床上的鲍威尔（图片来源：The State Historical Society of Missouri）

《生活》杂志上刊登的报道，鲍威尔躺着的照片是拉弗依在回国的船舱上拍摄的（图片来源：The State Historical Society of Missouri）

协助下,他立即动手开始为我从各个角度拍照片,还包括我被截剩而肿胀的双脚。他给我拍的有一张照片是我躺在床上,一只伤脚伸了出来,他给这张照片的注解是"'甘地'鲍威尔",他解释说我这副样子很像那位印度民族领袖。我当时大约只有80磅。这张照片后来登在《生活》杂志上,肯定有我的许多老同学、老师、邻居、朋友和亲戚见过这张照片,因为我到纽约下船时有600多封信在等着我。

拉弗依驻非洲南部已有较长时间,他讲了许多有关这片大陆的有趣故事。我特别对他叙述的大型动物保护群感兴趣,保护地的范围在世界上是最大的,非洲野生动物在那里受到保护并自由自在地生活。在国家公园里有无数狮子、大象、长颈鹿和大猩猩等非洲动物在那里自然生长。拉弗依说,现在可以开车去动物保护地而没什么危险。拉弗依说汽车开过时,这些动物甚至连头都不抬起来看一下。

船上所有的新闻界人士到洛伦索·马贵斯后都收到他们总部发来的电报,要他们谈谈珍珠港事件后他们的个人经历和远东的形势。结果大家都急着去找打字机、纸张、复写纸和电报稿纸。于是,洛伦索·马贵斯小小的葡属电报局排满了要发的新闻电稿,其中几份长达数千字。华盛顿的《圣路易斯快邮报》(St.Louis Post-Dispatch)总社的查尔斯·罗斯(Charles G.Ross)先生给我打来一份电报,要我为《快邮报》撰写一组文章。由于我在床上还坐不起来,也不能打字,所以对罗斯先生的要求不知所措。我的两位会速记的护士主动提出来帮我,不久我的睡舱变得像报社的编辑部,我口述故事,护士们记录并打印下来。"格里斯荷姆号"起航之前,我就用电报发出了一篇文章。至于其他文章,我就在洛伦索·马贵斯到里约热内卢的航程中慢慢口述。洛克哈特总领事读了我的报告后,要我给他一份抄件附在他的报告内一起递交给国务院。"格里斯荷姆号"一到里约热内卢,我就将文章用航空寄出,几小时后就寄到了目的地,而且没有受到检查。这些文章后来在全美国和拉美许多报纸上发表,《读者文摘》杂志在我回国后不久,将我的文章作了一个概述报道。

"格里斯荷姆号"转过好望角踏上归国航程后,我们先前对日本鱼雷的惧怕变成了对纳粹潜艇的担忧,因为纳粹潜艇在南大西洋上很猖獗。我们驶过南大西洋直接来到里约热内卢,这是我们在自由新世界的第一站。我们船上有大批南美外交官,所以船在巴西这个世界上最美丽的港口城市停泊了几天。在城后高耸的山峰顶上有座巨大耶稣像,伸展着双臂。这座雕像在大小和优美程度上可以与安第斯山上的基督巨像媲美,后者耸立在智利和阿根廷交界的一座山顶上,象征着这两个拉丁美洲重要国家间的长久和平。

在里约热内卢,我们船上来了几位国务院和政府其他部门的官员,其中包括联邦调查局官员,他们来检查旅客名单,并获取远东最新情报。卡尔·雷麦博士也随他们一起上船,他是位老上海和《密勒氏评论报》的撰稿人。他先前是上海圣约翰大学[②]经济学教授,撰写过几本关于中国经济和财政状况的书,但他后来回国到明尼苏达大学任教。他目前在华盛顿的国务院任职。雷麦教授给我带来了我家里的消息,我们船抵达纽约港时,我妻子、儿子、女儿、女婿和三岁的外孙将到码头接我。"格里斯荷姆号"停泊里约港后,还有一位受人欢迎的来访者上船来看我,他是中国驻巴西公使谭少华(音译)博士,以前在南京时我们就认识了。他还给我带来了中国驻华盛顿大使胡适博士以及中国驻纽约和其他地方的外交及领事官员对我的问候，还有宋子文外交部长和蒋介石总司令对我的良好祝愿。在我众多的中国朋友中，我最感激纽约一家餐厅的老板，他通知我说，我任何时候都可以在他的餐厅免费用餐。他说他看了我被日本鬼子关押时的不凡经历，他想用实际行动来感谢我这些年为中国的服务。他向我保证说，我只要说出我的身份，任何一家中国餐厅都不会向我收钱，可是我却从来没试过。

纳粹潜艇的威胁虽然依然存在，但由于海上风平浪静，从里约热内卢到美国的那段航程就像是旅游归国。到美国还剩最后一段路，我们长期以来心中的压抑感逐渐消失。许多"不虔诚"的乘客，其中大部分是新闻记者和商人，也有一些外交官，都玩起美国流行的纸牌和掷骰子赌博游戏。此时离美国只有几天路程，但要把国务院给我们用于应付紧急事件的预支款输个精光，这点时间却是绰绰有余。大赢家是我一位做医生的朋友。

在开往纽约途中，"格里斯荷姆号"驶向大西洋中部，以避开频繁出没于巴西海岸和加勒比海的德国潜艇。一天，我们驶过一艘燃烧着的船，看起来是艘被鱼雷击中的油轮，顿时我们船上一阵骚动。我们都觉得"格里斯荷姆号"的船长应该停下船，去看看那条船上是否还有幸存者，而他却命令一直往前开，不能停留，因为很有可能德国潜艇还潜伏在那里，我们一停下来就会受到袭击。

注释：

① 美国第十四航空队，又称"飞虎队"或"陈纳德航空队"。1941 年 4 月 15 日，美国总统准许美国陆海军预备役航空官兵志愿参加中国抗战。8 月，国民政府正式成立中国空军美国志愿大队，由美国人陈纳德任指挥官，拥有 100 架战斗机。至 1942 年 7

月4日止，美国志愿航空队在中国和缅甸上空共对日作战百余次，击毁日机299架，获得"飞虎"美誉。后扩编为美国空军第十四航空队，陈纳德任司令。继续在中国上空作战，并掌握了对日作战制空权，严重打击了日军供给线。
② 圣约翰大学，美国圣公会1879年在上海创办的一所教会大学，设文理、神学、医学等科。旧址即今华东政法学院。

中国之未来

在漫长的归国航程途中,我的担忧主要来自到纽约后的医疗和医院的选择。由于我离开美国已有很长时间,对医生和医院都不熟悉,所以在"格里斯荷姆号"上我常常与和我熟识的医生们讨论这件事。大多数教会使团医生都向我推荐纽约的哥伦比亚长老会医疗中心,他们说这个中心通过派遣医生和护士,与东方特别是中国保持着长久的联系。我还听说这个医疗中心有几位医生曾在北平联合医疗学院(洛克菲勒学院)工作过。

随着"格里斯荷姆号"越来越驶近纽约,我还为我没人帮助如何下船担忧起来。轮船驶入港口时,全船人都激动得跑上了甲板,而我却几乎被遗忘了。然而,有一位忠实的护士留在我的船舱里,守在舷窗口看着掠过的景物,向我描述纽约港那令人难忘的景色和曼哈顿岛的轮廓。她兴奋地喊道,"看见自由女神像了!"我们两人顿时都热泪盈眶。

"格里斯荷姆号"刚靠上码头,螺旋桨还未停止转动,我就听见走廊里有人朝我的船舱奔来。一个熟悉的身影进了门,这是我的儿子约翰·威廉。他曾经在《大陆报》工作过一年,在珍珠港事件发生的几个星期前离开了上海。他那时决定回美国到密苏里大学新闻学院去完成他的学业，因此侥幸逃脱日本鬼子的铁蹄。一名海军陆战队下士和他一起来到我的船舱，他轻轻将我从床上抱起，并把我抱上了岸，这样就解决了我的上岸问题。他开玩笑地说我体重很轻，样子像甘地，便轻松地抱着我下了舷梯，径直向一辆等候着的救护车走去，车里那位年轻女司机身穿美国红十字救护队制服。救护车旁还站着位少妇，她自我介绍说她是我的女儿波妮（Bunny），她10岁离开上海回国后我再没见过她。波妮在密苏里大学读完新闻专业后便在《圣路易斯快邮报》社工作，但是不久她就结了婚，并搬到华盛顿住。她丈夫马尔科姆·斯图尔特·汉斯莱（Malcolm Stewart Hensley）在联邦通讯委员会的外国广播监察处任执行主任。他现在是合众社驻印度办事处主任。

我暂时被送往斯塔滕岛上的海军陆战队医院，我妻子在那里等我。这家医院隶属美国公共卫生部，听说我国商船受到敌人潜艇攻击后的许多紧急救治都是在这里进行的。我在海军陆战队医院大约只呆了24小时，他们就安排我转院到哥伦比亚长老会医疗中心。两年半后我撰写本书时仍住在那里。

医疗中心的医生们为我做了仔细检查后告诉我，我在上海时的病情诊断是准确的。我的病是严重的双脚感染性坏疽死，原因是营养不良、双脚赤裸，以及日本人强迫西方囚犯按日本习惯长时间盘坐在双脚上，致使我双腿与双脚的血液流通阻断。

医生们立即着手用各种办法阻止我脚上的感染继续蔓延。这些手术都是弗兰克·梅莱尼医生和杰罗姆·韦伯斯特医生以及他们的助手们做的。我此时的食谱是浓缩的营养牛奶和其他含有大量维生素的食物，以此来增强我的总体抵抗力并使我衰弱的身体得以康复。

我在医院里住了很长时间，接受过无数次输血。在上海刚从监狱出来时，要输血非常困难。而在美国，不管是用新鲜血液还是血浆来输血都很方便，我对此印象很深。抗战初期，全中国境内都没有血库。我住进长老会医院后，院方与纽约的中国商人合作给中国送去了一套完整的血库装置。一位姓刘的中国护士在上海和纽约的长老会医院接受培训后回中国主管这个血库。

随着我脚上的感染渐渐清除，露出部分移植了从大腿取下的皮肤。这叫小块移植法，取下分币大小的皮肤，然后移植到露出部分，边缘会长得接起来，如果移植成功，这些小块皮肤会连成片。整个手术过程进行了一年多，一共从我大腿上取下约60小块皮肤。

到1943年秋天时，我已经开始恢复了体力，甚至能坐轮椅离开医院几小时到集会和电台上去讲演。不过，有一二处感染似乎能抗拒任何现代科学医疗措施。每次出门，这块或那块植皮总是要脱落。医院还给我做了精制的鞋使我能够站立起来，最后能走路，但移植的皮肤还很嫩，显然还承受不起站立时的压力。

最后在1944年年初时决定，需要施行大的外科手术来弥补我脚上缺失的肌肉组织。这种移植被称为外科再造手术，韦伯斯特医生在这方面尤为精通。这个手术需要移植许多皮肤，包括皮肤下面半英寸左右的肌肉组织。取下皮肤的地方由于我身体状况不好、愈合速度缓慢而常常作痛，另外脚上也经常疼痛和不适。因此对将要施行的手术缺乏准备。

手术时从我右大腿上切下4英寸宽12英寸长的一条，再从我胸脯上割下一块皮肤盖住这个伤口。然后将切下的这条组织移向下方，只剩膝盖上方还连着。将我的左脚跟弯上来置于右膝之上，再将左膝与切下的这条肌肤下部连接起来。接着用石膏将移植固定住，再把我的左膝悬挂于床上的架子上,我就在病床上以这种姿势躺了六个星期。接着我又上了手术台。这条肌肤在膝盖处被切断,我的左腿现在可以伸展出来,再将这条肌肤的另一端移植到我的右脚跟上。我很理解需要把我的左腿按下来与右腿一起浇铸在一个石膏套子里。受了六个星期的折磨后再受这第二次手术的痛苦,我情绪落到了最低点,我第一次觉得我在上海时就应该央求医生将我的双脚在脚踝处截掉。

我知道我的经历与当时一些伤员的整容再造手术的奇迹根本无法相提并论,而且我本人在住院期间也见过几个实例。但是,我的情况由于我身体的极度虚弱和脚上长期感染,变得相当复杂,再说我已经不是25年前去中国时的年轻人了。

在上述的手术五个星期后,连接我两脚跟的那条肌肤从当中被切开,移植部分渐渐愈合了。我发现我的脚后跟和双脚的剩余部分长出了新脚底,脚腕也长出了新的肌肉组织。我又一次穿上特制的鞋子渐渐地开始学走路,学习过程很慢,我两个脚桩很敏感,从大腿移植下来的肌肉组织还没像正常脚底那样结实。不过我期待着不久我就能扔掉轮椅活动,如果说不像从前那样自由自在,至少也可过正常人的生活。

我回美国后有一样东西使我感触颇深,我在中国多年几乎把它给遗忘了。这就是美国人民天生的同情心和人道主义精神,从全美国各地寄来的上千封信中就表达了这种情感。我还收到各地寄来的经济援助,对我在日本人手中遭受的伤害深表同情,这更加激发了我活下去、战胜伤痛、恢复健康的勇气。

现在我开始思考将来的计划。

战争中发生的任何事情都没能改变我在珍珠港事件之前就

在打字的鲍威尔,桌子上摆着他撰写的回忆录《My Twenty Five Years in China》(图片来源:The State Historical Society of Missouri)

鲍威尔的讲座（1945 年 6 月 13 日）（图片来源：The State Historical Society of Missouri）

形成的信念,即美国与太平洋的利害关系不仅现在而且将来都是巨大的。美国动用了如此众多的人力和财力夺取的胜利必须使亚洲最偏僻角落里的人民都能受益。我认为,人口众多的亚洲人在战前将一些欧洲国家视为亚洲的支配力量,而现在他们将把目光转向新世界的美洲。他们想更多地了解美国,并与她交朋友。我相信,在亚洲各地的茶馆里、市场上和乡村里,那里的人们只要议论起他们国家的未来,就会想起并谈起美国。

我在中国生活了这么多年,发现不把我的未来同中国的未来联系起来是很困难的。在医院里的那些漫长的不眠之夜,我脑海中反复回想着我这 25 年的经历,有许多我已经写进了这本书里。我深信,这场战争结束后,中国在正确的领导和帮助下,将会加速前进,而且中国的未来将对全世界产生重要意义。我希望我能像过去那样,为中国未来作出贡献。

后　记

在我们中国，乍提起美国记者J.B.鲍威尔，知道他的人也许还不多，但若提起《密勒氏评论报》及美国记者埃德加·斯诺，那知道的人就大有人在了。《密勒氏评论报》是解放前美国人在中国出版发行的一份有相当影响力的外文报纸，埃德加·斯诺当年访问延安时的身份就是《密勒氏评论报》的记者，其名作《西行漫记》（原名为：RED STAR OVER CHINA，即《红星照耀中国》）即是那次延安之行的最大成果。在此需要特别指出的是，J.B.鲍威尔恰恰就是《密勒氏评论报》的主编，而埃德加·斯诺的延安之行及其《毛泽东访问记》自1936年11月14日起在该报连载，则都是获得J.B.鲍威尔允准的。这是一次有重大历史意义的举动，因为这是有关毛泽东身世、言论及照片的首次公开发表，当时在海内外曾产生了强大震撼。由此看来，J.B.鲍威尔是一名对中国人民及中国民族解放运动有一定同情心的西方新闻人士，应该是没有什么疑问了。这或许也就是80年代中期中国人民对外友好协会特邀J.B.鲍威尔之子访华的重要原因。

的确，J.B.鲍威尔自1917年首次以新闻记者身份踏上中国土地以来，直到1942年他因受日寇迫害而被迫离开中国，他的人生主要经历及命运，就与中国近代历史进程发生了颇为密切的关联。在此期间，无论是刚来不久发生的中国参加第一次世界大战问题、"五四"运动、北洋军阀混战，还是接着发生的中国共产党的诞生与发展、国民革命军的北伐及国民党政府的建立，以及以后发生的国共两党的对立与合作、日本帝国主义的入侵与中国人民的抗日战争、国外各势力在中国的活动，等等，J.B.鲍威尔作为一个历史见证人不仅都耳闻目睹过，而且，凭着他作为一个新闻工作者的职业敏感，这一系列历史事件与社会活动，绝大多数都成为他所关注、报道的新闻"热点"。《鲍威尔对华回忆录》（原名为：MY TWENTY FIVE YEARS IN CHINA，即《我在中国的25年》）可以说就是他对自己在华25年主要生活经历的总结与回顾。但与一般新闻报道不同，由于这是一本个人回忆录，所以不仅涉及了这一时期的重大历史事件，而且他个人的不少社会交往和遭际也夹叙其中，书中所披露的许多第一手材料，直到几十年后的今天看来，还觉得比较新鲜，不失其可读性与史料价值。也正是出于此考虑，我们特不揣谫陋而通力将它译成了中文。

的确，本书的翻译是一个共同合作的成果。具体分工是：第一章至第十五章由邢建榕承担，第十六章至第三十章由薛明扬承担，第三十一章至第四十章由徐跃承担。囿于学力，限于时日，书中可能还有这样或那样的问题，诚望读者诸君批评指正。

需要说明的是，由于历史的局限，也由于作者个人的立场，在J.B.鲍威尔所回忆、叙述的历史事件及个人活动中，有些观点偏颇，甚至错误，有些内容也与真正的历史事实有出入，抑或有歪曲之嫌。我们在翻译过程中，除对少量实在离谱的段落作了删削外，一般都保留了原貌或作了加注处理，希望广大读者阅读时予以注意。另，书中分六大部分及其标题是我们另加的。

译 者

1993 年秋

再版后记

接到上海书店出版社编辑邓小娇的电话，告知我与薛明扬、徐跃两兄合译的《我在中国二十五年——《密勒氏评论报》主编鲍威尔回忆录》又要再版了。这让我们感到非常高兴，说明这本著作历经多年，仍未失去它应有的价值。

1942年在上海的《密勒氏评论报》主编约翰·本杰明·鲍威尔作为交换战俘，历经千辛万苦回到美国，并写下了一个外国人眼中的近代中国回忆录。1994年我们曾合力将此书译成中文，交由知识出版社（上海）出版。此次再版，笔者将此书重新阅读了一遍，深感约翰·本杰明·鲍威尔当年对中国社会政治情形的了解，有着一般记者难以企及的深刻洞悉，即使以今天的眼光来说仍是如此。这里试举一例，1931年9月前后，鲍威尔到中国的东北进行了长时间的采访，揭露了盘踞在中国东北的日本关东军发动"九一八"事变的阴谋，并将有关细节披露在报纸上。他在书中写道，"我们最好记住1931年9月18日这个日子，因为它是第二次世界大战爆发的真正开始"！在上世纪40年代即认定九一八事变是第二次世界大战的开端，这一重要论断，在今天尤其显得不同凡响。他亲历、见证了近代中国诸多重大历史事件，至于他对上海这座城市的观察和描写，尤有诸多寻味之处，相信读者在阅读后可以自行体会。

如果说埃德加·斯诺是第一个将毛泽东和中国工农红军向西方世界作了正面宣传的美国记者,那么作为埃德加·斯诺上司的约翰·本杰明·鲍威尔,则将他于1917年来华后中国错综复杂的政治社会情形以及发展走向,以较为客观公允的笔调向西方世界作了介绍和预测,并不断发表在他主编的英文《密勒氏评论报》和其他欧美报刊上,在国内外都产生了很大的影响。

本书是上海书店出版社继2010年8月出版后的再版。为了避免与某当代外国政治人物相混淆,上海书店出版社用了一个更贴切的书名,装帧设计也非常漂亮,但译文内容几乎没有任何改动,这次再版,也仅作了一点技术修整。而在我们三位译者看来,此书的第一版,乃是更早的1994年9月知识出版社(上海)出版的《鲍威尔对华回忆录》,当时我们三人合作翻译了此书。如此算来,这次已经是第三版了。

不同的是,前两版没有任何插图,本书却增加了大量历史图片,这对于读者来说,不仅是一个全新的版本,也是一种新的阅读体验,可以增进对历史语境的深刻理解。而且本次再版,由复旦大学石源华教授撰写了一篇精彩详实的导读——《一个美国记者笔下的上海和近代中国》,对鲍威尔及其回忆录进行了更为开阔的学术性研究,为读者与回忆录之间的阅读互动,提供了一种时代调性和国际视野。石源华教授也是我们在复旦求学时的老师,假此机会谨向石教授和图片提供者王向韬先生表示衷心感谢!

需要说明的是,1994年版的译后记,交待了鲍威尔其人及其在华的经历,以帮助读者了解该书的内容和价值。2010年版保留了该后记,却未写一个新的后记,以致有的读者误以为该书即是1994年版。为了避免类似的误会,我受薛明扬、徐跃两兄的委托,再写了以上一点情况说明,作为此次再版的后记。

谢谢两位老友,尤其感谢读者们的宽宏大量。

邢建榕于2022年2月下旬

图书在版编目(CIP)数据

我在中国二十五年:《密勒氏评论报》主编鲍威尔回忆录/(美)约翰·本杰明·鲍威尔著;邢建榕,薛明扬,徐跃译. 一上海:上海书店出版社,2022.7
ISBN 978-7-5458-2093-5

Ⅰ.①我… Ⅱ.①约…②邢…③薛…④徐… Ⅲ.①回忆录—美国—现代 Ⅳ.①Ⅰ712.55

中国版本图书馆 CIP 数据核字(2021)第 191577 号

责任编辑 邓小娇 王 郡
封面设计 汪 昊

我在中国二十五年
——《密勒氏评论报》主编鲍威尔回忆录
(美)约翰·本杰明·鲍威尔 著
邢建榕、薛明扬、徐跃 译

出 版	上海书店出版社
	(201101 上海市闵行区号景路 159 弄 C 座)
发 行	上海人民出版社发行中心
印 刷	上海新华印刷有限公司
开 本	890×1240 1/32
印 张	14.875
字 数	320,000
版 次	2022 年 7 月第 1 版
印 次	2022 年 7 月第 1 次印刷

ISBN 978-7-5458-2093-5/Ⅰ·532
定 价 98.00 元